Anita Shreve

Das Gewicht des Wassers

Anita Shreve

Das Gewicht des Wassers

Roman

Aus dem Amerikanischen von
Mechtild Sandberg

Piper
München Zürich

Die Originalausgabe erschien 1997 unter dem Titel »The Weight of Water« bei Little, Brown and Company in Boston und New York.

ISBN 3-492-04327-5
Sonderausgabe 2001
2. Auflage 2001

Gesetzt aus der Bembo-Antiqua
Satz: Uhl + Massopust, Aalen
Druck und Bindung:
GGP Media, Pößneck
Printed in Germany

Für meine Mutter und
meine Tochter

Vorbemerkung der Autorin

In der Nacht des 5. März 1873 wurden auf den Isles of Shoals, einer Inselgruppe zehn Meilen vor der Küste von New Hampshire, zwei Frauen, norwegische Immigrantinnen, ermordet. Eine dritte Frau, die sich bis zum Morgen in einer Höhle am Meer versteckt hielt, kam mit dem Leben davon.

Die Passagen der Zeugenaussagen vor Gericht wurden wortgetreu aus dem Protokoll des Prozesses *Der Staat Maine gegen Louis H. F. Wagner* übernommen.

Abgesehen von belegten historischen Fakten sind Namen, Personen, Schauplätze und Ereignisse in diesem Roman entweder Erfindungen der Autorin oder wurden, wenn real, fiktiv verwendet.

Die Frage, wer Anethe und Karen Christensen damals tötete, wurde vor einem ordentlichen Gericht entschieden, ist aber seit mehr als einem Jahrhundert Gegenstand von Diskussionen geblieben.

Ich muß diese Geschichte loslassen. Immer trage ich sie jetzt mit mir, eine schreckliche Last.

Ich sitze im Hafen und blicke nach Smuttynose hinüber. Ein rosafarbenes Licht, ein Fleck wandert über die Insel. Ich schalte den Motor des kleinen gemieteten Boots aus und tauche meine Finger ins Wasser, lasse die Kälte, die wie ein Schock wirkt, meine Hand verschlucken. Ich bewege meine Hand durch das Meerwasser und denke darüber nach, daß das Meer, dieser Hafen, ein Hort von Geheimnissen ist, seine eigene Elegie.

Ich war schon einmal hier. Vor einem Jahr. Ich habe die Insel fotografiert, die Vegetation, die sich im Widerstand gegen das Wetter tief in den Boden gegraben hat: schwarzes Riedgras und Wachsmyrte, Sauerampfer und Meersenf. Die Insel ist nicht völlig unfruchtbar, aber sie ist karg und rauh. Sie ist aus Granit, und überall sind zackige, scharfkantige Felsen. Auf Smuttynose zu leben muß einer besonderen Hartnäckigkeit bedurft haben, und ich stelle mir vor, daß die Menschen damals sich ebenso gegen die Elemente gestemmt, ihre Wurzeln so tief in die Felsspalten gesenkt haben wie die Pflanzen, die bis heute überlebt haben.

Das Haus, in dem die beiden Frauen ermordet wurden, ist 1885 abgebrannt, aber als ich vor einem Jahr hier war, habe ich den Fußabdruck des Hauses fotografiert, die Markierung seiner äußeren Umgrenzung. Ich setzte mich in ein Boot und machte Aufnahmen von den gebleichten

Felssimsen von Smuttynose und den schwarzrückigen Möwen, die auf der Jagd nach Fischen, die nur sie sehen konnten, über der Insel aufstiegen und kreisten. Als ich damals hier war, gab es gelbe Rosen und Brombeeren.

Ich ziehe meine Hand aus dem Wasser und lasse die Tropfen in den Karton mit den Papieren fallen, die an den Rändern schon vom überschwappenden Wasser durchfeuchtet sind. Das rosafarbene Licht wird langsam violett.

Manchmal stelle ich mir vor, daß man eine Geschichte nur oft genug zu erzählen braucht, um zu bewirken, daß der Schmerz nachläßt und die Worte an den Armen herabperlen und vom Körper abtropfen wie Wasser: Dann würde ich diese Geschichte tausendmal erzählen.

Es ist meine Aufgabe, zu rufen, wenn ich etwas sehe, ein Felsenriff, eine Insel. Ich stehe am Bugspriet und starre in den Nebel. Angestrengt spähend, beginne ich Dinge zu sehen, die in Wirklichkeit gar nicht da sind. Zuerst winzige, sich bewegende Lichter, dann ungemein feine Schattierungen von Grau. War das ein Schatten? War das eine feste Form? Und dann, so überraschend, daß ich ein paar wichtige Sekunden lang keinen Ton herausbringe, ist alles da: Appledore und Londoner's und Star und Smuttynose – Felsen, die aus dem Nebel auftauchen. Smuttynose in seiner unverwechselbaren Gestalt, flach, mit gebleichten Felssimsen, abschreckend, still.

Ich rufe. Land, sage ich wahrscheinlich.

Manchmal überkommt mich auf dem Boot ein Gefühl von Klaustrophobie, selbst wenn ich allein am Bugspriet stehe. Das habe ich nicht erwartet. Wir sind vier Erwachsene und ein Kind, die freundschaftlich zusammenleben müssen, und das auf einem Raum, der nicht größer ist als ein kleines Zimmer und beinahe immer feucht. Die Leintücher sind feucht, meine Unterwäsche ist feucht. Rich, der das Boot seit Jahren besitzt, sagt, das sei beim Segeln immer so. Er vermittelt mir den Eindruck, daß es ein Zeichen von Charakter ist, die Feuchtigkeit zu akzeptieren, sie sogar in gewisser Weise erheiternd zu finden.

Rich hat eine neue Frau mitgebracht, die Adaline heißt.

Rich gibt Anweisungen. Das Segelboot ist alt, ein Morgan 41, aber gut gepflegt, das Teakholz frisch gefirnißt.

Rich ruft nach den Bootshaken, brüllt Thomas zu, er soll sich die Boje schnappen. Rich drosselt den Motor, schaltet in den Rückwärtsgang, gibt etwas Gas, manövriert das lange, schlanke Boot – diesen Raum, der sich durch Wasser bewegt – an den Liegeplatz. Thomas beugt sich hinaus, wirft das Seil um die Boje. Adaline sieht von ihrem Buch auf. Es ist unser dritter Tag auf dem Boot: Hull, Marblehead, Annisquam und jetzt die Isles of Shoals.

Die Isles of Shoals, eine Inselkette, liegen im Atlantischen Ozean, zehn Meilen südöstlich von Portsmouth vor der Küste von New Hampshire. Die Inseln messen von Norden nach Süden dreieinhalb Meilen und von Osten nach Westen anderthalb. Bei Flut sind es neun Inseln, bei Ebbe acht; White and Seavey's sind miteinander verbunden. Die größte Insel sah in den Augen ihrer ersten Bewohner aus wie ein dickes Schwein, das sich im Meer suhlt, daher der Name Hog, das englische Wort für Hausschwein. Smuttynose, Schmutznase, unser Ziel, erhielt seinen Namen von einem Büschel Seetang an einer Felsnase, die in den Ozean hinausragte. Es war immer ein abstoßender Name, wenn sich auch die anderen in einem Schiffslogbuch sehr poetisch lasen: »Heute haben wir die Inseln Star, Malaga, Seavey's und Londoner's passiert und mit Erfolg den gefährlichen Felsen Shag sowie Eastern und Babb's und Mingo umschifft.«

Im Jahr 1635 wurden die Isles of Shoals amtlich aufgeteilt zwischen der damaligen Massachusetts Bay Colony, zu der Maine gehörte, und jenem Gebiet, das später den Namen New Hampshire erhielt. Duck, Hog, Malaga, Smuttynose und Cedar fielen an Maine; Star, Londoner's, White und Seavey an New Hampshire. Diese Teilung ist bis heute gültig geblieben. 1635, als die Verfügung erlassen wurde, flohen fast alle Bewohner von Star nach Smuttynose, weil in Maine der Genuß von Alkohol noch erlaubt war.

Den Reiseführern entnehme ich erstaunliche Dinge: Auf der Insel Star versteckte sich im Jahr 1724 eine Frau namens Betty Moody mit ihren drei Kindern vor Indianern in einer Höhle. Sie kauerte tief auf der Erde und hielt eines ihrer Kinder, ein Mädchen im Säuglingsalter, fest an ihre Brust gedrückt. Mrs. Moody wollte ihr Kind stillhalten, damit es ihr Versteck nicht verriet, aber als die Indianer wieder weg waren, entdeckte sie, daß sie das kleine Mädchen erstickt hatte.

Rich sieht aus wie ein Ringer: Er ist muskulös und kompakt. Sein Kopf ist kahlrasiert, und er hat tadellose Zähne. Ich finde, er hat überhaupt keine Ähnlichkeit mit Thomas – ein seltsamer genetischer Streich; die beiden trennen zehn Jahre. Rich kitzelt Billie gnadenlos, selbst im Zodiac. Sie kreischt, als würde sie gefoltert, und beschwert sich dann, wenn er aufhört. Rich geht mit der Anmut eines Athleten auf dem Morgan umher und macht den Eindruck eines Mannes, für den noch nie irgend etwas kompliziert war.

Wir sind bloß von Annisquam herübergefahren und kommen am frühen Vormittag an. Ich beobachte Thomas, wie er sich über das Heck beugt, um den Anker aufzuholen. Seine Beine sind blaß, mit Wirbeln braunen Haars über den Kniekehlen. Über seiner Badehose trägt er ein blaues Hemd, die Ärmel bis zu den Ellbogen aufgekrempelt. Es ist merkwürdig, Thomas, der seit fünfzehn Jahren mein Mann ist, mit Bootsarbeiten beschäftigt zu sehen, Schiffsjunge seines jüngeren Bruders. Ohne seinen Stift und seine Bücher scheint Thomas entwaffnet, verwirrt durch körperliche Arbeit. Während ich ihn beobachte, denke ich, wie so oft, daß mein Mann zu groß wirkt für seine Umgebung. Es ist, als müsse er ständig den Kopf einziehen, selbst im Sitzen. Sein Haar, das er ziemlich lang trägt und das jetzt beinahe farblos ist, fällt ihm in die Stirn, und er schiebt es mit einer Geste weg, die ich liebe und tausendmal gesehen habe. Mir fällt manchmal auf, daß Thomas trotz seiner altersmäßigen Überlegenheit, oder vielleicht gerade ihretwegen, von der Anwesenheit Richs und Adalines irritiert ist, wie vielleicht ein Vater in Gesellschaft eines erwachsenen Sohns und einer Frau.

Woran denkt Adaline, wenn sie Thomas beobachtet? Mein Mann ist ein Dichter ersten Ranges, schon jetzt so etwas wie ein Emeritus an der Universität, obwohl er erst siebenundvierzig ist. Adaline ist keine Dichterin, scheint aber Thomas' Arbeiten sehr zu bewundern. Es würde mich interessieren, ob sie Thomas' Gedichte schon früher gekannt oder sie eigens für die Fahrt studiert hat.

Wenn Zeit ist, lese ich über die Inseln nach. Ich schleppe pfundweise Papiere in meiner Kameratasche mit – Reiseführer, Artikel über die Morde, ein Prozeßprotokoll –, Materialien von *Research*, wo man zu glauben scheint, daß ich die Reportage schreiben werde. Als die Morde 1873 verübt wurden, berichteten die Zeitungen über das Verbrechen, und später sprachen dieselben Zeitungen vom »Jahrhundertprozeß«. Das ist ein vertrauter Ausdruck in diesem Sommer, in dem wir Zeugen eines Gerichtsspektakels sind, das selbst die begierigsten Beobachter fast sprachlos macht. Mein Verleger meint, daß es zwischen den beiden Ereignissen Parallelen gibt: ein Doppelmord, mit einem scharfen Instrument begangen, ein aufsehenerregender Prozeß, Indizienbeweise, die an winzigsten Tatsachendetails hängen. Ich selbst sehe kaum Ähnlichkeiten, aber eine Zeitschrift macht eben aus jeder Kleinigkeit, was sie kann. Ich werde dafür bezahlt, die Bilder zu schießen.

Mein Spesenkonto ist großzügig bemessen, aber Rich, der technische Fachzeitschriften verlegt, will von Geld nichts hören. Ich bin froh, daß Thomas an seinen jüngeren Bruder und dessen Boot gedacht hat: Ich würde nicht gern mit einem fremden Bootsführer und einer fremden Mannschaft auf so beengtem Raum hausen.

Wie lange, überlege ich, ist Rich schon mit Adaline zusammen?

Ich lese viele Berichte über die Morde. Am meisten frappiert mich die Relativität von Fakten.

Wenn ich über die Morde nachdenke, versuche ich, mir vorzustellen, was in dieser Nacht geschehen ist. Ich denke mir, es war schwerer Sturm, und der Wind vom Meer rüttelte an den Scheiben. Manchmal kann ich diesen Wind hören und das Holzhaus unter den hohen Federwolken einer Vollmondnacht sehen. Maren und Anethe werden auf dem Rücken liegend nebeneinander in dem Doppelbett geschlafen haben – oder könnte es sein, daß sie einander berührt haben? –, und im Nebenzimmer wird Karen plötzlich erschreckt aufgeschrien haben.

Oder hat zuerst der Hund gebellt?

Manchmal stelle ich mir vor, die Morde wären ein Geschehen subtiler Anmut und Schönheit gewesen, schlanke Arme in weißen Nachtgewändern, gegen den Schrecken erhoben, weiße Nachtgewänder im Kontrast zu Schnee, scharfkantige Felsen und Sturm, der das dünne Leinen bauscht wie Laken auf einer Wäscheleine. Ich sehe einen Arm, emporgereckt an einem Fenster, auf dessen Scheiben der Mond dunkle Flecken wirft, und höre eine Frau, die einer anderen und noch einer anderen etwas zuruft, während unter ihnen, am Ufer, die Wellen schnell und hart gegen das kleine Boot klatschen.

Ich liebe es, meine Tochter zu beobachten, wenn sie in ihrem Badeanzug, der ihr, ausgeleiert und lappig, weit über den Po hochrutscht, auf dem Boot umherläuft. Ihr kleiner Körper ist rund und schön, oft salzig, wenn ich ihren Arm ablecke. Billie mit ihren fünf Jahren ist hingerissen von dem Boot, auf dem es massenhaft kleine Fächer und raffinierte Plätze gibt, wo sie die wenigen Spielsachen, die sie mitnehmen durfte, unterbringen kann. Sie schläft in der hinteren Koje neben der Kajütentreppe. Adaline und Rich sind in der vorderen Kabine, Privileg des Eigentümers. Thomas und ich sind mittschiffs untergebracht, nicht so ungestört in einem offenen Raum mit einem Bett, das jeden Morgen zum Frühstückstisch zusammengeklappt wird.

Ab und zu entdecke ich unten Billies sandige Fußabdrücke. Sand im Kühlschrank. Stört es Rich? Ich glaube nicht. Billies Haar ist in der Sonne heller geworden und ringelt sich durch die Feuchtigkeit. Immer häufiger fällt mir auf, daß ihre Pupillen erweitert sind und ihre Augen dadurch beinahe schwarz erscheinen. Sie hat ungewöhnlich lange Wimpern, die jedem Zwinkern übermäßige Betonung geben. Der Verlust der beiden oberen Schneidezähne hat ihr Lächeln breiter gemacht und ein leichtes Lispeln hervorgerufen.

Morgens höre ich Adaline und Rich in der vorderen Kabine: ein Rascheln von Stoff, ein Murmeln, rhythmische Bewegungen. Die Laute, die Adaline ausstößt, sind erstaunlich – guttural und manchmal wild. Allmählich ahne ich, wann die Geräusche einsetzen, und gehe rechtzeitig fort. Ich steige im Bademantel zum Cockpit hinauf. Ich überlege, ob Billie Angst bekommen würde, wenn sie erwachte. Angst, daß Adaline etwas angetan wird.

Ich denke mir, daß Evan, er war Anethes Mann, am Morgen nach den Morden zum Haus gestürzt ist, wie rasend nach den Berichten über das Unvorstellbare. Die hohen Federwolken haben sich um diese Zeit wohl gelichtet, die Sonne hat schon die Felsen erreicht, und der Schnee beginnt zu schmelzen. Evan wird der erste im Haus gewesen sein. Er hätte sich das nicht nehmen lassen.

Im Jahr 1852 saß Nancy Underhill, eine Lehrerin, auf der Insel Star auf einem Felsvorsprung, als eine Welle sie ins Meer riß. Ihre Leiche wurde eine Woche später in Cape Neddick, Maine, gefunden.

Nachdem wir an diesem Morgen den Anker gelichtet haben, steht Adaline im Cockpit, die Hände in die Hüften gestemmt, mit ihren Blicken die Küste von Smuttynose absuchend, als könnte sich ihr dort etwas von tiefer Bedeutsamkeit offenbaren. Ihre Aussprache hat noch den Anklang eines irischen Akzents, und ihre Stimme verleiht ihr eine Ausstrahlung von Autorität, die bei mir nicht unbedingt vorhanden ist. Ihre Rede hebt und senkt sich und sinkt noch ein wenig tiefer und kehrt dann in einen Bereich zurück, in dem sie wieder hörbar ist – wie leise Kirchenmusik, denke ich oft, oder das melodische Plätschern des Wassers am Bootsrumpf.

Adaline bewegt sich wie eine Tänzerin, wiegend ihre Balance suchend. Wenn sie morgens die Leiter heraufkommt und aus der Kajütsluke auftaucht, scheint sie ins Cockpit zu schweben. Sie trägt lange Röcke aus dünner Baumwolle, dazu Blusen, die ihr lose um die Hüften fallen. Am Hals trägt sie ein goldenes Kreuz, ein Schmuckstück, das bei einer Frau ihres Alters und Formats irgendwie überrascht. Das Kreuz lenkt den Blick auf die kleine Mulde zwischen ihren Schlüsselbeinen, die glatt ist und sonnengebräunt. Es ist, als hätte sie als junges Mädchen eine Halskette mit einem Kreuz getragen und einfach vergessen, sie abzulegen.

Adaline, hat Rich mir erzählt, arbeitet bei der Bank of Boston in der internationalen Abteilung. Sie spricht nie über ihre Arbeit. Ich stelle sie mir in Kostümen vor, an Flugsteigen auf Flughäfen. Sie hat Narben an den Handgelenken, etwas schiefe vertikale Striche in glattem Fleisch, als hätte sie einmal versucht, ihre Adern mit einer Rasierklinge oder einem Messer zu finden. Sie hat einen auffallenden Mund mit vollen geschwungenen Lippen gleicher Ausformung, fast ohne einen Amorbogen.

Manchmal stelle ich mir vor, daß ich Maren Hontvedt am Ende ihres Lebens sehen kann. Die Tapete im Zimmer, in dem sie sitzt, ist vergilbt, aber unversehrt. Eine Haube mit Lochstickerei bedeckt ihr Haar. Ich bemerke den schlaffen Fall des Umschlagtuchs, das sich in ihren Schoß schmiegt, die ruhige Haltung ihres Körpers. Der Fußboden ist nackt, aus Holz, und auf dem Toilettentisch steht eine Schüssel mit Wasser. Das Licht vom Fenster her fällt auf ihr Gesicht und ihre Augen. Es sind graue Augen, noch nicht verblaßt, und in ihnen hat sich ein Ausdruck bewahrt, den andere, die sie kannten, vielleicht erkennen würden.

Ich denke mir, daß sie dem Tod nahe ist und bald sterben wird. Es gibt Gedanken und Erinnerungen, an denen sie festhält und die sie auskostet, indem sie sie sich vor Augen hält, wie man das vielleicht mit der vergilbten Fotografie eines Kindes tut. Ihr Gesicht hängt in Falten, die Haut ist wie zerdrückter Samt, von der Farbe getrockneter Hortensien. Sie war nicht schön als junge Frau, aber ihr Gesicht war gut geschnitten, und sie war stark. Der Bau ihres Gesichts ist noch so, wie er war, und man kann die Knochen erkennen, etwa so wie die Konturen eines Stuhls, der von losem Stoff bedeckt ist.

Ich frage mich: Wenn man eine Frau bis zum äußersten treibt, wie wird sie sich verhalten?

Nachdem wir geankert haben, bietet Rich mir an, mich im Zodiac nach Smuttynose hinüberzubringen. Billie bettelt, mitkommen zu dürfen. Ich knipse in der Hocke aus dem Beiboot und lehne mich dabei an die Bootswand, um das Gleichgewicht nicht zu verlieren. Ich arbeite mit der Hasselblad und einem Teleobjektiv mit Polarisationsfilter. Von Zeit zu Zeit rufe ich Rich zu, er solle den Motor drosseln, damit die Vibrationen nicht so stark sind, oder ich bedeute ihm mit einer Geste meiner Hand, daß er wieder aufdrehen kann.

Es gibt zwei Häuser auf der Insel. Das eine ist ein kleines Holzschindelhaus und trägt den Namen Haley-House. Es ist nicht bewohnbar, aber es ist von historischer Bedeutung und besitzt eine große ästhetische Reinheit. Das andere ist ein Schuppen mit den nötigsten Vorräten für Schiffbrüchige. Maren Hontvedts Haus wurde zwölf Jahre nach den Morden durch einen Brand zerstört.

Rich bringt den Zodiac gekonnt hinter der verfallenen Mole von Smuttynose an Land. Der Strand ist klein, schmal, geschwärzt von dunklen Steinen und verkohlten Holzstücken. Die Luft ist herb, und ich verstehe, warum man vor Jahren Seeluft als Tonikum für den Körper verschrieben hat. Billie zieht ihre Schwimmweste aus und setzt sich mit übereinandergeschlagenen Beinen in den Sand; das lavendelblaue T-Shirt bedeckt ihren Bauch nicht ganz. Rich ist schon gebräunt, ein gleichmäßiges Rotgold auf Beinen, Armen und im Gesicht. An seinem Hals ist eine Linie. Wir haben Thomas und Adaline auf dem Morgan zurückgelassen.

In den Wintermonaten wurden auf den Isles of Shoals die Fenster niemals geöffnet, und die Kinder durften nicht hinaus, so daß bis zum März die Luft in den Häusern schal und faulig und verraucht war und die Kinder kaum atmen konnten.

Rich nimmt Billie bei der Hand und führt sie über die Molde hinaus, um mit ihr zwischen den Felsen nach Muscheln zu suchen, die sie in ihren Eimer wirft. Ich hänge mir meine Kameratasche über die Schulter und mache mich auf den Weg zum Ende der Insel. Dort will ich umdrehen, um die Insel in ihrer ganzen Länge aufzunehmen. An meinem Ziel, der nördlichsten Spitze der Insel, gibt es einen Fels, der wie das Fesselgelenk eines Pferdes geformt ist. Im Innern der kantig geschnittenen Felsen befindet sich ein geschützter Raum, eine Höhle direkt am Meer, in die bei Flut das Wasser schwappt. Es ist glitschig auf den Steinen, aber nachdem ich meine Kameratasche auf einem trockenen Vorsprung deponiert und in einer Spalte verankert habe, damit der Wind sie nicht wegblasen kann, krieche ich wie ein Krebs in die Höhle und hocke mich dort nieder. Auf drei Seiten sind die Untiefen und brodelndes Wasser, und Richtung Osten ist nichts als der Atlantische Ozean. Anders als der Hafen und die Stelle, wo wir angelegt haben, ist diese Seite der Insel ungeschützt. Flechten kriechen über die Felsen, und kleine Fliegen stieben in heller Aufregung in die Höhe, wenn eine Welle anbrandet und zerbirst.

Auf dem Felsen, der *Maren's Rock* genannt wird, schließe ich die Augen und versuche, mir vorzustellen, wie es wäre, eine ganze Winternacht in dieser Höhle zu kauern, in der Finsternis, bei Schnee und eisigen Temperaturen, gewärmt von nichts als einem Nachthemd und einem kleinen schwarzen Hund.

Ich krieche vom Felsen hinunter und schramme mir dabei das Schienbein auf. Ich hole meine Kameratasche, die unverrückt in der Spalte liegt. Ich verschieße einen ganzen Farbdiafilm, sechsunddreißig Aufnahmen von *Maren's Rock*. Ich gehe die Insel in ihrer ganzen Länge ab, mühe mich durch dichtes, dorniges Gestrüpp.

Am 14. Januar 1813 versuchten vierzehn schiffbrüchige spanische Seeleute, die ein Orkan nach Smuttynose verschlagen hatte, den Kerzenschimmer in einem oberen Fenster von Kapitän Haleys Haus zu erreichen. Sie kamen in einem Schneesturm keine fünfzehn Meter von ihrem Ziel entfernt um und wurden unter Steinen auf der Insel begraben. Ein Mann schaffte es bis zu der Steinmauer, dann konnte er nicht mehr weiter. Kapitän Haley entdeckte ihn am folgenden Morgen. Weitere sechs Leichen wurden am 17. Januar gefunden, nochmals fünf am 21., und der letzte Tote wurde, »in den Felsen vor der Insel Hog eingeklemmt«, am 27. gefunden. Laut Bericht der *Boston Gazette* vom 18. Januar hatte das Schiff namens *Conception* ein Gewicht zwischen drei- und vierhundert Tonnen und hatte Salz geladen. Niemand in Amerika hat je die Namen der toten Seeleute erfahren.

Als ich wieder zu Rich und Billie komme, hocken sie am Strand, die Zehen in den Sand gegraben. Ich setze mich zu ihnen, die Knie hochgezogen, die Arme um meine Beine geschlungen. Billie steht auf, wirft einen Blick in ihren Eimer und beginnt in steifbeinigen Sprüngen um uns herumzuhüpfen.

»Meine Finger sind ganz *blutig*«, verkündete sie stolz. »Wir haben mindestens eine Million runtergezogen. Mindestens! Stimmt's, Onkel Rich?«

»Absolut. Mindestens eine Million.«

»Wenn wir wieder auf dem Boot sind, kochen wir sie zum Essen.« Sie beugt sich wieder über ihren Eimer und mustert die Muscheln mit feierlichem Ernst. Dann schickt sie sich an, den Eimer zum Wasser hinunterzuschleppen.

»Was tut sie jetzt?« fragt Rich.

»Ich glaube, sie will den Muscheln was zu trinken geben.«

Er lächelt. »Ich habe mal einen Bericht von einem Piloten gelesen, der sagte, das Schönste, was er je aus der Luft gesehen habe, seien die Isles of Shoals.« Er streicht sich mit der Hand über den kahlrasierten Kopf. Sein

Schädel ist vollendet geformt, ohne Buckel und Rinnen. Ich frage mich, ob er vor Sonnenbrand Angst hat.

»Adaline scheint sehr nett zu sein«, bemerke ich.

»Ja, das ist sie.«

»Sie bewundert Thomas's Arbeit.«

Rich sieht weg und wirft Steinchen. Sein Gesicht ist nicht zart wie Thomas'. Rich hat dunkle buschige Augenbrauen, die über der Nase fast zusammentreffen. Manchmal denke ich, daß er Thomas' Mund hat, aber das stimmt nicht. Der Mund von Rich ist härter, stärker ausgeprägt im Profil. »Childe Hassam hat hier gemalt«, sagt er. »Wußtest du das?«

»Ich hätte nicht gedacht, daß jemand, der bei der Citibank arbeitet, sich so gut in der Lyrik auskennt«, sage ich.

»Sie arbeitet bei der Bank of Boston.« Er dreht den Kopf und sieht mich an. »Gedichte sind doch etwas Universelles, findest du nicht? Ich meine, die Freude daran.«

»Ja, wahrscheinlich.«

»Wie geht es Thomas?«

»Ich weiß nicht. Ich glaube, er hat sich mit Erfolg eingeredet, daß jedem Dichter nur eine begrenzte Anzahl von Wörtern zur Verfügung steht und daß er sein Kontingent verbraucht hat.«

»Mir ist aufgefallen, daß er nicht trinkt«, sagt Rich. Richs Beine sind braun und dunkel behaart. Während ich seine Beine betrachte, denke ich über diesen Streich der Natur nach, dem es zu verdanken ist, daß Thomas und Rich anscheinend völlig unterschiedliche Gene mitgegeben wurden. Ich schaue zum Boot hinaus, das hundertdreißig Meter von uns entfernt im Hafen schaukelt. Der Mast schwankt im unregelmäßigen Schlag der Wellen.

»Adaline war mal verheiratet«, sagt Rich. »Mit einem Arzt. Sie haben ein Kind.«

Ich wende mich ihm zu. Er sieht wohl Überraschung in meinem Gesicht.

»Ich glaube, das Mädchen muß jetzt drei oder vier sein. Sie lebt bei ihrem Vater. In Kalifornien.«

»Das wußte ich nicht.«

»Adaline sieht das Kind nie. Sie will es nicht.«

Ich schweige. Ich versuche, diese Neuigkeit aufzunehmen und mit dem goldenen Kreuz und der melodischen Stimme zu vereinbaren.

»Adaline ist aus Irland hier rübergekommen«, sagt er. »Wegen dieses Arztes.«

Er beugt sich zu mir und wischt etwas getrockneten Schmutz von meiner Wade. Er streicht mit den Fingerspitzen über mein Bein. Ich denke bei mir, daß die Wade eine Körperstelle ist, die man selten berührt. Es würde mich interessieren, ob er seinen Kopf jeden Tag nachrasiert. Wie die obere Rundung seines Kopfs sich anfühlt.

»Sie ist irgendwie distanziert«, sagt er, seine Finger zurückziehend. »Sie hält es mit niemandem lange aus.«

»Wie lange seid ihr schon zusammen?«

»Ungefähr fünf Monate. Ich glaube, meine Zeit ist fast abgelaufen.«

Ich bin versucht zu entgegnen, daß ich dem in Anbetracht der Geräusche, die aus der vorderen Kabine zu hören sind, nicht zustimmen kann.

Vor uns legt sich Billie am Wasser nieder, hauptsächlich, denke ich, um Sand in ihre Haare zu bringen. Ich werde nervös und will aufstehen. Rich legt beschwichtigend seine Hand auf meinen Arm.

»Alles in Ordnung. Ich habe sie im Auge.«

Ich entspanne mich ein wenig und setze mich wieder.

»Wolltest du mehr?« frage ich. »Von Adaline, meine ich.«

Er zuckt die Achseln.

»Sie ist sehr schön«, sage ich.

Rich nickt. »Ich habe euch immer beneidet«, sagt er. »Dich und Thomas.«

Er hebt die Hand zum Gesicht, um seine Augen zu beschatten, und blickt blinzelnd zum Boot hinüber.

»Ich sehe niemanden im Cockpit«, sage ich.

Einige Minuten später mache ich ein Bild von Rich und Billie mit ihrem Eimer voll Muscheln. Rich liegt auf dem kleinen Stück unwirtlichen Strands, die Knie hochgezogen, dunkle Ringe in den weiten Öffnungen seiner Khakishorts. Der Blick wird zu diesen dunklen Ringen hingezogen. Seine Arme sind in einer Geste der Unterwerfung zu beiden Seiten ausgebreitet. Sein Kopf ist in eine Mulde im Sand gesunken, so daß sein Körper bei seinem Hals zu enden scheint. Billie steht über ihm, den Oberkörper an der Taille abgebogen, die Arme hinter sich ausgestreckt wie zwei kleine Flügel, um nicht das Gleichgewicht zu verlieren. Sie spricht mit Rich oder stellt ihm eine Frage. Rich wirkt verletzlich unter ihrem forschenden Blick. Neben Billie steht ihr grüner Plastikeimer mit den Muscheln, die vielleicht gerade mal als Vorspeise für zwei reichen. Hinter den beiden sieht man das Haley-Haus, klein und alt, die Holzteile adrett in einem stumpfen Ziegelrot gestrichen.

Wenn ich mir die Fotografien ansehe, fällt es mir schwer, nicht zu denken: Da hatten wir noch siebzehn Stunden oder zwölf oder drei.

Gleich nachdem das Foto gemacht ist, setzt Rich sich auf. Er erinnere sich, erzählt er Billie, daß ein Pirat namens Blackbeard einst seinen Schatz auf dieser Insel vergraben habe. Er steht auf und sucht im Gestrüpp, prüft diesen Ast und jenen, bis er zwei gegabelte Stöckchen gefunden hat. Dann macht er sich mit Billie auf den Weg, während ich am Strand warte. Nach einer Weile – fünfzehn Minuten oder zwanzig? – höre ich einen Schrei von Billie. Sie ruft mich. Ich springe auf, um nach ihr Ausschau zu halten, und gehe dann zu der Stelle, wo sie und Rich stehen, ungefähr sechzig, siebzig Meter vom Strand entfernt. Billie und Rich beugen sich über ein Loch, das sie in den Sand gegraben haben. In dem Loch liegt ein Schatz: fünf Vierteldollarmünzen, zwei Dollarscheine, ein goldfarbener Zahnstocher, ein Armband aus Kupferdraht und ein silberfarbener Ring. Rich gibt vor, die Inschrift in der Innenseite des Rings zu lesen. »›Für E von E in ewiger Liebe‹«.

»Was heißt ›von E für E‹?« fragt Billie.

»Blackbeards richtiger Name war Edward, und der fängt mit einem ›E‹ an. Und seine Frau hieß Esmeralda, das fängt auch mit einem ›E‹ an.«

Billie läßt sich das durch den Kopf gehen. Rich erzählt ihr, der silberne Ring habe Blackbeards fünfzehnter Frau gehört, die von Blackbeard selbst getötet wurde. Billie hebt fast ab vor Aufregung und Grusel.

Die Grenzlinien des Hontvedt-Hauses – vor den Morden auch schlicht als »das rote Haus« bekannt – sind mit Pfählen abgesteckt. Diese Grenzlinien messen ungefähr sechseinhalb mal zehn Meter. Auf diesem kleinen Raum waren zwei Wohnungen untergebracht, durch eine türlose Wand voneinander getrennt. Auf der Nordwestseite des Hauses waren zwei Haustüren.

Nach der kurzen Fahrt zurück klettere ich, von Richs helfender Hand gezogen, aus dem Zodiac auf das Segelboot. Thomas und Adaline sitzen einander auf Leinenpolstern gegenüber im Cockpit. Meerwasser tropft von ihren Körpern und sammelt sich zu Pfützen auf dem Boden. Sie seien schwimmen gewesen, sagt Adaline, und Thomas scheint leicht außer Atem.

Adaline hat die Arme hinter dem Kopf erhoben und wringt ihr Haar aus. Ihr Bikini ist rot, zwei knallrote Fetzchen Stoff auf feucht glänzender Haut. Ihr Bauch, eine gefällige flache Fläche von einer Farbe wie Toast, sieht aus wie der eines jungen Mädchens. Ihre Oberschenkel sind lang und naß, und in den hellbraunen Härchen hängen Tröpfchen von Meerwasser.

Sie dreht ihr Haar zusammen und lächelt mich an. Ihr Gesicht ist die reine Unschuld, wenn sie lächelt. Ich versuche, dieses Lächeln mit den wilden, gutturalen Lauten in Einklang zu bringen, die morgens aus der vorderen Kabine dringen.

Ich rufe mir diese Momente nicht allein um ihrer selbst willen ins Gedächtnis, sondern weil in ihnen das Wissen steckt, daß es jenseits dieser Erinnerungen einen Zeitpunkt gibt, der nicht gelöscht werden kann. Jedes Bild ein Trittstein, der in Unschuld oder, wenn nicht in Unschuld, dann in einer Art gedankenloser Blindheit genommen wurde.

Rich geht sofort zu Adaline und legt besitzergreifend seine Hand auf ihren flachen Bauch. Er küßt sie auf die Wange. Auch Billie macht einen Schritt vorwärts, zu Schönheit hingezogen wie jeder von uns. Ich erkenne, daß Billie einen Grund finden wird, um sich an diese langen Beine zu schmiegen. Mit Anstrengung hält Thomas seinen Blick auf mich gerichtet und erkundigt sich nach unserem kleinen Ausflug. Ich geniere mich für Thomas, wegen der ungewöhnlichen Blässe seiner Haut, wegen seiner Brust, die schlaff wirkt. Ich möchte ihn mit seinem blauen Hemd bedecken, das in einer Pfütze liegt.

Am 5. März 1873 lebten etwa sechzig Menschen auf den Inseln, die zu den Shoals gehören: die Familie des Leuchtturmwärters auf White; Arbeiter, die auf Star ein Hotel bauten; zwei Familien – die Laightons und die Ingerbretsons – auf Appledore, früher Hog genannt; und eine Familie, die Hontvedts, auf Smuttynose.

Wir fahren mit dem Zodiac nach Portsmouth. Wir sind hungrig und möchten zu Mittag essen, denn wir haben nicht viel an Vorräten auf dem Boot. Wir setzen uns in ein Restaurant, das eine Veranda und eine Markise hat. Es ist dem Wasser so nahe, wie man ihm in Portsmouth nur kommen kann, wenn ich auch finde, daß es da außer den Schleppern und Fischkuttern nicht viel zu sehen gibt. Ein scharfer Windstoß packt die Markise und zerrt sie in die Höhe, so daß die Stangen, die sie tragen, sich vom Boden heben. Die Markise reißt an einer Ecke los und gießt den Wind aus, der sie füllt. Die Leinwand flattert im Luftzug.

»›Die Himmel reißen‹«, sagt Thomas.

Adaline sieht ihn an und lächelt. »›Welten und Seelen entblößt.‹«

Thomas scheint überrascht. »›Geteilte Wasser‹«, sagt er.

»›Gebrochenes Flüstern.‹«

»›Eingesperrte Anmut.‹«

»›Gefesseltes Sonnenlicht.‹«

Ich denke an Pingpongbälle, die hart über eine Platte geschlagen werden.

Adaline macht eine Pause. »›Aufgestürmte See‹«, sagt sie.

»Ja«, antwortet Thomas leise.

Im Restaurant ißt Billie einen Käsetoast wie immer. Es ist schwierig, sie in einem Restaurant im Zaum zu halten, ein Sprudeln, das überschäumen und aus der Flasche heraus will. Ich trinke ein Bier namens Smuttynose; mit dem Namen will man wohl aus den Morden Kapital schlagen. Warum nennen sie ein Bier nicht Appledore oder Londoner's? Das Getränk ist dunkelbraun und schwerer, als ich es gewohnt bin, und ich glaube, ich bekomme einen kleinen Schwips. Ich bin nicht sicher. Das Boot selbst ruft eine Art Trunkenheit hervor, die einem Stunden nachhängt. Selbst wenn man den Fuß auf festes Land setzt, schwankt man noch, fühlt immer noch den dumpfen Schlag des Wassers gegen den Bootsrumpf.

In den Reiseführern lese ich, daß Amerika von Wikingern bei den Isles of Shoals entdeckt wurde. Bei Smuttynose.

Auf der Insel Star gibt es einen Friedhof, der Beebe heißt. Auf ihm sind die drei kleinen Töchter von George Beebe begraben, die 1863 innerhalb weniger Tage nacheinander an Diphtherie gestorben sind.

Im Restaurant esse ich ein Hummerbrötchen. Thomas nimmt gebratene Muscheln. Das Gespräch schläft ein, als hätte die Anstrengung der Fahrt mit dem Zodiac in den Hafen allen die Worte geraubt. Adaline ißt einen Salat und trinkt ein Glas Wasser. Ich bemerke, daß sie ihren Rücken gerade hält beim Essen. Rich hingegen sitzt leicht gekrümmt, die Beine vor sich ausgestreckt. Er schiebt seinen Stuhl ein wenig näher an Adalines heran und beginnt beiläufig, ihren Arm zu streicheln.

Kapitän Samuel Haley traf kurz vor dem amerikanischen Freiheitskrieg auf Smuttynose ein. Beim Steinesammeln für einen Deich, der die Lücke zwischen Malaga und Smuttynose überbrücken sollte, drehte er einen Felsbrocken um und entdeckte vier Silberbarren. Mit diesem Geld stellte er die Mole fertig und baute den Pier. Die Mole wurde im Februar 1978 zerstört.

Edward Teach, auch bekannt als Blackbeard, der Pirat, verbrachte 1720 seine Flitterwochen mit seiner fünfzehnten und letzten Ehefrau auf den Isles of Shoals. Es heißt, er habe seine Schätze auf Smuttynose vergraben.

»Hör auf, deine Serviette zu zerreißen.«

Thomas' Stimme ist rissig wie die Papierfetzen auf dem Tisch.

Adaline löst behutsam das Papierknäuel aus Billies Faust und sammelt die Schnipsel rund um ihren Teller ein.

»Wie bist du eigentlich zu einem Namen wie Billie gekommen?« fragt sie.

»Eigentlich heißt's Willemina«, antwortet Billie. Der Name rollt ihr genußvoll und geübt von der Zunge.

»Ich habe sie nach meiner Mutter genannt«, bemerke ich mit einem Blick zu Thomas. Er leert sein Weinglas und stellt es auf den Tisch.

»Meine Mama sagt Billie zu mir, weil Willemina zu alt ist«, fügt Billie hinzu.

»Altmodisch«, verbessere ich.

»Ich finde, Willemina ist ein schöner Name«, sagt Adaline. Ihr Haar ist an den Seiten eingerollt und hinten mit einer Spange zusammengefaßt. Billie stellt sich auf ihren Stuhl und neigt den Kopf, um die Rollen zu inspizieren, und sie will sehen, wie sie sich nahtlos in Adalines Nacken schmiegen.

Smuttynose mißt von Osten nach Westen 840 Meter und von Norden nach Süden 300 Meter. Es hat eine Fläche von 25,5 Hektar, fast alles Fels. Es liegt knapp zehn Meter über dem Meeresspiegel.

Thomas ist dünn und langgezogen und wirkt körperlich so, als fehlte es ihm an Durchsetzungskraft im Leben. Ich vermute, Thomas wird bis zu seinem Tod dünn bleiben, leicht gebeugt vielleicht, wie das bei manchen hochgewachsenen Männern mit dem Alter kommt. Ich weiß, bei ihm wird es elegant aussehen. Da bin ich sicher.

Ich frage mich, ob Thomas so traurig ist wie ich, wenn er morgens erwacht und in der vorderen Kabine Adaline und Rich hört.

Wir warten auf die Rechnung. Billie steht neben mir und bemalt ein Tischset. »Wo in Irland sind Sie geboren?« frage ich Adaline.

»Im Süden.«

Die Rechnung kommt. Thomas und Rich greifen danach, aber Thomas überläßt sie geistesabwesend Rich.

»Dieser Auftrag, an dem Sie arbeiten, muß für Sie doch gruselig sein«, sagt Adaline. Sie beginnt, Billies Nacken zu massieren.

»Ach, ich weiß nicht«, antworte ich. »Es ist so lange her. Wissen Sie, ich wünschte, ich könnte irgendwo ein paar alte Fotos auftreiben.«

»Du hast doch offenbar schon eine ganze Menge Material«, sagt Thomas.

»Das haben sie mir angedreht«, antworte ich und frage mich, warum meine Stimme einen abwehrenden Unterton hat. »Ich muß allerdings zugeben, daß ich die Berichte über die Morde faszinierend finde.«

Adaline hebt einen Arm und entfernt eine goldene Haarspange von ihrem Hinterkopf. Ihr Haar ist reich an Nuancen, wie eine Holzmaserung, und es lockt sich leicht in der Feuchtigkeit, genau wie Billies. Auf dem Boot trägt Adaline ihr Haar meist am Hinterkopf oder im Nacken zu raffiniert geschlungenen Rollen oder Knoten gedreht, die durch das Herausziehen einer einzigen Nadel gelöst werden können. Als sie jetzt die Spange entfernt, fällt ihr Haar, im Fall schwingend, ihren Rücken hinunter. Der Fluß von so viel Haar, die überraschende Fülle, die einem Knoten entspringt, der nicht größer ist als ein Pfirsich, wirkt im Moment wie ein kleines Kunststück, ein Taschenspielertrick, eigens für uns vorgeführt.

Ich sehe zu Thomas hinüber. Er atmet langsam. Sein Gesicht, normalerweise gut durchblutet, ist blaß geworden. Er scheint überwältigt von dem einfachen Fall des Haars aus einem Knoten – als wäre das Bild selbst oder die Erinnerung, die es hervorruft, unerwünschte Nachricht.

Ich habe nicht viele private Fotografien von Thomas. Es gibt Dutzende anderer Aufnahmen von ihm, Fotos öffentlicher Art: Buchumschlagporträts zum Beispiel und gestellte Fotos in Zeitschriften und Zeitungen. Aber auf den Fotos meiner eigenen Sammlung hat Thomas es stets geschafft, seinen Blick abzuwenden oder seinen Kopf ganz wegzudrehen, als wollte er nie und nirgends im Bild festgehalten werden. Ich besitze beispielsweise ein Foto von Thomas auf einer Party in unserer Wohnung nach Billies Geburt: Er steht leicht gebeugt im Gespräch mit einer Frau, ebenfalls einer Dichterin, die zugleich eine Freundin ist. Er hat mich mit dem Apparat kommen sehen, hat den Kopf gesenkt und ein Glas zu seiner Wange hinaufgehoben, das sein Profil fast ganz verdeckt. Ein anderes Foto zeigt Thomas mit Billie auf einer Parkbank. Billie, die auf Thomas' Knie sitzt, scheint sich der Kamera schon bewußt zu sein und lächelt strahlend, ballt ihre kleinen Fäuste vor Vergnügen an dieser neuen Unternehmung, an diesem fremden Gesicht, das ihre Mutter aufgesetzt hat – ein Gesicht mit einem suchenden und flüchtig aufblitzenden Auge. Thomas jedoch beugt seinen Kopf über Billies Nacken. Nur seine Haltung verrät dem Betrachter, daß er der Vater des Kindes ist.

Jahrelang glaubte ich, Thomas miede die Kamera, weil er eine Narbe hat, die sich vom Winkel seines linken Auges zu seinem Kinn hinunterzieht – die Folge eines Autounfalls, den er mit siebzehn hatte. Sie ist nicht entstellend, wie es manche Narben sind, die ein Gesicht so zerstören, daß man es nicht mehr ansehen möchte; Thomas' Narbe scheint vielmehr den glatten Flächen seines Gesichts zu folgen – als wäre mit einem Pinsel ein schneller Strich, eine vollendete Kurve hingeworfen worden. Es ist fast nicht möglich, diese Narbe nicht berühren zu wollen, mit der Fingerspitze über die unebene Erhebung streichen zu wollen. Aber die Narbe ist es nicht, die Thomas veranlaßt, sein Gesicht von der Kamera abzuwenden; es ist vielmehr so, denke ich, daß er es nicht ertragen kann, allzu genau von einer Linse erforscht zu werden. Geradeso wie er nicht imstande ist, sich selbst vor einem Spiegel länger in die Augen zu sehen.

Ich habe eine Fotografie von Thomas, auf der er sich nicht abwendet. Ich habe sie am Morgen nach unserer ersten Begegnung aufgenommen. Er steht vor seinem Haus in Cambridge, die Hände in den Hosentaschen. Er trägt ein zerknittertes weißes Hemd mit angeknöpften Kragenecken. Selbst bei diesem Bild hat der Betrachter das Gefühl, daß Thomas sich am liebsten entziehen würde und nur mit größter Anstrengung seine Augen auf die Kamera gerichtet hält. Er sieht alterslos aus auf diesem Foto, und nur weil ich weiß, daß er damals zweiunddreißig war, würde ich ihn nicht für siebenundvierzig oder fünfundzwanzig halten. Auf dem Bild erkennt man, daß Thomas' Haar, das von Natur aus dünn ist und keine besondere Farbe hat, vor kurzem erst geschnitten wurde. Ich habe die Aufnahme früh um neun gemacht. Er sieht an diesem Morgen aus wie jemand, den ich seit langem kenne – möglicherweise seit meiner Kindheit.

Wir sind uns zum erstenmal passenderweise in einer Bar in Cambridge begegnet. Ich war vierundzwanzig und arbeitete bei einer Bostoner Zeitung, wo man mich kürzlich zum Lokalsport versetzt hatte. Ich war auf der Heimfahrt von einem Fototermin in Somerville, wo ich Aufnahmen eines Mädchenbasketballteams der High-School gemacht hatte, und suchte dringend eine Toilette und ein Telefon.

Ich hörte seine Stimme, noch bevor ich sein Gesicht sah. Sie war tief und gemessen, besaß Autorität und keinen erkennbaren Akzent.

Als er die Lesung beendet hatte, drehte er leicht den Kopf, um ein Nicken zu erwidern, und ich konnte sein Gesicht im Licht sehen. Mir fiel sein Mund auf – er hatte einen weichen, vollen Mund, das einzig Exzentrische in einem kargen Gesicht. Später, als wir zusammensaßen, sah ich, daß er engstehende Augen hatte, und ich fand ihn deshalb nicht gutaussehend im klassischen Sinn, aber die

Iris dieser Augen war tiefblau mit goldenen Sprengeln. Er hatte große Pupillen, dunkle Kreise, die schutzlos zu sein schienen.

Ich ging zur Bar und bestellte ein Rolling Rock. Mir war flau im Kopf und im Magen, weil ich den ganzen Tag nichts gegessen hatte. Jedesmal, so schien mir, wenn ich an diesem Tag an Essen gedacht hatte, war ich schon zur nächsten Aufnahme gerufen worden. Ich lehnte mich an den Tresen und sah die Speisekarte durch. Ich bemerkte, daß Thomas neben mir stand.

»Ihre Lesung hat mir gefallen«, sagte ich.

Er warf mir einen kurzen Blick zu. »Danke«, antwortete er schnell, wie jemand, der mit Komplimenten nicht umgehen kann.

»Das Gedicht, das Sie vorgelesen haben. Das war sehr gut.«

Sein Blick glitt über mein Gesicht. »Eine alte Arbeit«, sagte er.

Der Barkeeper brachte mein Rolling Rock, und ich bezahlte für das Bier. Thomas ergriff sein Glas. Es hinterließ einen nassen runden Abdruck auf der glänzend polierten Platte des Tresens. Er nahm einen tiefen Zug und stellte das Glas wieder nieder.

»Ist das hier eine Lesung?« fragte ich.

»Dienstagabend. Lyrikabend.«

»Das wußte ich nicht.«

»Da sind Sie nicht die einzige.«

Ich versuchte, den Barkeeper auf mich aufmerksam zu machen, um eine Kleinigkeit zu essen zu bestellen.

»Thomas Janes«, sagte Thomas und bot mir die Hand. Mir fielen seine Finger auf, lang, kräftig, bleich.

Er sah wohl die Verwirrung in meinem Gesicht.

Er lächelte. »Sie haben nie von mir gehört«, sagte er.

»Ich kenne mich mit Lyrik nicht besonders aus«, erklärte ich lahm.

»Keine Entschuldigungen.«

Er hatte ein weißes Hemd an und einen Pullover mit einem komplizierten Zopfmuster. Eine graue Hose. Stiefel. Ich sagte ihm meinen Namen und daß ich Fotografin beim *Globe* sei.

»Wie sind Sie zur Fotografie gekommen?«

»Ich habe mal eine Ausstellung von AP-Fotos gesehen. Hinterher bin ich losgegangen und habe mir einen Fotoapparat gekauft.«

»Das Baby, das aus einem Fenster im dritten Stock stürzt.«

»So ungefähr.«

»Und seitdem fotografieren Sie.«

»Ich habe mir damit teilweise mein Studium verdient.«

»Sie haben viele schreckliche Dinge gesehen.«

»Einige. Aber ich habe auch sehr schöne Dinge gesehen. Einmal habe ich genau den Moment erwischt, als ein Vater sich auf dem Eis lang legte und seinen Sohn aus einem Angelloch zog. Man sieht die verschlungenen Arme von Vater und Sohn und die beiden Gesichter, die sich mit den Augen aneinander festhalten.«

»Wo war das?«

»In Woburn.«

»Kommt mir bekannt vor. Könnte es sein, daß ich das Bild gesehen habe?«

»Möglich. Der *Globe* hat es damals gekauft.«

Er nickte langsam und trank aus seinem Glas. »Im Grunde tun wir beide das gleiche«, sagte er.

»Und das wäre?«

»Wir versuchen, die Zeit anzuhalten.«

Der Barkeeper winkte ihm zu, und Thomas ging zu einem kleinen Podium am Ende des Raums. Er lehnte sich an einen Pfosten. Im Saal wurde es zu meiner Überraschung still. Nicht einmal das Klirren von Gläsern war zu hören. Thomas zog ein Stück Papier aus seiner Hosentasche und sagte, er wolle etwas lesen, was er erst an diesem Tag geschrieben habe. Einige Wörter sind mir unvergeßlich: »Täfelung« und »duftend« und »zuinnerst getroffen«.

Später standen Mengen von Gläsern auf dem Tisch, Krüge aus geschliffenem Glas, das die Getränkereste in Bruchstücke zerlegte. Endlose Kreise flüssiger Eiche, so schien es. Ich hatte den Eindruck, daß mindestens die Hälfte der Gäste in der Bar an den Tisch gekommen war, um Thomas zu einem Drink einzuladen. Thomas trank zuviel. Das sah ich schon damals. Als er aufstand, schwankte er ein wenig und hielt sich am Tisch fest. Ich berührte ihn am Ellbogen. Er schämte sich seiner Trunkenheit nicht. Er fragte mich, ob ich ihm zu seinem Wagen hinaushelfen würde. Schon da wußte ich, daß ich ihn nach Hause fahren müßte.

Ein Waschbecken mit einem Rostfleck hing an der einen Wand. Ein schmales Bett, durchgelegen und mit einem beigefarbenen Überwurf bedeckt, stand in der Mitte. Thomas legte sich rücklings auf das Bett, das für ihn zu kurz war. Ich zog ihm die Stiefel aus und setzte mich auf einen Stuhl am Schreibtisch. Sein Bauch war eingesunken und bildete eine kleine Mulde unter seinem Gürtel. Eines seiner Hosenbeine war hochgerutscht und zeigte zwei Zentimeter Haut oberhalb der Socke. Für mich war er der schönste Mann, den ich je gesehen hatte.

Als ich gewiß war, daß er eingeschlafen war, schob ich eine Hand in seine Hosentasche und zog den gefalteten Zettel heraus. Ich nahm ihn mit zum Fenster, zu einer Ritze zwischen den Vorhängen. Ich las das Gedicht beim Licht der Straßenlampen.

Nach einiger Zeit legte ich einen Finger auf die Haut seines Schienbeins. Ich zeichnete die Narbe in seinem Gesicht nach, und er zuckte im Schlaf. Ich legte meine flache Hand in die Mulde seines Bauchs. Die Hitze seiner

Haut durch das Hemd hindurch erstaunte mich, als hätte er Fieber, als arbeiteten die inneren Verbrennungsanlagen seines Körpers unwirtschaftlich.

Ich schlüpfte ins Bett und legte mich neben ihn. Er drehte sich auf die Seite, das Gesicht mir zugewandt. Es war dunkel im Zimmer, aber ich konnte sein Gesicht sehen. Ich fühlte seinen Atem auf meiner Haut.

»Sie haben mich nach Hause gebracht«, sagte er.

»Ja.«

»Ich kann mich nicht erinnern.«

»Ich weiß.«

»Ich trinke zuviel.«

»Ich weiß.« Ich hob die Hand, als wollte ich ihn berühren, aber ich tat es nicht. Ich legte meine Hand zwischen unsere Gesichter.

»Woher kommen Sie?« fragte er.

»Aus Indiana.«

»Ein Bauernmädchen.«

»Ja.«

»Im Ernst?«

»Ich bin in Boston, seit ich siebzehn war.«

»Im Studium.«

»Und danach.«

»Das Danach klingt interessant.«

»Nicht sehr.«

»Sie vermissen Indiana nicht?«

»Ein bißchen. Meine Eltern sind tot. Die vermisse ich stärker.«

»Woran sind sie gestorben?«

»An Krebs. Sie waren schon älter. Meine Mutter war sechsundvierzig, als ich geboren wurde. Warum fragen Sie mich das alles?«

»Sie sind eine Frau in meinem Bett. Sie sind eine attraktive Frau in meinem Bett. Warum sind Sie hier geblieben?«

»Ich habe mir Sorgen um Sie gemacht«, antwortete ich. »Was ist mit Ihren Eltern?«

»Sie leben in Hull. Ich bin in Hull aufgewachsen. Ich habe einen Bruder.«

»Woher haben Sie die?« Ich hob die Hand und berührte die Narbe in seinem Gesicht.

Er zuckte zusammen und drehte sich auf den Rücken, weg von mir.

»Tut mir leid«, sagte ich.

»Nein, nein, ist schon in Ordnung. Es ist nur...«

»Sie brauchen es mir nicht zu sagen. Es geht mich nichts an.«

»Nein.« Er hob einen Arm hoch und bedeckte seine Augen. Er war so lange still, daß ich dachte, er wäre eingeschlafen.

Ich bewegte mich ein wenig, mit der Absicht, aufzustehen und zu gehen. Thomas, der die Bewegung wahrnahm, zog rasch den Arm von seinen Augen und sah mich an. Er umfaßte meinen Arm. »Gehen Sie nicht«, sagte er.

Als er sich zu mir herumdrehte, öffnete er einen Knopf meiner Bluse, als würde er mich damit am Gehen hindern. Er küßte die Stelle, die er mit seinen Fingern bloßgelegt hatte. »Sind Sie mit jemandem zusammen?«

»Nein«, sagte ich. Ich legte meinen Finger auf sein Gesicht, achtete aber darauf, die Narbe nicht zu berühren.

Er machte alle Knöpfe auf. Er öffnete meine Bluse und schlug den weißen Stoff auseinander auf meine Arme. Er küßte mich vom Hals bis zum Bauch. Trockene Lippen. Leichte Küsse. Er drehte mich von sich weg und zog mir die Bluse über die Schultern hinunter. Er legte sich hinter mich, umschlang mich, drückte seine flachen Hände in meinen Bauch. Meine Arme steckten unter seinen fest, und ich fühlte seinen Atem in meinem Nacken. Er stieß hart an meinen Schenkel. Ich neigte den Kopf leicht nach vorn, ließ los, ließ es geschehen, mir, uns, und fühlte, wie sein Körper sich mit meinem streckte. Ich fühlte seine Zunge oben an meiner Wirbelsäule.

Irgendwann später in dieser Nacht weckte mich ein rauhes Stöhnen. Thomas saß nackt auf der Bettkante und drückte seine Handballen zornig in seine Augenhöhlen. Ich versuchte, seine Hände wegzuziehen, bevor er sich verletzte. Er ließ sich nach rückwärts aufs Bett fallen. Ich machte Licht.

»Was ist?« fragte ich. »Was ist los?«

»Nichts«, flüsterte er. »Es vergeht schon wieder.«

Sein Kiefer war verkrampft, und sein Gesicht war kreideweiß. Es konnte nicht nur ein Kater sein, dachte ich. Er mußte krank sein.

Er hob den Kopf vom Kissen und sah mich an. Er schien nicht in der Lage, mich zu sehen. Irgend etwas mit seinem rechten Auge stimmte nicht. »Es vergeht schon wieder«, sagte er. »Es sind nur Kopfschmerzen.«

»Kann ich was für dich tun?« fragte ich.

»Geh nicht weg«, flüsterte er. »Versprich mir, daß du nicht weggehst.« Er griff nach meiner Hand, bekam mein Handgelenk zu fassen. Er umklammerte es so fest, daß er auf meiner Haut Striemen hinterließ.

Ich machte ihm in der winzigen Küche seiner Wohnung einen Eisbeutel und legte mich wieder neben ihn. Auch ich war nackt. Es ist möglich, daß ich geschlafen habe, während er das Nachlassen der Schmerzen abwartete. Einige Stunden später drehte er sich mir zu und nahm meine Hand. Er legte meine Finger auf die Narbe. Sein Gesicht hatte wieder Farbe bekommen, und ich sah ihm an, daß die Kopfschmerzen vergangen waren. Ich zeichnete den langen unebenen Bogen in seinem Gesicht nach, wie er es wollte.

»Ich möchte dir etwas sagen«, meinte er.

Am Morgen, nach unserer langen gemeinsamen Nacht, nach der Migräne, der ersten von Dutzenden, die ich miterleben sollte, überredete ich ihn, aufzustehen und mit mir frühstücken zu gehen. Ich bat ihn, sich vor der Tür des Mietshauses von mir fotografieren zu lassen. Im Restaurant erzählte er mir mehr über die Narbe, aber die Sprache, das konnte ich hören, hatte sich schon verändert, das Davonerzählen war anders geworden. Ich merkte, daß er Bilder komponierte, nach Worten suchte. Ich trennte mich mit dem Versprechen von ihm, am späten Nachmittag wiederzukommen. Als ich zurückkehrte, hatte Thomas noch immer nicht geduscht, noch immer nicht seine Kleidung gewechselt, er strahlte eine nicht zu übersehende Hochstimmung aus, und sein Gesicht war erhitzt.

»Ich liebe dich«, sagte er, als er vom Schreibtisch aufstand.

»Das geht doch gar nicht«, erwiderte ich erschrocken. Ich blickte zum Schreibtisch hinüber. Ich sah weißes liniertes Papier, mit schwarzer Tinte bedeckt. Thomas' Finger hatten Flecken, und auf seinem Hemd war Tinte.

»Doch, das geht«, entgegnete er.

»Du hast gearbeitet«, sagte ich und ging zu ihm. Er umarmte mich. In seinem Hemd atmete ich einen Geruch, der mir in vierundzwanzig Stunden vertraut geworden war.

»Es ist ein Anfang von etwas«, sagte er, den Mund in meinem Haar.

Im Restaurant in Portsmouth dreht Thomas sich ein wenig und bemerkt, daß ich ihn beobachte.

Er greift über den Tisch. »Jean, möchtest du ein Stück spazierengehen?« fragt er. »Wir können zur Buchhandlung laufen. Vielleicht finden wir ein paar alte Fotografien von Smuttynose.«

»Ja, richtig«, sagt Adaline. »Machen Sie und Thomas sich eine Weile selbständig. Rich und ich kümmern uns um Billie.«

Rich steht auf. Das Gesicht meiner Tochter ist ernst, als

versuchte sie, älter auszusehen, als sie ist – vielleicht wie acht oder neun. Sie zieht ihr T-Shirt über ihren Shorts glatt.

»›Fette Ruhe‹«, sagt Thomas. Er spricht deutlich, doch in seiner Stimme, die etwas lauter ist als zuvor, schwingt ein kaum wahrnehmbarer Hauch von Erregung.

Am nächsten Tisch dreht ein Paar die Köpfe nach uns um.

Adaline greift nach einem Pulli, den sie über der Rükkenlehne des Stuhls hat hängen lassen. »›Ausgehöhlte Brüste‹«, sagt sie.

Sie steht auf, aber Thomas kann es dabei nicht bewenden lassen.

»›Zwiefach geblähte Schwüre auf Liebender Atem.‹«

Adaline sieht Thomas an, dann mich. »›Die Stunde bekennt‹«, sagt sie leise. »›Und läßt ihn in Wirbel zurück.‹«

Thomas und ich gehen durch die Ceres Street zum Zentrum. Thomas wirkt unruhig und zerstreut. Wir kommen an Boutiquen vorüber, an einer Minibrauerei, einem Dekorationsgeschäft. In einem Schaufenster sehe ich mein Spiegelbild, und mir fällt plötzlich ein, daß es auf dem Boot keine Spiegel gibt. Es überrascht mich, eine Frau zu sehen, die älter aussieht, als sie meiner Meinung nach aussehen sollte. Ihr Mund ist zu einer schmalen Linie zusammengepreßt, als versuchte sie, sich an etwas Wichtiges zu erinnern. Ihre Schultern sind nach vorn gekrümmt, oder vielleicht hält sie sich nur so, weil sie die Hände in den Taschen ihrer Jeans hat. Sie trägt ein verwaschenes marineblaues Sweatshirt, und über der Schulter hängt eine Kameratasche. Sie könnte eine Touristin sein. Ihr Haar ist kurz geschnitten, hastig hinter die Ohren gestrichen. Auf ihrem Haar, ein unbestimmtes und verwaschenes Kastanienbraun, liegt ein feines Netz von Feuchtigkeit. Sie trägt eine dunkle Brille, und ich kann ihre Augen nicht sehen.

Ich bin keine schöne Frau, bin es nicht an diesem Nachmittag, an dem wir die Ceres Street hinaufgehen, und ich war es nicht an dem Abend, an dem ich Thomas zum erstenmal begegnet bin. Ich war nie ein hübsches Mädchen. Wie meine Mutter in einem Augenblick der Ehrlichkeit, über die ich mich früher geärgert habe, die ich heute aber würdigen kann, einmal sagte: Die einzelnen Züge meines Gesichts sind hübsch oder passabel, aber irgendwie haben sich die einzelnen Teile nie zu einem harmonischen Ganzen zusammengefügt. Daß mein Gesicht so lang ist, meine Stirn so breit, ist irgendwie störend. Mein Gesicht ist nicht unschön, aber es ist kein Gesicht, nach dem Fremde sich umdrehen. Wie das von Thomas zum Beispiel. Oder Adalines.

Thomas und ich berühren einander nicht, während wir die Ceres Street hinaufgehen. »Sie wirkt sympathisch«, sage ich.

»Ja.«

»Billie mag sie.«

»Und Rich auch.«

»Er kommt gut mit Kindern zurecht.«

»Sehr gut.«

»Sie hat eine schöne Stimme. Interessant, dieses Kreuz, das sie am Hals trägt.«

»Das hat ihre Tochter ihr geschenkt.«

Am Ende der Straße bleibt Thomas einen Moment stehen und sagt: »Wir könnten zurückfahren.« Ich mißverstehe ihn und antworte mit einem Blick auf meine Uhr: »Wir sind doch erst zehn Minuten weg.«

Aber er meint, wir könnten nach Hause *fahren*.

Auf der Straße sind Touristen, Leute, die Schaufenster ansehen. Wir erreichen das Zentrum der Stadt, den Marktplatz, eine Kirche, eine kleine Fußgängerzone mit Bänken. Wir biegen um die Ecke und stoßen auf die Fassade eines hohen Backsteingebäudes mit hohen

Bogenfenstern, die viele kleine Scheiben haben. In einem der Fenster hängt ein unauffälliges Schild.

»Das war ein interessantes Spiel, das du da mit Adaline gespielt hast«, bemerke ich, während ich einen Moment das Schild mustere.

»Ach, eigentlich nicht«, versetzt Thomas. Er neigt sich näher zum Fenster und sieht sich mit zusammengekniffenen Augen das Schild an.

»›*Portsmouth Athenaeum*‹«, liest er vor. »›Öffentlicher Lesesaal.‹« Er wirft einen Blick auf die Öffnungszeiten. Er scheint das Schild lange zu studieren, als hätte er Mühe, es zu verstehen.

»Wer war der Dichter?« frage ich.

»Fallon Pearse.«

Ich blicke auf meine Sandalen, die Ölflecken vom Kochen in der Küche zu Hause haben. Meine Jeans spannen an den Oberschenkeln und sind voller Querfalten.

»Wenn es irgendwo Archivfotos gibt, dann sicher hier«, sagt er.

»Und was machen wir mit Billie?« frage ich. Im Gegensatz zu Rich und Adaline wissen wir beide, daß schon eine halbe Stunde mit Billie anstrengend bis zur Erschöpfung sein kann. Die vielen Fragen, diese grenzenlose Wißbegierde.

Thomas tritt zurück und mustert die Höhe des Gebäudes. »Ich kehre um und sehe, ob ich Adaline finden kann«, sagt er. »Ich kümmere mich mit ihr um Billie. Du schaust nach, ob sie haben, was du brauchst, und wir treffen uns hier wieder in – na, sagen wir in einer Stunde?«

Der Boden unter meinen Füßen scheint sich langsam aufzuwerfen und davonzugleiten – wie in manchen Kindertrickfilmen.

»Wie du meinst«, sage ich.

Thomas späht durch das Fenster, als könnte er hinter den Vorhängen etwas erkennen. Mit einer selbstverständlichen Zärtlichkeit, der ich plötzlich mißtraue, beugt er sich hinunter und küßt mich auf die Wange.

Ein paar Wochen nach unserer ersten Begegnung in der Bar in Cambridge stellten Thomas und ich meinen Wagen in Boston am Hafen ab und gingen zu Fuß einen Hügel hinauf zu einem teuren Restaurant. Vielleicht feierten wir ein Jubiläum – ein Monat zusammen. Aus dem Hafen zog Nebel herein und wirbelte um unsere Füße. Ich trug Schuhe mit hohen Absätzen, italienische Schuhe, in denen ich fast so groß war wie Thomas. Hinter mir konnte ich ein Nebelhorn hören, das beruhigende Zischen von Autoreifen auf nassen Straßen. Es regnete leicht, und es schien, als würden wir es niemals den Hügel hinauf zum Restaurant schaffen, als bewegten wir uns so langsam wie der Nebel.

Thomas lehnte sich an mich. Wir waren in zwei Bars gewesen, und er hatte seinen Arm mehr leidenschaftlich als anmutig um meine Schulter gelegt.

»Du hast ein Muttermal auf dem Rücken. Gleich links von der Mitte«, sagte er.

Meine Absätze klapperten beruhigend auf dem Bürgersteig. »Wenn ich da ein Muttermal habe«, sagte ich, »dann habe ich es nie gesehen.«

»Es hat eine Form wie New Jersey«, sagte er.

Ich sah ihn an und lachte.

»Heirate mich«, sagte er.

Ich stieß ihn weg, wie man das mit einem Betrunkenen tun würde. »Du bist ja verrückt!«

»Ich liebe dich«, sagte er. »Ich liebe dich seit der Nacht, in der ich dich in meinem Bett gefunden habe.«

»Wie könntest du eine Frau heiraten, die dich an New Jersey erinnert?«

»Du weißt, daß ich niemals besser gearbeitet habe.«

Ich dachte an sein Arbeiten, die Dutzende von Blättern, die ständig fleckigen Finger.

»Das ist alles dein Werk«, sagte er.

»Da täuschst du dich«, entgegnete ich. »Du warst bereit, diese Gedichte zu schreiben.«

»Du hast es mir möglich gemacht, mir selbst zu verzeihen. Du hast mir das gegeben.«

»Nein, hab ich nicht.«

Thomas hatte einen Blazer an, sein einziges Jackett, so tiefblau, daß es beinahe schwarz war. Sein weißes Hemd schien im Straßenlicht zu leuchten, und mein Blick wurde zu jener Stelle hingezogen, wo sein Hemd mit seiner Gürtelschließe zusammentraf. Ich wußte, wenn ich meine Hand dorthin legte, würde der Stoff des Hemdes sich warm anfühlen.

»Ich kenne dich erst seit einem Monat«, sagte ich.

»Wir waren jeden Tag zusammen. Wir haben jede Nacht miteinander geschlafen.«

»Und das reicht?«

»Ja.«

Ich wußte, daß er recht hatte. Ich legte meine flache Hand auf sein weißes Hemd oberhalb der Gürtelschließe. Das Hemd war warm.

»Du bist betrunken«, sagte ich.

»Es ist mir ernst«, sagte er.

Er drängte sich gegen mich, schob mich unnachgiebig in eine Gasse. Vielleicht erhob ich einen kleinen, wirkungslosen Protest. In der Gasse glänzte der Asphalt von der Nässe. Ich bemerkte ein Paar, mir und Thomas nicht unähnlich, das Arm in Arm an der schmalen Mündung der Gasse vorüberging. Sie sahen mit erschrockenen Gesichtern zu uns herein. Thomas drückte sich mit seinem ganzen Gewicht an mich und schob seine Zunge in mein Ohr. Es machte mich schaudern, und ich drehte den Kopf. Da legte er seinen Mund an meinen Hals und leckte in langen Strichen meine Haut, und plötzlich wußte ich, daß er so kommen würde – absichtlich –, um mir zu zeigen, daß er mir hilflos gegenüberstand, daß ich eine Alchimistin war. Er würde mir damit den nicht zu dämmenden Überfluß seiner Liebe dartun. Oder, konnte ich nicht umhin, mich zu fragen, war es vielleicht nur die Überfülle seiner Dankbarkeit?

Ich versuche, mich zu erinnern. Ich versuche mit aller Macht, mich zu erinnern, wie es war, Liebe zu empfinden.

Ich trete in das Gebäude mit den hohen Bogenfenstern und schließe die Tür hinter mir. Ich folge den Schildern nach oben zur Bibliothek. Ich klopfe an eine wenig imposante Metalltür und öffne sie. Der Raum vor mir ist ruhig. Er hat elfenbeinweiße Wände, die Farbe dick aufgetragen, und schwere hölzerne Bücherregale. Der Eindruck heiterer Ruhe geht von den Fenstern aus, denke ich.

Es gibt zwei Lesetische und einen Schreibtisch, an dem der Bibliothekar sitzt. Er nickt mir zu, als ich mich ihm nähere. Ich weiß nicht recht, was ich sagen soll.

»Kann ich Ihnen behilflich sein?« fragt er. Er ist ein kleiner Mann mit schütterem braunen Haar und einer Nickelbrille. Er trägt ein kariertes Hemd mit kurzen steifen Ärmeln, die wie Falterflügel von seinen Schultern abstehen.

»Ich habe das Schild draußen gesehen. Ich suche Material über die Morde, die 1873 auf den Isles of Shoals verübt wurden.«

»Auf Smuttynose.«

»Ja.«

»Da haben Sie Glück. Wir haben die Archive bekommen.«

»Die Archive?«

»Die Archive der Isles of Shoals«, erläutert er. »Sie sind uns von der Bibliothek in Portsmouth geschickt worden, ist schon eine Weile her. Aber sie sind in einem schauderhaften Zustand. Es ist eine Menge Material, aber es ist kaum etwas davon katalogisiert, leider. Ich könnte Ihnen einen Teil davon geben, wenn Sie möchten. Wir leihen hier allerdings nicht aus.«

»Das wäre ...«

»Sie müßten ein bestimmtes Gebiet angeben. Ein Thema.«

»Alte Fotografien«, sage ich. »Wenn es welche gibt. Von Menschen, von der Insel. Und persönliche Berichte aus der Zeit.«

»Das wären vor allem Tagebücher und Briefe«, meint er. »Was davon zu uns zurückgekommen ist.«

»Ja. Briefe. Und Fotos.«

»Nehmen Sie doch da drüben am Tisch Platz. Ich sehe inzwischen, was ich tun kann. Wir freuen uns natürlich, die Archive hier zu haben, aber wie Sie sehen, hapert es ein bißchen am Personal.«

Ich habe plötzlich ein Bild von Thomas mit Adaline und Billie vor Augen. Jeder von ihnen mit einer Tüte Vanilleeis. Alle drei lecken ihr Eis und bemühen sich zu verhindern, daß es tropft.

Thomas hat gesagt: Ich sehe, ob ich Adaline finden kann. Er hat nicht gesagt: Ich sehe, ob ich Adaline und Billie finden kann; oder Adaline und Rich.

Der Bibliothekar kehrt mit mehreren Büchern und Heftern voller Papiere zurück. Ich danke ihm und nehme eines der Bücher zur Hand. Es ist ein alter, abgegriffener Band. Die braune Seide des Einbands ist brüchig. Die Seiten sind an den Rändern vergilbt, einige sind lose. Bilder tauchen vor mir auf, ein ganzes Sortiment neuer Einbände für das Buch. Ich schließe die Augen und drücke das Buch an meine Stirn.

Ich sehe mir eine alte geographische Karte der Isles of Shoals an. Ich lese zwei Reiseführer, die in der ersten Hälfte des Jahrhunderts gedruckt worden sind. Ich mache mir Notizen. Ich schlage ein anderes Buch auf und beginne zu blättern. Es ist ein Buch voller Rezepte, das

Appledore Kochbuch, veröffentlicht 1873. Die Rezepte faszinieren mich: Wackelpudding; Haschee von Kalbskopf und Kaldaunen, Whitpotpudding; Hopfenhefe. Was ist Whitpotpudding? frage ich mich.

Aus den Heftern, die der Bibliothekar mir gebracht hat, rutschen Papiere auf den Tisch, und ich sehe gleich, daß sie völlig ungeordnet sind. Bei einigen handelt es sich um amtliche Dokumente der Stadt, Gewerbescheine und dergleichen; andere sind offensichtlich Verkaufsurkunden. Wieder andere sind wohl Briefe, auf so brüchigem Papier geschrieben, daß ich beinahe Angst habe, es zu berühren. Ich sehe mir die Briefe an und versuche, die altmodische Schrift zu entziffern. Enttäuscht stelle ich fest, daß sie in einer fremden Sprache geschrieben sind. Ich vermerke die Daten: 17. April 1873; 4. November 1868; 24. Dezember 1856; 5. Januar 1867.

Es sind auch einige Fotografien in den Heftern. Eine zeigt eine siebenköpfige Familie. Der Vater, mit Bart und vollem Haar, trägt eine Weste und einen dicken Anzug, wie ihn vielleicht früher ein Schiffskapitän getragen hat. Seine Frau, in einem schwarzen Kleid mit weißem Spitzenkragen und Unmengen winziger weißer Knöpfchen, ist recht rundlich und trägt ihr Haar streng nach hinten gekämmt. Alle auf der Fotografie, auch die fünf Kinder, wirken finster und haben hervortretende Augen. Das kommt daher, daß der Fotograf die Blende mindestens eine Minute lang offenlassen mußte, und in dieser Zeit durfte man auf keinen Fall zwinkern. Es ist leichter, sechzig Sekunden lang ernst dreinzuschauen, als zu lächeln.

In einem der Hefter scheinen verschiedene Papiere mit Schulunterlagen und, nach den Titeln zu urteilen, Predigten gesammelt zu sein. Unter den Dokumenten befindet sich auch eine verblichene fleischfarbene Schachtel, die vielleicht früher einmal teures Briefpapier enthalten hat. In ihr liegen beschriebene Blätter – eine zierliche Handschrift, braune Tinte. Die Schrift ist so verschnörkelt, daß sie, selbst wenn es sich um englische Texte handelte, was nicht der Fall ist, kaum zu entziffern wäre. Das Papier ist an den Rändern rosa, in einer Ecke etwas beschmutzt. Ein Wasserfleck, denke ich. Oder möglicherweise ein Brandfleck. Es riecht modrig. Ich starre auf die geschweiften Schriftzüge, die, im ganzen gesehen, ein wunderschönes kalligraphisches Bild ergeben, und als ich die Blätter aus der Schachtel nehme, entdecke ich auf ihrem Grund, mit einer Klammer zusammengehalten, ein zweites Bündel Papiere. Diese Blätter sind mit Bleistift beschrieben, weiße linierte Blätter, in deren Text an vielen Stellen radiert und verbessert wurde. Sie tragen einen violetten Datumsstempel und mehrere Vermerke: Eingegangen 4. September 1939, Bibliothek St. Olaf's College. Eingegangen 14. 2. 40, Oslo, weiterversandt an Marit Gullestad. Eingegangen 7. April 1942, öffentliche Bibliothek Portsmouth, Portsmouth, New Hampshire.

Ich sehe mir den ersten Satz Schriftstücke an und den zweiten. Ich prüfe die Daten zu Beginn jedes einzelnen Schreibens. Ich prüfe die Unterschrift am Ende der fremdsprachigen Papiere und vergleiche sie mit dem in Druckbuchstaben geschriebenen Namen am Ende der englisch abgefaßten Schriftstücke.

Maren Christensen Hontvedt.

Ich überfliege zwei Seiten der mit Bleistift geschriebenen Übersetzung und lege das Bündel auf meinen Schoß. Ich sehe mir den Datumsstempel und die Vermerke an, die ihre eigene Geschichte erzählen: die Entdeckung eines in Norwegisch abgefaßten Dokuments; ein Versuch, am St. Olaf's College eine Übersetzung anfertigen zu lassen; die Übersendung des Schreibens an eine Übersetzerin in Oslo; das Dazwischenkommen des Krieges; die verspätete Übersendung der Schriftstücke und ihrer Übersetzung nach Amerika, ihre Ablage in einem lange vernachlässigten Hefter in der öffentlichen Bibliothek Portsmouth. Ich hole tief Atem und schließe die Augen.

Maren Hontvedt. Die Frau, die die Morde überlebte.

Maren Hontvedts Bericht

Aus dem Norwegischen übersetzt von Marit Gullestad

19. September 1899, Laurvig

So es dem Herrn gefällt, will ich mit ganzem Herzen, ganzer Seele und gesundem Geist daran gehen, die wahre Geschichte jenes Ereignisses niederzuschreiben, das selbst hier, im Land meiner Geburt, fern den schroffen Felseninseln, auf denen ein unverzeihliches Verbrechen an jenen Menschen begangen wurde, die ich von allen auf der Welt am meisten liebte, unablässig meine Gedanken heimsucht. Ich schreibe diesen Bericht nicht zu meiner eigenen Verteidigung, denn was können jene, die noch unter den Lebenden weilen und sich der Luft und der Speisen und der Segnungen Gottes erfreuen dürfen, denen gegenüber, die so grausam und auf eine Weise, daß mir die Erinnerung kaum erträglich ist, um ihr Leben gebracht wurden, zu ihrer Verteidigung vortragen? Es gibt keine Verteidigung, und mir liegt nicht daran, eine solche vorzubringen. Allerdings muß ich an dieser Stelle hinzufügen, daß es mir in diesen sechsundzwanzig Jahren unausgesetzte und immerwährende Qual war, mit den Greueltaten des 5. März 1873 in irgendeiner Weise in Verbindung gebracht worden zu sein, und sei es auch von den gewissenlosesten Menschen. Diese Greueltaten sind mir über das Meer in mein geliebtes Laurvig gefolgt, das, bevor ich gebrochen und unfruchtbar zurückkehrte, unbefleckt war von jeglichem Skandal und für mich das reine und wunderbare Land der kostbarsten Erinnerungen an meine Kindheit im Schoß meiner geliebten Familie ist, das Land, in dem ich nun bald sterben werde. Es ist darum mein Wille, daß durch diese Seiten, die ich mit eigener Hand schreiben will, solange der Geist in meinem verfallenen und schwachen Leib noch wach ist, die Wahrheit an den Tag kommen möge. Ich verfüge hiermit, daß dieses Dokument nach meinem Tod an John Hontvedt gesandt wird, der einst mein Ehemann war und es in den Augen des Herrn immer noch ist und der seinen Wohnsitz in der Sagamore Street in der Stadt Portsmouth im Staat New Hampshire in Amerika hat.

Der Leser wird mir, während ich mich dieser Prüfung unterziehe, zuweilen vergeben müssen, denn ich bemerke, daß meine Gedanken gelegentlich zu seltsamen und fernliegenden Begebenheiten schweifen und daß ich nicht immer im Vollbesitz meiner Geisteskräfte und der Sprache bin; das eine infolge meines Alters von zweiundfünfzig Jahren und meiner schwachen Gesundheit, das andere infolge einer Schulbildung, die in ihren letzten Jahren immer wieder Unterbrechungen erfuhr.

Es drängt mich, von den Ereignissen des 5. März 1873 zu schreiben (auch wenn ich diese Nacht nicht um alles in der Welt noch einmal durchleben wollte, wäre nicht die Mahnung des Herrn), aber ich fürchte, daß die Geschehnisse, von denen ich sprechen muß, jedem unverständlich bleiben werden, der keinen Einblick in das hat, was vorausging. Damit meine ich nicht nur meine eigene Kindheit und Jugend, sondern auch das Leben des Auswanderers nach Amerika, insbesondere des norwegischen Auswanderers und ganz besonders des norwegischen Auswanderers, der sich sein Leben mit der Fischerei verdient.

Mehr ist bekannt über jene, die Norwegen in der Mitte dieses Jahrhunderts verließen, weil ihre norwegische Heimat trotz ihrer reichen Fjorde und herrlichen Wälder der ständig wachsenden Bevölkerung in vielen unwirtlichen Landesteilen keine Lebensgrundlage bot. Diese Landnot zu jener Zeit gestattete es vielen Familien nicht einmal, mit dem Anbau von Hafer, Gerste und Kartoffeln ein bescheidenes Leben zu fristen. Ebendiese Menschen waren es, die alles zurückließen, was sie besaßen, und unerschrocken die Fahrt über das weite Meer antraten; sie machten nicht an den Küsten des Atlantischen Ozeans halt, sondern begaben sich unverzüglich ins Landesinnere, in den Staat New York, und von dort aus in die Prärien des Herzlands der Vereinigten Staaten von Amerika. Es sind dies jene norwegischen Auswanderer, die als Bauern in den Gemeinden um Stavanger, Bergen und Nedenes heranwuchsen und dann alles aufgaben, was ihnen teuer war, um am Michigansee, in den Staaten Minnesota und Wisconsin oder in anderen Staaten ein neues Leben zu beginnen. Das Leben dieser Auswanderer war, wie ich glaube, und ich bedaure, es schreiben zu müssen, nicht immer so, wie sie es sich vorgestellt hatten. Ich habe Briefe dieser Unglücklichen gelesen und von dem schrecklichen Elend gehört, das sie erdulden mußten, wozu bei einigen, schlimmste Heimsuchung von allen, der Tod jener Menschen gehörte, die sie am meisten liebten, auch ihrer Kinder.

Da ich nie Kinder gehabt habe, ist mir dieser unvorstellbarste aller Verluste erspart geblieben.

Aus unserem Dorf, Laurvig, das an einem schönen Teil der Küste gelegen ist und von vielen Stellen aus einen herrlichen Ausblick auf den Laurvigsfjord und das Skagerrak bietet, waren einige Familien, die vom Fischfang lebten, schon vor uns nach Amerika gegangen. Diese Menschen nannte man die »Schaluppenfahrer«, weil sie in Schaluppen übers Meer segelten. Mancher Unglückliche ließ auf diesen Reisen, die von einem bis zu drei Monaten dauerten, sein Leben, und manches neue Leben kam ans

Licht der Welt. John und ich, die wir gerade erst geheiratet hatten, wußten von diesen Menschen, kannten aber keinen von ihnen näher, bis zu dem Tag im Juli 1867, als ein Vetter Johns namens Torwad Holde, der heute nicht mehr lebt, zu neuen Fischgründen in der Nähe der Stadt Gloucester vor der Küste des Staates Massachusetts in Amerika aufbrach; von diesen Fischgründen ging das Gerücht, sie verhießen all denen, die dort ihre Netze auslegten, großen Gewinn und Reichtum. Ich muß an dieser Stelle einfügen, daß ich solchen phantastischen und eitlen Versprechungen nicht glaubte und Laurvig niemals verlassen hätte, wäre nicht John, ich muß es leider sagen, durch die Briefe seines Vetters Torwad verführt worden, im besonderen durch einen Brief, den ich nicht mehr in Besitz habe, an dessen Inhalt ich mich jedoch genau erinnere, da ich ihn meinem Ehemann, der keine Schulbildung hatte, weil er von seinem achten Lebensjahr an zur See fahren mußte, immer wieder vorgelesen habe. Ich gebe den Brief hier so wortgetreu wieder, wie es mir möglich ist.

20. September 1867, Isles of Shoals

Mein lieber Vetter,

Es wird Dich überraschen, nunmehr von einem anderen Ort als jenem, von dem ich Dir das letzte Mal geschrieben habe, zu hören. Ich bin von der Stadt Gloucester aus nordwärts gezogen. Axel Nordahl, der uns, wie Du Dich vielleicht erinnern wirst, letztes Jahr besuchte, kam nach Gloucester, um mir und Erling Hansen von der Fischersiedlung auf den sogenannten Isles of Shoals zu berichten, in der er lebt. Die Isles of Shoals sind eine kleine Inselgruppe neun Meilen östlich von Portsmouth, New Hampshire, nicht allzuweit nördlich von Gloucester. Ich wohne jetzt bei Nordahl und seiner Familie auf der Insel Appledore und kann berichten, daß Nordahl hier einen Kutter besitzt und einen Reichtum an Fischen vorgefunden hat, wie ich ihn nie zuvor in einem Gewässer gesehen habe. Ja, ich glaube, es gibt auf der ganzen Erde kein Gewässer, das so reich an Fischen ist wie dieses, in dem er seine Netze auslegt. Man braucht nur seine Hand in dieses Meer zu tauchen und kann mit bloßen Händen mehr Fische herausholen, als das Boot tragen kann. Ich bin fest entschlossen, den Winter über hier bei Nordahl zu bleiben, werde jedoch dann seiner Familie nicht länger zur Last fallen, da ich mir ein eigenes Haus bauen werde, dies auf der Insel Smuttynose, die einen seltsamen Namen trägt und manchmal auch Haley's Island genannt wird. Wenn der Frühling kommt, werde ich dank meiner Arbeit für Nordahl genug Geld gespart haben, um den Plan in die Tat umzusetzen. Dies hier ist ein besseres Leben, Hontvedt, als das, welches Laurvig zu bieten hat, oder auch Gloucester, wo ich zusammen mit fünfzig anderen Fischern der Flotte hauste und mein Lohn einen Dollar pro Tag nicht überstieg.

Ich bitte Dich, John, diesen Reichtum mit mir zu teilen. Ich bitte Dich, Deinen Bruder Matthew mitzubringen, den es gewiß so sehr freuen wird wie mich, in diesen fruchtbaren Gewässern zu fischen. Ich habe auf dieser Insel namens Smuttynose ein Haus für Dich ausgewählt, das du gegen Zahlung eines Pachtzinses bewohnen kannst. Es ist ein ordentliches Haus, solide gebaut, um den atlantischen Stürmen zu trotzen, und ich hätte mich vielleicht selbst dort niedergelassen, wenn ich schon eine Familie hätte. Im Frühling werde ich, so Gott will, eine Frau finden und von Appledore fortziehen, damit wir alle wie eine Familie im Angesicht des Herrn zusammenleben können.

Wenn Du kommst, was ich hoffe, mußt Du mit der Küstenfähre nach Stavanger reisen und von dort weiter nach Shields in England. Dort nimmst Du die Eisenbahn nach Liverpool, wo Du gemeinsam mit einer großen Menge von Auswanderern an Bord eines Postschiffs nach Quebec gehst, wo die Schiffe jetzt landen, um die höheren Zolltarife zu meiden, die in Boston und New York verlangt werden. Für die Seereise brauchst Du Fruchtwein, um den Geschmack des schlechten Wassers zu verfeinern, und Dörrfisch. Mahle etwas Kaffee und verstaue ihn in einer Dose. Du solltest außerdem Fladenbrot backen und es in den runden Bottichen stapeln, die Du unten am Hafen gesehen hast, und vergiß nicht, etwas Käse zu räuchern. Wenn Du eine Frau hast und sie guter Hoffnung ist, dann kommt vor ihrer Zeit, denn Säuglinge überstehen die Reise nicht gut. Sieben starben bei meiner eigenen Überfahrt an der Diphtherie, die an Bord grassierte. Ich will Dir ehrlich sagen, Hontvedt, daß die hygienischen Verhältnisse auf diesen Schiffen sehr schlecht sind, aber auf meiner Reise habe ich mich ans Gebet gehalten und war bereit, die Überfahrt als Befreiung zu betrachten. Ich war nur die letzten zwei Tage seekrank, und wenn ich auch in Amerika dünn und mager angekommen bin und auch in Gloucester so blieb, bin ich doch jetzt wieder wohlgenährt dank der guten Küche von Nordahls Frau Adda, die mir guten Haferschleim und Kartoffelpfannkuchen und frischen Fisch auftischt, soviel man sich vorstellen kann.

Wenn Du hier bist, können wir gemeinsam in Portsmouth einen Kutter kaufen. Gib mir Nachricht und grüße alle meine Freunde, meine Mutter und alle soskend.

Dein Vetter und treuer Diener, Torwad Holde.

Möge Gott mir verzeihen, aber ich muß gestehen, daß ich voller Haß auf diesen Brief Torwad Holdes war und sogar auf den Mann selbst, und ich wünschte von Herzen, dieser verfluchte Brief hätte unser Haus nie erreicht. Es war in der Tat ein unheilvolles Schreiben, das meinem Mann die Vernunft raubte, das uns aus unserer Heimat fortlockte und zu der grauenvollen Nacht des 5. März führte. Ach, wäre doch dieser Brief mit seinen Berichten, denen ich keinen Glauben schenken konnte, dieser Brief mit seinem Umschlag voll fremder und furchteinflößender Stempel, dieser Brief voll lockender Geschichten, von denen ich wußte, daß sie nur Lügen sein konnten, auf seinem Weg von Amerika nach Norwegen im Atlantischen Ozean versunken.

Aber ich schweife ab. Selbst mit dem Abstand von einunddreißig Jahren kann es mir geschehen, daß ich außer mir gerate eingedenk dessen, was später kam, was folgte, wie dieser Brief uns ins Verhängnis führte. Doch selbst im Zustand schmerzlicher Erregung muß ich eingestehen, daß mir bewußt ist, daß ein bloßes Stück Papier niemals allein das Werkzeug des Verderbens sein kann. John, mein Mann, war besessen von einem Verlangen nach Abenteuer, nach mehr, als das Schicksal in Laurvig für ihn bereithielt, während ich dieses Verlangen nicht teilte, da ich glücklich war, in der Nähe meiner Familie zu weilen. Auch muß ich gestehen, daß es in jenem Sommer im Skagerrak und sogar im Kristianiafjord eine Fischseuche gegeben hat, die den Makrelenbestand stark verringerte, und daß, wenn auch nicht als Folge davon, sondern vielmehr als Folge der Einfuhr von Fisch aus Dänemark, gleichzeitig die Heringspreise in Kristiania gefallen sind, so daß mein Mann sich auch aus praktischeren Gründen veranlaßt sah, nach neuen Fanggründen Ausschau zu halten.

Aber einen lebenden Fisch mit bloßer Hand aus dem Wasser ziehen? Wer konnte so gotteslästerlich sein, solche Lügen wider die Naturgesetze zu verbreiten?

»Ich gehe nicht nach Amerika«, sagte ich zu Evan, als ich am 10. März 1868 in Laurvig auf dem Landungssteg stand.

Ich glaube, ich habe mit zitternder Stimme gesprochen, da ich beinahe überwältigt war von einem Aufruhr von Gefühlen, unter denen das stärkste ein heftiger Schmerz darüber war, meinen Bruder, Evan Christensen, zurücklassen zu müssen und nicht zu wissen, ob ich ihn oder mein geliebtes Norwegen je wiedersehen würde. Der Fischgeruch aus den Fässern am Hafen umgab uns von allen Seiten, und auch den Geruch des gepökelten Schweinefleischs aus den Holzkisten konnten wir wahrnehmen.

Wir mußten unsere Füße vorsichtig setzen, als wir auf die Landungsbrücke hinausgingen, denn überall um uns herum lagen die Eisenstangen, die auf das Schiff geladen werden sollten, und mir schien es, als wäre dieses Chaos von einer großen Hand geschaffen, nämlich von der Hand Gottes, der diese langen, rostigen Spieße auf den Pier geworfen hatte. Ich glaube, mir ist der Anblick dieser Fracht so deutlich im Gedächtnis geblieben, weil ich an diesem Tag nicht zu dem Schiff hinaufblicken wollte, das mich aus meiner Heimat forttragen würde.

Ich muß sagen, ich bin bis heute überzeugt davon, daß Seelen, die in einer bestimmten Landschaft Wurzeln schlagen, nicht mit Erfolg verpflanzt werden können. Ich bin überzeugt, daß diese Wurzeln, diese zarten, fasrigen Fädchen, in der neuen Erde beinahe unweigerlich vertrocknen und verdorren oder aber daß die Pflanze einen plötzlichen und unheilbaren Schock erleidet.

Evan und ich kamen mitten in dem schrecklichen Lärm und Durcheinander zum Stehen. Rund um uns her nahmen Söhne von ihren Müttern Abschied, Schwestern sagten Schwestern Lebewohl, Ehemänner ihren jungen Frauen. Gibt es auf Erden noch einen anderen Ort, der so durchdrungen ist von süßem Schmerz wie ein Pier vor Auslaufen eines Schiffes? Eine Zeitlang standen Evan und ich schweigend beieinander. Das Wasser aus der Bucht brannte mir in den Augen, und ein Windstoß faßte uns und bauschte meinen Rock, dessen Saum beim Gang zum Landungssteg Schmutzflecken davongetragen hatte. Ich schlug mit den Fäusten auf die Seide, die die Farbe von Walnüssen hatte und in der Taille gefällig zusammengenommen war, bis Evan, der beträchtlich größer war als ich, meine Hände festhielt.

»Ruhig, Maren, beruhige dich«, sagte er.

Ich hielt den Atem an und war den Tränen nahe und hätte vielleicht auch geweint, wäre nicht das Vorbild meines Bruders gewesen, der so unerschütterlich und charakterstark war und nicht um alles in der Welt die heftigen Gefühle gezeigt hätte, die in seiner Brust tobten. Das Kleid, das ich trug, ich vergaß es zu erwähnen, war mein Hochzeitskleid und hatte einen wunderhübschen Spitzenkragen, den meine Schwester Karen für mich gearbeitet hatte. Und ich sollte gleichfalls erwähnen, daß Karen nicht zum Pier gekommen war, um Lebewohl zu sagen, da sie sich am Morgen nicht wohl gefühlt hatte.

Die Böen, wie jene, die meinen Rock aufgepeitscht hatten, wurden heftiger, trugen Mützen davon und klappten die breiten Ränder der Schutenhüte, die die Frauen trugen, nach hinten. Ich hörte die Taue der Schaluppen knallend gegen die Masten schlagen, und obwohl es ein schöner Tag war, obwohl der Himmel in einem tiefen, lebhaften Blau leuchtete, glaubte ich, die Böen könnten einen Sturm ankündigen, und mir würde vielleicht ein Aufschub von einer Stunde oder einem Tag gewährt werden, da der Kapitän bei solchem Wetter gewiß nicht die Segel setzen würde. Doch da täuschte ich mich. John, mein Mann, der nach mir gesucht hatte, hob den Kopf und winkte mich zum Schiff. Selbst aus der Entfernung sah ich die Erleichterung in seinem blinzelnd zusammengekniffenen Gesicht, und ich wußte, er hatte gefürchtet, ich würde überhaupt nicht am Pier sein. Unsere Überfahrt war schon bezahlt – sechzig Dollar –, doch mir schwebte, nur einen Augenblick lang, das beglückende und beruhigende Bild zweier Kojen vor, zweier flacher übereinanderliegender Kojen, die leer blieben, als das Schiff ohne uns in See stach.

Als Evan, der an meiner Seite stand, spürte, daß der Kampf aus meinen Armen gewichen war, ließ er meine Hände los. Aber auch wenn die Empörung über mein Unglück mich vorübergehend verlassen hatte, so doch nicht der Kummer.

»Du mußt John folgen«, sagte er zu mir. »Er ist dein Mann.«

Ich muß hier eine Pause machen, eine Atempause gewissermaßen. Es fällt mir selbst jetzt, drei Jahrzehnte später, schwer, über meine Familie zu schreiben, der das Schicksal so grausam mitgespielt hat.

Von uns Kindern war Karen die Erstgeborene, etwas mehr als zwölf Jahre älter als ich. Sie war, es läßt sich nicht leugnen, eine reizlose Frau mit einem Ausdruck von Schwermut, was, wie ich immer gehört habe, auf manche Männer anziehend wirkt, da sie sich keine Frau wünschen, die so schön oder lebhaft ist, daß sie ihrem Mann ständig Anlaß zur Beunruhigung ist. Und unsere Karen war stark, eine gehorsame Tochter und eine kunstfertige Näherin.

Ich sehe uns jetzt am Tisch unseres Vaters in dem einfachen, aber reinlichen Zimmer sitzen, das Wohnstube und Küche zugleich war und in dem Karen und ich hinter einem Vorhang zu schlafen pflegten. Das Zimmer war mit einem Ofen ausgestattet, der sehr gut heizte, so daß uns immer behaglich war (auch wenn im Winter manchmal die Milch im Schrank gefror), und wieder denke ich daran, wie ungemein ich mich von meiner Schwester unterschied, der ich herzlich zugetan war, wenn auch nicht, ich muß es gestehen, in leidenschaftlicher Liebe. Karen hatte graue Augen, die selten die Farbe wechselten. Sie hatte das Pech, schon von Kindheit an fahles Haar zu haben, von einem stumpfen Braun, dem nicht einmal die Sonne goldene Lichter aufsetzte, und ich erinnere mich, daß sie es jeden Tag in gleicher Weise frisierte, indem sie es nämlich bis auf eine Reihe Fransen, die ihr in die Stirn fiel, straff hinter die Ohren zog und zu einem Knoten gedreht an ihrem Hinterkopf zusammenhielt. Ich bin mir nicht sicher, ob ich Karen, außer abends vielleicht, wenn sie sich zur Nacht fertig machte, je mit offenem Haar gesehen habe. Normalerweise ging Karen, die sehr schlecht schlief, immer erst spät zu Bett und stand morgens früh auf, so daß ich sie mit der Zeit als eine Art Hüterin sah, die über unsere Familie wachte. Karen hatte jedoch einen sehr wohlgebildeten Körper, breit in den Schultern und gerade in der Haltung. Sie war eine große Frau, gut zehn Zentimeter größer als ich. Ich war, wenn auch nicht gerade winzig, so doch klein gewachsen. Wie Karen hatte ich breite Schultern, aber mit zwanzig vielleicht ein weniger unscheinbares Gesicht als sie. Doch mir fehlten ihr Gehorsam und ihre ausgezeichnete Fähigkeit als Näherin. Obwohl ich es damals zu leugnen pflegte, erfüllte mich das als junges Mädchen, das die Welt der Natur und der Phantasie jener der fleißigen Handarbeit vorzog, mit einem kindischen Stolz, und ich weiß, daß ich mich im stillen als die Glücklichere von uns beiden betrachtete und überzeugt war, wenn ich je heiraten sollte, dann einen Mann, der eine Frau nicht nur ihrer häuslichen Fähigkeiten wegen schätzen würde, nach denen man die Frauen allenthalben zu bewerten schien, sondern auch ihrer klugen Unterhaltung wegen.

In unserer Familie gab es noch ein drittes Kind, Evan, meinen Bruder, der zwei Jahre älter war als ich. Es geschah ganz von selbst, daß wir beide miteinander großgezogen wurden, da wir ja so dicht aufeinanderfolgten und Karen uns so fern war. Damals führten die Fischer ein Leben voller Entbehrungen. Die Fangzeit in unserer heimatlichen Gegend war kurz, darum mußte uns mein Vater, wollte er seine Familie ernähren, im Winter manchmal monatelang verlassen, um auf Fischfang zu gehen, nicht allein in seinem eigenen Boot, was ihm besser behagt hätte und seiner selbständigen Natur angemessener gewesen wäre, sondern im Gefolge der Fischereiflotte, die an der Westküste entlang und weiter nach Norden hinauf segelte, um den Kabeljau und den Hering zu fangen. Wenn es sehr schlimm um uns stand oder der Winter besonders hart war, mußten sich meine Mutter und manchmal auch meine Schwester als Wäscherin und Köchin im Seemannsheim in der Storgata in Laurvig verdingen.

Aber ich muß hier sogleich den Eindruck vertreiben, daß die Familie Christensen in Hunger und Armut lebte; in Wahrheit war es so, daß wir während meiner Kindheit zwar nicht mit materiellen Gütern gesegnet waren, doch hatten wir unsere Religion, die uns Trost spendete, wir hatten die Schule, wenn die Küstenstraße nach Laurvig gangbar war, und wir hatten die Bande der Familie, für die ich während meines Lebens auf dieser Erde nie einen Ersatz gefunden habe.

Die Kate, in der wir lebten, war bescheiden, aber sehr gefällig anzusehen. Sie war aus Holz, mit einem weißen Anstrich und einem rot gedeckten Dach, wie es der Brauch war. Sie hatte vorn eine kleine Veranda mit einem Geländer nach Süden und ein Fenster, das aus buntem Glas gefertigt war. Hinter unserem Haus war ein kleiner Schuppen, in dem unser Vater seine Netze und Fässer aufbewahrte, und vor dem Haus war ein schmales Stück Strand, auf dem, als wir klein waren, unseres Vaters Boote lagen.

So oft steht mir dieses immer gleiche Bild vor Augen: Wie ich Laurvig verlasse und vom Hafen aus, die Küstenstraße hinunter, unser Häuschen sehe und andere, die ihm gleichen, eineinhalb Stockwerke hoch, mit einem Meer von Blumen in den Gärten, die sie umgeben. Dieses Gebiet Norwegens, im südöstlichen Teil des Landes gelegen, mit Blick auf Schweden und Dänemark, hat ein mildes Klima und guten Boden, auf dem Obstbäume gedeihen und andere Pflanzen, wie etwa die Myrte und die Fuchsie, die es heute noch im gleichen Überfluß gibt wie damals. Wir ernteten Pfirsiche von einem Baum in unserem Garten, und obwohl ich oft monatelang nur ein einziges wollenes Kleid hatte und ein einziges Paar wollene

Socken, hatten wir doch immer zu essen, Obst und frischen oder gedörrten Fisch und solche Speisen, die sich aus Mehl und Wasser bereiten lassen, wie Haferbrei und Pfannekuchen und *lefse*.

Ich besitze so viele wunderbare Erinnerungen an jene Tage meiner frühesten Jugend, daß sie mir manchmal wirklicher erscheinen als die Ereignisse des vergangenen Jahres oder selbst des vergangenen Tages. Ein Kind, das umgeben von Meer, Wäldern und Obstgärten heranwächst, darf sich in der Tat glücklich preisen.

Bevor wir alt genug waren, um die Schule zu besuchen, hatten Evan und ich Gelegenheit, sehr viel Zeit miteinander zu verbringen, und daher kam es wohl, daß wir beide spürten, wie unsere Seelen und darum auch unsere Wege auf eine unbestimmbare Weise für immer unentwirrbar miteinander verknüpft bleiben sollten, und vielleicht wußte ich damals schon, daß alles, was dem einen widerfahren, unweigerlich auch dem anderen widerfahren würde. Und was die äußere Welt angeht, das heißt die Welt der Natur (und die Menschen und Geister und Tiere, die diese greifbare Welt bewohnten), so diente jeder von uns dem anderen als Filter. Ich erinnere mich mit einer Deutlichkeit, die nach so vielen Jahren erstaunlich erscheinen muß (da diese Ereignisse sich in so früher Kindheit zugetragen haben), daß Evan und ich den lieben langen Tag bis in die Nacht hinein miteinander zu sprechen pflegten (denn ist der Tag nicht eigentlich länger, wenn man ein Kind ist, da die Zeit ja illusorischer und täuschender Natur ist?), als deuteten wir einander und uns selbst die Mysterien und geheimnisvollen Wahrheiten des Lebens.

Einmal in der Woche wurden wir zusammen in einer Kupferwanne gebadet, die in der Küche beim Ofen aufgestellt war. Mein Vater badete zuerst, dann meine Mutter, dann Karen und zuletzt Evan und ich gemeinsam. Evan und ich hatten Angst vor der Nacktheit unseres

Vaters und Scheu vor der züchtigen Scham unserer Mutter, und darum vergnügten wir uns stets in einem anderen Zimmer, solange unsere Eltern ihr Bad nahmen. Solche Zurückhaltung hatte sich jedoch gegenüber unserer Schwester Karen noch nicht eingestellt, die damals, als ich fünf war, siebzehn gewesen sein muß und bereits mit den meisten Attributen der erwachsenen Frau ausgestattet war, jenen Attributen, die mich zugleich erschreckten und wunder nahmen, wenn ich auch nicht behaupten kann, daß Evan und mich die geringste Ehrfurcht vor ihrer Person bewegte, wenn wir hinter dem Vorhang hervorspähten und rüde Geräusche von uns gaben und auf diese Weise unsere Schwester drangsalierten, die uns von der Wanne aus anzuschreien pflegte und oft den Abend in Tränen beschloß. Ja, ich muß wohl an dieser Stelle gestehen, daß Evan und ich, obwohl von Natur aus und anderen gegenüber nicht grausam oder mutwillig, es manchesmal darauf anlegten, unsere Schwester zu hänseln und zu quälen, vermutlich weil es so leicht war und zugleich so ungeheuer lohnend, wenn auch unverzeihlich.

Wenn wir mit dem Bad an der Reihe waren, bekamen wir frisches Wasser, das unsere Mutter in großen Kesseln heiß gemacht hatte und dann in die Kupferwanne goß, und mein Bruder und ich, die wir lange keine Scham voreinander kannten, pflegten unsere Kleider abzulegen und in dem warmen Seifenwasser zu spielen wie in einem Waldsee, und ich erinnere mich des Kerzenlichts und der Wärme bei diesem Ritual mit einer Wonne, die mir bis heute geblieben ist.

Während der Schulzeit, als wir noch jünger waren und uns nicht zur Arbeit verdingen mußten, stiegen Evan und ich jeden Morgen auf das Fuhrwerk unseres nächsten Nachbarn, Torjen Helgessen, der täglich nach Laurvig hineinfuhr, um seine Milch und sein Gemüse auf den Markt zu bringen, und kehrten nachmittags nach der

Essenszeit wieder heim. Der Schultag hatte fünf Stunden, und wir wurden in den üblichen Fächern unterrichtet, Bibelgeschichte, Katechismus, Lesen, Schreiben, Rechnen und Singen. Unsere Lehrbücher waren Pontoppidans Erklärung zu Luthers Kleinem Katechismus, Vogts Bibelgeschichte und Jensens Fibel. Die Schule war in vieler Hinsicht modern. Das Schulhaus hatte zwei große Zimmer, eines über dem anderen, die mit Pulten aus Holz und einer Schiefertafel, die eine ganze Wand einnahm, ausgestattet waren. Die Mädchen waren in dem unteren Raum, die Jungen in dem oberen. Ungehöriges Benehmen war nicht erlaubt, und die Schüler der Schule von Laurvig bekamen, wenn nötig, das spanische Rohr zu spüren. Mein Bruder erhielt diese Strafe zweimal; einmal weil er den Tafelschwamm nach einem Mitschüler warf, und einmal weil er Herrn Hjorth, einem Pietisten und daher äußerst strengen und manchmal reizbaren Mann, der später auf der Fahrt über den Atlantischen Ozean an der Ruhr starb, eine freche Antwort gab.

Im Frühjahr, wenn es schon frühmorgens hell wurde, und es war dies eine perlgraue Helligkeit, wie man sie in Amerika nicht kennt, ein austernfarbenes Licht, das Stunden verweilt, bis die Sonne wirklich aufgeht, und daher etwas Diffuses und Magisches besitzt, standen Evan und ich bei Tagesanbruch auf und gingen zu Fuß nach Laurvig hinein zur Schule.

Ich kann das Vergnügen dieser gemeinsamen morgendlichen Ausflüge kaum beschreiben. Und trifft es nicht zu, daß wir in unserer frühesten Jugend die Fähigkeit besitzen, die Schönheit, die allenthalben vor uns ausgebreitet liegt, klarer zu sehen und tiefer aufzunehmen als später, wenn wir älter und erwachsen sind, wenn wir die Sünde, die alles beschmutzt, kennengelernt haben und unser Auge getrübt ist, und wenn wir nicht mehr mit dieser Reinheit sehen, mit dieser Tiefe lieben können?

An manchen Stellen führte die Küstenstraße am äußersten Rand der Felsen entlang und gab den Blick frei auf die Bucht, so daß man an schönen Tagen im Osten den Hafen mit seinen vereinzelten Schonern und Fähren sehen konnte und jenseits das Meer, das so blendend funkelte, daß wir beinahe unsere Augen abwenden mußten.

Evan trug auf diesen Gängen zur Schule eine Hose und ein Hemd ohne Kragen, dazu seine Jacke und seine Mütze. Seine Strümpfe, die Karen oder meine Mutter gestrickt hatten, waren prächtig und hatten komplizierte Muster, und in der Hand hielt er seine Bücher und seinen Essensbeutel, manchmal auch meine Sachen, mit einem Lederriemen zusammengehalten, der aus einem Pferdezügel gefertigt war. Ich selbst war, obwohl noch ein kleines Mädchen, in die schweren Röcke jener Zeit gekleidet; die Stoffe dafür waren zu Hause am Webstuhl hergestellt worden, und es war stets eine große Freude, wenn unsere Mutter mir im späten Frühling erlaubte, das Wollkleid mit einem aus Baumwolle zu vertauschen, das nicht so schwer war und freundlicher in den Farben und in dem ich das Gefühl hatte, als hätte ich soeben nach langer, drückender Gefangenschaft ein Bad genommen. Damals trug ich mein Haar offen den Rücken herabfallend und an den Seiten hochgekämmt und zu einem Knoten auf dem Kopf zusammengedreht. Ich darf hier sagen, daß mein Haar in meiner Jugend eine sehr schöne Farbe hatte, ein schimmerndes weiches Braun, das die Sonne im Sommer aufhellte und das, wenn der August kam, vorn manchmal golden glänzte. Und ich hatte schöne, klare Augen in einem hellen Grau. Wie ich schon sagte, war ich nicht groß gewachsen, aber ich hatte einen wohlgestalteten Körper und eine gute Haltung, und wenn ich auch nie eine große Schönheit war, nicht wie Anethe, so war ich doch, denke ich, ein gefälliger Anblick und vielleicht sogar hübsch in der Blüte meiner Jugend, bevor die wahren

Pflichten meiner Erdenreise begannen und, wie bei so vielen Frauen, den Charakter des Gesichts veränderten.

Ich entsinne mich eines Morgens, als Evan und ich acht beziehungsweise sechs Jahre alt gewesen sein müssen. Wir hatten vielleicht drei Viertel unseres Wegs zur Schule hinter uns gebracht, als mein Bruder plötzlich seine Bücher und seinen Essensbeutel niederlegte, seine Jacke und seine Mütze abwarf und in Hemd und kurzer Hose mit erhobenen Armen in die Höhe sprang, um den Ast eines Apfelbaums zu fassen, der in voller Blüte stand. Ich vermute, es war die Vorstellung, sich in all dieser weißschäumenden Pracht zu verlieren, die Evan immer höher trieb, bis er Sekunden später aus dem obersten Winkel des Baumes zu mir hinabrief. »Hallo, Maren, kannst du mich sehen?« Aus irgendwelchen Gründen, die ich nicht genau zu beschreiben vermag, konnte ich den Gedanken, auf der Erde zurückzubleiben, nicht ertragen; ich versuchte daher wild entschlossen, Evans akrobatisches Kunststück nachzuahmen und wie er in den Obstbaum hinaufzuklettern. Doch ich entdeckte, daß meine Röcke mich dabei behinderten, sie waren schwer und erlaubten mir nicht, den Baum mit den Beinen zu umspannen, wie ich das eben bei Evan gesehen hatte. Das war der Moment, in dem ich mit einer Geste der Ungeduld und vielleicht des Zorns über mein Geschlecht mein Kleid ablegte, mich auf dieser vielbereisten öffentlichen Straße nach Laurvig bis auf meine Unterkleider auszog, die aus einem ärmellosen wollenen Hemd und einem schmucklosen Schlüpfer mit langem Bein bestanden, und so innerhalb von Minuten zu meinem Bruder in den Baumwipfel hinaufkletterte, von dem aus wir einen weiten Blick über die Küste hatten. Ich empfand, als ich Evan erreicht hatte, über meine Leistung ein Gefühl von Freiheit und Befriedigung, das ich in meiner Jugend nicht oft erfahren habe. Ich erinnere mich, daß er lächelte und »Gut gemacht« sagte und daß ich mich, kurz nachdem ich Evans Hochsitz erreicht hatte, in unbekümmertem Überschwang vorbeugte, um nördlich am Laurvigsfjord entlangzublicken, und dabei aus dem Gleichgewicht geriet und beinahe vom Baum gestürzt wäre, ja, zweifellos herabgestürzt wäre, hätte Evan mich nicht am Arm festgehalten und hochgezogen. Und ich erinnere mich auch, daß er seine Hand nicht wegnahm, sondern noch einige Minuten so blieb, mit seiner Hand auf meinem Arm, da wir es nicht über uns brachten, diese Empfindung von Frieden und Vollkommenheit zu zerstören, die über uns gekommen war. So geschah es, daß wir an diesem Tag zu spät zur Schule kamen und zur Strafe fünf Tage hintereinander nachsitzen mußten, was keinem von uns etwas ausmachte oder zu Klagen Anlaß war, da wir, glaube ich, beide diese Beschränkung unserer Freiheit als leichte Strafe für die erregende Wonne des Vergehens empfanden. Wir hatten natürlich Glück gehabt, daß in der Zeit, als wir im Baum saßen, kein Bauer die Straße entlanggekommen war und mein Kleid dort im Schmutz hatte liegen sehen, was an sich schon schockierend gewesen wäre und zweifellos zur Folge gehabt hätte, daß wir ertappt und aus ganz anderen Gründen weit strenger bestraft worden wären.

In der Schule war Evan beliebt, aber wenn er auch an den Spielen teilnahm, so gab er sich doch nicht wie manche Jungen aus dem Dorf besondere Mühe, andere für sich zu gewinnen. Er war kein Mensch, nicht als Junge und nicht als Mann, der von Zorn und Groll erfüllt war wie manche andere, und wenn ihm Unrecht getan wurde, wollte er es stets nur berichtigen, niemals aber für das Vergehen strafen. (Leider muß ich sagen, daß Evan, genau wie wir alle, am Ende erfahren mußte, daß eine Berichtigung des schwersten Unrechts, das ihm angetan wurde, nicht möglich war.) In dieser Hinsicht bin ich ihm charakterlich nicht ebenbürtig gewesen, denke ich, denn ich bin oft in den Taumel heftiger Gefühle geraten, die ihrem Ursprung nach sündig sind, auch Zorn und Haß gehörten dazu.

Evan war immer wesentlich größer als ich, und eine Zeitlang war er der größte Junge in der Schule von Laurvig. Obwohl seine vorderen Zähne etwas schief gewachsen waren, bildete sich sein Gesicht schön aus, und ich glaube, es glich dem meines Vaters, wenn ich natürlich meinen Vater auch nie als jungen Mann gesehen habe. Als ich alt genug war, um solche Eindrücke wahrzunehmen, waren die Wangen meines Vaters eingefallen, und sein Gesicht war von Falten durchzogen, eine Folge der rauhen Witterung auf See und charakteristisches Merkmal der meisten Fischer der damaligen Zeit.

Wenn das Schuljahr vorüber war, hatten wir häufig lange Tage ganz für uns, und das war die größte aller Freuden, da es im Mittsommer fast bis Mitternacht hell blieb.

Ich sehe uns jetzt, als blickte ich aus einer Entfernung auf mich herab. Im Wald, gleich westlich von unserem Haus, war eine wenig aufgesuchte und merkwürdige landschaftliche Besonderheit, Hakons Bucht geheißen, ein Meerwasserbecken, das fast schwarz wirkte infolge seiner ungewöhnlichen Tiefe und der schroffen schwarzen Felsen, die es umrandeten und auf allen Seiten bis zu einer Höhe von zehn Metern steil aufragten, so daß der kleine See, abgesehen von einer schmalen Spalte, durch die das Meerwasser strömte, wie ein hoher, dunkler Zylinder war. Es hieß, das Wasser sei zwanzig Faden tief, und an den Felswänden zogen sich schmale Simse entlang, über die man mit etwas Übung und Geschick zum Wasser gelangen konnte, um dort zu schwimmen, zu fischen oder sogar ein Boot hinunterzulassen und umherzupaddeln. Gelbe Fetthenne wuchs in den Spalten, und es war insgesamt ein märchenhafter Ort.

An diesem Weiher sehe ich an einem Junimorgen ein kleines Mädchen von acht Jahren auf einem Felsvorsprung stehen, ihre Röcke gerafft, unbekümmert darum, daß ihre Knie zu sehen sind, da ja die Unschuld zwischen ihr und ihrem Bruder noch nicht verlorengegangen ist, so daß keine Notwendigkeit zu falscher Scham besteht, und ein Stück weiter, auf einem Felssims, mit einer primitiven Angel in den Händen, ihren Bruder, Evan. Er lacht, denn sie hat ihn gerade gutmütig damit geneckt, daß er so groß geworden ist, daß seine Hosenbeine nicht mehr bis zu seinen Knöcheln hinunterreichen. Er wirkt, auf diesem Felsen stehend, wie die Verkörperung all dessen, was norwegische Eltern sich von ihren Söhnen wünschen könnten, hoch aufgeschossen, kräftig, mit dem dünnen, hellen Haar, das wir in diesem Land so gern sehen, und Augen von der Farbe des Wassers. Jetzt legt der Junge seine Angel nieder und holt aus seinem Beutel einen kleinen dunklen Gegenstand, den er mit flinker Bewegung aufs Wasser hinauswirft und der sich als ein Netz aus zartesten Fäden erweist, fein gesponnen, ein Gazeschleier eher oder ein Gespinst aus Spinnweben, das das Licht der Sonnenstrahlen einfängt, die herabfallen und unmittelbar über dem Spiegel des Wassers abzubrechen scheinen. Das kleine Mädchen eilt neugierig zu dem Sims, auf dem der Junge steht, und sieht, daß das Netz groß ist, und macht eine Bemerkung darüber, worauf der Junge ihr erklärt, er habe es groß gemacht, damit es weit in den Weiher hineinsinken und alle Arten von Meeresgeschöpfen herauftragen kann. Das Mädchen sieht fasziniert zu, wie der Junge, der im Umgang mit Netzen eine nicht unbeträchtliche Erfahrung hat und dieses hier mit Fäden aus dem Nähkorb seiner Mutter gefertigt hat, fachmännisch das Netz auf der schwarzen Wasserfläche auswirft und es, mit Senkbleien beschwert, in die Tiefe sinken läßt, bis nur noch die Schwimmer an den vier Ecken zu sehen sind. Mit einer geschickten Bewegung und einem Wink zu dem kleinen Mädchen, daß es ihm folgen soll, springt der Junge dann von Sims zu Sims und zieht dabei das Netz durch das Wasser. Nach einer Weile läßt er die Schwimmer näher zum Rand des Weihers treiben, wo er sie dann packt und das Netz langsam hochzieht. Er wirft seinen Fang auf den Felsen, auf dem die beiden stehen, und öffnet das Netz zur Inspektion. In ihm liegen zuckende kleine Würmer und farbige Säckchen, wie das Mädchen sie noch nie gesehen hat. Viele dieser Meerestiere leuchten in schillernden Farben, manche aber erscheinen ihr grotesk in ihrer Beschaffenheit, wie Mollusken ohne Schalen. Manche sind durchsichtig, und man sieht ihre zuckenden Eingeweide; andere scheinen nur aus heftig atmenden Kiemen zu bestehen, die golden gefleckt sind, wieder andere sind runde dicke Fische mit hervortretenden Augen oder einfach dunkle Striche in der Farbe von Blei. Einige der Fische erkennt das kleine Mädchen: einen Seebarsch, einen Kabeljau, mehrere Makrelen.

Aber das kleine Mädchen erschrickt vor dem grotesken Sammelsurium und fürchtet, der Junge habe vielleicht die Grenze zur Welt des Unnatürlichen überschritten und aus dem schwarzen Wasser lebende Wesen ans Licht befördert, die der Mensch nie schauen soll oder die selbst niemals das Tageslicht erblicken sollen, und in der Tat, einige kleine pfauenblaue gelatineartige Kügelchen beginnen zu platzen und sterben dort auf dem Felsen.

»Maren, sieh mal!« ruft der Junge aufgeregt und deutet bald auf diesen, bald auf jenen Fisch, doch das kleine Mädchen ist gleichzeitig fasziniert und abgestoßen von den Tieren, möchte den Kopf abwenden und bringt es doch nicht über sich. Da faßt der Junge plötzlich die vier Ecken des Netzes und wirft den Fang ins Wasser zurück, ohne zu bemerken, daß das kleine Mädchen mit einem Fuß auf dem Netz steht. Das feine Gespinst zerreißt und verfängt sich am bloßen Fußknöchel des Mädchens, und mit einer einzigen schwungvollen Bewegung stürzt die Kleine ins Wasser. Zunächst glaubt sie, sie könnte ihren Fuß aus dem Netz befreien, dann aber entdeckt sie in heller Panik (die ich noch jetzt in meiner Kehle spüren kann), daß sich nun beide Füße in den Fäden des Netzes verfangen haben und der Rock ihres Kleides vom Wasser schwer geworden ist. Es steigert noch ihren Schrecken, daß sie von den Meereswesen umgeben ist, die in dem Netz gefangen waren und von denen nun einige davonschwimmen, während andere nahe bei ihrem Gesicht auf dem Wasser treiben. Sie schlägt mit den Armen und versucht zu schwimmen, findet aber keinen Halt. Evan, der die Not seiner Schwester sieht, springt ohne Rücksicht auf seine eigene Sicherheit, einzig um die ihre besorgt, zu ihr ins Wasser. Ich kann meine Stimme hören, von höchster Angst erfüllt, als ich »Hilfe!« rufe, und dann nochmals »Hilfe!«, und Evans Stimme, noch nicht tief und erwachsen, eine melodische Stimme, die beim Singen der Weihnachtslieder jedes Jahr höchst willkommen war, als er mir zuruft: »Ich hol dich raus, Maren!« Ich erinnere mich an seine kräftige Hand unter meinem Kinn, als er mir den Mund über Wasser hielt, damit ich atmen konnte, während er wie wild um sich schlug und selbst eine große Menge Wasser schluckte und so geängstigt war wie ich, obwohl er das später niemals zugeben wollte. Nur größtem Glück hatten wir es zu verdanken, daß wir in diesem Zustand heftiger Erregung über das Wasser zu einem Felsvorsprung getrieben wurden, der etwa einen Meter über der Oberfläche lag, und daß es Evan mit Gottes Hilfe und unter Aufbietung von Kräften, wie sie Kinder dieses Alters gewöhnlich nicht besitzen, gelang, mit der freien Hand den Fels zu fassen und uns so zu retten.

Ich erinnere mich, daß wir, einander umschlungen haltend, lange auf dem Fels lagen und daß ich erst nach einer ganzen Weile in dieser Haltung aufhören konnte zu zittern.

Ich denke jetzt an jenen Tag und stelle mir ein anderes Schicksal vor. Ich stelle mir vor, daß ein Holzfäller an das Seelein kommt und zwei Kinder erblickt, die in inniger Umarmung gleich unter der Oberfläche des schwarzen Wassers treiben, auf ewig frei, auf ewig in Frieden, und ich frage mich heute, ob das nicht für uns beide ein wünschenswerteres Ende gewesen wäre.

In unserem Häuschen am Meer hatte unsere Mutter freundliche Vorhänge aus rotkariertem Stoff in die Fenster gehängt, und auf unserem Tisch stand in den warmen Jahreszeiten stets ein kleiner Glasmilchkrug mit Blumen aus dem Garten. Noch viele Jahre nach dem Tod meiner Mutter konnte ich keinen Blumenstrauß auf einem Tisch sehen, ohne an sie zu denken. Es quält mich jetzt, daß ich fast nur verwischte Erinnerungen an meine Mutter habe, die ich geliebt habe, die jedoch immer abgespannt wirkte und oft müde war bis zum Unwohlsein. Sie war, wie ich, eine kleine Frau, die unendlich viele körperliche Arbeiten zu verrichten hatte und, so glaube ich, nicht ausreichend Kraft besaß, um sich von dieser Bürde nicht niederdrükken zu lassen. Ich glaube weiter, daß sie all das an Liebe, was sie nicht ihrem Mann vorbehielt, ihrem Sohn entgegenbrachte und daran nichts ändern konnte.

Abends wurde ich zu Bett geschickt, während meine Mutter leise mit Evan sprach. Über diese Gespräche sagte Evan nur, daß es sich dabei häufig um Geschichten oder Parabeln über menschliche Tugenden und Fehler handelte und daß sich gezeigt habe, daß unsere Mutter nicht fromm sei, was mich damals überraschte, da Evan und ich und auch Karen sonntags stets fast den ganzen Tag in der Kirche verbringen mußten.

Was die Frage betrifft, warum ich von diesen Gesprächen ausgeschlossen blieb, so muß meine Mutter entweder geglaubt haben, mein Charakter sei bereits gebildet, und derartige christliche Belehrungen seien daher unnötig, oder sie meinte, diese abendlichen Gespräche seien verschwendet an ein junges Mädchen, das sich ihrer Natur und der allgemeinen Sitte gemäß mit ihrer Heirat dem Glauben und dem Charakter ihres Ehemanns unterordnen würde. Es freut mich, sagen zu können, daß, obwohl die Ehe mich häufig in meinem Handeln einschränkte, mein Charakter und mein Glaube, die von weit stärkeren Einflüssen als dem des Fischers, der mein Ehemann wurde, geprägt waren, für die Dauer meines Zusammenlebens mit John Hontvedt unversehrt und unangefochten blieben. Ich muß allerdings hinzufügen, daß eine unselige Folge dieser Gespräche unter vier Augen zwischen meiner Mutter und Evan die war, daß es mir schwerfiel, daran zu zweifeln, daß Evan von uns beiden derjenige war, der mehr geliebt wurde, und daß er diese Liebe aus Gründen, die ich nicht artikulieren oder erklären konnte, auch mehr verdiente. Meine Liebe zu meinem Bruder wurde darüber nicht gefährdet, sondern sie wurde durch diese Zuneigung, die mich ausschloß und an der ich so verzweifelt teilzuhaben wünschte, noch verstärkt.

Wenn meine Mutter nicht zur Arbeit ins Dorf mußte, pflegte sie abends am Tisch zu sitzen und zu nähen oder Brot für den nächsten Tag zu backen. Wenn ich sie mir so ins Gedächtnis rufe, sehe ich sie umhüllt von einem stillen Kummer, nicht der trüben, wenn nicht gar säuerlichen Melancholie, die Karen manchmal zeigte, sondern vielmehr bedrückt von einer Seelenlast, die sie ohne Aufhebens und ohne zu klagen trug. Vielleicht war sie niemals ganz gesund und sagte uns das nur einfach nicht. Wenn unser Vater zu Hause war, saß er an ihrer Seite und flickte seine Netze oder rauchte auch nur schweigend seine Pfeife, und obwohl die beiden kaum miteinander sprachen, fing ich manchen bewundernden Blick auf, den er ihr zuwarf, wenn ich auch nicht glaube, daß ich vor jenem Tag, an dem ich miterlebte, wie unser Vater den Tod unserer Mutter aufnahm, je an die Möglichkeit romantischer Liebe zwischen unseren Eltern gedacht habe.

Als ich dreizehn Jahre alt war und Evan gerade fünfzehn, starb unsere Mutter bei der Niederkunft eines totgeborenen Kindes, das mit ihr zusammen beerdigt wurde. Es war im schlimmsten Wintermonat des Jahres 1860, als die Gegend um Laurvig, ja, in der Tat das ganze Küstengebiet, unter den Schneemassen dieses Jahres begraben lag. Am Tag, an dem meine Mutter starb, wütete in den frühen Morgenstunden, gerade als bei ihr die Wehen begannen, ein so dichter Schneesturm, daß durch die Fenster nichts mehr zu sehen war. Mein Vater, der die Geburt seiner anderen drei Kinder nicht miterlebt hatte, weil er zu jenen Zeiten auf See gewesen war, fühlte sich nicht befähigt, ihr beizustehen, und stürzte daher trotz des schrecklichen Sturms hinaus, um die Hebamme zu holen, die auf halbem Weg zwischen unserem Haus und dem Dorf wohnte. Er hoffte sie zu erreichen, wenn es ihm gelänge, den Schlitten, der unserem Nachbarn Helgessen gehörte, flottzumachen und damit durchzukommen. Karen, die unserer Mutter vielleicht hätte helfen können, war wegen des Sturms über Nacht im Seemannsheim in Laurvig geblieben.

So kam es, daß Evan und ich, die wir zu jung waren, um in dieser Notlage Beistand zu leisten, außer insoweit, als wir unserer Mutter die Stirn mit Eis kühlen, ihr wenn nötig den Kopf und die Arme abtupfen und ihr, wenn sie es zuließ, die Hand halten konnten, an ihrer Seite standen und ihre schrecklichen Schreie vernahmen. Ich hatte bis zu diesem Augenblick noch nie einer Geburt beigewohnt und nie solche Qual bei einem Menschen gesehen. Ich erinnere mich, daß Evan zitternd vor Angst in seinem Nachthemd im Kerzenlicht stand, überzeugt, die qualvollen Kämpfe unserer Mutter seien sicheres Zeichen dafür, daß sie sterben würde. Er begann aufs Jammervollste zu weinen, obwohl er es nicht wollte, und ich war völlig verstört, als ich ihn so weinen sah, da er stets ein starker und zurückhaltender Junge gewesen war. Ich glaube heute, daß sein lautes Weinen mich tiefer erschreckte, zumindest im ersten Moment, als die unsäglichen rhythmischen Schreie aus dem Mund unserer Mutter, und daß ich vielleicht die Seite meiner Mutter verließ, um ihn zu trösten, indem ich ihn mit dünnen Armen umschlang, die kaum um seine Mitte reichten, sein tränennasses Gesicht küßte, um ihn zu beruhigen, und dann, als ich, durch die plötzliche Stille aufgeschreckt, den Kopf nach unserer Mutter drehte, sehen mußte, daß sie heimgegangen war. Eine große Blutlache tränkte das Bettzeug von ihrem Bauch bis zu ihren Knien, und ich wagte nicht, die Laken zu heben, aus Angst, was ich darunter vorfinden würde. Es ist möglich, daß ich ihr die Augen schloß. Mein Vater hatte die Hebamme nicht erreichen können und hatte umkehren müssen. Als er schließlich in unser Häuschen zurückkam, selbst dem Tode nahe, war alles zu Ende.

Ich erinnere mich seines heiseren Aufschreis, als er das Haus betrat und sah, was vor ihm lag. Ich erinnere mich auch, daß ich nicht die Kraft hatte, Evan zu verlassen, und daß ich nicht in die Wohnstube gehen konnte, um meinen Vater zu trösten. Als unser Vater schließlich mit einem Gesicht, das zerstört war vom Anblick seiner geliebten Frau, die ihm auf so gewaltsame Weise entrissen worden war, in unser Zimmer kam, fand er Evan und mich trostsuchend aneinandergeklemmt in unserem Bett vor.

Um nichts in der Welt würde ich von solch grausamen Dingen berichten, müßte ich mich nicht immer wieder fragen, ob ich mich nicht doch besser um meine Mutter hätte kümmern können, um ihr vielleicht sogar das Leben zu retten. Und ebenso habe ich mich immer wieder gefragt, ob meine Erinnerungen an jene furchtbare Nacht oder mein Verhalten vielleicht die Ursache für meine Unfruchtbarkeit als Frau sind, als hätte Gott mich dafür gestraft, daß ich die Geburt meines Geschwisterchens nicht zuließ.

Monatelang blieb ich nach dieser Nacht in einem Zustand innerer Erregung. Ja, er verschlimmerte sich mit der Zeit sogar noch, und eine mysteriöse Krankheit befiel mich. Ich erinnere mich nicht allzugut an diese Zeit, aber Karen, die in diesen langen, dunklen Tagen voller Verzweiflung war über den Tod unserer Mutter und meine Krankheit, hat mir oft genug davon erzählt. Nicht fähig zu schlafen oder, wenn doch, von den grauenvollsten Träumen heimgesucht und ohne alle Medizin, die mir hätte helfen können, wurde ich zunächst immer schwächer und dann ernstlich krank, fiel in ein Fieber, das allen in meiner Umgebung eher seelischen als körperlichen Ursprungs zu sein schien. Das zumindest war die Meinung des Arztes, der mehr als einmal aus Laurvig geholt wurde und der sich nicht imstande sah, die Wurzel der Symptome meiner Krankheit zu bestimmen. Ich weiß, daß ich eine Zeitlang weder Beine noch Arme bewegen konnte, so daß man vermutete, ich hätte die Meningitis, obwohl es um diese Zeit keine anderen gemeldeten Fälle in unserer Gegend gab. So behindert, konnte ich nicht selbst essen. Karen, die infolge meiner Bettlägerigkeit im Haus mehr als genug zu tun hatte, überließ meine Pflege Evan, der mich klaglos betreute, und ich glaube, er befand sich selbst wegen der Dinge, die sich in der Nacht des Todes unserer Mutter zugetragen hatten, in einer gewissen inneren Qual.

Es gab ganze Tage, an denen ich nicht sprechen konnte und halb aufgerichtet gehalten werden mußte, nur um einen Schluck Farris-Wasser zu mir nehmen zu können, dem man heilende Wirkung zuschrieb. Für die Dauer meiner Krankheit wurde ich in das Bett meines Vaters beim Ofen in der Wohnstube gelegt, während mein Vater in das Zimmer zog, das ich bis dahin mit Evan geteilt hatte. Mein Bruder wachte unermüdlich an meinem Bett. Ich glaube, die meiste Zeit saß er da, ohne zu sprechen, aber es kann auch sein, daß er mir aus den Volksmärchen vorlas. In dieser Zeit ging Evan nicht zur Schule.

Mein Geist war während dieser Krankheit nicht immer klar, aber an einen Zwischenfall, wundersam und voll schillernder Zwischentöne, erinnere ich mich mit absoluter Deutlichkeit.

Es muß einige Monate nach dem Ausbruch meiner Krankheit gewesen sein, ich war gerade aus einem traumähnlichen Dämmerzustand erwacht. Karen war draußen im Garten, und auf dem Tisch stand ein Krug mit Narzissen. Es war Ende April oder Anfang Mai, nach dem Tod meiner Mutter. Wenn ich sonst erwacht und aus einem meiner Träume aufgetaucht war, dann stets mit Angst und Schrecken, da die Gefühle der Krankheit meist flutartig über mich hereinbrachen und die seltsamsten Wachträume mich heimsuchten, die mir im Moment sehr wirklich schienen und die alle gegen die Lehren Gottes verstießen. An diesem Morgen aber, wenn auch wiederum von solchen Visionen bedrängt, verspürte ich keine Furcht, sondern vielmehr so etwas wie allumfassendes Vergeben, das nicht nur den Menschen um mich herum galt, sondern auch mir selbst. So geschah es, daß ich in den ersten Sekunden des Erwachens an diesem Morgen impulsiv nach Evans Hand griff. Er saß, mit sehr geradem Rücken und ernster Miene, auf einem hölzernen Stuhl. Vielleicht war er selbst in Gedanken weit fort gewesen, als ich wach wurde, vielleicht auch hatte er Sehnsucht gehabt, an diesem schönen Tag selbst ins Freie hinauszulaufen. Als ich meine Hand auf die seine legte, zuckte er zusammen, denn wir hatten einander nicht mehr absichtlich berührt seit jener Nacht, in der unsere Mutter gestorben war. In

Wahrheit müßte ich sagen, daß er erschrocken schien, als ich ihn berührte; ich glaube allerdings, daß dieses Erschrecken seiner Sorge um mein Wohlbefinden und seiner Überraschung über mein Erwachen entsprang.

Ich erinnere mich, daß er ein blaues Hemd trug, das Karen kürzlich gewaschen und geplättet hatte. Sein Haar, das frisch gekämmt war, war im Lauf des vergangenen Jahres noch heller geworden und betonte das wäßrige Blau seiner Augen.

Seine Hand in der meinen rührte sich nicht, und ich ließ sie nicht los.

»Maren, geht es dir gut?« fragte er.

Ich überlegte einen Moment und antwortete dann: »Ja, ich fühle mich sehr wohl.«

Er schüttelte den Kopf, als wollte er einen unerwünschten Gedanken vertreiben, und sah dann auf unsere Hände hinunter.

»Maren, wir müssen etwas tun«, sagte er.

»Etwas tun?«

»Mit jemandem sprechen. Ich weiß nicht... Ich hab versucht nachzudenken.«

»Ich weiß nicht, was du meinst«, sagte ich.

Evan schien irritiert über diese Worte.

»Aber du mußt es wissen«, entgegnete er. »Ich weiß es.« Er blickte hastig auf und sah mir in die Augen.

Ich glaube, daß wir in jenen wenigen Augenblicken ohne Worte von vielen Dingen sprachen. Seine Hand erhitzte sich unter der meinen, aber vielleicht war es auch mein eigenes Fieber, und geradeso, wie ich mich nicht lösen konnte, konnte er es auch nicht, und so verharrten wir einige Minuten in diesem Zustand, vielleicht auch viele Minuten lang, und wenn es möglich ist, in Momenten ohne ein einziges Wort alles zu sagen, was es zwischen zwei Menschen zu sagen gibt, so geschah das an jenem Tag.

Nach einer Weile (ich kann nicht genau sagen, wie lange wir so verweilten) setzte ich mich auf und drückte, es war seltsam, erschien mir jedoch an diesem Tag so natürlich wie ein Kuß auf die Wange eines kleinen Kindes, meine Lippen auf die Innenseite seines Handgelenks. Und so verharrte ich, in einem Kuß, der weder Anfang noch Ende hatte, bis zu dem Moment, als wir an der Tür ein Geräusch hörten und aufblickten, um zu sehen, daß unsere Schwester Karen aus dem Garten hereingekommen war.

Ich erinnere mich des Ausdrucks der Verwirrung, der über ihr Gesicht zog, ein Ausdruck der Überraschung und der Verfinsterung zugleich, der mir angst machte, so daß ich leise aufschrie. Evan stand auf und verließ mich. Karen sagte zu mir, jedoch nicht zu Evan, glaube ich: »Was tust du da?« Ich hätte auf diese Frage so wenig eine Antwort gewußt, wie ich ihr das Mysterium der heiligen Sakramente hätte erklären können. Evan ging aus dem Zimmer. Ich glaube nicht, daß er auch nur ein Wort sprach. Karen kam zu mir und beugte sich über mich, um mich prüfend anzusehen. Ihr Haar war straff nach hinten gezogen, ihr Kleid mit den Perlmuttknöpfen bis zum Hals geschlossen. Ich weiß, daß ich bei mir selbst dachte, daß ich trotz der wunderbaren Bereitschaft, allen um mich herum zu vergeben, die ich soeben noch verspürt hatte, Karen nicht besonders mochte, und ich empfand ein Mitleid mit ihr, das ich mir vorher nie eingestanden hatte. Ich glaube, daß ich dann die Augen schloß und mich in jenen Zustand zurücktreiben ließ, aus dem ich nur kurze Zeit aufgetaucht war.

Nicht lange nach dieser Begebenheit gewann ich meine Gesundheit wieder. Nie war ein Mensch so glücklich, die leuchtenden Morgen jenes Frühlings zu begrüßen, wenn auch Karen mir sehr bald klarmachte, daß meine Kindheit nun vorüber war und ich mich mit den Pflichten und dem Betragen einer jungen Frau würde anfreunden müssen.

Um diese Zeit, vielleicht sogar schon unmittelbar nach meiner Genesung, wurde beschlossen, daß ich weiterhin mit Karen in der Küche hinter dem Vorhang schlafen und mein Vater auch in Zukunft mit Evan das Bett teilen würde. Der Grund dafür war, daß ich während meiner Krankheit vierzehn Jahre alt geworden war und daß in dieser Zeit gewisse Veränderungen mit meinem Körper vor sich gegangen waren, von denen ich hier nicht sprechen will. Diese Veränderungen machten es erforderlich, daß ich fortan von Evan getrennt schlief.

Da unsere Mutter nun tot war und unser Vater sich den größten Teil des Tages auf See aufhielt, wurde ich der Obhut meiner Schwester unterstellt, die sich pflichtbewußt um mich kümmerte, jedoch, glaube ich, für diese Aufgabe nie geeignet war. Irgend etwas spürend, ich weiß nicht, was, einen Widerwillen ihrerseits vielleicht, quälte ich sie häufig, und ich habe mir in den Jahren, die seither vergangen sind, oft gewünscht, sie könnte mir das vergeben. Einschränkungen, die sie mir auferlegte, begegnete ich mit Protest und veranlaßte sie dadurch, mich unter ihre Zucht zu stellen, so daß ich bald lange nicht mehr soviel Freiheit hatte wie zuvor.

Ich möchte nicht den Verlust meiner Freiheit, meiner glücklichen Unbeschwertheit dem Eintritt in das Leben der erwachsenen Frau zuschreiben und glaube, daß es sich hier lediglich um ein zufälliges zeitliches Zusammentreffen handelt, dennoch wurde ich von quälenden Monatsschmerzen geplagt, deren Wurzel doch wohl die wahrscheinlichere Ursache meiner Unfruchtbarkeit war.

Ich muß hier aufhören, denn diese Erinnerungen wühlen mich auf, und meine Augen schmerzen.

Wenn ich Fotografien von Billie betrachte, erkenne ich, daß sie von Anfang an ganz da ist – in ihrer ganzen Persönlichkeit und Kraft. Ihr Säuglingsgesicht ist bis ins kleinste komplexe Detail geformt – ernst, doch bereit, sich erfreuen zu lassen. Ihr Haar als Baby ist dicht und dunkel und betont das tiefe Blau ihrer Augen. Selbst damals schon hat sie ungewöhnlich lange Wimpern, die mich bezaubern und Vorüberkommende auf der Straße veranlassen stehenzubleiben. Unsere Freunde beglückwünschen mich, ein so betörendes Geschöpf hervorgebracht zu haben, aber innerlich protestiere ich. Bin ich nicht nur ein schützendes Behältnis gewesen – ein dicker weißer Kokon?

In den ersten Wochen nach Billies Geburt lebten Thomas, Billie und ich in einem Spiralnebel konzentrischer Kreise. Ganz außen war Thomas, der gelegentlich Ausflüge in die Welt der Studenten und der Universität unternahm. Er kaufte ein, schrieb zwischendurch und betrachtete seine Tochter als eine erstaunliche und herrliche Störung eines geordneten Lebens. Er trug Billie auf dem Arm herum und sprach unablässig mit ihr. Er führte sie in die Welt ein: »Das ist ein Stuhl; das ist mein Tisch im Restaurant.« Er nahm sie – in seine Lederjacke eingeknöpft, wo entweder ihre Wange an seiner Brust ruhte oder ihr Kopf unter seinem Kinn auf und nieder wippte – auf seinen Spaziergängen durch die Straßen der Stadt mit. Er schien eine Zeitlang ein weniger ungewöhnlicher

Mann zu sein, weniger geistesabwesend, dem Klischee des frischgebackenen Vaters ähnlicher. Diese Wahrnehmung war beruhigend für mich, und ich glaube, auch für Thomas. Er entdeckte in sich eine nährende Ader, die er als wohltuend empfand, die er nicht beschädigen und von der er sich nicht mit Bildern und Worten distanzieren konnte. Eine Zeitlang trank er nach Billies Geburt auch weniger. Er glaubte, für kurze Zeit, an die Zukunft. Seine beste Arbeit lag hinter ihm, aber das wußte er damals noch nicht.

Auf der mittleren Kreisbahn waren wir drei gemeinsam, jeder stets in der Nähe des anderen. Wir lebten, wie schon seit unserer Heirat, im oberen Stockwerk eines großen braunfleckigen Hauses aus dem 19. Jahrhundert in einer kleinen Seitenstraße in Cambridge. Henry James hatte einmal im Nachbarhaus gewohnt und e. e. cummings gegenüber. Das Viertel, fand Thomas, habe die richtigen Schwingungen. Ich richtete Billie ein Zimmer ein, das zuvor mein Arbeitsraum gewesen war. Fotografien machte ich jetzt nur noch von Billie. Manchmal schlief ich; manchmal schlief Thomas; Billie schlief viel. Thomas und ich fanden uns plötzlich in verwirrten Umklammerungen. Wir aßen zu ungewöhnlichen Zeiten, und ich sah mir im Fernsehen Nachtprogramme an, die ich nie zuvor beachtet hatte. Wir waren eine protoplasmatische Masse, die sich zur Familie formte.

Und im innersten Kreis – dunkel und traumähnlich – war das Nest mit Billie und mir. Ich legte mich auf dem Bett nieder und hüllte mich in meine Tochter wie in eine Decke. Ich stand am Fenster mit Blick in den Garten und beobachtete, wie sie ihre Händchen studierte. Ich streckte mich auf dem Boden aus und legte meine Tochter auf meinen Bauch und betrachtete ihre neuen blanken Augen. Ihre Gegenwart war von einer so intensiven Lebendigkeit, nahm mich so ausschließlich gefangen, daß ich mir nicht vorstellen konnte, wie Billie am nächsten Tag sein würde.

Ich konnte mich nicht einmal erinnern, wie sie am Tag zuvor ausgesehen hatte. Ihr unmittelbares Sein verdrängte alle anderen Realitäten, löschte alle anderen Bilder. Am Ende sollten mir nur jene Bilder aus Billies Säuglingsalter bleiben, die in Fotografien festgehalten waren.

Im Athenaeum bette ich die Papiere wieder in die fleischfarbene Schachtel und lege diese auf den Tisch. Ich falte meine Hände darauf. Der Bibliothekar ist aus dem Saal gegangen. Ich kann nicht verstehen, daß man die Unterlagen in so chaotischem Durcheinander gelassen hat. Ich habe den Eindruck, im Athenaeum weiß man nicht einmal, was man da besitzt. Mir geht wohl der Gedanke durch den Kopf, die Schriftstücke und ihre Übersetzung einfach mitzunehmen und in der folgenden Woche, wenn ich sie fotokopiert habe, wieder zurückzubringen. Kein Mensch wird es merken. Auch nicht viel anders, denke ich, als wenn man sich aus einer Leihbibliothek ein Buch ausleiht.

Ich verstaue die losen Briefe, Fotografien, Predigten und amtlichen Dokumente wieder in dem Hefter und mustere ihn prüfend, um festzustellen, wie er ohne die Schachtel aussieht. Ich stapele drei Bücher, die mir gegeben wurden, auf dem Hefter, um das Fehlen der Schachtel zu vertuschen. Ich betrachte den Stapel gründlich.

Ich kann es nicht tun.

Ich schiebe die Schachtel in den Hefter und stehe auf. »Auf Wiedersehen«, sage ich. Und im Hinausgehen etwas lauter: »Vielen Dank.« Ich öffne die Metalltür und gehe gemächlich die Treppe hinunter.

Als ich aus dem Athenaeum auf die Straße trete, ist Thomas noch nicht da. Ich warte zehn Minuten, dann nochmals fünf.

Ich überquere die Straße und stelle mich in eine Türnische. Zwanzig Minuten verstreichen, und ich beginne mich zu fragen, ob ich Thomas richtig verstanden habe.

Ich sehe sie um die Ecke kommen. Thomas und Adaline haben Billie zwischen sich. Sie zählen, »eins, zwei, drei«, und schwingen Billie an den Armen hoch in die Luft, wie eine Hängebrücke, die von einer plötzlichen Bö erfaßt wird. Billie lacht vor Freude über den jähen Flug und ruft, noch mal – und noch mal. Ich kann Billies kleine braune Beine in den Shorts sehen, ihre Füße, die in die Luft stoßen, um Höhe zu gewinnen. Leute auf dem Bürgersteig weichen aus, um die drei vorbeizulassen. So vertieft sind Thomas und Adaline in ihr Spiel, daß sie am Athenaeum vorübergehen und es nicht einmal sehen.

Adaline läßt Billies Hand los. Thomas sieht auf seine Uhr. Adaline hebt Billie mit einem Arm vom Boden auf und setzt sie rittlings auf ihre Hüfte, wie ich das tausendmal getan habe. Thomas sagt etwas zu Adaline, und sie wirft den Kopf in den Nacken und lacht lautlos. Billie tätschelt ihr Haar.

Schnell, ehe sie sich herumdrehen können, laufe ich über die Straße. Ich gehe wieder ins Athenaeum und renne die Treppe hinauf, zwei Stufen auf einmal nehmend. Als ich die Tür zum Lesesaal öffne, sehe ich, daß mein ordentlicher Stapel von Büchern und Heftern noch so daliegt, wie ich ihn zurückgelassen habe. Der Bibliothekar ist noch nicht zurückgekommen. Ich gehe zu dem langen Tisch hinüber und nehme die Schachtel aus dem Hefter. Ich klemme sie unter meinen Arm.

Beinahe donnere ich Thomas die Tür an die Nase; er steht da und schaut an dem hohen Gebäude hinauf, um sich zu vergewissern, daß er am richtigen Ort ist. Billie ist von Adalines Hüfte geklettert, hält sie aber immer noch an der Hand.

»Tut mir leid«, sage ich rasch. »Ich hoffe, ihr habt nicht lange warten müssen.«

»Wie war's?« fragt er. Er schiebt seine Hände in die Hosentaschen.

»Ganz gut«, antworte ich und beuge mich hinunter, um Billie einen Kuß zu geben. »Und bei euch?«

»Wir haben uns gut amüsiert«, sagt Adaline. Sie scheint leicht erhitzt. »Wir haben einen Spielplatz mit Schaukeln entdeckt und haben Eis gegessen.« Sie blickt, als suche sie Bestätigung, zu Billie hinunter.

»Wo ist Rich?« frage ich.

»Er kauft Hummer fürs Abendessen«, antwortet Thomas schnell und sieht wieder auf seine Uhr. »Wir sollen uns mit ihm treffen. Jetzt, in diesem Moment. Was hast du denn da?«

»Das?« Ich halte die Schachtel hoch. »Ach, das haben sie mir im Athenaeum ausgeliehen.«

»Nützlich?«

»Ich hoffe es.«

Wir gehen zu viert nebeneinander den Bürgersteig hinunter. Ich bemerke eine Beruhigung der Gemüter, ein Nachlassen des Überschwangs. Adaline ist still. Sie hält Billie an der Hand. Das finde ich merkwürdig – als wäre sie nicht bereit, das Händchen loszulassen, nicht einmal in meinem Beisein.

Rich steht mit zwei großen Papiertüten im Arm auf dem Bürgersteig. Seine Augen sind hinter einer dunklen Brille versteckt.

Wir machen uns auf den Weg zum Hafen. Der Himmel ist klar, aber es weht ein starker Wind.

Rich und Adaline gehen voraus, um den Zodiac klarzumachen und Billies Schwimmweste zu holen. Ich stehe neben meiner Tochter. Ihr Haar schlägt ihr ins Gesicht, und sie versucht erfolglos, es mit ihren Händen festzuhalten.

Thomas starrt ins Wasser.

»Thomas«, sage ich.

Billie war sechs Wochen alt, als sie zu husten anfing. Ich badete sie vor einem Termin beim Kinderarzt, als ich beobachtete, daß ihr kleiner Körper schrecklich zu kämpfen begann, was ich, als sie angekleidet war, nicht hatte sehen können. Ihr Bauch fiel bei jedem Atemzug in sich zusammen wie die Sauerstoffblase an einer Pilotenmaske. Ich nahm sie hoch und trug sie in Thomas' Arbeitszimmer. Überrascht über diese seltene Störung sah er zu mir auf. Er hatte seine Brille auf, und seine Finger hatten dunkelblaue Tintenflecken. Vor ihm lagen weiße linierte Seiten mit unverständlichen Worten darauf.

»Schau dir das mal an«, sagte ich und legte Billie auf den Schreibtisch.

Beide beobachteten wir das erschreckende Phänomen dieser kleinen sich aufblähenden und in sich zusammenfallenden Brust.

»Scheiße«, sagte Thomas. »Hast du den Arzt angerufen?«

»Ich habe wegen des Hustens angerufen. Ich habe um halb elf einen Termin.«

»Ich rufe 911 an.«

»Du meinst...?«

»Sie kriegt keine Luft«, sagte Thomas.

Der Fahrer des Krankenwagens ließ mich nicht mit Billie fahren. Zu viele Geräte waren nötig; zuviel Betreuung. Sie kümmerten sich schon um sie, als sie die Tür schlossen. Ich dachte: Was, wenn sie stirbt und ich nicht bei ihr bin?

Wir folgten in unserem Wagen, Thomas fluchend und jedem drohend, der versuchte, uns in die Quere zu kommen. Ich hatte ihn nie so wütend erlebt. Der Krankenwagen hielt vor der Notfallabteilung des Krankenhauses, in dem Billie geboren war.

»Mein Gott«, sagte Thomas. »Hier sind wir doch gerade erst rausgekommen.«

Im Krankenhaus wurde Billie nackt ausgezogen und in einen offenen Metallkasten gelegt, der, wie Thomas und ich später übereinstimmend feststellten, wie ein Sarg aussah. Natürlich fror Billie und begann zu brüllen. Ich bat den behandelnden Arzt, mir zu erlauben, sie hochzunehmen und zu stillen, um sie zu beruhigen. Dieses heftige Weinen konnte doch bei dem Husten und der Atemnot nicht gut sein? Aber der junge Arzt erklärte mir, ich sei jetzt eine Gefahr für meine Tochter und könne sie nicht länger stillen, sie müsse intravenös ernährt und mit Antibiotika vollgepumpt werden. Er sprach mit mir, als wäre mir ein wichtiger Auftrag erteilt worden, den ich in den Sand gesetzt hatte.

Billie wurde an Dutzende von Schläuchen und Drähten angeschlossen. Sie weinte, bis sie keine Luft mehr bekam. Ich konnte ihr Leiden keine Sekunde länger ertragen, und als der Arzt ging, um nach jemand anderem zu sehen, nahm ich sie hoch und drückte sie unter meiner dicken gesteppten Jacke an meine Brust, jedoch ohne sie zu stillen. Augenblicklich hörte sie zu weinen auf und suchte nach meiner Brustwarze. Thomas betrachtete uns mit einem Ausdruck von Zärtlichkeit und Angst, den ich nie zuvor in seinem Gesicht gesehen hatte.

Billie hatte Lungenentzündung. In dieser ganzen Nacht standen Thomas und ich an dem Plastikkasten, der Billies Bett geworden war, und hielten unsere Blicke auf die Reihe Monitore gerichtet, die ihre Atmung, ihre Nahrungsaufnahme, ihren Herzschlag, ihren Blutdruck, ihre Blutgase und die Antibiotika regelten und aufzeichneten. Es gab keine andere Welt außer diesem Plastikkasten, und Thomas und ich wunderten uns über die anderen Eltern in der Intensivstation, die von Ausflügen in die Außenwelt mit McDonald's-Kartons und Pizza-Hut-Schachteln zurückkehrten.

»Wie können sie überhaupt essen?« fragte Thomas.

An diesem Abend wurde Thomas mitgeteilt, er werde am Telefon verlangt, und er ging aus dem Zimmer. Ich blieb neben dem Plastikkasten stehen und sagte immer wieder das Vaterunser auf, obwohl ich keine fromme Frau bin. Ich fand die Worte beruhigend. Ich redete mir ein, die Worte selbst würden Billie bei mir halten; solange ich nur das Gebet aufsagte, würde Billie nicht sterben, die Worte selbst seien Talisman und Zauber.

Als Thomas wieder ins Zimmer kam, drehte ich mich automatisch zu ihm, um zu fragen, wer angerufen hatte. Sein Gesicht war wie ausgemergelt – eingefallen, die Haut um die Augen wie Papier. Er zwinkerte, als träte er aus einem Kino ins helle Sonnenlicht.

Er nannte einen Preis, den sich jeder Dichter in Amerika wünschen würde. Er hatte ihn für die Magdalenengedichte erhalten, eine Reihe von sechsundfünfzig Gedichten, die zu schreiben mein Mann acht Jahre gebraucht hatte. Wir setzten uns beide in orangefarbene Plastiksessel neben dem Plastikkasten. Ich legte meine Hand auf seine. Ich dachte augenblicklich an schreckliche Pakte. Wie konnten wir diese wunderbare Nachricht erhalten haben und gleichzeitig auf Billies Überleben hoffen?

»Ich kann das noch gar nicht verdauen«, sagte Thomas.

»Nein.«

»Wir feiern ein andermal.«

»Thomas, ich würde mich wahnsinnig freuen, wenn ich das jetzt könnte. Ich werde mich wahnsinnig freuen.«

»Ich hatte immer Angst, du glaubst, ich wäre wegen der Gedichte mit dir zusammen. Daß ich dich benutze. Als eine Art Muse.«

»Jetzt nicht mehr, Thomas.«

»Aber am Anfang.«

»Am Anfang vielleicht, eine Zeitlang.«

»Es stimmt nicht.«

Ich schüttelte verwirrt den Kopf. »Was soll das schon

für eine Rolle spielen?« fragte ich mit der Gereiztheit, die sich einstellt, wenn man an nichts anderes denken möchte als an das, was einem gerade angst macht.

»Es spielt keine Rolle«, sagte er. »Es spielt keine Rolle.«

Aber natürlich spielte es eine Rolle.

Ich lernte in dieser Nacht, daß die Liebe niemals so heftig ist wie dann, wenn man glaubt, sie wird einen verlassen. Diese Erkenntnis wird uns nicht immer gewährt, und daher wird unsere Liebe manchmal retrospektiv. Doch in dieser Nacht glaubten Thomas und ich, daß unsere Tochter sterben würde. Während wir auf das Piepen und Summen und Brummen und Klicken der Geräte horchten, die sie umgaben, hielten wir, unfähig, Billie zu berühren, einander an den Händen. Wir betrachteten ihre Augenlider und ihre Wimpern, ihre Ellbogen und ihre dicken kleinen Waden. Wir teilten einen erstaunlichen Schatz an Erinnerungen, in nur sechs Wochen angesammelt. In gewisser Weise kannten wir unsere Tochter in jener Nacht besser, als wir sie je wieder kennen würden.

Nach einer Woche hatte Billie sich erholt und wurde nach Hause entlassen. Sie wuchs und gedieh. Und es kam der Tag, da sie uns ärgern konnte, da wir fähig waren, scharf mit ihr zu sprechen. Und es kam der Tag, da ich es fertigbrachte, mich von ihr zu trennen und loszuziehen, um zu fotografieren. Thomas schrieb Gedichte und warf sie weg. Er unterrichtete, hielt zahllose Lesungen und gab Interviews und begann, sich zu fragen, ob ihm die Wörter ausgingen. Er trank mehr. Morgens fand ich ihn manchmal in der Küche auf einem Stuhl, den Ellbogen auf dem Buffet. Neben ihm stand eine leere Weinflasche. »Das hat mit dir nichts zu tun«, sagte er und legte eine Hand auf die Falten meines Bademantels. »Ich liebe dich. Das ist nicht deine Schuld.«

Ich habe manchmal gedacht, daß es Augenblicke gibt, in denen man alles sehen kann – und wenn nicht die

Zukunft, so doch alles, was vorher geschehen ist. Es heißt, daß es bei Sterbenden so ist – daß das Gehirn in einem Moment oder höchstens wenigen Sekunden alles wahrnehmen kann, was vorher war. Beginnend bei der Geburt und endend bei dem Moment umfassenden Wissens, so daß der Moment selbst zu einer Art Spiegel der Unendlichkeit wird, in dem sich das Leben immer wieder reflektiert.

Ich stelle mir vor, man würde diesen Moment als eine kleine wogende Erschütterung verspüren, die den Körper durchzuckt, ähnlich dem dumpfen Schlag beim Berühren einer zerschlissenen elektrischen Schnur. Nicht tödlich an sich vielleicht, aber eine Überraschung, ein Schock.

Und genauso überfällt es mich dort am Hafen. Ich sehe die Jahre, die Thomas und ich zusammen verbracht haben, die Zerbrechlichkeit dieses Lebens. Die Begründung einer Ehe, einer Familie, nicht weil es vom Schicksal so bestimmt war, weil es so sein sollte, sondern weil wir es ganz einfach taten. Wir haben dies getan und dann das und dann jenes, und ich habe mir angewöhnt, unsere gemeinsamen Jahre als ein fest geknotetes Fischernetz zu sehen, nicht perfekt gefertigt vielleicht, aber so solide geknüpft, daß ich gesagt hätte, es könne sich niemals auflösen.

In den Stunden, die zwischen unserer Rückkehr aus Portsmouth und dem Abendessen liegen, geht jeder seiner eigenen Wege. Adaline schließt die Tür der vorderen Kabine, um Celia Thaxter zu lesen. Thomas döst im Cockpit, Billie kniet neben ihm und malt; Rich zieht sich in den Maschinenraum zurück, um die Bilgenpumpe zu reparieren; und ich sitze, Reiseführer, Notizen und Abschriften um mich ausgebreitet, auf Billies Koje. Ich öffne die fleischfarbene Schachtel und sehe mir die mit Bleistift geschriebene Übersetzung an. Ich weiß, daß ich sie bald lesen werde, aber ich bin noch nicht ganz bereit. Ich komme mir vor wie eine Diebin in der engen Koje und schäme mich ein wenig.

Ich sage mir, daß mein Diebstahl einen ganz simplen Grund hat: Ich möchte wissen, wie es war, möchte das eine grundlegende Detail entdecken, das allem einen Sinn geben wird. Ich möchte die willkürliche Tat verstehen, Konsequenz einer Sekunde des Kontrollverlusts. Ich denke dabei weniger an die Handlungen einer einzigen Nacht als vielmehr an die Nachwirkungen von Jahren – und was es da an Erinnerungen gab.

In den Reiseführern lese ich, daß es, abgesehen von den Ereignissen im Zusammenhang mit den Morden am 5. März 1873, über John Hontvedt, Marens Ehemann, auf Smuttynose nur eine Geschichte zu erzählen gibt. An einem kalten Tag im Jahr 1870, drei Jahre vor den Morden und zwei Jahre nach John Hontvedts Ankunft in Amerika, brach er von Smuttynose aus zu einem Fanggebiet nordwestlich der Insel auf. Es wird erzählt, daß es ein besonders widriger Tag gewesen sei, an dem sich auf Bärten und Ölzeug, auf Tauen und selbst an Deck von Hontvedts Schoner, der namenlos bleibt, Eis bildete. Hontvedt stand, vom schräg einfallenden Schneeregen gepeitscht, auf dem eisglatten Kies des kleinen Strands von Smuttynose und überlegte, ob er zu seinem Schoner hinausrudern sollte oder nicht. Wir können nur Vermutungen darüber anstellen, was Hontvedt schließlich bewog, sich an einem solchen Tag, einem der schlimmsten, die der Atlantik in diesem Jahr zu bieten hatte, auf See hinauszuwagen. War es Armut? Oder Hunger? Waren es teure Köder, die verdorben wären, wenn man sie nicht benutzt hätte? Eine schreckliche Ruhelosigkeit?

Nachdem John die Segel gesetzt und Smuttynose aus den Augen verloren hatte, überraschte ihn ein heftiger

Sturm, gepaart mit schwerem Seegang und Schneegestöber. Im Lauf der Stunden wurde das Schneetreiben auf See so dicht, daß Hontvedt über das Boot hinaus wohl kaum etwas gesehen hat. Vielleicht erkannte er seinen Fehler; fest steht jedenfalls, daß er versuchte, nach Smuttynose zurückzukehren. Aber die Dünung war so schwer und die Sicht so schlecht, daß er nicht vorwärtskam, sondern ziellos durch finstere weiße Nacht trieb. Die Gefahr, daß der Schoner vollaufen oder an unbemerkten Felsen leckschlagen würde, war sehr real.

Eine Anzahl von Inselbewohnern, allen voran ein Mann namens Ephraim Downs, der selbst auf Smuttynose lebte und später, nach den Morden, mit seiner Familie in das Hontvedt-Haus zog (das zu reinigen der Eigentümer ablehnte, sagte er, weil er mit Schaulustigen mehr Geld verdienen konnte als mit einer höheren Miete), hielten John für verrückt, daß er an diesem Tag überhaupt hinausgefahren war, und hielten Ausschau nach seinem zurückkehrenden Boot. Als man davon ausgehen mußte, daß Hontvedts Schoner auf See verloren war, lief Downs in seinem eigenen größeren Schiff namens *White Rover* aus, um nach dem manövrierunfähigen oder gestrandeten Boot zu suchen. Downs und seine Leute suchten stundenlang, bis sie selbst im Sturm die Orientierung verloren. Nach mehreren Stunden sichteten sie endlich das kleinere Boot mit Hontvedt an Bord. Mit einem Seil, das er über vier Meter hohe Wellen warf, gelang es Downs, den gestrandeten Seemann zu retten. Als Hontvedt wohlbehalten an Bord der *White Rover* war, trieb sein Schoner davon und wurde nie wieder gesehen.

Viele Stunden lang rollte die *White Rover* durch die Wellen, und die Männer an Bord, von Eis überzogen, wurden starr vor Kälte, bis sie sich kaum noch bewegen konnten. Als das Schiff schließlich Land gewann – und die Geschichte berichtet uns nicht, wo das war –, hievten sich die Männer, die nicht mehr fähig waren, ihre Glieder richtig zu gebrauchen, über den Bug des Boots und ließen sich in den Sand fallen. Mehrere hatten sich die Füße erfroren und mußten sie später amputieren lassen. John Hontvedt scheint unversehrt davongekommen zu sein.

»Mami, gehst du mit mir schwimmen?«

Billie zieht mich am Ärmel und rollt ihren Kopf in meiner Armbeuge hin und her. Ich lege mein Buch weg und hebe sie auf meinen Schoß. Ein kleines Fetzchen Papier von ihrer Malkreide hängt an ihrer Unterlippe, und ich zupfe es herunter. Sie riecht nach Muscheln und Sonnenöl.

»Ich weiß nicht, Jean«, ruft Thomas aus dem Cockpit. »Das Wasser da draußen ist sehr tief. Ich hab ihr gesagt, sie muß dich fragen. Ich bin nicht besonders scharf darauf reinzugehen.«

»Wenn sie ihre Schwimmweste anzieht, kann ihr nichts passieren«, sagt Rich, der gerade aus dem Maschinenraum kommt. »Ich habe sowieso ein Bad nötig. Ich sehe fürchterlich aus. Wenn wir beide mit ihr reingehen, passiert ihr bestimmt nichts.«

»Bitte, Mama.«

Ich sehe Rich an, dessen Hände voller Schmieröl sind, und dann sehe ich Billie an. »Na klar«, sage ich. »Warum nicht?«

Ich schaffe es, über die Bordwand des Bootes zu klettern, aber ich bin ziemlich sicher, daß sie mich nie wieder hineinbekommen werden. Rich hat die Heckleiter, die repariert werden sollte, in seinem Lieferwagen auf dem Kai gelassen. Billie bombt ins Wasser und schnellt, das Gesicht von ihren Haaren bedeckt, wie ein Korken sofort wieder nach oben. Ich schwimme dicht neben meiner Tochter, nie mehr als eine Armlänge von ihr entfernt, während Billie mit den Armen um sich schlägt und ihren

Mund nur knapp über Wasser hält. Das Wasser ist im ersten Moment atemberaubend kalt, aber nach einigen Minuten fange ich an, mich an die Temperatur zu gewöhnen. Vom Wasser aus gesehen scheint der Bug des Segelboots gewaltig – wie der eines Ozeandampfers. In der Ferne sind die Inseln, ich habe meine Brille nicht auf, undeutliche graue und braune Formen.

Ich versetze Billie einen kleinen Stoß zu Rich hinüber, und sie »schwimmt« zwischen ihrem Onkel und mir – ein wendiger kleiner Fisch ohne Furcht. Sie bekommt Meerwasser in den Mund. Sie schluckt es hinunter und scheint überrascht von dem Geschmack. Sie bittet Rich, sie auf seinem Rücken reiten zu lassen, und als sie zu mir heranschwimmen, läßt sie sich ins Wasser hinunter und umschlingt meinen Hals. Richs Bein trifft flüchtig gleitend das meine, und ich grapsche nach seiner Schulter, um nicht unterzugehen.

»Vorsichtig, Billie«, sage ich, während ich ihre Arme von meinem Hals löse. »Ich habe keine Schwimmweste an wie du. Du wirst mich gleich versenken.«

Vom Bugspriet aus sieht Thomas uns zu. Er hat ein Glas in der Hand. Ich sehe, wie er sich abwendet und lächelt. Er sagt etwas, was ich nicht verstehe – vermutlich zu Adaline.

Als ich Rich loslasse, taucht er tief ins Wasser. Zehn Meter von uns entfernt kommt er wieder hoch und beginnt energisch zu schwimmen, Armbewegungen im Rhythmus mit Beinstößen. Billie und ich paddeln umeinander herum, bis ich sehe, daß sie müde wird. Thomas streckt uns seine Arme entgegen, und gemeinsam schaffen wir es mühelos, Billie wieder aufs Boot zu verfrachten. Doch wie vorhergesehen, habe ich nicht die Kraft, mich hochzuziehen, und es kommt zu einem peinlichen und ungeschickten Kampf mit Händen und Füßen, ehe ich mich endlich ins Cockpit fallen lassen kann. Billie wickelt sich in ein Badetuch und setzt sich zitternd neben Adaline. Als ich aufstehe und meine Brille aufsetze, sehe ich, daß Rich bis nach Smuttynose geschwommen ist und dort am Strand sitzt.

Das englische Wort »shoal« kann sowohl Sandbank als auch Schwarm heißen. Die Isles of Shoals haben ihren Namen nicht von den Sandbänken, die sie umgeben, sondern von den Fischschwärmen in diesem Gebiet.

Während des amerikanischen Freiheitskriegs wurden die Isles of Shoals evakuiert. Weil die Shoalers mit den Briten Handel getrieben hatten, mußten auf Geheiß der Staaten New Hampshire und Maine alle Bewohner die Insel räumen. Am 5. Januar 1776 wurden achtzig Häuser abgebaut, mit Schiffen aufs Festland befördert und an der Küste entlang von Massachusetts bis Maine wiederaufgebaut. Einige dieser Häuser stehen heute noch.

»Verlust. Ausgesetztsein. Kastration. Chauvinismus ...«

»Aber denken Sie an Tom Moore, dieser Zauber.«

»Melancholie. Lauter Melancholiker«, sagt Thomas. »Kavanaugh, Frost, MacNeice ...«

»Sie vergessen Yeats. Die Verherrlichung der menschlichen Phantasie, der Zauberin.«

»Donnelly. Hyde Donnelly. Kennen Sie den? ›Graues diebisches Licht, Mutterschmerz / Der sich an Hecken vorbeistiehlt ...‹«

»Sie verurteilen ein ganzes Volk«, sagt Adaline leichthin.

Thomas trinkt einen großen Schluck von seinem Scotch.

Ein intensiver, bäuerlich derber Geruch nach Fisch und Knoblauch breitet sich aus und legt sich über das Cockpit, wo Adaline, Thomas und ich sitzen. Rich trägt eine Platte Muscheln, die er eben gekocht hat.

»Die hab *ich* gesammelt«, erklärt Billie, sich zwischen Richs Beinen hindurchschlängelnd. Sie ist bemüht, sich ihren Stolz auf die Muscheln zu bewahren, obwohl sie, wie ich ahne, in ihrem Bemühen, sie tatsächlich zu mögen, einen Rückschlag erlitten hat. Eben, als ich unten war, um die Papiere zu holen, die ich aus dem Athenaeum mitgenommen habe, entdeckte ich, in eine zerknüllte Papierserviette gepackt, die teilweise gekauten Überreste einer Muschel. Billie hat Sachen an, die sie besonders mag – ein blaues T-Shirt mit Pocahontas auf der Vorderseite und passende Shorts –, und ich weiß, sie betrachtet dieses kleine Beisammensein als eine Art Party. Wie Thomas auch. Billie hat einen Beutel Cheerios mitgebracht, um mit uns zusammen essen zu können. Sie kommt zu mir, kuschelt sich an mich und schiebt ihren Kopf unter meinen Arm. Thomas und Adaline sitzen mir gegenüber. Gleich wird Billie mich fragen, ob sie eine Cola haben darf, ich weiß es.

»›Söhne, die fortziehen‹«, sagt Thomas.

Rich stellt die Platte mit den Muscheln auf einen provisorischen Tisch in der Mitte des Cockpits, setzt sich auf die Luke oben über der Kajütentreppe und läßt seine Beine in die Öffnung baumeln. Die Luft scheint frisch gereinigt. Smuttynose ist scharf umrissen und liegt im dünnen goldenen Hauch einer tiefstehenden Sonne. Vom Boot aus sind die Möwen über der Insel dunkle Kreuzchen in der blauen Dämmerung. Ich denke bei mir, daß es vielleicht der schönste Abend des Sommers ist.

Ich habe eine Fotografie von uns zu fünft im Cockpit des Morgan an dem Abend, an dem Rich die Muscheln gekocht und Thomas das Glas zerbrochen hat. Ich mache die Aufnahme, solange das Licht noch feurig ist; dadurch sehen wir alle unglaublich braungebrannt und gesund aus. Auf der Fotografie sitzt Billie auf Richs Schoß und neigt sich zu Adaline hinüber, um eine goldene Armspange zu berühren, die diese einige Minuten zuvor angelegt hat. Rich lächelt direkt in die Kamera, mit geöffnetem Mund, so daß man seine Zähne sieht, die im Licht lachsfarben wirken. Adaline, neben ihm, hat gerade ihr Haar ausgeschüttelt, und die Kamera hat sie mit leicht erhobenem Kinn eingefangen. Sie hat ein schwarzes Sonnenkleid mit dünnen Trägern und einem langen Rock an; das Kreuz an ihrem Hals glitzert im Sonnenlicht. Die tiefstehende Sonne sticht allen beinahe schmerzhaft in die Augen, darum blinzelt Thomas auf dem Foto und hat eine Hand zur Stirn gehoben. Die einzigen klar sichtbaren Teile seines Gesichts sind Mund und Kinnpartie. Ich habe das Bild mit Selbstauslöser gemacht und die Zeit so eingestellt, daß ich mich noch in die Gruppe einfügen konnte. Ich sitze neben Thomas, halte mich aber ein wenig schräg geneigt, als wollte ich unbedingt dazugehören. Ich habe gelächelt, aber meine Augen sind in diesem Moment blinzelnd zusammengekniffen. Thomas wollte seinen freien Arm um mich legen, aber die Kamera hat ihn genau in dem Moment festgehalten, als der Arm abgewinkelt in der Luft hängt.

»Woher haben Sie eigentlich die Narbe?« fragt Adaline.

»Wir müssen Billie unbedingt was zu essen machen«, sage ich ebenso zu mir wie zu allen anderen. Es war ein anstrengender Tag, und ich habe überhaupt nicht an Billies Abendessen gedacht. Ich weiß, daß Rich Hummer besorgt hat, aber Billie ißt bestimmt keinen Hummer.

»Mami, darf ich eine Cola haben?«

»Bei einem Autounfall«, sagt Thomas. »Als Halbwüchsiger. Der Fahrer war betrunken.« Rich blickt schnell zu Thomas auf, aber Thomas wendet sich ab.

»Jetzt nicht, Schatz. Wir essen gleich.«

»Wir haben Thunfisch da«, bemerkt Rich. »Ich mach ihr ein Brot.«

»Du hast genug getan«, entgegne ich. »Das Brot kann wirklich ich zubereiten.« Ich mache Anstalten aufzustehen.

»Ich will aber keinen Thunfisch«, sagt Billie. »Ich will Hummer.«

»Billie, ich glaube nicht...«, fange ich an, doch Rich unterbricht mich mit einem kleinen Kopfschütteln.

»Ja, dann versuch den Hummer ruhig mal«, sagt er zu Billie. »Und wenn er dir nicht schmeckt, können wir immer noch das Brot machen.«

Sie klappt den Mund zu und nickt. Ich sehe ihr an, daß sie jetzt, da sie ihre kleine Machtprobe gewonnen hat, leicht beunruhigt ist. Ich bezweifle, daß sie wirklich Hummer haben will.

»Woher sind Sie?« fragt Adaline mich. Als sie ihre Beine übereinanderschlägt, öffnet sich ein Schlitz im Rock ihres schwarzen Kleids und enthüllt eine lange sonnengebräunte Wade. Thomas sieht zu Adalines Bein hinunter und dann weg. Ich habe Jeans und ein Sweatshirt an. Thomas ein frisches Hemd, blau mit einem feinen gelben Streifen, und er hat sich rasiert.

»Ursprünglich aus Indiana«, antworte ich. »Meine Eltern sind tot. Meine Mutter hat mich erst später bekommen, als sie schon sechsundvierzig war.«

»Mami, was fressen Möwen eigentlich?«

»Fische, glaube ich«, antworte ich Billie. »Sie tauchen im Meer nach Fischen. Wenn du sie genau beobachtest, kannst du es bestimmt sehen.« Ich blicke nach Smuttynose hinüber, zu den Möwen, die über der schroffen Küstenlinie in der Luft kreisen.

»Und Sie machen das hier?« fragt Adaline mit einer Bewegung ihrer Hände, die das Boot, die Insel, den Hafen umfaßt.

»Wenn ich kann«, antworte ich.

»Aber, Mam, wo schlafen sie?«

»Das ist eine gute Frage«, sage ich und wende mich hilfesuchend Thomas zu.

»Weiß der Himmel«, sagt Thomas.

»Sie schlafen sicher auf den Felsen«, meint Adaline. »Sie stecken ihre Köpfe unter ihre Flügel, nehme ich an.«

»Hast du schon mal eine Möwe schlafen sehen?« fragt Billie sie.

Adaline schürzt die Lippen. »Ja, ich hab bestimmt schon mal eine schlafen sehen«, sagt sie. »Aber ich weiß nicht mehr, wo.«

»Auf einem Müllfrachter mitten im Hafen von Boston«, ruft Rich aus der Kombüse.

»Die Ratten des Meeres«, murmelt Thomas.

Billie kuschelt sich tiefer in die Höhle unter meinem Arm und drückt ihren Kopf an meinen Brustkorb. »Adaline ist schön«, sagt sie scheu, nicht recht sicher, ob es sich gehört, so etwas laut zu sagen.

»Ja, ich weiß«, antworte ich und sehe Adaline direkt an, die meinem Blick nicht ausweicht.

»Ich hab dich lieb, Mami«, sagt Billie.

»Ich dich auch«, sage ich.

Die ersten Berichte über die Morde waren hastig geschrieben und voller Ungenauigkeiten. Die erste Meldung der *Boston Post* lautet folgendermaßen: »Zwei junge Mädchen auf der Insel Smutty Nose, Isles of Shoals, ermordet. Einzelheiten des blutigen Gemetzels – Flucht des Mörders und nachfolgende Verhaftung in Boston – Beweggründe des Mörders – Versuch, einen dritten Menschen zu töten – Wunderbares Entkommen des ausgewählten Opfers – Schreckliches Leiden unter der Kälte – Entsetzlicher Anblick im Haus der ermordeten Frauen« usw. usf. –

(Sonderbericht an die *Boston Post*) Portsmouth, N. H., 6. März: »Entsetzen breitete sich heute kurz nach Mitternacht unter den Bürgern unserer Stadt aus, als ein Fischer namens Huntress, der auf den Isles of Shoals zu Hause ist, mit seinem Boot in Newcastle anlegte, um die Polizei unserer Stadt zu informieren, daß auf den Shoals ein grauenvoller Mord verübt wurde.«

Demselben Bericht zufolge hatte man am Abend zuvor einen »rauhbeinigen jungen Menschen namens Lewis Wagner« mit einer Axt in der Hand unten am Kai gesehen. Am folgenden Morgen um sieben, während Wagner und Huntress in Portsmouth »miteinander frühstückten«, erklärte Wagner dem unglücklichen Huntress (der noch nicht zu Hause gewesen war und von den Morden keine Ahnung hatte), daß ihm (Lewis Wagner) etwas geschehen würde. Anetta Lawson und Cornelia Christenson waren die Opfer. Eine dritte Frau, Mrs. Huntress, war entkommen. Der Polizeidirektor der Stadt Portsmouth, Johnson, war bereits auf dem Weg nach Boston, um den flüchtigen Mörder zu fassen, der früher am Tag beobachtet worden war, wie er einen Zug nach Boston bestieg.

Ich gehe nach unten, um Rich in der Küche zu helfen. Er hat einen Hummertopf auf einem Brenner auf dem Herd, einen zweiten auf einem Hibachi im Heck. Er ist dabei, im Rohr Brot zu rösten, und hat einen Salat gemacht.

Ich beginne, den Tisch zu decken. Rich und ich bewegen uns ungelenk in dem engen Raum, bemüht, einander nicht ins Gehege zu kommen. Durch die Öffnung der Kajütentreppe kann ich Billie sehen, die rücklings auf dem Polster liegt, das ich frei gemacht habe. Sie scheint mit intensiver Aufmerksamkeit ihre eigenen Finger zu studieren. Ihr gegenüber, in dem Rechteck eingerahmt, sind Thomas' Beine und seine Hand, die nach der Flasche greift, die er neben seinen rechten Fuß gestellt hat. Das Boot schwankt in rhythmischen Bewegungen, und durch die Bullaugen auf der Westseite sehe ich wäßrige Lichtreflexe auf den Schotten blitzen. Ich suche nach Salzkräkkern und Hummergabeln im Besteckkasten, als ich drei schmerzhaft vertraute Worte höre: Täfelung, duftend, zuinnerst getroffen.

Adalines Stimme ist tief und melodiös, ehrfürchtig, während sie Wörter und Vokale bildet – perfekte Vokale. Sie kennt das Gedicht gut. Kennt es auswendig.

Ich strecke mich, um Thomas' Gesicht sehen zu können. Er sieht zu seinen Knien hinunter. Er bewegt sich nicht.

Ich erinnere mich an die Bar, an die Art, wie Thomas das Gedicht gelesen hat. Ich erinnere mich, wie ich am Fenster gestanden und es im Licht der Straßenbeleuchtung gelesen habe, während Thomas schlief.

»Thomas!« rufe ich. Der gereizte Unterton in meiner Stimme ist vernehmbar, selbst für mich.

Billie richtet sich auf und stützt sich auf ihre Ellbogen. Sie scheint leicht verwundert. Adaline hört auf zu deklamieren.

Adaline hält ihre Handgelenke auf den Knien locker gekreuzt. In einer langfingrigen Hand hält sie ein Weinglas. Ich werde mir plötzlich mit Überraschung bewußt, daß dies das erstemal ist, daß ich sie trinken sehe.

»Thomas, ich brauche dich«, sage ich und wende mich ab.

Ich mache mich an der Besteckschublade zu schaffen. Er schiebt seinen Kopf in die Öffnung zur Kajütentreppe.

»Was ist denn?« fragt er.

»Ich kann die Nußknacker nicht finden, und ich weiß nicht, was du mit dem Wein gemacht hast, den wir zum Abendessen trinken wollen.« Meine Verärgerung – ein nörgelnder, säuerlicher Ton – ist unüberhörbar.

»Den Wein habe ich hier«, sagt Rich neben mir ruhig. Er öffnet die Tür des kleinen Kühlschranks, um ihn mich sehen zu lassen.

Aber es ist zu spät. Thomas hat sich schon abgewendet

und ist weggegangen. Er steht da und schaut aufs Wasser hinaus. Er hält sein Glas in der einen Hand; die andere hat er in die Hosentasche geschoben. Adaline hat sich herumgedreht, so daß auch sie aufs Wasser hinausblickt, aber von Thomas abgewandt.

Rich geht nach oben, um den Mais in den Topf auf dem Hibachi zu geben. Ich sehe Thomas zur Seite treten und Rich den Topfdeckel halten. Nachdem Rich die Kolben in den dampfenden Kessel gelegt hat, wischt er sich die Hände an einem Geschirrtuch und bückt sich, um sich aus einer anderen Flasche auf dem Boden des Cockpits ein Glas Wein einzuschenken. Thomas und Rich, beide mit dem Rücken zu mir, wechseln ein paar Worte, wie Ehemänner, die im Garten beim Grill stehen. Ich lehne mich an die Kante der Arbeitsplatte in der kleinen Kombüse und trinke mit angestrengter Konzentration von meinem Wein.

Billie sieht erst ihren Vater an, dann mich. Sie wälzt sich auf den Bauch und stützt ihr Gesicht in die Hände, als wollte sie etwas sehr Kleines auf dem Polster beobachten. Rich dreht sich herum und bedeutet Adaline, ein Stück zu rutschen. Er setzt sich neben sie und legt seine Hand auf ihren Oberschenkel. Er schiebt sie in den Schlitz ihres Rocks, unter den schwarzen Stoff.

Thomas, der sich in diesem Moment halb herumdreht und im Begriff ist, etwas zu sagen, sieht die Berührung. Er steht wie angewurzelt, als wüßte er nicht, was er mit seinem Körper anfangen soll. Er geht einen linkischen Schritt vorwärts und stößt gegen Adalines Weinglas, das sie auf dem Boden abgestellt hat. Das Glas fällt um und zerbricht.

»Du lieber Gott«, sagt Thomas.

Louis Wagner wurde am Abend nach den Morden um acht Uhr dreißig im Haus eines Bekannten in Boston von

Polizeibeamten aus Portsmouth und Boston festgenommen. Wagner schien wie vor den Kopf geschlagen angesichts der Mordbeschuldigungen und schwor, seit dem November des vergangenen Jahres nicht mehr auf Smuttynose gewesen zu sein. Er sagte, niemals hätte er so etwas tun können, die Frauen der Familie Hontvedt seien gut zu ihm gewesen. Er hatte an diesem Morgen um neun Uhr das Pfeifen des Zuges gehört, und da ihn in Portsmouth das Pech verfolgte, hatte er sein Glück in Boston versuchen wollen.

Es sprach sich herum, daß die Polizei Wagner mit dem Zehnuhrzug am Freitag morgen nach Portsmouth zurückbringen würde, und die Bahnlinie war von einer wütend schreienden Menschenmasse gesäumt. Die Polizei, die um das Leben ihres Gefangenen bangte, hatte den Zug eine Viertelmeile vor dem Bahnhof anhalten lassen, um Wagner unbemerkt aus dem Zug zu bringen, doch die Menge entdeckte ihn und begann, ihn und die Polizeibeamten mit Steinen und Eisklumpen zu bewerfen. »Lyncht ihn!« und »Knüpft ihn auf!« schallte es durch die Stadt. Das Militär wurde zu Hilfe gerufen, und die Polizeibeamten zogen ihre Schußwaffen. Wagner verbrachte die Nacht im Gefängnis von Portsmouth, wurde aber am folgenden Tag nach Saco im Staat Maine überführt, da Smuttynose strenggenommen nicht zu New Hampshire gehört, sondern zu Maine. Wieder sah sich die Polizei Tausenden von Demonstranten gegenüber, die Wagner, der am Kopf verletzt war, erneut steinigen wollten. Einer der Männer in der Menge war Ephraim Downs, der Fischer, der John Hontvedt einmal das Leben gerettet hatte.

Der Gefangene wurde im Gefängnis South Berwick zur Anklage vernommen und dann im Gefängnis von Portsmouth festgehalten. Als am 16. Juni 1873 der Prozeß des Staates Maine gegen Louis H. F. Wagner eröffnet wurde, brachte man ihn nach Alfred, Maine. Louis Wagner wurde angeklagt, Anethe M. Christenson mit einer Axt zehn tödliche Verletzungen am Kopf beigebracht und dadurch ihren augenblicklichen Tod herbeigeführt zu haben.

Nachdem Rich und ich die Glasscherben entfernt haben, hebt er die Hummer aus dem Topf, und wir setzen uns alle an den Eßtisch. Thomas, der noch mehr getrunken hat als sonst, kämpft ungeschickt mit seinem Hummer und verspritzt weiße Chitinteilchen über den Tisch. Billie verliert wie erwartet die Lust auf Hummer, als sie mir zusieht, wie ich die Schale knacke und mit der Hummergabel das marmorierte rosafarbene Fleisch herauslöse. Adaline taucht nicht wie wir ihr Fleisch mit den Fingern in die zerlassene Butter, sondern tränkt es in einer Schale mit heißer Brühe und ißt es mit der Gabel. Sie arbeitet sich systematisch durch den leuchtendroten Panzer, ohne auch nur ein Fetzchen eßbaren Fleisches zu übersehen.

Thomas geht nach oben an Deck, als er sich den Daumen an einer Schere aufgerissen hat. Nach einer Weile folgt ihm Rich, der vielleicht meint, Thomas habe Gesellschaft nötig. Und auch Billie macht sich davon, froh, dem Haufen Schalen und roter Bruchstücke, der sich in einer Schüssel aus rostfreiem Stahl türmt und langsam etwas leicht Widerliches bekommt, den Rücken kehren zu können. Fasziniert beobachte ich über den Tisch hinweg Adaline, die winzige Fetzchen Fleisch, die mir entgangen wären, aus dem Hummerleib zieht. Ich sehe ihr zu, wie sie, eines nach dem anderen, die Spindelbeine des Hummers kaut und aussaugt und die dünne Schale mit ihren Zähnen knetet.

»Sind Sie auf einem Bauernhof aufgewachsen?« fragt sie. »Waren Ihre Eltern Bauern?«

»Ja, sie waren Bauern«, antworte ich. »Wo in Irland sind Sie denn aufgewachsen?«

»In Cork«, sagt sie. »Das ist im Süden.«

»Und dann sind Sie auf die Uni gegangen.«

»Ja«, sagt sie. »Billie ist hinreißend. Was für ein Glück für Sie, sie zu haben.«

»Danke. Ja, ich bin wirklich glücklich, sie zu haben. Wie sind Sie nach Boston gekommen?«

»Ich war mit einem Mann zusammen«, sagt sie. »Als ich in London lebte. Er hat in Boston gearbeitet, und ich bin seinetwegen rübergekommen. Boston hat mir immer schon gefallen.«

»Wie kommt es, daß Sie Thomas' Gedichte so gut kennen?« frage ich.

Sie scheint überrascht.

»Ich glaube, ich habe seine Gedichte immer schon gelesen«, antwortet sie. »Schon als ich noch in Dublin war, fand ich ihn außergewöhnlich. Ich nehme an, jetzt, nach dem Preis, liest jeder seine Sachen, nicht? Das bewirkt so ein Preis, denke ich. Er veranlaßt alle Welt, den Dichter zu lesen.«

»Sie kennen seine Gedichte auswendig.«

»Ach nein, das nicht gerade.«

Meine Stimme hat einen anklagenden Ton, der sie in die Defensive zu drängen scheint.

»Das Besondere an Thomas' Gedichten ist meiner Ansicht nach, daß sie danach verlangen, laut gelesen zu werden«, sagt sie. »Man *muß* sie einfach laut lesen, um sie ganz zu verstehen.«

»Sie wissen, daß er ein junges Mädchen getötet hat«, sage ich.

Adaline zieht langsam ein Hummerbein aus ihrem Mund und behält es zwischen Daumen und Zeigefinger, als sie ihre Hand auf die Tischkante legt. Das blaukarierte Tischtuch ist mit Fleischfitzelchen und gelben Buttertropfen, die mittlerweile geronnen sind, gesprenkelt.

»Thomas hat ein junges Mädchen getötet«, wiederholte sie, als ergäbe der Satz keinen Sinn.

Ich trinke einen Schluck Wein. Ich reiße ein Stück

Knoblauchbrot von dem Laib ab. Ich bemühe mich, meine zitternden Hände zu beherrschen. Ich glaube, ich bin über das, was ich gesagt habe, weit mehr entsetzt als sie. Über die Art, wie ich es gesagt habe. Über die Worte, die ich gebraucht habe.

»Ich verstehe nicht«, sagt sie.

Sie legt das Spinnenbein auf ihren Teller und wischt sich die Finger an der Serviette auf ihrem Schoß ab. Sie behält die zusammengeknüllte Serviette in einer Hand.

»Der Autounfall«, erläutere ich. »Thomas saß am Steuer.«

Sie scheint noch immer nicht zu verstehen.

»Ein junges Mädchen saß bei ihm im Auto. Thomas ist von der Straße abgekommen, das Hinterrad rutschte in einen Straßengraben, und der Wagen überschlug sich.«

Adaline hebt die Hand und zupft mit den Fingern geistesabwesend an einer Faser Hummerfleisch zwischen ihren Zähnen. Ich senke den Blick und stelle fest, daß ich auf den Jeans einen Hummerwasserfleck habe.

»Wie alt war sie?«

»So alt wie er. Siebzehn.«

»Er war betrunken?«

»Ja«, sage ich.

Ich warte.

Und dann kommt, ich sehe es, der Moment des Begreifens. Ich sehe, wie sie die Information verarbeitet, sich Wortfolgen wiederholt und sie plötzlich versteht. Ihr Blick schweift zum Herd und kehrt dann zu mir zurück.

»Die Magdalenengedichte«, sagt sie leise.

Ich nicke. »Aber sie hieß nicht Magdalene. Sie hieß Linda.«

Adaline zuckt leicht zusammen bei dem Namen »Linda«, als würde die Sache durch die Geläufigkeit des Mädchennamens Realität gewinnen.

»Er hat sie geliebt«, sagt sie.

»Ja«, antworte ich. »Ich glaube, er ist im Grund nie darüber hinweggekommen. In gewisser Weise handeln alle seine Gedichte von dem Unfall, selbst wenn es nicht so zu sein scheint.«

»Aber er hat *Sie* geheiratet«, sagt sie.

»Ja, das ist wahr.«

Adaline legt ihre Serviette auf den Tisch und steht auf. Sie geht einige Schritte bis zur Tür der vorderen Kabine. Sie dreht mir den Rücken zu, hält die Arme über der Brust gekreuzt.

Rich steckt den Kopf in die Kabine. »Jean, du solltest hier rauskommen«, ruft er. »Das Licht ist unglaublich.«

Er hält inne. Adaline steht immer noch mit dem Rükken zu mir an der Tür. Sie dreht sich nicht um. Rich sieht mich an.

»Was gibt's?« fragt er.

Ich stelle meine Beine unter dem Tisch nebeneinander. »Nichts weiter«, antworte ich.

Wie betäubt von meinem Verrat, falte ich meine Hände im Schoß. In all den Jahren meines Zusammenlebens mit Thomas habe ich es keiner Menschenseele erzählt. Und er meines Wissens auch nicht. Trotz unserer Befürchtungen, als er den Preis gewann, entdeckte niemand diese Tatsache über Thomas' Jugend, die Akten waren geschlossen. Jetzt jedoch, das weiß ich, wird Adaline es anderen erzählen. Sie wird diese Geschichte nicht für sich behalten können.

Das kann ich doch nicht getan haben, denke ich.

»Rich, laß das stehen«, sage ich schnell, mit einer Geste zu dem Schlachtfeld auf dem Tisch. »Ich möchte gern nach oben gehen. Mit Thomas. Solange das Licht noch gut ist. Ich spüle das Geschirr später.« Ich stehe vom Tisch auf. Rich kommt die Leiter herunter und bleibt einen Moment stehen, die über dem Kopf erhobenen Hände an der Luke. Er scheint verwirrt.

Hinter mir geht Adaline in die vordere Kabine. Sie schließt die Tür.

Der Ehrenwerte R. P. Tapley aus Saco, Maine, war der Verteidiger von Louis H. F. Wagner. George C. Yeaton war der Staatsanwalt. Der Ehrenwerte William G. Barrows war der Vorsitzende Richter. Die Geschworenen waren Isaac Easton aus North Berwick; George A. Twambly aus Shapleigh; Ivory C. Hatch aus Wells; Horace Piper aus Newfield; Levi G. Hanson aus Biddeford; Nahum Tarbox aus Biddeford; Benajah Hall aus North Berwick; Charles Whitney aus Biddeford; William Bean aus Limington; Robert Littlefield aus Kennebunk; Isaac Libbey aus Parsonfield; und Calvin Stevens aus Wells.

Alle Geschworenen ebenso wie die Anwälte und der Richter waren Weiße früher amerikanischer, das heißt englischer Herkunft, doch weder der Angeklagte noch die Opfer, weder die Frau, die überlebte, noch die meisten Zeugen waren amerikanische Bürger.

Im Cockpit setzt Thomas sich neben mich. Billie lehnt sich an seine Beine. Meine Hände beginnen zu zittern. Ich verspüre einen starken Impuls, mich vorzubeugen, meinen Kopf zwischen meine Knie zu senken.

Gemeinsam sehen wir drei zu, wie die Sonne untergeht und das korallenfarbene Licht über Appledore und Star hinstreicht und ein Bild ohne Farben zurückläßt. Unten schaltet Rich die Positionslichter ein.

Ich möchte Thomas sagen, daß ich etwas Schreckliches getan habe, daß ich nicht weiß, warum ich es getan habe, höchstens daß ich in diesem Moment Adalines Überzeugung, Thomas gut zu kennen – vielleicht in gewisser Weise besser als ich –, nicht ertragen konnte.

Auf Star werden Fenster hell, und Menschen bewegen sich durch Bündel tiefgelben Lichts.

»Du zitterst«, sagt Thomas.

Die Magdalenengedichte sind eine Betrachtung des Lebens eines siebzehnjährigen Mädchens in den letzten vier Sekunden ihres Lebens, geäußert mit der Stimme eines siebzehnjährigen Jungen, der offenkundig ihr Geliebter war und bei ihr war, als sie starb. Die Gedichte sprechen die unerfüllte Verheißung der Liebe an und die Unausweichlichkeit der Tatsache, daß diese Verheißung unerfüllt bleiben wird. Dem Leser wird erlaubt, sich das Mädchen als reife Frau vorzustellen, mit dem Mann verheiratet, der der Junge war, als betagte Witwe und als flatterhafte Sechzehnjährige. Das Mädchen mit dem Namen Magdalene ist – mit den Augen des Jungen gesehen – außergewöhnlich schön. Sie hat den langen geschmeidigen Körper einer Tänzerin, volles, nuancenreiches Haar, das sich in ihrem Nacken zu raffinierten Knoten schlingt, und geschwungene, wohlgeformte Lippen.

Dem Staat Maine zufolge lebten am 5. März 1873 sechs Personen in dem eineinhalbstöckigen rotgestrichenen Haus auf Smuttynose, und es gab in diesem Winter auf der ganzen Insel keine anderen Bewohner. John und Maren Hontvedt waren 1868 angekommen. Karen, Marens Schwester, und Matthew, Johns Bruder, waren 1871 gekommen, jedoch zu unterschiedlichen Zeiten. Karen nahm beinahe unmittelbar nach ihrer Ankunft im Laighton's Hotel auf der Insel Appledore eine Stellung an, während Matthew mit John zusammen auf der *Clara Bella*, Johns Fischerboot, arbeitete. Evan, Marens Bruder, und seine Frau Anethe trafen im Oktober 1872 auf der Insel ein, fünf Monate vor den Morden.

Am 5. März segelten Matthew, Evan und John bei Tagesanbruch im Schoner von Smuttynose ab, um die Netze einzuholen, die sie einige Meilen nordöstlich ausgelegt hatten. Die Männer der Familie Ingerbretson von Appledore gesellten sich auf ihrem eigenen Boot zu ihnen. Der Plan für den Tag sah vor, am Morgen zu fischen, zum Mittagessen heimzukehren und dann zum Verkauf des Fangs und zum Einkauf von Ködern nach Portsmouth hinüberzusegeln. Doch kurz vor Mittag kam ein Wind auf, der rasch stärker wurde und eine schnelle Heimfahrt nach Smuttynose unmöglich machte. Da John Hontvedt und seine Männer unbedingt Köder brauchten, riefen sie Emil Ingerbretson auf dem anderen Schoner zu, er solle in Smuttynose haltmachen und den Frauen ausrichten, daß sie erst am Abend zurückkämen. Die drei Frauen – Maren, Karen und Anethe – bereiteten einen Eintopf vor, da sie wußten, daß die Männer bei der Heimkehr hungrig sein würden.

Louis Wagner, der am Rollins-Kai in Portsmouth stand, beobachtete, wie die *Clara Bella* im Hafen einlief. Wagner, der an diesem Tag zwei Pullover trug, ein weißes Hemd, eine Arbeitshose und einen großen breitkrempigen Hut, half John, Matthew und Evan beim Vertäuen des Boots. Er berichtete den Männern, daß die Köder, die sie kaufen wollten und die mit der Eisenbahn aus Boston kommen sollten, erst verspätet gegen Mitternacht eintreffen würden. Danach bat er John um Geld, um sich etwas zu essen kaufen zu können, und John lachte und sagte, sie hätten alle kein Geld mitgenommen, weil sie geplant hatten, vorher noch einmal nach Hause zu fahren. Sie würden bei Mrs. Johnson, zu deren Haus die Köder geliefert werden sollten, auf Kredit essen müssen. Danach fragte Wagner John, ob ihm denn die Fischerei etwas einbringe, und John antwortete, er habe schon sechshundert Dollar für einen neuen Schoner auf die Seite legen können. Die drei Männer von Smuttynose verabschiedeten sich von Louis und ließen ihn am Kai zurück, während sie davongingen, um ihr Mittagessen einzunehmen.

Das Bestücken der Netze mit Ködern war eine zeitaufwendige und glitschige Angelegenheit. Auf jeden einzelnen von tausend Haken gehörte ein Stück Köderfisch, Fetzen stinkender Heringe, die per Eisenbahn in Tonnen aus Boston geliefert wurden und an diesem Abend in der Tat weit später als erwartet in Portsmouth eintrafen, so daß die Männer gar nicht mehr nach Smuttynose zurückkehren konnten. Jeder Haken mußte aus dem Netzgewirr herausgelöst und separat gedreht in einen Bottich gelegt werden, damit man das Ganze am folgenden Tag, wenn das Fanggebiet erreicht war, nur noch über Bord zu werfen brauchte. Für die Bestückung der Netze brauchten drei Männer sechs Stunden. Es kam nicht selten vor, daß sich nach Beendigung der Arbeit einer oder mehrere der Männer an den Fischhaken die Hände aufgerissen hatten.

Louis Wagner war sieben Jahre zuvor aus Preußen in die Vereinigten Staaten eingewandert. Er war achtundzwanzig Jahre alt und wurde von denen, die ihn kannten, als groß und äußerst kräftig, hellhaarig, mit »stahlblauen« Augen beschrieben. Andere Beschreibungen sprechen von einem weichen, milden Blick. Für viele Frauen war er ein gutaussehender junger Mann. Er hatte immer wieder einmal auf den Isles of Shoals gearbeitet, hatte beim Laden und Löschen am Hafen geholfen und war zwei Monate, von September bis November 1872, mit John Hontvedt auf seinem Schoner *Clara Bella* auf Fang gefahren. Sieben Monate (von April bis November) hatte Wagner in diesem Jahr bei den Hontvedts gewohnt, einen großen Teil der Zeit jedoch war er durch Rheumatismus lahmgelegt gewesen. Nachdem er die Hontvedts verlassen hatte, heuerte er auf der *Addison Gilbert* an, die später sank, so daß Wagner erneut arbeitslos war. Unmittelbar vor den Morden hatte er auf der Suche nach Arbeit die Logierhäuser, Werften, Docks und Tavernen von Portsmouth abgeklappert. Es wird berichtet, daß er zu vier verschiedenen Personen bei vier verschiedenen Gelegenheiten gesagt haben soll: »So geht das nicht weiter. In spätestens drei Monaten hab ich Geld, und wenn ich dafür morden muß.« Während seines Aufenthalts in Portsmouth lebte er in einem Männerwohnheim, das Matthew Johnson und seiner Frau gehörte. Er schuldete dem Wirt Geld.

Der Anklage zufolge stahl Wagner an dem fraglichen Abend um neunzehn Uhr dreißig ein Dory, das James Burke gehörte und das dieser am Ende der Pickering Street vertäut hatte. Erst an diesem Tag hatte Burke die alten Dollen des Ruderboots durch sehr teure neue ersetzt. Wagner beabsichtigte, zu den Isles of Shoals hinauszurudern, die sechshundert Dollar zu stehlen, von denen John Hontvedt ihm erzählt hatte, und sofort wieder zurückzurudern. Das wäre eine Ruderstrecke von fünfundzwanzig Meilen gewesen – für jeden, selbst unter günstigsten Umständen, äußerst anstrengend. An diesem Tag war um achtzehn Uhr Flut und um Mitternacht Ebbe. Der Mond war drei Viertel voll und ging um ein Uhr unter. Bei günstiger Strömung brauchte man eine Stunde und vierzig Minuten, um von der Pickering Street zur Mündung des Piscataquaflusses zu rudern (der durch Portsmouth floß), und eine Stunde und fünfzehn Minuten, um von dort nach Smuttynose zu rudern. Das bedeutete bei günstigen Bedingungen eine Hin- und Rückfahrtzeit von knapp unter sechs Stunden. Wenn man unterwegs müde wurde oder auf Hindernisse stieß, oder wenn die Verhältnisse nicht in jeder Hinsicht günstig waren, konnte die Hin- und Rückfahrt zu den Isles of Shoals mit dem Ruderboot bis zu neun oder zehn Stunden in Anspruch nehmen.

Staatsanwalt Yeaton rekonstruierte Wagners Plan wie folgt: Maren würde im Südwestzimmer schlafen und Anethe Christensen im oberen Raum. Er würde die Tür, durch die Marens Zimmer mit der Küche verbunden war, mit Hilfe einer Rippe aus einer Hummerreuse, die er durch das Schloß schieben wollte, verriegeln. Da sich das

Geld in einer Truhe in der Küche befand, glaubte er, es würde keine Schwierigkeiten geben. Er nahm irrtümlich an, daß Karen noch auf Appledore weilte. Er nahm keine Mordwaffe mit.

Wagner, der die Strömung auf seiner Seite hatte, gelangte rasch den Fluß hinunter und aus Portsmouth heraus. Als er die Shoals erreichte, umrundete er die Insel Smuttynose einmal, um sich zu vergewissern, daß die *Clara Bella* nicht vielleicht doch zurückgekehrt war. Als er sicher war, daß sich keine Männer auf der Insel befanden, ruderte er zu Haley's Cove. Das war etwa gegen dreiundzwanzig Uhr. Er wartete, bis alle Lichter in den Häusern auf Appledore und Star erloschen waren.

Als die Inseln im Dunkeln lagen, ging er in seinen Gummistiefeln zur Tür des Hauses hinauf, wo an der Steinstufe eine Axt lehnte. Er schlich sich in die Küche und verriegelte die Tür zum anschließenden Schlafzimmer.

Der Hund, Ringe, begann zu bellen.

Louis Wagner fuhr herum. Eine Frau richtete sich in der Dunkelheit in ihrem Bett auf und rief: »John, bist du's?«

Ich gehe mit Billie nach unten, um sie zu Bett zu bringen. Sie findet die Toilette immer noch aufregend, besonders das komplizierte Spülsystem. Sie putzt sich die Zähne und zieht ihren Schlafanzug an. Ich packe sie in ihre Koje und setze mich zu ihr. Sie wünscht sich eine Gutenachtgeschichte, und ich lese ihr ein Bilderbuch vor, das von einer Mutter und einer Tochter erzählt, die in Maine Heidelbeeren pflücken. Billie hört gefesselt zu und hält in ihren Armen einen abgewetzten Cockerspaniel, den sie seit ihrer Geburt besitzt.

»Sagen wir unser Sprüchlein«, sage ich, als ich mit dem Buch fertig bin.

Als Billie noch in den Windeln war, lernte sie das Sprechen wie die meisten Kinder, indem sie wiederholte, was man zu ihr sagte. Und dieses kleine Wiederholungsstück spielen wir nun schon seit Jahren jeden Abend.

»Du schönes Mädchen«, sage ich.

»Du schöne Mami.«

»Schlaf gut.«

»Schlaf gut.«

»Bis morgen früh.«

»Bis morgen früh.«

»Laß dich nicht von den Flöhen beißen.«

»Laß dich nicht von den Flöhen beißen.«

»Träum was Schönes.«

»Träum was Schönes.«

»Ich hab dich lieb.«

»Ich hab dich lieb.«

»Gute Nacht.«

»Gute Nacht.«

Ich küsse sie auf die Wange. Sie läßt ihren Hund los, hebt die Arme und drückt mich fest.

»Ich hab dich lieb, Mami«, sagt sie.

In dieser Nacht liegen Thomas und ich, nur wenige Zentimeter voneinander getrennt, die Gesichter einander zugewandt, auf der feuchten Matratze, die uns als Bett dient. Es ist gerade so hell, daß ich sein Gesicht ausmachen kann. Sein Haar ist ihm in die Stirn gefallen, und seine Augen scheinen ausdruckslos – dunkle Seen. Ich habe ein Nachthemd an, ein weißes Nachthemd mit rosafarbener Baumwollpaspel. Thomas trägt noch das blaue Hemd mit den feinen gelben Streifen und seine Unterhose.

Er hebt die Hand und zeichnet mit dem Finger die Kontur meines Mundes nach. Er streicht mir mit dem Handrücken über die Schulter. Ich rücke ein wenig an ihn heran. Er legt seinen Arm um meine Taille.

Wir haben jetzt eine bestimmte Art zu lieben, unsere eigene Sprache, diese Bewegung, dann jene, langgeübte Signale mit gelegentlichen leichten Abweichungen. Seine

Hand, die über meinen Oberschenkel gleitet; meine Hand, die zwischen seine Beine hinuntertastet; eine kleine Bewegung von ihm, um sich frei zu machen, meine Hand unter seinem Hemd. In dieser Nacht legt er sich über mich, so daß mein Gesicht leicht eingeklemmt wird zwischen seinem Arm und seiner Brust.

Ich erstarre.

Schwach, aber unverkennbar hängt da ein fremder Geruch im Stoff seines Hemds. Nicht von Seeluft oder Hummer oder einem schwitzenden Kind.

Der Austausch einer Botschaft zwischen zwei Menschen, die tausendmal, zweitausendmal miteinander geschlafen haben, braucht nur Sekunden.

Er wälzt sich von mir weg und bleibt auf dem Rücken liegen, die Augen zur Decke gerichtet.

Ich kann nicht sprechen. Langsam ziehe ich Luft ein und lasse sie wieder heraus.

Nach einer Weile bemerke ich die kleinen zuckenden Bewegungen an Thomas' Körper – ein Arm, ein Knie –, die mir verraten, daß er eingeschlafen ist.

Für Landschaftsaufnahmen bei Nacht braucht man ein Stativ und gutes Mondlicht. Irgendwann nach Mitternacht, als alle auf dem Boot schlafen, fahre ich im Zodiac nach Smuttynose hinüber. Ich paddle, weil ich Thomas oder Rich nicht mit dem Geräusch des Motors wecken möchte. In der Ferne liegt die Insel vom Mond umrissen, der einen langen Lichtkegel auf das Wasser wirft. Ich mache den Zodiac dort fest, wo Louis Wagner sein Dory gelassen hat, und folge dem Weg, den er zum Haus genommen haben muß. Ich stehe auf dem Boden des Hauses und lasse die Morde vor meinem geistigen Auge ablaufen. Ich blicke über den Hafen hinaus und versuche, mir ein Leben auf der Insel vorzustellen, nachts, in der Stille, im unablässigen Wind. Ich verschieße zwei Rollen Velvia 220, zweiundsiebzig Aufnahmen von Smuttynose bei Nacht.

21. September 1899

Ich habe heute morgen über das Geschichtenerzählen und die Wahrheit nachgedacht, und wie wir Geschichten, die andere uns erzählen, mit absolutem Vertrauen aufnehmen.

Nicht lange nach dem Tod unserer Mutter und nach meiner Genesung übernahm Karen, wie ich schon sagte, die Führung des Haushalts, und Evan und ich wurden arbeiten geschickt; ich auf einen Nachbarhof, Evan zur See. Das war zur damaligen Zeit nichts Ungewöhnliches in dieser Gegend.

Unser Vater, der durch den Verlust seiner Frau alt und traurig geworden war, fuhr nicht mehr so häufig wie früher zum Fischen hinaus und unternahm auch keine langen Fahrten mehr wie in der Vergangenheit. Dadurch hatte er auch keinen Überschuß an Fischen zum Verkauf oder zur Darre. Überall in unserer Umgebung gab es in dieser Zeit andere Familien in mißlicher Lage, manche waren weit schlimmer dran als wir, Familien, deren Vater auf See geblieben war, so daß es nun Aufgabe der Mutter oder des ältesten Sohnes war, für die kleineren Kinder zu sorgen, und Familien, deren Lebensunterhalt durch die ökonomischen Schwierigkeiten in der Region, ja im ganzen Land, geschmälert waren, und es gab infolgedessen viele Arme und Obdachlose. Im Gegensatz dazu kann ich mich nur an wenige Gelegenheiten erinnern, da in unserer Familie tatsächlich die Speisekammer leer war; allerdings erinnere ich mich an mindestens einen, vielleicht an zwei Winter, da ich nur ein einziges Kleid und ein einziges Paar Strümpfe hatte, die bis zum Frühling halten mußten, und wir konnten keine Wolle zum Spinnen bekommen, um ein zweites Paar anzufertigen.

Der Entschluß, Evan zur Arbeit zu schicken, ist, glaube ich, meinem Vater nicht schwergefallen, da Evan mit seinen sechzehn Jahren ein großer, kräftiger Junge war und es in der Umgebung von Laurvig viele Burschen seines Alters gab, die schon eine ganze Weile arbeiteten. Evan, meinte er, werde, wenn er bei einem anderen Fischer als Maat anheuerte, einen besseren Lohn heimbringen, als wenn er Hering und Kabeljau verkaufte, die er mit meinem Vater zusammen fangen würde; aber weil es in diesen Jahren in der Bucht von Laurvig wenig Arbeit für Fischer gab, mußte Evan nach Tonsberg reisen, zwanzig Kilometer nördlich von Laurvig. Dort hörte er von einem Mann namens John Hontvedt, der nach einem Maat suchte; er lebte in einem Haus mit sechs anderen Fischern zusammen, von denen einer sein Bruder Matthew war. Von diesem Tag an, dem 12. Oktober 1860, bis zu dem Zeitpunkt, als Evan und John Partner wurden, arbeitete Evan bei John Hontvedt auf dessen Schaluppe, der *Malla Fladen*, und lebte sechs Tage in der Woche in jenem Haus.

Was mich anging, so besuchte ich noch ein weiteres Jahr die Schule und wurde dann auf den Johannsen-Hof verdingt. Es war dies eine schwere Zeit im Leben meines Vaters, und ich glaube, der Entschluß, sein jüngstes Kind in Stellung zu geben, ist ihn hart angekommen. Karen konnte nicht mehr in das Seemannsheim gehen, da sie zu Hause gebraucht wurde, und da ich erst vierzehn war und mein Vater eine solche Arbeit für mich nicht passend fand, hörte er sich nach etwas anderem für mich um, wo die Bedingungen vielleicht angenehmer wären. Wie es der Zufall wollte, war es Karen, die von der Stellung bei Knud

Johannsen hörte, der selbst seit kurzem Witwer geworden war, und sie drängte meinen Vater, mich zu ihm zu schikken.

Auf Knud Johannsens Hof wurde vor allem Milchwirtschaft betrieben; der Hof lag sechs Kilometer landeinwärts, so daß es für mich morgens auf dem Weg zur Arbeit steil bergauf ging, aber abends dafür natürlich bergab, und das war gut so, denn um diese Zeit war ich meist so müde, daß ich den Schub der Schwerkraft zum Nachhausekommen brauchen konnte. Meine Arbeitszeiten auf dem Johannsen-Hof waren lang und hart, aber im allgemeinen nicht unangenehm. In der Zeit meiner Anstellung in diesem Haushalt, insgesamt zwei Jahre und acht Monate, hatten Evan und ich nicht viel Gelegenheit, einander zu sehen, und fast niemals allein, und das war mir ein Kümmernis. Evan arbeitete fleißig, und sein Einkommen war gut, so daß sich die Verhältnisse unserer Familie allmählich besserten und ich schließlich die Arbeit bei Mr. Johannsen aufgeben und wieder zur Schule gehen durfte. Dort blieb ich ein Jahr und sieben Monate und bereitete mich auf ein weiterführendes Studium vor, wenn es mir auch bedauerlicherweise nicht vergönnt war, die Universität zu besuchen. Es war jedoch mein Glück, daß ich mich während meiner Schulzeit mit ganzem Herzen und Verstand meinen Aufgaben widmete und so die Aufmerksamkeit des Schulleiters Professor Nils Jessen auf mich zog, der es sich zur Aufgabe machte, meine Sprachfertigkeit zu verbessern, so daß ich nachfolgend Freude am Studium der Rhetorik und am Schreiben von Aufsätzen fand. Ich glaube, daß ich, obwohl mir gewisse grundlegende Voraussetzungen für diese Aufgabe fehlten, meine Sache recht gut machte, denn Professor Jessen widmete mir viele Stunden nach dem Unterricht, in der Hoffnung, daß ich die erste Schülerin der Schule von Laurvig sein würde, die in Kristiania die Universität besuchte.

Doch wie es das Schicksal wollte, konnte ich kein Studium aufnehmen, weil es an Geld fehlte, obwohl mein Bruder uns regelmäßig einen großen Teil seines Lohns sandte. Ich bewarb mich deshalb bei den Eisenwerken Fritzoe um eine Stellung als Schreiberin, die ich auch bekam und zwei Jahre lang innehatte. Im Winter 1865 dann zogen John Hontvedt und sein Bruder Matthew nach Laurvig, und kurz danach erfuhr mein Leben eine dramatische Wendung.

In der Jorgine Road war ein Haus frei geworden und zu niedrigem Zins zu mieten, und Evan hatte John all die Jahre mit großer Wertschätzung von unserer Gegend erzählt. Durch seinen Fleiß und mit gutem Geschäftssinn hatte John Hontvedt im Fischereigewerbe gut Fuß gefaßt, und in der Zusammenarbeit mit ihm hatte auch Evan genug Geld verdient, um etwas auf die Seite zu legen. Die beiden Männer taten sich mit Matthew Hontvedt zusammen und erwarben eine Schaluppe, die den Namen *Agnes C. Nedland* trug.

John Hontvedt war nicht übermäßig groß, jedenfalls nicht im Vergleich zu unserem Vater und Evan, die beide gut über einen Meter achtzig maßen, aber Hontvedt vermittelte dennoch den Eindruck körperlicher Kraft und Größe. Sein dickes zimtfarbenes Haar trug er lang in die Stirn gekämmt, und seine Augen hatten einen Schimmer von Sanftmütigkeit. Sie waren hellbraun, glaube ich, oder vielleicht auch grau, ich kann mich nicht mehr erinnern. Sein Gesicht war nicht so schmal wie das Evans, sondern eher eckig, und er hatte eine schöne Kinnpartie. Ich vermute, daß er als Knabe dünn war, doch mit dem Eintreten in das Mannesalter war sein Körper, ebenso wie sein Gesicht, in die Breite gegangen. Sein Brustkorb war gewölbt, wie eine Fischtonne geformt. Er hatte damals keine Faser Fett an seinem Körper.

Hontvedt hatte die Gewohnheit, beim Stehen seine

Hände in seinen Gürtel einzuhängen und beim Sprechen ab und zu seine Hose hochzuziehen. Im Sitzen kreuzte er die Beine an den Knien, wie manche Frauen das tun, aber er war sonst in seinem Gehaben überhaupt nicht weibisch. Manchmal, wenn er angespannt oder nervös war, pflegte er seinen Ellbogen mit einer Hand zu umfassen und den freien Arm auf übertriebene Art zu schwenken, eine Angewohnheit, die ich immer merkwürdig fand und die für mich später ausschließlich zu John gehörte. An der linken Hand fehlte ihm ein Finger, den er sich beim Hantieren mit einer Winsch abgequetscht hatte.

Ich glaube, unser Vater war zu dem Zeitpunkt, als ich John Hontvedt begegnete, besorgt um seine beiden Töchter. Ganz gewiß traf das auf seine väterlichen Verpflichtungen Karen gegenüber zu, die mit zweiunddreißig ihre Jugend hinter sich hatte und dazu bestimmt schien, unverheiratet zu bleiben. Es war damals wie heute eine Schande für einen Vater, wenn er seine Töchter nicht unter die Haube bringen konnte, und ich schaudere bei dem Gedanken an die vielen jungen Frauen, die mit Männern verheiratet wurden, die nicht zu ihnen paßten, und bis zu ihrem Tod ein unglückliches Leben führen mußten, nur um ihre Väter von dem gesellschaftlichen Druck zu entlasten.

Ich will jedoch unseren Vater keineswegs solch niedriger Beweggründe beschuldigen. Ich glaube aber, daß er, nachdem er miterlebt hatte, wie seine älteste Tochter zur alten Jungfer geworden war, ängstlich darauf bedacht war, mich gut verheiratet zu sehen. Ich muß an dieser Stelle außerdem hinzufügen, daß mein Vater in der jüngsten Zeit in unserer Gegend keinem Mann begegnet war, der so erfolgreich und von so gutem Schlag als Fischer war wie John. Und ich denke, mein Vater hatte Grund, John Hontvedt dankbar dafür zu sein, daß er unseren Evan angeheuert und auf diese Weise dazu beigetragen hatte, daß sich das Geschick unserer Familie allmählich änderte.

Eines Abends, nachdem er mit uns gegessen hatte, forderte John Hontvedt mich zu einem Spaziergang auf.

Ich hatte eigentlich überhaupt kein Verlangen spazierenzugehen, und schon gar nicht mit John Hontvedt, aber ich wußte nicht, wie ich eine solche Bitte abschlagen sollte, zumal sie im Beisein meines Vaters vorgetragen wurde. Es war ein milder Abend Anfang Oktober, mit langen Schatten, unter denen die Landschaft eine besondere Klarheit annahm. Wir gingen in Richtung der Küstenstraße, dem Dorf entgegen, John mit den Händen in den Hosentaschen, ich mit den meinen in der Taille gefaltet, wie sich das damals für ein junges Mädchen schickte. John übernahm die Last der Unterhaltung und sprach, wie ich mich entsinne, mit großer Ungezwungenheit und Zungenfertigkeit, obwohl ich mich an nichts erinnern kann, was er sagte. Ich gestehe, daß es zwischen uns oft so war, da ich meine Gedanken häufig wandern ließ, wenn er redete, und seltsamerweise schien er meine Geistesabwesenheit nur selten zu bemerken. Als ich an diesem Abend nach einer ganzen Weile doch begann, auf das zu hören, was er sagte, fiel mir auf, daß wir uns recht weit von unserem Häuschen entfernt hatten. Wir standen auf einer Landzunge, von der aus man weit über den Laurvigfjord blickte. Rundherum wuchs Ginster, der in der untergehenden Sonne leuchtete, und das Blau des Wassers unter uns hatte den tiefen, undurchdringlichen Saphirton angenommen, der sich nur spät am Abend einstellt. Wir bewunderten diesen Ausblick, und vielleicht richtete John gerade das Wort an mich, als ich bemerkte, daß er näher an mich herangerückt war, als mir genehm war. Beinahe im selben Moment, als ich diese Feststellung machte, legte er mir leicht den Arm an die Taille. Dies war eine Geste, die nicht mißzuverstehen war. Es war, darf ich wohl sagen, eine besitzergreifende Geste, und ihre Absicht war mir klar. Ich glaube, daß ich ein wenig von ihm weggetreten bin, aber John, in all seinem Streben stets beharrlich, folgte mir, so daß er seinen Arm nicht zu entfernen brauchte. Während wir dort standen, begann seine Hand, wie ich mich erinnere, sogar noch weiter zu kriechen, so daß er bald meine ganze Mitte umfaßte. Ich dachte mir, wenn ich jetzt nichts einwendete, würde er meine Passivität als Aufforderung zu weiteren Vertraulichkeiten betrachten, was ich nicht wollte, deshalb trat ich nun ziemlich brüsk von ihm weg.

»Maren«, sagte er, »ich muß mit Ihnen sprechen.«

»Ich bin sehr müde, John, ich finde, wir sollten jetzt zum Haus zurückkehren.«

»Sie wissen«, fuhr John fort, »daß ich mit dem Gedanken spiele, nach Amerika auszuwandern. Die Berichte über die amerikanischen Bräuche und Ansichten haben mich sehr beeindruckt, besonders der Gedanke, daß es dort keine Klassenunterschiede gibt. Daß ein Mann für das Stück Land, das er sein eigen nennt, nur eine geringe Steuer bezahlt und nicht den Müßigen, die überhaupt nicht arbeiten, die Taschen füllt.«

»Aber würden Sie alles, was Ihnen vertraut ist, zurücklassen und in ein Land gehen, in dem Sie, wenn Sie kein Geld haben, an dem Ort bleiben müssen, wo Sie angekommen sind?« fragte ich. »Ich habe von den großen Summen gehört, die man braucht, um ins Landesinnere zu reisen, und selbst dort wird das Land schon jetzt zweimal verkauft, so daß der ursprüngliche Eigentümer ungeheure Gewinne einstreicht und die neu angekommenen Einwanderer kein billiges Land mehr erwerben können. Ich habe auch gehört, daß es sehr teuer ist, dort zu leben. Ein Faß Salz kostet fast fünfzig Ort. Und der Kaffee kostet vierzig Skilling das Pfund.«

»Da ich sowieso an der Küste bleiben würde«, antwortete er, »wüßte ich nicht, warum ich mir wegen des Geldes für eine Reise ins Landesinnere Kopfzerbrechen machen sollte. Aber ich verstehe Sie natürlich, Maren. Man muß einen Grundstock haben, wenn man ein neues Leben beginnen will, für ein Haus und Vorräte und Transport und so weiter.«

»Würden Sie sich wirklich dort drüben, an der Küste Amerikas, niederlassen?« fragte ich.

»Vielleicht, wenn ich eine Frau gefunden hätte«, antwortete John.

Bei dem Wort »Frau« sah John mich an, und mein Blick wandte sich ihm zu, noch ehe ich die Bedeutung seiner Worte begriffen hatte. Es war das erstemal, daß ein solcher Gedanke sich mir in aller Klarheit offenbarte, und ich gestehe, im ersten Moment war ich sehr schockiert.

»Verzeihen Sie mir, Maren«, sagte er. »Sie scheinen beunruhigt zu sein. Das war nicht meine Absicht. Ganz im Gegenteil. Solange ich auf Erden lebe, ist mir nie eine liebenswürdigere Frau begegnet als Sie, Maren.«

»Wirklich, John, mir ist gar nicht gut.«

»Ob ich nun nach Amerika gehe oder in Norwegen bleibe, ich bin jetzt in einem Alter und zum Glück bemittelt genug, um daran zu denken, eine Frau zu nehmen. Ich vertraue darauf, daß ich meinem Charakter nach würdig sein möge, Sie zu bitten ...«

Ich habe nie viel für Frauen übrig gehabt, die sich in Theatralik retten oder sich so zartbesaitet geben, als könnten sie die starken Bilder, die Worte manchmal heraufzubeschwören vermögen, nicht aushalten, aber ich muß gestehen, daß ich in diesem Moment, als ich dort auf dem Kap stand, so enerviert war von meinen vergeblichen Bemühungen, meinen Begleiter dazu zu bewegen, dieses Gespräch abzubrechen und mich zum Haus zurückzubegleiten, daß ich in Versuchung geriet, eine Ohnmacht vorzutäuschen und mich in den Ginster zu seinen Füßen sinken zu lassen. Statt dessen jedoch unterbrach ich John ziemlich scharf. »Ich muß darauf bestehen, daß wir jetzt zurückkehren, sonst werde ich unpäßlich«, sagte ich und konnte so den, wie mir schien, unvermeidlichen Antrag zunächst einmal abwehren.

Doch schon am folgenden Tag kam mein Vater selbst auf das Thema zu sprechen. Evan hatte sich zurückgezogen, und Karen war hinter das Haus zum Abort gegangen, so daß mein Vater und ich allein waren. Er wünschte, sagte er, mich versorgt und mit einer Familie zu sehen. Er wollte mich nicht von sich abhängig wissen, da er nicht glaubte, daß er noch lange zu leben hätte. Ich begehrte laut auf bei diesen Worten, nicht nur, weil ich ärgerlich darüber war, mich schon zum zweitenmal in dieser Woche gegen eine Heirat mit John Hontvedt wehren zu müssen. Mein Vater wischte meine Proteste mit einer Handbewegung fort und sprach mir von Hontvedts Charakter, seinen soliden finanziellen Verhältnissen und schließlich, wobei ich fand, er habe den falschen Dingen den Vorrang gegeben, von Hontvedts offenkundiger Zuneigung zu mir, die sich, wie er sagte, mit der Zeit zu einer tiefen und dauernden Liebe entwickeln könne. Es war mir überaus lästig, mich mit diesen Dingen befassen zu müssen, aber ich will gleich dazusagen, daß es sich in Norwegen zu jener Zeit für eine Tochter nicht gehörte, ihren Vater zu kritisieren, und ich hörte mir daher ohne Widerrede an, was mein Vater zum Thema meiner zukünftigen Verheiratung zu sagen hatte. Gehorsam erwiderte ich dann, ich sei ihm dankbar für seine Fürsorge, aber es sei noch zu früh für mich, einen so schwerwiegenden Schritt zu unternehmen, und ich würde dies erst nach äußerst sorgfältiger Überlegung tun.

Damit, glaubte ich, wäre die Angelegenheit aus der Welt geschafft oder zumindest für eine Weile vertagt. Doch dann sorgte ich selbst mit einer unbedachten Handlung, die ich später tief bereuen sollte, dafür, daß das Thema erneut zur Sprache kam und abgeschlossen wurde.

Es war ungefähr vier Wochen später, Mitte November, und draußen war es bitterkalt, doch am späten Nachmittag pflegte sich über der Bucht ein eigenartiges und wundersames Phänomen zu zeigen. Da das Wasser beträchtlich viel wärmer war als die Luft darüber, pflegten vom Meer gewaltig wirbelnde Dunstschwaden aufzusteigen – wie Dampf aus einem Bad. Diese Dunstschwaden wurden vom besonderen Licht der schräg stehenden Sonne um diese Jahreszeit in einen köstlichen rosafarbenen Glanz getaucht, der atemberaubend anzusehen war. So kam es, daß über der Bucht, in der normalerweise reger Bootsverkehr herrschte, an diesem Sonntag ein Zauber lag, wie es ihn, glaube ich, sonst nirgends auf Erden gibt. Es war ein Naturereignis, das Evan und ich als Kinder manchmal auf unseren Märschen auf der Küstenstraße beobachtet hatten und das uns stets veranlaßt hatte, innezuhalten und hingerissen dieses einfache und dennoch herrliche Schauspiel der Natur zu beobachten. An diesem Nachmittag fragte ich Evan, ob er mich zu den Felsen hinausbegleiten wolle, von wo aus wir die Bucht besser sehen konnten. Ich dachte, es wäre für Evan und mich eine gute Gelegenheit, fern von den anderen miteinander zu sprechen, wozu sich sonst selten eine Möglichkeit bot. Zunächst wollte Evan nicht so recht, ich glaube, er war besonders erschöpft von seiner harten Arbeitswoche (denn Kälte erschwert stets die Arbeit der Fischer), aber ich blieb hartnäckig, und ich darf wohl sagen, daß ich ihn schließlich überredete.

Wir gingen ein ganzes Stück nebeneinander her, ohne etwas zu sagen. Mein Bruder schien an diesem Nachmittag innerlich sehr beschäftigt, und ich wußte nicht recht, wie ich ein Gespräch beginnen sollte. Während er so an meiner Seite ging, konnte ich nicht umhin, ihn eingehend zu betrachten. Schon jetzt, da er gerade einundzwanzig Jahre alt war, konnte man sehen, daß Sonne und See begonnen hatten, ihren Tribut zu fordern. Er hatte winzige Fältchen um Augen und Mund sowie auf der Stirn. Seine Brauen schienen sich auf Dauer zusammengeschoben zu haben, eine Folge, glaubte ich, des ständigen Blinzelns auf dem Wasser. Seine Haut war vom Wetter gegerbt und hatte jene bei Seeleuten typische Beschaffenheit, dünnem Papier gleich. Die Blasen und Striemen, die das Tauwerk an seinen Händen hinterlassen hatte, waren längst zu Schwielen geworden, aber ich konnte an seinen Fingern deutlich die Narben erkennen, die die Fischhaken verursacht hatten. Weiter bemerkte ich, daß Evan in den Jahren seiner Abwesenheit seine volle Größe erreicht hatte, er überragte mich um mehr als Haupteslänge. Er war nicht, das habe ich vielleicht früher schon erwähnt, breit gebaut wie John, sondern eher sehnig, doch er vermittelte den Eindruck großer männlicher Stärke. Ich denke, das war ebensosehr seinem Charakter zuzuschreiben, der äußerst zurückhaltend und ernst war.

Nach einiger Zeit tauschten wir ein paar Liebenswürdigkeiten aus, sprachen jedoch nicht über schwierige Dinge, zumindest nicht sogleich. Ich hatte mir an diesem Tag meinen schweren wollenen Umhang übergezogen, und mein Gesicht war umhüllt von einem langen Schal in einem schönen hellen Blau, für den ich mir die Wolle aus Kristiania hatte kommen lassen.

»Weißt du noch«, fragte ich, als wir die Felsen erreicht hatten und zur Bucht hinausblickten, von der eine wogende Wand in Korall- und Rosatönen aufstieg, »wie oft wir diese Straße entlanggegangen sind?«

Er sah einen Moment überrascht aus, dann erwiderte er: »Ja, das weiß ich noch, Maren.«

»Und erinnerst du dich an den Tag, an dem du auf den Baum geklettert bist und ich einfach meine Kleider abgeworfen habe, um dir zu folgen?«

»Wie lange das her ist!«

»Und wie du mich aus Hakons Bucht gerettet hast?«

»Du hättest dich auch selbst gerettet.«

»Nein, ich wäre ertrunken. Bestimmt.«

»Das war ein ziemlich gefährlicher Ort zum Spielen«, sagte er. »Wenn ich dort heute Kinder sähe, würde ich sie vertreiben.«

»Wir haben nie an Gefahr gedacht.«

»Nein.«

»Ach, das waren schöne Zeiten«, sagte ich.

Evan schwieg einen Moment. Ich vermutete, er schwelge wie ich in den lieben Erinnerungen unserer Kindheit, als er plötzlich einen schweren Seufzer ausstieß und sich von mir abwandte.

»Evan! Was ist denn?« rief ich.

Er antwortete mir nicht. Wieder wollte ich fragen, was ihm denn sei, doch der Anblick der Tränen, die ihm plötzlich in die Augen gesprungen waren, brachte mich zum Schweigen. Er schüttelte den Kopf so heftig, daß sein Haar hin und her flog. Ja, er schüttelte den Kopf so zornig, als wollte er buchstäblich die Gedanken, die darin wohnten, hinausschleudern. Ich war so erschrocken und entsetzt über diesen plötzlichen Ausbruch heftiger Gefühle und intensiven Selbsthasses, daß ich, fürchte ich, verzweifelt aufschrie und mich auf die Knie warf. Nie habe ich den Anblick von Schmerz oder Kummer im Gesicht meines Bruders ertragen können – dieser Moment löste Erinnerungen an die Nacht aus, in der unsere Mutter gestorben war, an jene Nacht, in der Evan, und so auch ich, beinahe die Besinnung verloren hätten.

Das nächste, was ich wahrnahm, war, daß mein Bruder mich am Ärmel zog und versuchte, mich zum Aufstehen zu veranlassen.

»Sei nicht so theatralisch, Maren«, sagte er kurz. »Du frierst dich ja zu Tode.« Er fegte kleine Steinchen von meinem Umhang.

Danach ging er, ohne daß ein weiteres Wort zwischen

uns gefallen wäre, den Küstenweg hinunter nach Süden, in Richtung unseres Hauses. Sein Schritt verriet klar, daß er nicht wünschte, daß ich ihm folgte.

Nie zuvor war ich von Evan auf so schnöde Weise im Stich gelassen worden, und wenn ich mich auch bald faßte und mir dachte, wie elend meinem Bruder gewesen sein mußte, daß er vor mir geweint hatte, und wie leid er mir in seiner Seelenqual tat, fühlte ich mich dort draußen auf den Felsen doch grausam allein gelassen und war, ich muß es sagen, ziemlich wütend.

Mit zornigen Schritten eilte ich heimwärts, und an einer Straßenkreuzung bog ich ab und betrat einen Weg, den genommen zu haben ich mein Leben lang bereute. An der Jorgine Road wandte ich mich nach Osten und ging zu John Hontvedts Haus.

Meine Beine und meine Hände zitterten, als ich die Treppe zur Veranda von Hontvedts Haus hinaufstieg, ob von der früheren Erschütterung draußen auf den Felsen oder wegen der Unschicklichkeit meines Handelns, vermag ich nicht zu sagen, aber Sie werden sich vorstellen können, daß John Hontvedt höchst erstaunt war, mich zu sehen. Nach der ersten Bestürzung jedoch zeigte er seine Freude offen.

Ich gestattete Hontvedt, mir eine Tasse Tee zu machen und sie mir in seiner Wohnstube zusammen mit Keksen, die er in der Stadt besorgt hatte, zu servieren. Er trug keinen Rock und keinen Kragen, und in seinem Eifer, mir den Tee zu bereiten, vergaß er auch, beides anzulegen. Vielleicht lag es nur am Fehlen des Kragens und am Anblick seiner Hosenträger, aber mir schien die ganze Begegnung ungehörig. In der Tat hätte ich, wäre in dieser Zeit jemand gekommen, meine Anwesenheit in John Hontvedts Haus nicht so leicht erklären können. Was tat ich ohne Begleitung an einem Sonntagnachmittag im Haus eines unverheirateten Mannes? Möglicherweise begann ich, nur um auch mir selbst diese Frage zu beantworten, mit Hontvedt zu sprechen.

»Erinnern Sie sich, daß Sie bei unserem Spaziergang vor einigen Wochen von gewissen Dingen gesprochen haben?« fragte ich.

Er stellte seine Teetasse nieder. »O ja.« Ich glaube, ich hatte John Hontvedt überrascht, als er gerade dabei gewesen war, seinen Bart zu stutzen, der sah nämlich merkwürdig schief aus.

»Und daß ich nichts davon hören wollte?« fragte ich.

»Ja.«

»Ich habe über diese Angelegenheit, die Sie angesprochen haben, nachgedacht, und mir scheint, wir könnten zu einem späteren Zeitpunkt nochmals darauf zurückkommen. Das heißt, wir könnten sie in Zukunft näher betrachten.«

»Oh, Maren ...«

»Das heißt beileibe nicht, daß ich den Gedanken im Augenblick akzeptabel finde. Ich sage nur, daß ich zu einem weiteren Gespräch bereit bin.«

»Sie können sich nicht vorstellen ...«

»Sie werden natürlich verstehen, daß es wirklich viel zu früh für mich ist, daran zu denken, das Haus meines Vaters zu verlassen ...«

Zu meinem Schrecken sprang John Hontvedt von seinem Platz auf und kniete mir zu Füßen nieder. Ich gab ihm mit einer Handbewegung zu verstehen, er solle aufstehen, aber er faßte meine beiden Hände und hielt sie fest.

»Maren, ich werde Sie nicht enttäuschen«, rief er. »Ich werde Sie zur glücklichsten Frau in ganz Norwegen machen.«

»Nein, John, Sie haben mich mißverstanden ...«

Er breitete seine Arme aus, um mich zu umfassen. Ich glaube, er unterschätzte sowohl seine eigene Kraft als auch seine Leidenschaft, denn als er mich umarmte, drückte er mir fast die Luft ab. Im nächsten Moment bedeckte er mein Gesicht und meine Hände mit Küssen und lag mit seinem ganzen Oberkörper in meinem Schoß. Ich versuchte aufzustehen, konnte mich aber in seiner Umklammerung nicht rühren. Da bekam ich Angst, von etwas überwältigt zu werden, was stärker war als ich, und gleichzeitig verspürte ich eine innere Leere unter dem ersten Eindruck einer Entscheidung, die so falsch war, daß sie meine ganze Seele zu vergiften drohte.

»John!« rief ich laut. »Bitte, hören Sie auf!«

Darauf erhob sich John und sagte, er würde mich nach Hause bringen. Ich protestierte, da ich nicht wollte, daß Karen oder mein Vater John Hontvedt in einem solchen Zustand der Erregung sähen oder daß diese Erregung zu einem Gespräch Johns mit meinem Vater führen würde.

»Ich werde Sie sehr glücklich machen, Maren«, versicherte er.

»Danke«, sagte ich, obwohl ich bezweifelte, daß er das konnte.

Und so geschah es, daß John Hontvedt und ich uns miteinander verlobten.

John und ich heirateten am 22. Dezember 1867, unmittelbar nach der Wintersonnenwende. Ich trug das walnußfarbene Seidenkleid, das ich bereits erwähnte, und eine Schute mit Fransen und geflochtenen Bändern, die unter dem Kinn gebunden wurden. Professor Jessen, der mein Freund blieb, stellte Hontvedt und mir sein Haus in Laurvig für eine kleine Hochzeitsfeier nach der Trauung in der Kirche von Laurvig zur Verfügung. Ich gestehe, daß ich bei diesem Anlaß nicht so heiter war, wie ich hätte sein können, da ich vor den ernsten Pflichten, die mich als Ehefrau John Hontvedts erwarteten, eine gewisse Furcht hatte, und auch weil mein Bruder Evan nicht zur Hochzeit gekommen war. Er lag mit einer Bronchitis zu Hause, und das bekümmerte sowohl John als auch mich.

Nach der Feier, bei der John ziemlich viel von dem Aquavit trank, den Professor Jessen freundlicherweise bereitgestellt hatte, mußte ich, wie es meine Pflicht war, die anderen verlassen und John in sein Haus folgen, wo wir unsere erste gemeinsame Nacht verbringen würden. Ich sollte hier bemerken, daß unser erstes Zusammensein als Mann und Frau nicht unbedingt ein Erfolg war, zum Teil aufgrund von Johns Trunkenheit, für die ich unter den Umständen dankbar war, und zum Teil aufgrund einer gewissen Verwirrung, als John laut rief – zum Glück und zu meiner Erleichterung war nur ich da, um es zu hören –, ich hätte ihn betrogen. Da ich mich mit diesen technischen Einzelheiten nie beschäftigt hatte und über diese Seite der Ehe nie angemessen unterrichtet worden war, ich hatte ja nur Karen, die natürlich selbst nicht die Erfahrung besaß, mich zu unterweisen, war ich sehr erschrocken über Johns Beschuldigung, aber zum Glück überwältigte ihn, wie ich schon erwähnte, der Aquavit, und obwohl ich eine Diskussion am folgenden Morgen erwartete, wurde das Thema nie wieder angeschlagen, und ich bin bis heute nicht sicher, ob John Hontvedt überhaupt etwas von den besonderen Begebenheiten in unserer Hochzeitsnacht im Bewußtsein geblieben ist, da seine Erinnerung sozusagen im Aquavit ertränkt worden zu sein schien.

Torwad Holdes verhaßter Brief erreichte uns kurz nach der Heirat. Den ganzen Winter, in der Finsternis, jung verheiratet, war ich mit den zahlreichen Vorbereitungen für die Überfahrt über den Atlantik beschäftigt. John wollte zu Beginn des Frühjahrs auslaufen, da uns das mehrere Monate milder Witterung geben würde, in denen wir uns in einer Fischergemeinde heimisch machen, Unterkunft finden und genug Nahrungsmittel für den folgenden Winter lagern konnten.

Obwohl ich nicht die geringste Neigung verspürte, diese Reise zu unternehmen, wußte ich, wie wichtig es war, für Vorräte zu sorgen, da ich viele Amerikabriefe gelesen hatte, die bestätigten, daß man auf den Überfahrten mit eigenem Proviant in ausreichender Menge ausgestattet sein mußte. Manchmal half Karen mir bei dieser Arbeit, aber nicht häufig, da ich nun ja nicht mehr im Haus meines Vaters lebte. Diesen ganzen langen Winter, in der Finsternis, jung verheiratet, fertigte ich für John und mich Kleidung aus Wolle und aus buntem Gingham, wenn ich ihn bekommen konnte. John baute Fässer und Truhen, in die ich eingesalzenes Fleisch, Hering, saure Milch, Bier, Roggenzwieback, Molkekäse, Erbsen, Getreideflocken, Kartoffeln und Zucker einlagerte. In andere Truhen packte ich Talgkerzen, Seife, eine Bratpfanne, einen Kaffeekocher, Kessel, ein Plätteisen, Bettwäsche und so weiter. Ja, ich glaube, ich hielt mich mit diesen Vorbereitungen so sehr beschäftigt, daß es mir gelang, bis zu jenem letzten Moment auf dem Pier mit Evan die beinahe unvorstellbare Tatsache der Reise selbst, die bedeutete, daß ich Norwegen für immer verlassen würde, aus meinen Gedanken zu verbannen. Aus diesem Grund hatte ich auch weder meiner Familie noch meinen wenigen Freunden Lebwohl gesagt, da ich glaubte, dies würde höchstens meinen an sich schon unsicheren Entschluß, meine Pflicht zu erfüllen und meinem Mann auf seiner Reise zu folgen, weiter schwächen.

Unser Segler hatte unter Deck vierzig Kojen, die jeweils zwei Personen als Schlafquartier und Stauraum dienten. John und ich teilten also neununddreißig Tage lang eine schmale Pritsche mit fast all unseren Vorräten, und da ich in diesem überfüllten Raum nicht wagte, meine Kleider abzulegen, vor allem aber wegen des schrecklichen Stampfens und Schlingerns des Schiffs, tat ich in diesen endlosen Nächten kaum ein Auge zu. Vielmehr lag ich in der Schwärze des Schiffsbauchs und hörte, wie die Menschen um mich herum beteten und weinten und sich übergaben, ohne daß es Hoffnung auf Erlösung gab, bevor wir Nordamerika erreichten oder das Schiff unterging. Das waren Nächte solchen Elends, daß ich mir, Gott verzeih, manchmal das letztere wünschte.

Wir wurden von der Mannschaft nicht schlecht behandelt, wie das meines Wissens bei einigen anderen Reisen der Fall war, besonders auf den englischen Schiffen, aber das Wasser war streng rationiert, so knapp bemessen, daß es für die meisten von uns eine Qual war, mit nur einem Liter pro Tag auskommen zu müssen, wenn auch John und ich das Bier hatten, das wir trinken konnten, wenn unser Durst ins Unerträgliche stieg. Ich war vom zweiten Tag an seekrank, und ich muß sagen, ich glaube nicht, daß es ein schlimmeres Leiden gibt, das nachfolgende Genesung erlaubt, als die Seekrankheit, die einem das Gefühl gibt, bis in die Seele hinein erkrankt zu sein. So schwer war diese Heimsuchung, daß ich nichts essen konnte und infolgedessen hätte ernsthaft erkranken können. Aber trotz der Leiden dieser Tage muß ich mich zu den Glücklichen zählen, denn es waren Menschen unter uns an Bord, die sich das Schiffsfieber zuzogen und die Cholera, und es ist ein Wunder Gottes, daß diese schrecklichen Seuchen uns nicht alle erfaßten. In der vierten Woche unserer Reise, die, was die Krankheit angeht, die schlimmste war, gab es viele Bestattungen auf See, von denen die ärgste die eines kleinen Knaben war, der das Schiffsfieber, das auch Typhus heißt, bekommen hatte und zur Zeit seines Todes so stark abgemagert war, daß er, obwohl er wohlgenährt genug an Bord gekommen war, mit Sand in seinem Kistchen zu Wasser gelassen werden mußte, damit er auch in die Tiefe sinken und nicht hinter dem Schiff auf dem Wasser treiben würde, was für die arme Mutter, die ohnehin schon in tiefer Verzweiflung war, eine unerträgliche Qual gewesen wäre. Ich glaube, das war der Tiefpunkt unserer Reise, und es gab unter den Menschen an Bord, die noch bei Verstand und Bewußtsein waren, nicht einen, den diese Tragödie nicht tief erschütterte.

Mir wurde erzählt, daß auf der Reise diejenigen, welche nicht krank waren, sich damit beschäftigten, zu stricken oder zu nähen, daß manche die Flöte oder die Violine spielten, und ich glaube, daß John, der auf der ganzen Fahrt kerngesund blieb, sich an dem Musizieren und Singen beteiligte, das manchmal aus der Eintönigkeit der Seefahrt spontan hervorbrach. Wir verloren auf der Reise vierzehn Menschen durch Krankheit, und eine Frau aus Stavern brachte Zwillinge zur Welt. Ich fand dieses Verhältnis zwischen Todesfällen und Geburten immer grotesk und unannehmbar, und hätte ich den Berichten von tödlichen Krankheiten an Bord dieser Schiffe mehr Aufmerksamkeit geschenkt, so wäre es mir vielleicht gelungen, John Hontvedt die Überfahrt auszureden. Doch das ist nichts als eitle Spekulation, da wir die Reise ja unternahmen und Quebec tatsächlich erreichten, wo wir zwei Tage unter Quarantäne gestellt wurden, ehe wir weiter nach Süden reisten, in die Stadt Portland im Staat Maine, und von dort aus nach Portsmouth im Staat New Hampshire, wo wir von Torwad Holde abgeholt wurden, der uns in seinem Schoner auf die Insel Smutty Nose brachte, auf der ich fünf Jahre lang leben sollte.

Indem ich es auf mich genommen habe, diesen Bericht zu schreiben, muß ich, wie ich bekümmert feststelle, Momente der Vergangenheit wieder durchleben, die, wie die Überfahrt über den Atlantik, bei der Erinnerung tiefe Niedergeschlagenheit hervorrufen. Und da ich zur Zeit der Abfassung dieses Schriftstücks bei schlechter Gesundheit bin, ist die Aufgabe, die ich mir gestellt habe, doppelt schwer. Aber ich glaube, es gelingt einem nur mit großer Standhaftigkeit, eine Geschichte vor sich selbst in aller Vollständigkeit und Wahrheit aufzudecken und sie dann so anderen weiterzugeben.

Ich war vorgewarnt worden, daß wir auf einer Insel leben würden, aber ich glaube nicht, daß irgend jemand mich auf die Natur dieser besonderen Insel hätte angemessen vorbereiten können, oder überhaupt auf diesen ganzen Archipel, der den Namen Isles of Shoals trug und sich achtzehn Kilometer östlich der amerikanischen Küste befand, im Norden von Gloucester. Da wir unsere erste Reise von Portsmouth zu den Inseln an einem nebligen Tag unternahmen, sahen wir die Shoals erst, als wir sie fast schon erreicht hatten, und als es soweit war, wollte ich meinen Augen nicht trauen. Nie zuvor hatte ich einen so traurigen und trostlosen Ort gesehen! Wie Felsbrocken, die nur mit knapper Not die Meeresoberfläche durchstießen, erschienen mir die Inseln in diesem ersten Augenblick, unbewohnbar für jegliches menschliches Wesen, und so ist es für immer geblieben. Es gab nicht einen einzigen Baum und nur die dürftigsten holzgezimmerten Behausungen. Smutty Nose im besonderen sah so platt und dürr aus, daß ich mich John zuwandte und flehentlich rief: »Das ist es doch nicht! Das kann es nicht sein!«

John, der in diesem Moment mit seinem eigenen Erschrecken kämpfte, konnte mir nicht antworten. Torwad Holde jedoch, der, wie der Leser sich vielleicht erinnern wird, der Autor des verhängnisvollen Briefes war, der uns nach Amerika geführt hatte (ein Mann, zu dem ich vielleicht nicht so herzlich war, wie ich hätte sein können), rief mit einem gewissen Enthusiasmus: »Doch, Mrs. Hontvedt, das sind die Isles of Shoals. Sind sie nicht herrlich?«

Nachdem wir in dem winzigen Hafen vor Anker gegangen waren und man mir, die ich heftig zitterte, auf die Insel Smutty Nose geholfen hatte, verspürte ich eine tiefe Entmutigung und die ersten Regungen von Furcht in meiner Brust. Wie sollte ich auf diesem unwirtlichen Felsen mitten im Atlantik leben, wo nichts als weites Meer mich umgab und die nächste Küste an diesem Tag nicht einmal zu sehen war? Wie sollte ich mich damit abfinden, daß dies der Ort war, an dem ich den Rest meines Lebens verbringen würde und auf dem ich binnen kurzem aller menschlichen Gesellschaft, mit Ausnahme der John Hontvedts, beraubt sein würde? Ich klammerte mich an meinen Mann, was sonst gar nicht meine Gewohnheit war, und flehte ihn, ich schäme mich, es zu sagen, im Beisein Torwad Holdes an, unverzüglich nach Portsmouth zurückzukehren, wo wir vielleicht wenigstens ein Haus finden würden, das auf fruchtbarer Erde stand und von Blumen und Obstbäumen umgeben wäre, wie wir sie in Laurvig gekannt hatten. John, der sich für mich schämte, befreite sich aus meiner Umarmung und ging daran, Torwad Holde zu helfen, unsere Vorräte in die Kate zu tragen, die so verloren wie ein Kind, das man ausgesetzt hat oder das nie geliebt wurde, auf dieser Insel stand. Obwohl Frühling war, standen die anderen Häuser auf der Insel leer, und es wuchsen keine Blumen in den Felsspalten. Die Erde erwies sich, als ich mich bückte und sie betastete, als keine zehn Zentimeter tief. Wie sollte ich in einer solchen Wüstenei überhaupt etwas anbauen? Nirgends hörte ich menschliche Stimmen, abgesehen vom Ächzen und Stöhnen Johns und Torwad Holdes, die mit ihren Lasten hin und her gingen. Nur das unablässige irritierende Pfeifen des Windes vernahm ich, denn es war ein kalter Tag Anfang Mai und gar nicht frühlingshaft. Langsam begann ich ostwärts zu gehen, wie in Trance, als wäre ich, obwohl ich doch kein Verbrechen begangen hatte, zu einem Leben im Exil in der finstersten aller Strafkolonien verdammt worden. Ich blickte hinaus zum Horizont und dachte daran, daß mein geliebtes Norwegen direkt in meiner Blickrichtung lag. Wir schienen die halbe Erde umrundet zu haben. Und wozu?

Nach einer Weile, als ich endlich dazu fähig war, betrat ich das holzgezimmerte Haus, das fünf Jahre lang mein

Heim sein sollte. Seine Wände waren außen mit Holzschindeln abgedeckt, und es war von einer Schmucklosigkeit, die mir gänzlich unvertraut war. Ich vermute, daß es ursprünglich für mindestens zwei Familien erbaut worden war, denn drinnen befanden sich zwei getrennte Wohnungen, jede mit ihrer eigenen Haustür auf der Nordwestseite. Das Haus war in einem stumpfen Rot gestrichen, und die Fenster hatten keine Läden. Es gab nur einen einzigen Kamin im Haus, der zugleich als Ofen diente. Jede der beiden Wohnungen hatte unten drei kleine Zimmer und oben, über eine kurze Treppe erreichbar, noch einen kleinen Raum. Der Ofen stand im größten Raum der ersten Wohnung, der von diesem Tag an unsere Küche und Wohnstube wurde und uns im Winter auch als Schlafraum diente. Doch da wir den 9. Mai schrieben, stellte John unser Bett in der Südwestecke dieser Wohnung auf. Ich vermutete, daß die früheren Bewohner, zweifellos Fischersleute wie wir, in recht ärmlichen Verhältnissen gelebt hatten, da die Wände mit Zeitungen, längst vergilbt und an manchen Stellen zerrissen, tapeziert waren. In den Fenstern hingen keine Vorhänge, und es gab keinerlei Anzeichen dafür, daß irgend etwas gestrichen worden wäre oder daß man auch nur einen Versuch gemacht hätte, das Heim freundlich zu gestalten. Das ganze Haus war kahl und, wenn ich das sagen darf, sehr düster, da es in der Küche nur ein kleines Fenster am Ende des Raums gab. Es roch muffig, als hätte hier schon seit einiger Zeit niemand mehr gelebt.

John trug einen Stuhl ins Haus, und ich setzte mich darauf nieder. Er berührte mich an der Schulter, sagte jedoch nichts und ging dann wieder hinaus.

Ich saß, die Hände im Schoß gefaltet, wie im Gebet, doch ich konnte nicht beten, ich glaubte in diesem Moment, Gott habe mich verlassen. Ich wußte, ich würde auf dieser Insel nicht leben können, aber ich wußte auch, daß meine Ankunft hier so unwiderruflich war wie meine Heirat mit John Hontvedt, und ich mußte mir, daran erinnere ich mich, auf die Lippe beißen, um nicht in Tränen auszubrechen, die, wenn sie einmal zu fließen begonnen hätten, vielleicht nie wieder versiegt wären.

Doch vielleicht hatte Gott mich an jenem Tag doch nicht verlassen, denn während ich dort saß, von der erbärmlichsten aller Sünden gelähmt, der Verzagtheit, erkannte ich, dank Gottes Hilfe, denke ich, daß ich diese Prüfung irgendwie bestehen mußte, um eines Tages wieder mit meinem Bruder vereint zu sein. Ich stand auf und ging zum Fenster und blickte auf die Felsen hinaus. Und ich schwor mir in diesem Augenblick, mich so ruhig und still wie möglich zu verhalten, um die heftigen Gefühle, die mich zu überwältigen drohten, zu beherrschen, ganz ähnlich wie ein Ertrinkender, der sich an ein Rettungsfloß klammert, weiß, daß er es sich nicht leisten kann, zu klagen oder zu schreien oder sich auf die Brust zu schlagen, sondern die ihm auferlegte Prüfung nur mit Hilfe größter Zurückhaltung und Aufmerksamkeit und Geduld bestehen kann. Ich wußte auch, daß es keinen Sinn hätte, meinem Mann ständig meinen schmerzlichen Verlust zu klagen; John wäre meiner Trauer schnell müde geworden und wäre dazu eigenem Schmerz anheimgefallen, der ihn in seiner Fähigkeit, das Leben anzunehmen, das er gewählt hatte, behindert hätte. Ich wandte mich vom Fenster ab und musterte von neuem das Innere des Hauses. Ich würde hier ein Heim schaffen, nahm ich mir vor. Und ich würde nie wieder ostwärts blicken.

Als ich beruflich in Afrika war, begegnete ich einigen Massai, die dachten, ich würde ihnen die Seele stehlen, wenn ich sie fotografierte und die Fotografien dann mitnähme. Ich habe mir manchmal überlegt, ob das auch bei einem Ort möglich ist, und wenn ich mir jetzt die Aufnahmen von Smuttynose ansehe, frage ich mich, ob ich die Seele der Insel eingefangen habe. Denn ich glaube, daß Smuttynose eine Seele hat, die sich von der Appledores oder Londoner's oder jedes anderen Ortes auf Erden unterscheidet. Die Seele ist natürlich aus den Geschichten gebildet, mit denen wir diesen besonderen geographischen Ort umwoben haben, und aus der Masse der Lebensmomente jener, die auf der kleinen Insel gelebt oder sie besucht haben. Und ich glaube, daß die Seele von Smuttynose auch in seinen Felsen zu finden ist, im Gerank der Wicken, im Scharbockskraut und im Fingerkraut, das aus Norwegen mitgebracht wurde. Sie lebt in den Sturmvögeln, die auf den Winden segeln, und in den Rochen, die – weiß und schleimig und aufgebläht – am dunklen Ufer der Insel stranden.

1846 baute Thomas Laighton auf Smuttynose ein Hotel, das als *Mid-Ocean House* bekannt wurde. Dieses Hotel war ein schmaler holzgezimmerter und mit Holzschindeln abgedeckter Bau, nicht viel höher als ein einfaches Haus. Es stand auf Pfählen und war auf drei Seiten von einer umlaufenden Veranda umgeben. Über dem roten Metalldach der Veranda hing aus einem Fenster des zweiten

Stockwerks ein handbeschriftetes Schild. Das Schild war wenig kunstvoll beschrieben und besagte schlicht und einfach »Mid-Ocean House«.

Fotos zeigen kaum etwas von gärtnerischer Gestaltung rund um das Hotel; Sand und Fels und Riedgras umgeben die Pfähle unter der Veranda. Doch die Geschichte berichtet, daß das Hotel in seiner Blüte einen Garten hatte, mehrere Obstbäume und einen Bowlingrasen. Nathaniel Hawthorne, Henry David Thoreau, Edward Everett Hale und Richard Henry Dana waren im *Mid-Ocean* zu Gast. Auf einem Archivfoto sieht man drei nicht zu erkennende Personen, die es sich auf der Veranda bequem gemacht haben. Ein Mann trägt einen Anzug und einen weißen Strohhut; eine Frau hat ein hochgeschlossenes, langärmeliges schwarzes Kleid an und eine schwarze Seidenschute auf dem Kopf, ein Kostüm, das passender scheint für eine viktorianische Beerdigung als für einen Urlaub auf Smuttynose. Eine zweite Frau, die korpulent wirkt und ihr Haar im Nacken aufgerollt hat, trägt eine weiße Bluse und einen langen schwarzen Rock, darüber eine Schürze. Man stellt sich vor, daß sie die Köchin war. Das *Mid-Ocean House* brannte 1911 ab. Im März 1873 stand das Hotel leer, weil die Saison erst im Juni eröffnet wurde.

Ich frage mich jetzt: Ist Maren je im *Mid-Ocean*-Hotel gewesen? Ist John vielleicht an einem milden Sommerabend mit seiner Frau die hundert Meter über die von blühenden Wildblumen überwucherten Felsen zur Hotelveranda spaziert und hat dort mit ihr eine Tasse Tee und ein Stück amerikanischen Kuchen zu sich genommen – ein Schälchen Wackelpudding vielleicht? Oder Whitpot? Haben sie, steif aufgerichtet, in den alten Schaukelstühlen aus Flechtwerk gesessen, das von der Meeresluft feucht und schon brüchig war, und eine Aussicht betrachtet, die sie längst auswendig kannten? Hat diese Aussicht – dieses Panorama von felsigen Inseln, Gischt und vereinzelten

Vergnügungsbooten, die vom Festland herüberkamen – sich ihnen hier vielleicht anders geboten als von den Fenstern des roten Hauses aus? Trug Maren ein Kleid, das sie aus Norwegen mitgebracht hatte, und waren die beiden, während sie in der leichten Brise auf der Holzveranda saßen, Gegenstand der Neugier? Weil ihr Schuhwerk, ihre Sprache, ihre nicht vollendeten Manieren sie verrieten? Haben sie vielleicht neben Childe Hassam und seiner Staffelei gesessen, oder neben Celia Thaxter mit ihrem Notizbuch, und ein freundliches Wort, ein Nicken, eine kurze Verneigung getauscht? Hat John vielleicht einmal zur Stuhllehne seiner Frau hinübergegriffen und ihre Hand berührt? Hat er sie geliebt?

Oder konnten sie das Hotel allenfalls als Dienstboten betreten – John in seinem Ölzeug, um dem Koch Hummer zu liefern? Maren in ihren selbstgewebten Röcken, in Stiefeln und mit aufgesprungenen Händen, um Bett- und Tischwäsche zu waschen und die Böden zu fegen? Betrachteten sie ihrerseits die Gäste als sonderbare Käuze, reiche Amerikaner, die den Shoalers in den Sommermonaten zusätzlich Geld einbrachten? Bleiche Neuengländer, die auf der Überfahrt von Portsmouth häufig seekrank wurden?

Gern stelle ich mir Hawthorne auf Smuttynose vor, zur Kur an der See, wie der Arzt es ihm verordnet hatte. Ist er wohl mit dem Dampfer aus Boston gekommen, hat er einen Strohhut und einen weißen Anzug für die Sonne mitgehabt? Hat ihn die Trostlosigkeit der Shoals inspiriert, war er versucht, in dem ungewöhnlich tiefen Wasser, das Smuttynose von Appledore und Star trennt, zu baden? Hat er sich angeregt gefühlt von den Gesprächen der Intellektuellen und Künstler, die Celia Thaxter um sich versammelt hatte – Charles Dickens und John Greenleaf Whittier, William Morris Hunt, eine Art Kolonie, ein Salon. Hat er den Blaubeerkuchen gegessen, die Fischsuppe, die Kaldaunen, die ihm vorgesetzt wurden? Und wer hat ihm die Speisen serviert? Ist es möglich, daß eine norwegische Immigrantin ihn bediente? Hat diese Frau Nathaniel Hawthorne vielleicht in ihrem reizenden, aber gebrochenen Englisch eine Frage gestellt, eine freundliche Frage, ohne zu ahnen, wer er war, für sie nur einer der Gäste?

Es ist, wenn man heute nach Smuttynose hinüberschaut, beinahe unmöglich, sich Hawthorne auf dieser Insel vorzustellen. Es ist nichts übrig vom *Mid-Ocean*-Hotel. Es ist in die Überlieferung eingegangen, eine historische Tatsache ohne Leben – außer in Sätzen und der Emulsion von Fotografien. Wenn alle Sätze über das Hotel und alle Fotografien von ihm in das Meer geschwemmt würden, das Smuttynose umgibt, dann würde das *Mid-Ocean* – Hawthornes Aufenthalt dort, die abgekürzten Höflichkeitsfloskeln einer Immigrantin – aufhören zu existieren.

Kein Mensch kann eine Geschichte wirklich kennen.

Am 2. Oktober 1867 wurde auf Smuttynose ein Boxkampf ausgetragen. Da das Glücksspiel in jenen Jahren verboten war, bestand nach abgelegenen Orten, wo polizeiliches Eingreifen wenig zu fürchten war, große Nachfrage. Die Isles of Shoals, und Smuttynose im besonderen, waren da ideal. Anderthalb Stunden lang schlugen sich zwei Boxer nach Kräften im Vorgarten des Charles-Johnson-Hauses, das früher als das »rote Haus« bekannt war und später das Hontvedt-Haus wurde. Die Zuschauer kamen per Boot. Ein zweiter Kampf war geplant, wurde aber abgesagt, als infolge schlechten Wetters die Zuschauer die Insel nicht erreichen konnten und die beiden Kontrahenten seekrank wurden.

Am Morgen des zweiten Tages auf den Isles of Shoals wecken mich bei Tagesanbruch unerwünschte und vertraute Geräusche. Ich schlüpfe aus dem Bett mit seinen feuchten, klebrigen Laken und gehe in die Kombüse, um Kaffee zu kochen. Solange das Wasser läuft, höre ich die Geräusche aus der vorderen Kabine nicht. Ich warte, während der Kaffee durch den Filter tropft, mit verschränkten Armen, spüre, wie Nässe durch meine Socken sickert, hebe schließlich die Luke an, um nur einen Hauch frische Luft hereinzulassen. Augenblicklich sehe ich, daß der Himmel dunkelrot ist, als hätte es an der Küste gebrannt. Ich drücke die Luke ganz auf und steige in meinem Bademantel über die Kajütentreppe nach oben. Ein Streifen rauchigen Rots wölbt sich über den Inseln, ein Nord-Süd-Bogen, der von Portland bis nach Boston zu reichen scheint. Das Rot ist in der Mitte dunkel und wird zu den Rändern hin verwaschener. Unter dem roten Band fangen Möwen im Licht der schrägstehenden Sonne Feuer und scheinen flüchtig von einem eigenen farbigen Glanz durchtränkt. Ich bin etwas besorgt – wie einem das so geht, wenn die Natur sich nicht an ihre Gewohnheiten hält –, und doch möchte ich hinunterlaufen, um Billie zu wecken und ihr dieses Phänomen des Sonnenlichts auf schwebenden Wasserpartikeln zu zeigen. Aber Billie ist schon da, direkt hinter mir.

»Ich hab mich in den Fuß geschnitten, Mami«, sagt sie.

Ich drehe mich im Cockpit herum. Ihr Gesicht ist klebrig und verschwollen vom Schlaf, ihr Mund beginnt mit den ersten Zeichen von Schmerz zu zucken. Sie hat ihren Baseball-Schlafanzug für den Sommer an, bestehend aus Shorts und T-Shirt – Red Sox steht vorn darauf. Ihre Füßchen sind weiß und nackt, und unter dem rechten breitet sich Blut aus. Sie kommt näher zu mir und hinterläßt auf der weißen abgenutzten Fläche des Cockpitbodens eine verwischte Spur. Ein kleiner Splitter von dem zerbrochenen Glas des gestrigen Abends muß in den Niedergang unter die Kajütentreppe gefallen sein. Als ich vorhin die Luke geöffnet habe, ist Billie aufgewacht und in den kleinen dreieckigen Raum unter der Leiter gegangen, um einen von Blackbeards Schätzen zu holen, den Schlüsselring.

Ich steige nach unten und hole Handtücher, Wasserstoffsuperoxyd und Verbandszeug aus dem Erste-Hilfe-Kasten. Nachdem ich den Schnitt ausgewaschen und verbunden habe, nehme ich Billie in die Arme, und als ich nach oben sehe, stelle ich fest, daß von dem roten Band am Himmel nichts übrig ist, nicht die geringste Spur.

Rich kommt aufs Deck, stemmt die Hände in die Hüften und mustert prüfend Farbe und Beschaffenheit des Himmels, der nicht richtig klar ist, nicht so wie am Tag zuvor. Im Osten, gleich unterhalb der Morgensonne, hängt eine dünne Wolkenschicht über dem Horizont wie ein sich auflösender Wattebausch. Rich macht ein leicht besorgtes Gesicht und geht nach unten, um Radio zu hören. Als er wieder an Deck kommt, bringt er einen Becher Kaffee mit. Er setzt sich Billie und mir gegenüber ins Cockpit.

»Was ist denn mit Billies Fuß los?«

»Sie hat sich an einer Glasscherbe geschnitten.«

»Schlimm?«

»Ich glaube nicht. Es hat jedenfalls aufgehört zu bluten.«

»NOAA meldet, daß später am Tag hier eine Kaltfront durchzieht. Aber NOAA ist nicht unbedingt zuverlässig.«

Rich bewegt den Kopf, um an mir vorbeisehen zu können. Es ist leichter Wellengang, aber der Hafen scheint noch gut geschützt. Gegenüber auf einem Schoner, der in unserer Nähe ankert, tut sich etwas. Rich nickt einer Frau in einem weißen Polohemd und Khakishorts zu.

»Sie fahren anscheinend ab«, bemerkt er.

»So bald? Sie sind doch erst gestern abend gekommen.«

Ein plötzlicher Windstoß reißt meinen Bademantel auf, und ich ziehe die Zipfel über meinen Knien zusammen. Ich lasse mich morgens eigentlich nicht gern sehen. Ich habe immer das Gefühl, nicht ganz bedeckt zu sein, noch ungeschützt. Rich hat ein sauberes weißes T-Shirt und eine verblichene marineblaue Badehose an. Er ist barfuß und hat vor kurzem geduscht. Sein Kopf ist naß, und er hat keinen Bart. Es würde mich interessieren, wo Adaline ist.

»Ich weiß nicht«, sagt er, laut über den Sturm spekulierend. »Es ist nicht sicher, wie schlimm er werden kann oder ob er überhaupt bis heute abend hier sein wird.«

Ich verschiebe Billie ein wenig auf meinem Schoß und blicke nach Smuttynose hinüber. Rich sieht wohl das Zögern in meinem Gesicht.

»Du mußt noch mal zur Insel rüber«, sagt er.

»Eigentlich schon, ja.«

»Ich bring dich rüber.«

»Ich kann auch selbst fahren«, sage ich schnell. »Ich war gestern nacht auch allein drüben.«

Das überrascht ihn.

»Ihr habt alle schon geschlafen. Ich wollte Nachtaufnahmen machen.«

Rich mustert mich über den Rand seines Kaffeebechers hinweg. »Du hättest mich wecken sollen«, sagt er. »Es ist nicht ungefährlich, so allein loszugondeln. Nachts schon gar nicht.«

»War es unheimlich, Mami?«

»Nein. Es war sehr schön. Der Mond schien und war so hell, daß ich nicht mal eine Taschenlampe brauchte.«

Rich schweigt. Ich greife nach meinem eigenen Becher. Der Kaffee ist kalt. Billie richtet sich plötzlich auf und stößt gegen meinen Arm. Der Kaffee schwappt auf den Ärmel meines weißen Bademantels.

»Mami, darf ich heute abend mit dir rüberfahren? Auf

die Inseln, wenn's dunkel ist? Vielleicht gibt's da Gespenster.«

»Heute abend nicht«, sagt Rich. »Heute abend fährt niemand da rüber. Wir bekommen vielleicht später Sturm. Das wäre gefährlich.«

»Och«, sagt sie und läßt enttäuscht die Schultern hängen.

»Ich habe Landschaftsaufnahmen vom Wasser aus«, sage ich, meinen mageren Bestand aufführend. »Und Nachtaufnahmen, und ich habe Marens Fels. Aber ich brauche Bilder von der Insel selbst, den Blick auf Appledore und Star, und nach Norden, zum Meer. Und noch ein paar Detailaufnahmen.«

»Zum Beispiel?«

»Krüppelkiefern. Hagebutten. Ein Fenster des Haley-Hauses, den Abdruck des Hontvedt-Hauses. Ich hätte das gestern erledigen sollen, als wir drüben waren. Tut mir leid.«

»Macht doch nichts«, sagt er. »Wir haben Zeit.«

»Ich komm mit!« ruft Billie eifrig.

Rich schüttelt den Kopf. »Du bleibst hier bei Dad und Adaline.« Er beugt sich vor und zieht meine Tochter von meinem Schoß. Er wirbelt sie herum und kitzelt sie in der Taille. Sie fängt an zu lachen, mit dieser besonderen Hilflosigkeit, die an Hysterie grenzt. Sie versucht, sich seinen Händen zu entwinden, und schreit um Hilfe. »Mami, rette mich! Rette mich!« Aber als Rich plötzlich aufhört, wendet sie sich ihm mit einem zufriedenen Seufzer zu und hockt sich auf seinen Schoß.

»Puh!« sagt sie. »Das war toll.«

George E. Ingerbretson, ein norwegischer Einwanderer, der am Hog Island Point auf Appledore wohnte, wurde in den Zeugenstand gerufen. Er sprach, wie viele, die aufgerufen wurden, ein stockendes und fehlerhaftes Englisch, das nicht immer leicht mitzuschreiben war. Er wurde vom Staatsanwalt gefragt, was er am Morgen des 6. März 1873 zwischen sieben und acht Uhr beobachtet habe. Er antwortete, er habe zwei kleine Söhne, und sie seien ins Haus gekommen und hätten gesagt: »Da ruft jemand von Smuttynose rüber.« Daraufhin wurde er gefragt, was er gesehen habe, als er auf der Insel anlangte.

»Ich hab eine blutige Axt gesehen. Sie hat auf einem Stein vor der Tür gelegen, vor John Hontvedts Küchentür. Der Griff war abgebrochen. Ich bin um das Haus rumgegangen. Ich hab gesehen, daß ein Stück vom Fenster ausgeschlagen war. Dann bin ich stehengeblieben. Ich habe gesehen, daß John kommt. Ich habe nicht in das Fenster hineingeschaut. Ich habe nur die blutige Axt gesehen und Blut rundherum.«

Nachdem John Hontvedt in Begleitung mehrerer anderer Männer angekommen war, ging Ingerbretson ins Haus.

»Gleich vor mir war Evan Christensen. Er hat die Tür aufgemacht. Evan ist der Mann von Anethe.«

»Wer war noch bei Ihnen?« fragte Yeaton.

»John Hontvedt und Louis Nelson und James Lee. Sonst niemand. Johns Bruder Matthew war auch noch dabei. Ich weiß nicht, ob er ins Haus gegangen ist.«

»Berichten Sie, was Sie gesehen haben.«

»Anethe. Sie hat auf dem Rücken gelegen, mit dem Kopf zur Tür. Es sah aus, als wäre sie an den Füßen ins Haus gezogen worden. Ich habe die Spuren gesehen.«

»Was für Spuren?«

»Von der Südostecke des Hauses zur Tür hinein.«

»Was für Spuren?«

»Blut.«

»War noch eine Leiche da?«

»Ja. Wir sind dann wieder rausgegangen und in ein anderes Zimmer auf der Nordseite gegangen, im Nordosten vom Haus. Wir sind reingekommen und haben Blut gesehen, und im Schlafzimmer haben wir noch eine Leiche gefunden.«

»Wer war die Leiche?«

»Das war Karen Christensen.«

»Haben Sie am Körper von Anethe Verletzungen gesehen?«

»Ja. Sie hatte ein paar Wunden am Kopf.«

»An welchem Teil des Kopfes?«

»Am Ohr hauptsächlich, um das rechte Ohr herum. Und im Gesicht hat sie auch eine Wunde gehabt.«

»Hatte sie am Scheitel auch Wunden?«

»Wir haben nicht mehr weiter nachgeschaut.«

Yeaton stellte Ingerbretson dann einige Fragen über den Brunnen, der zum Haus gehörte, wie weit er vom Haus weg sei, und fragte, ob Ingerbretson eine der Toten berührt habe. Ingerbretson antwortete, das habe er nicht getan. Yeaton fragte, ob er Fußabdrücke gesehen habe, und Ingerbretson verneinte. Ehe Yeaton den Zeugen entließ, fragte er, ob an dem Morgen, als er auf Smuttynose angekommen war, lebende Menschen auf der Insel gewesen seien.

»Ja«, antwortete der Fischer.

»Wer war das?«

»Mrs. Hontvedt und ihr kleiner Hund.«

»Schildern Sie, in welchem Zustand Sie sie vorgefunden haben.«

»In einem ganz schlimmen Zustand. Sie war im Nachthemd und hat geweint und geschrien und war voller Blut. Ich hab sie ins Boot gebracht.«

»Wissen Sie, ob ihre Füße erfroren waren?«

»Ja. Ich hab mir ihre Füße gleich angesehen, und sie waren ganz steif. Ich habe sie in mein Haus rübergetragen.«

Vor einem Fototermin mache ich die Kameras bereit – prüfe den Film und die Batterien, reinige die Objektive –, und damit beginne ich nun, im Cockpit sitzend. Billie ist nach unten gegangen, um Thomas zu wecken. Ich kann die beiden reden und lachen und im Bett spielen hören, auch wenn der Wind mit seinem unablässigen weißen Rauschen ihre Worte stiehlt.

Adaline taucht aus dem Niedergang auf. Sie lächelt und sagt: »Guten Morgen.« Ihre Beine sind nackt, und sie hält ein Badetuch um ihren Körper, als käme sie gerade aus der Dusche, obwohl sie gar nicht naß ist. Ihr Haar ist in wirren Knötchen und Schlingen auf ihrem Rücken ausgebreitet. Unter dem Badetuch kann ich ein Fetzchen Rot sehen, weiß also, daß sie ihren Badeanzug anhat, und wundere mich einen Moment, warum sie sich in das Badetuch eingewikkelt hat. Wie sonderbar wir Frauen morgens sind, denke ich, diese Scham, dieses Nicht-gesehen-werden-Wollen. Adaline wendet mir den Rücken zu und stellt ihren Fuß auf die Cockpitbank, um ihre Zehen zu inspizieren.

»Ich habe gehört, daß Billie sich geschnitten hat«, sagt sie.

»Ja.«

»Schlimm?«

»Nein, nicht allzu schlimm.«

»Ich geh schwimmen.«

Sie läßt das Badetuch auf den Boden des Cockpits fallen. Immer noch kehrt sie mir den Rücken zu, und mir fallen Details auf, die ich vorher nicht bemerkt habe. Die tellerflache Krümmung der Innenseite ihres Oberschenkels. Die hohe Taille. Das Haarbüschel gleich oberhalb ihrer rechten Kniekehle, das sie übersehen hat. Ich überlege, wie ihre Haut sich anfühlen würde. Peinliche Neugier ist das. Sie geht nach hinten ins Heck und stellt sich zum Sprung auf. Sie gleitet flach über das Wasser wie eine Möwe.

Sie taucht nicht prustend oder mit Ausrufen über die

Kälte wieder auf, wie ich das vielleicht getan hätte, sondern dreht sich anmutig in einer Rolle und schwimmt mit einer Ökonomie der Bewegungen, bei der ihre Füße sich kaum bewegen. Ich sehe Fünkchen von Rot im leichten Wellenschlag. Sie schwimmt ungefähr zehn Minuten lang, vom Boot weg und wieder zurück. Danach klettert sie mühelos über das Heck hinauf und verschmäht meine dargebotene Hand. Sie setzt sich mir gegenüber ins Cockpit und greift nach dem Badetuch, um sich abzutrocknen. Sie ist ein wenig außer Atem, und das ist irgendwie beruhigend.

»Sie haben Ihren Mädchennamen beibehalten«, bemerkt sie.

»Jean Janes klang irgendwie gekünstelt«, erkläre ich.

Ich betrachte die Wassertropfen auf ihrer Haut.

»Also nicht aus beruflichen Gründen?«

»Nein, eigentlich nicht.«

Sie legt das Tuch neben sich und fängt an, ihr Haar zu bürsten.

»Habe ich Rich sagen hören, daß es möglicherweise Sturm gibt?« fragt sie.

»Wir müssen vielleicht noch vor heute nachmittag abfahren.« Bei dem Gedanken, den Hafen zu verlassen, verspüre ich einen kurzen Stich des Bedauerns, als hätte ich etwas von Bedeutung unerledigt gelassen.

»Wohin fahren wir?«

»Ich weiß nicht. Portsmouth vielleicht. Oder Annisquam.«

Sie beugt ihren Kopf zu ihren Knien und läßt ihr Haar nach vorn fallen, zum Boden hinunter. Sie bürstet vom Nacken aufwärts. Sie wirft den Kopf zurück und beginnt von den Seiten ihres Gesichts her zu bürsten. In meiner Kameratasche ist eine Polaroid, die ich für Probeaufnahmen benutze. Oft, wenn ich eine Szene sehe, die mir gefällt, mache ich zuerst ein Polaroidbild, um die Komposition und das Licht zu prüfen und, wenn nötig, Korrekturen vorzunehmen, ehe ich das endgültige Bild schieße. Ich nehme die Polaroid aus meiner Tasche und richte sie auf Adaline. Schnell drücke ich ab. Sie zwinkert bei dem Geräusch. Ich ziehe die Aufnahme heraus und halte sie in der Hand, während ich warte, daß das Bild sich zeigt. Auf dem Foto hält Adaline eine Bürste an ihren Kopf. Ihr Haar, das die Sonne getrocknet hat, ist hellblond gesträhnt, vielleicht ist das aber auch eine fotografische Täuschung. Im Kontrast dazu sieht ihre Haut dunkel aus, tief gebräunt. Ich halte ihr das Bild hin.

Sie nimmt es und betrachtet es.

»Ein bloßes Negativ meines einstigen Selbst«, sagt sie und lächelt.

In Haley's Cove standen auf einem Pier ein langgestrecktes Lagerhaus und ein Fischverarbeitungswerk. Die Männer von Smuttynose erfanden eine neue Art, Fisch zu dörren, die man *dunning* nannte. Große Schiffe legten am Pier an und brachten Waren und Fische, die in dem Gebäude, das man allgemein das Lange Haus nannte, gelagert wurden. Das Gebiet mit dem Pier, dem Langen Haus, Captain Haleys Haus und dem Abdruck der Hontvedt-Kate ist nicht viel größer als ein bescheidener Vorortgarten.

Dunfish erzielte das Drei- bis Vierfache des Preises von regulär bearbeitetem Fisch. Die Shoalers erbeuteten so große Mengen Fisch, daß der nationale Fischpreis im Jahr 1822 nicht von Boston aus notiert wurde, sondern von den Isles of Shoals.

Als Thomas die Kajütentreppe heraufkommt, bringt er den Geruch von Schinkenspeck und Pfannekuchen mit.

»Billie und ich haben Frühstück gemacht«, sagt er. »Adaline deckt den Tisch.«

Ich lese noch einmal einen der Reiseführer durch, um festzustellen, ob ich etwas übersehen habe, eine landschaftliche Besonderheit, ein Werk von Menschenhand, das ich nicht verpassen sollte, wenn ich nach Smuttynose hinüberfahre, um die letzten Aufnahmen zu machen. Auf meinem Schoß liegen Maren Hontvedts Bericht und die Übersetzung sowie eine dünne Broschüre, einer der Berichte über die Morde.

»Was ist das?« fragt er. Eine Geste der Versöhnung. Interesse an meiner Arbeit.

»Das da?« frage ich und halte den Reiseführer hoch.

»Nein, das.«

Ich lege meine Hand auf die Papiere mit der braunen Tinte, als wollte ich sie schützen. »Das ist das Zeug aus dem Athenaeum.«

»Tatsächlich. Darf ich mal sehen?«

Ohne ihn direkt anzublicken, reiche ich ihm die Unterlagen. Ich spüre die Röte und die Hitze, die meinen Nakken hochziehen.

»Das ist ja gar nicht in Englisch«, sagt er.

»Es gibt eine Übersetzung.«

»Das ist ein Original«, sagt er mit einiger Überraschung. »Es wundert mich wirklich, daß sie dir das mitgegeben haben.«

Schweigen.

»Haben sie gar nicht«, sage ich. Ich streiche mein Haar hinter die Ohren.

»Haben sie gar nicht?« wiederholt er.

»Ich wußte, daß sie es mir nicht geben würden, drum hab ich's einfach mitgenommen. Ich gebe es ja zurück.«

»Was ist es denn?«

»Erinnerungen. Von Maren Hontvedt.«

»Und wer ist das?«

»Die Frau, die die Morde überlebt hat.«

»Es ist von 1899 datiert.«

»Ich weiß.«

Er gibt mir die Papiere zurück, und ich sehe ihn zum erstenmal an. Sein Haar ist mit den Fingern aus der Stirn gekämmt und liegt in schütteren Furchen, ein abgeerntetes Feld. Seine Augen sind blutunterlaufen, und seine Haut wirkt fleckig im grellen, glanzlosen Licht.

»Du brauchst das Zeug doch gar nicht für deinen Auftrag«, sagt er.

»Nein.«

Er ist im Begriff, sich umzudrehen und wieder in die Kombüse hinunterzugehen, aber auf der Treppe zögert er einen Moment. »Was ist eigentlich mit dir los?« fragt er.

Ich beschatte meine Stirn mit der Hand. »Was ist mit dir los?« frage ich.

Immer haben die Männer auf den Shoals Schellfisch, Seehecht, Goldbrasse und Alse gefangen. Captain John Smith hat 1614 als erster die Inseln kartographisch erfaßt und sie Smythe's Isles genannt. Er schrieb, sie seien »zusammengehäuft«.

Die Fallen schlagen an den Mast, ein sich regelmäßig wiederholendes Knallen, das wir an unserem aus dem Doppelbett gebauten Eßtisch in der Mitte der Kabine hören. Thomas und Billie haben Pfannekuchen gemacht – nierenförmig, öltriefend, einen ganzen Berg auf einem weißen Teller. Es gibt auch Schinkenspeck, den Adaline ablehnt. Sie nimmt statt dessen Toast und Orangensaft. Ich beobachte sie, wie sie, fast nackt, den Becher mit koffeinfreiem Kaffee zum Mund führt und über den Rand bläst. Ich bin mir nicht sicher, ob ich es heute noch fertigbrächte, mich im Badeanzug an den Frühstückstisch zu setzen, obwohl ich es als jüngere Frau sicher getan habe.

Bekommen wir mit dem Alter, frage ich mich, die Quittung für alle unsere Gedankenlosigkeiten?

Billie, die neben mir sitzt, hat immer noch ihren Red-Sox-Schlafanzug an. Sie riecht nach Schlaf. Sie ist stolz auf ihre mißgebildeten Pfannekuchen und ißt sechs davon. Das, denke ich, ist zumindest eine sichere Art, Billie – jedes Kind vielleicht? – dazu zu bringen, ordentlich zu essen. Sie selbst kochen zu lassen.

Ich habe meinen Bademantel an. Rich seine Badehose. Thomas das Hemd, in dem er geschlafen hat. Ist es unsere nachlässige Kleidung, die die Spannung schafft – eine so fühlbare Spannung, daß mir das Schlucken schwerfällt? Rich trägt den Wetterbericht im Gesicht, und wir sind übermäßig auf das Essen und auf Billie konzentriert, nach der Art von Erwachsenen, die keinen unbefangenen Zugang zu einem Gespräch gefunden haben. Oder die plötzlich auf der Hut sind vor einem Gespräch. »Die schmecken wunderbar, Billie. Du bist wirklich eine Kanone.« – »Was ist das für Kaffee? Er hat so ein leichtes Mandelaroma.« – »Ich liebe Schinkenspeck. Wirklich, gibt es beim Camping was Besseres als ein dickes Brot mit gebratenem Schinkenspeck?«

Manchmal beobachte ich, wie Thomas mich beobachtet. Und wenn er mich dabei ertappt, gleitet sein Blick so elegant weg, daß ich nicht sicher bin, ob er mich überhaupt wahrgenommen hat. Ist es einfach die körperliche Vertrautheit? frage ich mich. Ich weiß nicht mehr mit Sicherheit, was er denkt.

»Schreiben Sie Tagebuch?« fragt Adaline Thomas.

Ihre Frage überrascht mich. Wird sie eine Fallon-Pearse-Reprise wagen?

Thomas schüttelt den Kopf. »Wer hat schon so viele Wörter, daß er es sich leisten kann, sie an Briefe und Tagebücher zu verschwenden?« fragt er.

Rich nickt. »Tom ist ein lausiger Briefeschreiber.«

Ich habe den Spitznamen seit Jahren nicht mehr gehört.

»Sein literarischer Nachlaßverwalter wird es einmal leicht haben«, fügt Rich hinzu. »Es wird nichts zu verwalten geben.«

»Außer seinen Arbeiten«, sage ich ruhig. »Es sind viele.«

»Ein Haufen Fehlstarts«, sagt Thomas. »Besonders in letzter Zeit.«

Ich sehe Thomas und frage mich, ob das Gesicht, das ich sehe, dasselbe ist, das ich vor fünfzehn Jahren kannte. Erscheint es mir als dasselbe? Ist die Haut dieselbe? Oder ist der Ausdruck jetzt so anders als damals, daß die Muskeln sich neu angeordnet haben, das Gesicht selbst nicht mehr zu erkennen ist?

»Ist es eigentlich sicher, daß dieser Mann es getan hat?«

Adalines Frage kommt für uns alle überraschend. Ich brauche eine Sekunde, um zu schalten. »Louis Wagner?« frage ich.

»Weiß man es mit Sicherheit?«

»Manche glauben es«, antworte ich langsam, »und manche glauben es nicht. Wagner selbst beteuerte damals seine Unschuld. Aber das Verbrechen löste eine ungeheure Hysterie aus. Es gab öffentliche Unruhen, die Massen wollten ihn lynchen, deshalb mußte der Prozeß möglichst schnell über die Bühne gehen.«

Adaline nickt.

»Aber es gibt sogar heute noch Zweifel«, fahre ich fort. »Er hatte zum Beispiel kein überzeugendes Motiv für die Morde, und die Ruderfahrt von Portsmouth nach Smuttynose wäre brutal gewesen. Er hätte fast dreißig Meilen in der Dunkelheit rudern müssen. Und es war die erste Märzwoche.«

»Das erscheint mir unmöglich«, bemerkt Rich. »Ich würde es jedenfalls nicht schaffen. Ich bin nicht mal sicher, daß ich es auf glattem Wasser schaffen würde.«

»Außerdem habe ich einige Ausschnitte aus dem Gerichtsprotokoll gelesen«, sage ich, »und ich verstehe einfach nicht, warum die Anklage sich nicht mehr angestrengt hat. Maren Hontvedts Kleider waren blutgetränkt, aber darauf ist die Verteidigung nicht weiter eingestiegen. Zudem ist der Gerichtsmediziner reichlich nachlässig mit der Mordwaffe umgegangen – auf der Reise zurück nach Portsmouth hat das Meerwasser alle Fingerabdrücke und Blutflecken weggewaschen.«

»Ich bin mir sicher, daß es schon damals eine Technik gab, um Fingerabdrücke abzunehmen«, sagt Rich.

»Andererseits«, sage ich, »scheint Wagner für die betreffende Nacht kein Alibi gehabt zu haben, und am folgenden Morgen soll er den Leuten erzählt haben, er hätte einen Mord begangen.«

»Jean kann sich ihre Aufträge nicht immer aussuchen«, sagt Thomas. Es klingt entschuldigend.

»Ein Verbrechen aus Leidenschaft«, meint Rich.

»Ein Verbrechen aus Leidenschaft?« Adaline kneift die Augen zusammen. »Letztendlich ist ein Verbrechen aus Leidenschaft doch nur gemein. Im Kern. Wir glauben, ein Verbrechen aus Leidenschaft hätte seine eigene Moral – das glauben die Menschen doch seit Jahren. In der Geschichte wimmelt es von Urteilen, die Verbrechen aus Leidenschaft verzeihen. Aber in Wirklichkeit ist es völlig amoralisch. Es ist nichts als Egoismus. Haben müssen, was man will.«

»Ich denke, es liegt am Messer, daß es wie ein Verbrechen aus Leidenschaft wirkt«, sagt Thomas. »Es war doch ein Messer, oder?«

»Eine Axt.«

»Das ist das gleiche. Die Nähe ist es. Mit einer Schußwaffe kann man einen Menschen auf Abstand töten. Aber mit einem Messer muß man das Opfer berühren – mehr als das. Gewaltsam berühren. Unterwerfen. Meiner Ansicht nach bedarf das einer Raserei oder Leidenschaft, die zumindest die wenigen Sekunden anhält, die zur Vollendung der Tat nötig sind.«

»Oder eines lukrativen Vertrags«, wirft Rich ein.

»Selbst dann«, argumentiert Thomas, »müßte die Tat etwas an sich haben – sei es die körperliche Berührung mit dem Opfer, oder das Gefühl, wenn das Messer auf Fleisch trifft –, was den Mörder dazu reizen würde, zu dieser besonderen Methode zu greifen.«

»Thomas«, sage ich, mit einer Kopfbewegung zu Billie.

»Mami, mach ein Bild von den Pfannekuchen«, sagt sie. »Ehe sie alle aufgegessen sind.«

Ich greife hinter mich in meine Kameratasche und hole die Polaroid heraus. Ich knipse den Teller mit den Pfannekuchen, die noch übrig sind, ziehe die Aufnahme heraus und gebe sie Billie. Sie hat Übung und hält das Bild ganz lässig an einer Ecke.

»Die Massai«, sage ich, »glauben, daß man ihre Seele stiehlt, wenn man sie fotografiert. Man muß sie für das Bild bezahlen.«

»Ach, die Seele ist verkäuflich?« fragt Adaline.

»Oh, ich glaube, daß die Massai ein bißchen schlauer sind.«

»Siehst du, Adaline! Schau!« Billie stellt sich auf die Bank, um Adaline die Polaroidaufnahme zu zeigen, und stößt sich dabei den Kopf an der scharfen Ecke des Hängeschranks. Alle Farbe weicht aus ihrem Gesicht, und ihr Mund öffnet sich, aber ich sehe meiner Tochter an, daß sie entschlossen ist, in dieser Gesellschaft nicht zu weinen.

Ich strecke die Arme aus und ziehe sie an mich. Die Fotografie flattert auf den Tisch. Billie drückt ihr Gesicht an meine Brust, und ich fühle ihren Atem durch die Öffnung meines Bademantels. Adaline nimmt das Foto. »Ein schönes Bild, Billie«, sagt sie.

Ich gebe Billie einen Kuß auf die Stirn, und sie löst sich von mir, dreht sich herum und versucht, tapfer zu lächeln. Adaline reicht ihr das Bild.

»Eine richtige kleine Kämpfernatur«, sagt Adaline zu mir.

»Ja.«

»Ich beneide Sie.«

Ich blicke schnell zu ihr auf. Meint sie, um Billie? Oder darum, daß ich meine Tochter bei mir habe? Oder meint sie, um Billie und Thomas – alles zusammen?

»Manchmal glaube ich, das Bild der Seele eines Menschen eingefangen zu haben«, sage ich mit Bedacht. »Ab und zu kann man sie sehen. Oder jedenfalls das, was man für den wahren Charakter eines Menschen hält. Aber natürlich ist es nur ein Abbild, und dieses Abbild ist nur eine Reproduktion auf Papier.«

»Aber mit Bildern kann man täuschen«, sagt sie. »Hab ich das nicht irgendwo gelesen? Kann man das Bild nicht verändern?«

»Doch, heute kann man das«, antworte ich. »Fast tadellos mit dem Computer.«

»Man könnte also theoretisch einen anderen Charakter kreieren, eine andere Seele.«

»Immer vorausgesetzt, man glaubt, daß die Kamera überhaupt die Seele einfangen kann«, sage ich.

»Immer vorausgesetzt, man glaubt überhaupt an die Seele«, bemerkt Thomas. »Immer vorausgesetzt, daß das, was man gesehen hat, nicht einfach eine Anordnung organischer Teilchen ist.«

»Aber Sie glauben doch bestimmt an die Seele«, sagt Adaline rasch, beinahe beschwörend. »Gerade Sie.«

Thomas schweigt.

»Sie steckt in den Gedichten«, sagt sie.

Ich habe eine Serie von Fotografien von Thomas und Billie, die kurz nach dem Pfannekuchenessen aufgenommen ist. Ich habe mich angezogen und meine Ausrüstung für die Überfahrt nach Smuttynose zusammengepackt. Ich nehme die Hasselblad heraus, in die ich einen Schwarzweißfilm eingelegt habe. Ich mache vier Schnappschüsse – klick, klick, klick, klick – von Thomas und Billie, die am Tisch sitzen geblieben sind. Auf dem ersten steht Billie auf der gepolsterten Bank und begutachtet Thomas' Zähne, ich glaube, sie zählt sie. Auf dem zweiten hat sie ihren Oberkörper weit hinuntergebeugt und drückt Thomas ihren Kopf in den Magen; auch Thomas ist leicht vorgebeugt und hält seine Arme über ihrem Rücken verschränkt. Auf dem dritten Bild sitzen sie mit aufgestützten Ellbogen einander gegenüber und reden miteinander. Es muß ein ernstes Gespräch sein; man sieht es an der Haltung von Billies Kopf, an der Art, wie sie den Mund vorgeschoben hat. Auf dem vierten Bild hat Thomas eine Hand unter den offenen Kragen seines Hemds geschoben und kratzt sich an der Schulter. Sein Gesicht ist mir zugewandt, aber er sieht mich nicht an, und auch nicht die Kamera. Billie hat sich von Thomas abgewandt, als hätte gerade jemand aus der vorderen Kabine nach ihr gerufen.

Die Gegensee macht sich bemerkbar, sobald wir die Mole umrunden. Kleine Wellen schlagen gegen den Zodiac und sprühen Gischt über das Schlauchboot. Eine Hand am Ruder, wirft Rich mir einen Poncho zu, mit dem ich meine Kameraausrüstung vor dem Salzwasser schütze. Als ich den Kopf wieder hebe, kann ich vor lauter Gischt kaum noch etwas sehen. Mein Gesicht, mein Haar und meine Brille sind tropfnaß, wie von Regen, und dummerweise habe ich Shorts angezogen, so daß meine Beine jetzt naß und kalt und von einer Gänsehaut überzogen sind.

Rich wendet den Zodiac. Er hat nur das Meer auf der ungeschützten Seite der Insel prüfen wollen, und er hat genug gesehen. Er manövriert das Boot wieder in den Hafen und steuert es auf den schmalen dunklen Strand von Smuttynose, den ich erst in der Nacht zuvor verlassen habe. Ich trockne meine Brillengläser an meinem Sweatshirt und sehe nach, ob meine Kamerataschen irgendwo naß geworden sind.

»Wie willst du's machen?« fragt Rich, während er das Boot vertäut. Sein T-Shirt hat eine durchscheinende Pfirsichfarbe angenommen. »Soll ich mitkommen und dir helfen? Oder ist es dir lieber, wenn ich hier warte?«

»Warte hier«, sage ich. »Setz dich in die Sonne und laß dich trocknen. Rich, es tut mir wirklich leid. Du frierst bestimmt fürchterlich.«

»Ach, Unsinn«, entgegnet er. »Ich bin schon öfter naß geworden. Tu du nur, was du noch zu tun hast.« Er lächelt. »Du wirst es nicht glauben«, sagt er, »aber ich genieße das. Weißt du . . .«, er macht eine Armbewegung, die das ganze Meer umfaßt, und scheint über sich selbst zu lachen, »normalerweise muß ich einen Haufen Geld ausgeben, um an meinen freien Tagen so was unternehmen zu können.«

»Ich beeile mich. In einer halben Stunde, höchstens vierzig Minuten, bin ich wieder da. Und wenn es dir zu kalt wird«, sage ich, »dann ruf einfach, und wir verschwinden hier. Es lohnt sich nicht, deswegen krank zu werden.«

Ich bücke mich nach meinen Kamerataschen. Als ich mich wieder aufrichte, kämpft Rich mit seinem nassen T-Shirt. Er zieht es aus, wischt sich den Kopf damit und drückt es aus. Ich blicke ihm nach, als er zu einem Felsen hinübergeht, der in der Sonne liegt, dem bißchen, was noch an Sonne da ist, und das T-Shirt sorgfältig zum Trocknen ausbreitet. Als ich in Afrika war, beobachtete ich, wie die Frauen dort ihre Kleider auf ähnliche Weise trockneten – indem sie sie flach auf den hohen Gräsern eines weiten Feldes auslegten, so daß man oft ganz plötzlich auf eine Landschaft leuchtender Stoffe stieß. Rich blickt zu mir herüber. Vielleicht weil er kein Haupthaar hat, zieht das dunkle dichte Haar auf seiner Brust das Auge auf sich. Ich drehe mich um und mache mich auf den Weg ins Innere der Insel.

Die Verteidigung verzichtete auf ihr Recht, Ingerbretson ins Kreuzverhör zu nehmen, worauf die Anklage Evan Christensen in den Zeugenstand rief. Christensen wurde aufgefordert, seine Personalien anzugeben und dann über seine Beziehung zu Smuttynose zu berichten.

»Im vergangenen März habe ich auf den Shoals gewohnt, auf Smutty Nose, bei der Familie John Hontvedts; ich hatte seit fünf Monaten dort gelebt. Anethe Christensen war meine Frau. Ich bin in Norwegen geboren. Anethe war in Norwegen geboren. Ich bin mit ihr hier in dieses Land gekommen, nachdem ich sie geheiratet hatte.«

Yeaton fragte Christensen, was er am Tag der Morde getan habe. Christensen antwortete: »In der Nacht, in der meine Frau getötet wurde, war ich in Portsmouth. Ich bin am Tag vorher nachmittags um vier in Portsmouth angekommen.«

»Wer war bei Ihnen, als Sie an dem Nachmittag um vier in Portsmouth ankamen?«

»John Hontvedt und Matthew Hontvedt. Ich habe für John Hontvedt im Fischereigeschäft gearbeitet.«

»War sonst noch jemand an dem Nachmittag bei Ihnen?«

»Nein, Sir.«

»Wo haben Sie in Portsmouth die Nacht verbracht?«

»Bis zwölf Uhr war ich auf dem Schiff. Danach bin ich zu den Johnsons gegangen und habe die Schleppangeln mit Ködern bestückt.«

»Die ganze Nacht haben Sie das getan?«

»Ja, bis sechs oder sieben Uhr morgens. John Hontvedt war auch dabei.«

»Wann haben Sie das erstemal von der Sache auf Smutty Nose gehört?«

»Ich hab's von Appledore gehört.«

»Wo waren Sie da?«

»Auf Hontvedts Schoner.«

»Wer war zu der Zeit bei Ihnen?«

»Matthew Hontvedt und John Hontvedt; es war zwischen acht und neun Uhr morgens.«

»Sind Sie an Land gegangen?«

»Ja; ich habe ein Boot genommen und bin auf Appledore an Land gegangen.«

»Wohin sind Sie von Appledore aus gefahren?«

»Zuerst bin ich zu Ingerbretsons Haus hinaufgegangen. Danach bin ich nach Smutty Nose gefahren. Als ich auf Smutty Nose ankam, bin ich gleich zum Haus gelaufen und hineingegangen.«

»Was haben Sie dort gesehen?«

»Ich habe meine Frau gesehen, die auf dem Boden lag.«

»Tot oder lebend?«

»Tot.«

»Was haben Sie getan?«

»Bin sofort wieder hinausgelaufen.«

Das Licht ist matt und gedämpft, alle Farben verwischt. Dünne graue Wolken haben sich vor die Sonne geschoben, die noch tief im Osten steht. Ich ärgere mich über mich selbst, weil ich am Tag zuvor soviel Zeit damit vertan habe, Marens Fels zu fotografieren. Ich gehe zu der Stelle, an der einst das Hontvedt-Haus gestanden hat. Es liegt eine Kälte in der Luft, aber vielleicht friere ich auch nur, weil mein Sweatshirt und meine Shorts naß sind. Ich bin froh, daß Rich klug genug war, Billie nicht mitzunehmen.

Ich stehe im Abdruck des Hauses und betrachte die Markierungen. Hier gibt es kaum Material für ein besonderes Foto, es wird rein dokumentarischen Wert haben. Es sei denn, es gelingt mir, das Klaustrophobische dieses Grundrisses zu vermitteln.

Ich weiß, daß die Dimensionen eines Hauses von oben

gesehen immer täuschend klein wirken. Raum scheint sich mit Wänden, Mobiliar und Fenstern zu erweitern. Dennoch fällt es mir schwer, mir vorzustellen, daß sechs erwachsene Männer und Frauen – Maren, John, Evan, Anethe, Matthew und, sieben Monate lang, Louis Wagner – auf einem Raum gelebt haben, der nicht größer ist als das Einzimmerapartment, das Thomas in Cambridge bewohnte, als ich ihn kennenlernte. All diese leidenschaftlichen Gefühle, denke ich, auf einem so kleinen Stück Boden.

Ich entdecke, was meiner Meinung nach die Schwelle einer der beiden Haustüren gewesen sein muß, und stelle mich, den Blick nach Appledore schweifen lassend, auf die Linie, stehe, wie Maren in den fünf Jahren, die sie auf der Insel lebte, tausendmal hier gestanden haben muß. Ich nehme meine Kameras und Objektive aus ihren Fächern, prüfe den Belichtungsmesser und mache eine Serie von Schwarzweißaufnahmen, um ein Panorama dieses Blicks zu erstellen. Direkt im Westen von mir ist Gosport Harbor, und dahinter sind zwölf Meilen offenes Wasser bis zur Küste von New Hampshire. Im Norden von mir ist Appledore; im Süden Star. Hinter mir, das heißt östlich, liegt der Atlantik. Ich trete von der Schwelle zurück und bleibe in der Mitte des Grundrisses stehen. Den Boden des alten Hauses unter mir haben längst Disteln und Salbei erobert. Ich finde ein kahles Fleckchen und setze mich. Über mir werden die Wolken öliger, als zöge sich ein Schmierfilm über den Himmel. Mein Sweatshirt klebt mir am Rücken, und ich fröstele.

Ich grabe unter dem Unkraut, um die Erde zu fühlen. Ich halte die Erde in der Hand und knete sie mit den Fingern. An dem Ort, an dem ich sitze, sind zwei Frauen gestorben. Eine war jung, die andere nicht. Eine war schön, die andere nicht. Ich bilde mir ein, Marens Stimme zu hören.

22. September 1899

Am Morgen nach unserer Ankunft auf der Insel Smutty Nose fuhr John mit einem Mann namens Ingerbretson nach Portsmouth, um Vorräte einzukaufen und sich nach einem Schoner umzusehen, der vielleicht zum Verkauf stand. Um auf der Insel Smutty Nose, in deren Umgebung es, wie man uns erzählte, Makrelen, Kabeljau, Flundern, Schellfisch und Menhaden im Überfluß geben sollte, ein Leben fristen zu können, brauchte John ein eigenes Boot und komplettes Fischereigerät. Das würde sehr viel Geld verschlingen und Johns Ersparnisse nahezu erschöpfen, aber er wußte, daß ohne eine solche Ausgabe kein Gewinn erzielt, ja nicht einmal das Lebensnotwendige verdient werden konnte.

Während Johns Abwesenheit entfernte ich das häßliche, vergilbte Zeitungspapier von den Wänden und rollte es zu Scheiten zusammen, die ich im Ofen verbrannte, um es warm zu haben. Anfangs war es im Haus kälter als zuvor, aber ich wußte, daß John bald beginnen würde, hölzerne Wände zu bauen und sie von hinten mit Geißkraut zu isolieren. Ich fand auch noch einen Ballen blauen Gingham unter meinen Vorräten, aus dem ich in aller Eile Vorhänge fertigte. Als ich mit all diesen Arbeiten fertig war, sah ich unsere restlichen Vorräte nach Lebensmitteln durch, aus denen sich eine Mahlzeit bereiten ließe, da ich wußte, daß Hontvedt bei seiner Heimkehr hungrig sein würde. Den ganzen Tag machte ich mir zu schaffen, so daß mir keine Zeit für Gedanken an die Menschen und das Zuhause blieb, die ich zurückgelassen hatte. Ich habe im Lauf meines Lebens festgestellt, daß fleißiges Tätigsein das beste Mittel gegen Schwermütigkeit ist, und erst als John und ich in den Wintermonaten wochenlang in unserem Haus gefangen waren, fiel ich diesem Leiden zum Opfer und war unfähig, mich selbst oder meine Gedanken und Worte zu beherrschen, so daß ich nicht nur John Hontvedt das Leben schwermachte, sondern auch mir selbst. Jener Tag jedoch, mein erster auf der Insel Smutty Nose, war ein Tag entschlossener Geschäftigkeit, und als mein Mann von seiner Fahrt nach Portsmouth zurückkehrte, sah ich ihm an, daß die Veränderungen, die ich vorgenommen hatte, ihm gefielen. Zum erstenmal, seit wir Norwegen verlassen hatten, verdrängte ein Lächeln den Ausdruck der Besorgnis um mein Wohlergehen, den sein Gesicht fast ständig gezeigt hatte.

Unser tägliches Leben auf Smutty Nose war in vieler Hinsicht wenig bemerkenswert. John und ich pflegten früh aufzustehen, und ich machte dann als erstes ein neues Feuer, da das alte in der Nacht heruntergebrannt war. John, der am Abend zuvor seine Netze mit Ködern bestückt hatte, nahm seine Unterkleider und seine Ölhose von den Haken in der Küche, und sobald er angekleidet war, setzte er sich an den Tisch, und ich brachte ihm große Portionen Haferbrei und Kaffee. Wir sprachen nicht viel, es sei denn, es gab ungewöhnliche Neuigkeiten, die mitgeteilt werden mußten, oder ich brauchte Vorräte, mit deren Kauf ich John beauftragte. Früh schon hatten wir die Gewohnheit verloren, miteinander zu sprechen, wie das, denke ich, anderen verheirateten Paaren ergeht, die nicht zu sprechen wagen, weil sie fürchten, die falsche Frage zu stellen oder eine schwärende Wunde oder eine Liebe zu einem anderen Menschen zu offenbaren, die für die Partnerschaft, die sie gebildet haben, tödlich sein könnte.

Danach ging John zum Strand hinunter und ruderte in seinem Dory zu seinem Schoner hinaus. An guten Trokkentagen wusch ich, wenn er den Hafen verlassen hatte, die Kleider und legte sie auf den Felsen in die Sonne zum Trocknen. Ich backte Fladenbrot und bereitete das Mittagessen. Meine Aufgabe war es, die Fische auszunehmen und zu säubern, die John zum Dörren oder zum Essen gefangen hatte. Ich schneiderte Kleider aus den Stoffen, die ich mitgebracht oder die John in Portsmouth besorgt hatte. Ich spann Wolle an einem Spinnrad, das John in Portsmouth gekauft hatte, und strickte verschiedene Kleidungsstücke für mich und ihn. Wenn ich diese Arbeiten erledigt hatte und der Tag klar war, ging ich mit dem Hund, den John mir zum 17. Mai, unserem Nationalfeiertag, geschenkt und den ich Ringe genannt hatte, hinaus und machte einen Spaziergang rund um die Insel, wobei ich für Ringe Stöcke ins Wasser warf, die er mir zurückbringen mußte. Nach einiger Zeit baute John mir ein Hühnerhaus und kaufte in Portsmouth vier Hennen, die gut legten und uns mit frischen Eiern versorgten.

Wenn John abends heimkehrte, nahm ich ihm sein schmutziges Ölzeug und seine Untersachen ab, und er wusch sich am Spülstein. Ich hatte dann immer schon eine leichte Mahlzeit für ihn bereit. Er zog sich frische Unterkleider an und setzte sich ans Feuer. Wir hatten uns beide angewöhnt, die Pfeife zu rauchen, denn das hatte eine beruhigende Wirkung auf uns. Johns Gesicht begann zu verwittern, und in seiner Haut bildeten sich viele Falten.

Manchmal, wenn ich abends mit ihm am Feuer saß, legte er mir die Hand auf das Knie, und das war für mich das Zeichen, daß er wünschte, ich solle mich im Bett zu ihm legen. Ohne Rücksicht auf die Kälte pflegte er alle seine Kleider auszuziehen, und ich glaube, ich habe meinen Mann jede Nacht unseres gemeinsamen Lebens unbekleidet gesehen, da er stets eine Kerze auf unserem Nachttisch anzündete. Mir wäre es lieber gewesen, der Austausch ehelicher Intimitäten hätte bei Dunkelheit stattgefunden, aber davon wollte John nichts hören. Ich behielt im allgemeinen meine Unterkleider an oder, wenn es sehr kalt war, auch alle meine Kleider. Außer bei den wenigen Gelegenheiten, wenn ich ein Bad nahm, hat John Hontvedt mich, glaube ich, nie so gesehen, wie mich Gott geschaffen hat. Meine körperliche Abneigung gegen meinen Mann hatte sich nach einiger Zeit verloren, und ich ließ diese nächtlichen Umarmungen geduldig über mich ergehen, aber ich kann nicht behaupten, daß ich das geringste Vergnügen daran empfand – zumal immer offenkundiger wurde, daß ich an irgendeiner Störung litt, die die Empfängnis eines Kindes verhinderte.

Obwohl unser Dasein auf Smutty Nose vom Einerlei täglicher Gewohnheit bestimmt wurde, würde ich das Leben auf den Isles of Shoals nicht richtig darstellen, wenn ich versäumte zu sagen, daß die Winter bitter hart waren. Ich kann es kaum ertragen, von winterlicher Trostlosigkeit zu schreiben. Ich weiß nicht, ob es überhaupt möglich ist, die tiefe Hoffnungslosigkeit zu vermitteln, die sich über einen senkt, wenn man Tag für Tag dieser Kälte und Nässe ausgesetzt ist, diesen rauhen Nordstürmen, in denen manches Fischerboot an den Felsen zerschellte und Häuser mit ihren Bewohnern ins Meer gerissen wurden, so daß zu Wasser und zu Lande viele starben und die anderen, die überlebten, so lange in düsteren, lichtlosen Räumen hausen mußten, daß es ein Wunder war, daß wir nicht alle den Verstand verloren. Man hat gesagt, daß die Fischer, die damals auf diesen Inseln lebten, über einen außergewöhnlichen Mut verfügten, aber ich glaube, dieser Mut, wenn wir es denn so nennen wollen, ist lediglich der Instinkt, sich an irgendeinen festverankerten Gegenstand zu klammern und nicht mehr loszulassen. Und dann muß man dazu noch das Glück haben, daß einem nicht das

Dach über dem Kopf fortgerissen und ins Meer geschleudert wird. Ich erinnere mich an Wochen, in denen John nicht einen Tag zur See fahren und keine Menschenseele nach Smutty Nose herüberkommen konnte; in denen das Wetter so gefahrvoll war, daß wir beide stundenlang dicht beieinander am Ofen in der Küche saßen, in die wir unser Bett gebracht und deren Fenster und Tür wir gegen den Ansturm der Elemente abgedichtet hatten. Wir hatten keine Worte füreinander, und so war es grabesstill um uns herum, bis auf das Heulen des Windes, der nicht aufhören wollte und das ganze Haus schüttelte. Die Luft in der Küche war vergiftet vom Qualm des Ofens und unserer Pfeifen, und ich erinnere mich, daß ich beinahe ständig Kopfschmerzen hatte.

Viele Fischerfamilien müssen ein solches Leben in völliger Isolation erdulden, aber in unserem Fall war die Isolation aufgrund der besonderen geographischen Eigenschaften einer Insel mitten im Atlantischen Ozean um so größer, und so etwas wirkt auf die Seele. Es gab zum Beispiel keinen einzigen Tag, an dem nicht das Wetter die erste Rolle in unserem Leben spielte. Es gab klare Tage mit schwerer See, trübe Tage mit ruhiger See, dunstige Tage, an denen man das Festland nicht sehen konnte, Tage, an denen der Nebel so dicht war, daß ich nicht einmal den Brunnen oder den direkten Weg zum Strand finden konnte, Tage, an denen so heftige Stürme wüteten, daß ganze Häuser innerhalb eines Augenblicks ins Meer gerissen wurden und man seine Behausung nicht verlassen konnte, weil man fürchten mußte, einem selbst könnte das gleiche Schicksal widerfahren, und es gab endlose Tage mit bösartigen Winden, die an den Fensterscheiben rüttelten, daß sie in den hölzernen Rahmen schepperten, und die niemals aufhörten, pfeifend durch das Haus und um es herum zu jagen. Solche Bedeutung besaßen die Launen der Elemente, daß man morgens einzig daran dachte, wie man diesen Tag, den Gott und die Natur einem bereitet hatten, überleben sollte, oder, an den seltenen windstillen Tagen mit wolkenlosem Himmel, wärmender Sonne und prickelnder Luft, wie dankbar man für eine solche herrliche Verschnaufpause sein mußte.

Da John zur Gutwetterzeit sieben Tage in der Woche zum Fischen hinausfuhr und wir im Winter gezwungen waren, so viele Wochen hintereinander in unserem Haus eingesperrt zu bleiben, hatten wir nicht viele Freunde oder Bekannte auf den Inseln. Gewiß, die Ingerbretsons hatten sich mit uns angefreundet, und mit dieser Familie feierten wir auch den 17. Mai und das Weihnachtsfest, bei dem wir uns gemeinsam den *fattigmann* schmecken ließen, der, wenn ich das einmal sagen darf, unter meinen Händen zart und knusprig wurde, obwohl mir nur primitive Geräte zur Verfügung standen, und auch den *lutefisk*, einen Fisch, der mehrere Tage lang in Lauge eingelegt und dann gedünstet wird, bis er butterweich ist. Doch da die Ingerbretsons auf Appledore lebten und nicht auf Smutty Nose, hatte ich wenig Gelegenheit, mit den Frauen dieser Familie zusammenzukommen, wie ich das vielleicht getan hätte, wenn wir nicht durch das Wasser voneinander abgeschnitten gewesen wären. So war ich oft über lange Zeitspannen auf der Insel allein.

An dieser Stelle muß ich allerdings dem Leser erklären, daß es dem Leben auf Smutty Nose nicht völlig an erfreulichen Augenblicken fehlte. Wie selbst der kahle Baum im finstersten Winter eine ganz eigene Schönheit besitzt, war auch Smutty Nose, wie ich mit der Zeit erkannte, nicht ohne einen eigenen besonderen Reiz, zumal an jenen Tagen, an denen das Wetter schön war, das heißt, wenn die Luft würzig und frisch war, der Granit silberne Funken sprühte, jede Felsspalte sichtbar war, das Wasser um uns herum in einem lebhaften Aquamarin schimmerte. An solchen Tagen, die meiner Erinnerung nach relativ selten waren, mochte ich wohl auf einem Felsen sitzen und eines der Bücher lesen, die man mir in Portsmouth geliehen hatte, oder ich streifte mit meinem Hund spielend über die Insel und pflückte die wilden Pflanzen, die auf den Felsen gediehen, und machte daraus einen Strauß für meinen Tisch.

In den fünf Jahren, die ich auf Smutty Nose lebte, wagte ich vier Ausflüge nach Portsmouth. Anfangs hatte ich große Schwierigkeiten mit der englischen Sprache, und manchmal waren die Versuche, mich verständlich zu machen oder zu verstehen, was man zu mir sagte, eine wahre Qual. Ich habe beobachtet, daß ein solcher Mangel an Sprachfertigkeit bei anderen leicht den Eindruck hervorruft, man wäre nicht besonders intelligent und ganz gewiß nicht gebildet. Mich machte das stets sehr ärgerlich, da ich in meiner Muttersprache durchaus in der Lage war, mich gewandt, ja, ich möchte sagen, flüssig und mit einem gewissen Stil zu unterhalten, aber wenn ich meine Wünsche und Bedürfnisse auf englisch ausdrücken mußte, stand ich beinahe wie eine Schwachsinnige da.

Und hier muß ich noch ein Wort über die Unfähigkeit der Amerikaner hinzufügen, das Norwegische überhaupt auszusprechen, insbesondere norwegische Namen, die ihnen nicht geläufig waren. Das bewirkte, daß viele Einwanderer die Schreibweise ihrer Namen ändern mußten, damit sie leichter verstanden wurden. So änderte auch John nach einiger Zeit seinen Nachnamen zu Hontvet, indem er das D vor dem T einfach fallenließ, weil die Amerikaner die Schreibweise »dt« merkwürdig fanden und den Laut nicht richtig aussprechen konnten. Ich ließ es auch stillschweigend geschehen, daß ich im Kirchenregister in Gosport als Mary S. Hontvet und nicht als Maren geführt wurde. Der Pastor hatte den Namen zu Beginn so eingetragen, und ich entdeckte den Fehler erst einige Zeit später. Außerdem fiel mir auf, daß nach den Ereignissen des 5. März 1872 Evans Name in den amerikanischen Zeitungen zu Ivan wurde.

Abgesehen jedoch von den Sprachschwierigkeiten, wurde mir Portsmouth recht lieb. Aus der Stille von Smutty Nose in das laute, geschäftige Treiben von Portsmouth einzutauchen war jedesmal aufregend, aber vor allem faszinierten mich die Kleider und Hüte der Frauen dort, die ich mir bei meiner Rückkehr auf die Insel fest einzuprägen pflegte. Wir suchten die Apotheke auf, um Stärkungsmittel und allerhand Wässerchen einzukaufen, und den Markt, um Vorräte mitzunehmen, und es gab in dieser Stadt stets viele kuriose Spektakel, wenn ich auch gestehen muß, daß der Schmutz auf den Straßen und der Zustand der Straßen selbst, die nicht begradigt und voller Furchen und Schlamm und so weiter waren, mich entsetzten. Damals lebte Portsmouth hauptsächlich von seinen Schiffswerften, und stets begleitete einen im Hintergrund das Getöse des Eisenwerks. Auf den Straßen wimmelte es von Seeleuten, da der Hafen Schiffe der verschiedensten Nationalitäten anzog. Auf dreien meiner Besuche in Portsmouth verbrachten wir die Nacht bei der Familie Johnson, Norwegern, die vor uns nach Amerika gekommen waren, und mit ihnen führte ich den Abend lang die lebhaftesten Gespräche, stets eine Freude für mich, da sich auf der Insel kaum Gelegenheit zu längeren Gesprächen bot. Ganz besonders beglückte es mich, bei diesen Ausflügen Neues aus Norwegen zu hören, einmal sogar aus der Gegend von Laurvig, da die norwegischen Familien in Portsmouth viele Briefe erhielten. Häufig wurden diese Briefe bei Tisch vorgelesen, und danach wurde ausführlich darüber gesprochen. Wir fuhren stets im Sommer nach Portsmouth, da John das Wagnis nicht eingehen wollte, mich im Winter hinüberzubringen und womöglich eine der zahlreichen Eisschollen zu rammen, die manchmal die Durchfahrt zwischen den Shoals und dem Festland versperrten.

Ich erhielt in dieser Zeit drei Briefe von Karen, in denen sie von unserem Vater berichtete (und die voll unbestimmter Klagen über ihre Gesundheit und die Hausarbeit waren), jedoch seltsamerweise kaum von Evan sprach, der selbst erst im zweiten Jahr meines Aufenthalts auf Smutty Nose an uns schrieb, und das auch nur, um uns den Tod meines Vaters, der an Altersschwäche gestorben war, mitzuteilen. Im März 1871 bekamen wir einen vierten Brief von Karen, in dem sie uns schrieb, sie würde im Mai zu uns nach Amerika kommen.

Karens Brief war für John und mich eine große Überraschung. Wir konnten uns nicht vorstellen, was meine Schwester veranlaßt hatte, Norwegen den Rücken zu kehren, da sie in ihrem Schreiben mit der Angabe von Gründen für ihre Auswanderung recht sparsam war. Sie schrieb lediglich, da unser Vater nun tot sei, bestehe für sie keine Verpflichtung, länger in diesem Haus zu verweilen.

In Vorbereitung auf die Ankunft meiner Schwester nahm John von dem Geld, das er für einen neuen Schoner gespart hatte, um in Portsmouth ein Bett zu kaufen, das wir in das obere Zimmer stellten. Ich machte Vorhänge für das Zimmer und nähte eine wattierte Decke mit einem Sternenmuster und nahm dafür alle Stoffreste, die ich noch vorrätig hatte. Da mir nicht viel Zeit blieb, um sie fertigzustellen, nähte ich tagelang bis in die Nacht hinein, bis meine Fingerspitzen ganz taub waren, aber als die Decke fertig war, freute ich mich über den Erfolg meiner Arbeit, denn das Zimmer gewann durch sie eine Freundlichkeit, die ihm zuvor völlig gefehlt hatte.

Ich erinnere mich gut an den Morgen des 4. Mai, als ich am Strand von Smutty Nose stand und dem Dory entgegenblickte, in dem John meine Schwester auf die Insel herüberbrachte. Er war am Tag zuvor nach Portsmouth gesegelt, um die Ankunft von Karens Schiff zu erwarten, und ich hatte sie schon in Johns Schoner aus Portsmouth kommen sehen. Es war ein klarer Tag, aber sehr kalt, und ich gestehe, daß ich Karens Ankunft mit einem gewissen Unbehagen entgegensah. Der Leser mag es seltsam finden, aber ich war gar nicht erpicht darauf, von den Gewohnheiten zu lassen, die seit drei Jahren mein gemeinsames Leben mit John bestimmten, und auch nicht darauf, einen anderen Menschen aufzunehmen, vor allem nicht meine Schwester, der gegenüber meine Gefühle immer zwiespältiger Natur gewesen waren.

Als Karen näher kam, musterte ich ihr Aussehen. Sie war siebenunddreißig, aber sie wirkte um viele Jahre älter als bei meiner Abreise, ja, sie schien sogar etwas gebeugt. Ihr Gesicht war spitz geworden, ihr Haar war vorn schon grau, und ihre Lippen, schmal geworden, zogen sich an den Mundwinkeln abwärts. Sie trug ein schwarzes Seidenkleid mit hochgeschlossenem Mieder und einer Rüsche aus brauner Spitze um den Hals. Sie hatte ihre besten Stiefel an. Ich sah es, als sie beim Aussteigen aus dem kleinen Boot ihre Röcke raffte.

Vielleicht sollte ich an dieser Stelle ein paar Worte über mein eigenes Aussehen einflechten. Es war nicht meine Gewohnheit, auf der Insel meinen besten Staat zu tragen, da ich schnell gelernt hatte, daß Seide und Baumwolle schlechter Schutz gegen den Wind und die Seeluft waren. Ich hatte es mir deshalb angewöhnt, nur schlichte Kleider aus dichtgewebtem Stoff zu tragen und darüber immer verschiedene Umschlagtücher, die ich selbst gestrickt hatte. Stets trug ich auch eine wollene Haube auf dem Kopf, um mich vor den Fieberkrankheiten zu schützen, die jeden Winter bis in den Frühling hinein viele Inselbewohner dahinrafften. Zusätzlich band ich mir, wenn es sehr windig war, einen wollenen Schal um den Hals. Ich hatte meine gute Figur nicht ganz verloren, aber ich war während meines Aufenthalts auf der Insel etwas rundlicher geworden, was meinem Mann sehr gefiel. Wenn ich meine Wollhaube nicht zu tragen brauchte, rollte ich mein Haar am liebsten an den Seiten und im Nacken auf und ließ vorn ein paar Fransen in die Stirn fallen. Das einzige, was mich an meiner Erscheinung bekümmerte, war mein Gesicht, das infolge von Sonne und Regen und harschen Winden auf der Insel faltig zu werden begann, wie das von John, und seinen schönen jugendlichen Teint verloren hatte. Ich war damals fünfundzwanzig Jahre alt.

Karen stieg aus dem Boot und drückte ihre Hände auf ihre Brust. Sie warf verstörte Blicke um sich, zweifellos so entsetzt wie einst ich über den Anblick ihrer neuen Heimat. Ich trat näher an sie heran und küßte sie, aber sie stand wie erstarrt im Sand, und ihre Wangen waren spröde und kalt. Ich hieß sie willkommen, und sie entgegnete mit steinerner Miene, niemals wäre sie an einen solchen Ort gekommen, wäre ihr nicht die größte Schande widerfahren, die einer Frau überhaupt angetan werden könne. Mich machten diese Worte sehr neugierig, und ich fragte sie gleich dort am Strand, welcher Art diese Schande denn gewesen sei, aber sie winkte ab und erklärte, sie brauche dringend Kaffee und Brot, da sie auf dem Schiff entsetzlich seekrank gewesen sei und sich auch jetzt noch nicht richtig erholt habe.

Ich führte sie ins Haus, und John trug ihren Schiffskoffer und das Nähkästchen aus Mahagoni, das meiner Mutter gehört hatte. Karen ging sofort zum Tisch, setzte sich und legte mit einem tiefen Seufzer ihre Haube ab. Ich sah, daß ihr Haar nicht nur grau zu werden begann, sondern sich an den Seiten und am Scheitel auch lichtete, und dies schrieb ich dem Schock über den Tod unseres Vaters zu, wie ja der Tod eines jeden geliebten Menschen bei den Hinterbliebenen zu plötzlicher Alterung führen kann.

Ich stellte eine Schale Kaffee auf den Tisch und eine Mahlzeit, die ich im voraus bereitet hatte. Ehe Karen jedoch zu essen begann, musterte sie das Zimmer.

»Deinen Briefen konnte ich nicht entnehmen, Maren, daß du und John euch in so mißlichen Verhältnissen befindet«, sagte sie mit deutlicher Enttäuschung.

»Wir kommen zurecht«, erwiderte ich. »John hat die Wände abgedichtet und das Zimmer so warm gemacht wie möglich.«

»Aber Maren!« rief sie. »So ganz ohne schöne Möbel, ohne Tapeten und Bilder an den Wänden ...«

»Es war nicht möglich, dergleichen Dinge auf dem Schiff mitzunehmen«, sagte ich, »und wir haben noch kein Geld für solchen Luxus.«

Sie runzelte die Stirn. »Deine Vorhänge sind eilig genäht«, bemerkte sie. »Ich sehe schon, Amerika hat dich von deinen schlechten Gewohnheiten nicht kuriert. Ich habe dir immer gesagt, was gut werden soll, kann nicht in Eile gemacht werden. Liebe Schwester, sie sind ja nicht einmal gefüttert.«

Ich sagte nichts. Ich wollte nicht so bald nach ihrer Ankunft schon mit Karen streiten.

»Und du hast deinen Boden nicht gewachst! Was ist denn das, was ich hier vor mir habe?« Sie hatte mit ihrer Gabel etwas von ihrem Teller aufgenommen, legte es jetzt wieder zurück und musterte es.

»Das heißt *dunfish*, aber es ist Kabeljau«, antwortete ich.

»Kabeljau!« rief sie. »Aber er hat ja eine Farbe wie Mahagoni!«

»Ja«, erwiderte ich. »Die Leute hier haben eine geniale Methode, den Fisch für den Versand zu konservieren und zu dörren. Das Verfahren wird ...«

»Das kann ich nicht essen!« Sie stieß ihren Teller weg. »Ich habe sowieso keinen Appetit. Hast du Honig für das Brot da? Das Brot würde ich vielleicht hinunterbekommen, wenn du Honig hättest.«

»Nein, leider nicht«, sagte ich.

»Aber wie ich sehe, bist du dennoch dick geworden«, entgegnete sie, während sie mich aufmerksam betrachtete.

Ich schwieg voll Unbehagen bei diesem Kompliment.

Karen seufzte wieder und trank einen Schluck aus ihrer Kaffeeschale. Augenblicklich verzog sie wie unter Schmerzen den Mund, drückte ihre Hand an ihre Wange.

»Was ist denn?« fragte ich.

»Diese Zahnschmerzen!« sagte sie. »Ich bin seit mehreren Jahren mit Löchern in den Zähnen geplagt und habe nie einen guten Zahnarzt gefunden.«

»Wir müssen mit dir nach Portsmouth fahren«, sagte ich.

»Habt ihr denn das Geld für den Zahnarzt«, fragte sie scharf, »wenn ihr nicht einmal für Tapeten Geld habt? Zu Hause habe ich von Evan Geld bekommen, aber in der Gegend von Laurvig war leider nirgends ein ordentlicher Zahnarzt aufzutreiben.«

Ihr gegenübersitzend, nahm ich meine Kaffeeschale zur Hand und trank einen Schluck. »Und wie geht es unserem Bruder?« fragte ich.

Karen hob den Kopf und richtete ihren Blick auf mich, und sofort begann ich rot zu werden und verwünschte mich wegen dieser Schwäche. »Er hat dir nicht geschrieben?« erkundigte sie sich zuckersüß.

»Wir haben einen Brief von ihm bekommen«, antwortete ich. Meine Stirn war jetzt heiß und feucht. Ich stand auf und ging zum Ofen.

»Einen Brief nur? In der ganzen Zeit? Das wundert mich wirklich. Ich dachte immer, unser Bruder wäre gerade dir besonders zugetan. Aber Evan war wohl nie einer, der lange bei der Vergangenheit verweilt...«

»Ich nehme an, Evan wird zuviel zu tun gehabt haben, um zu schreiben«, sagte ich rasch, da ich jetzt wünschte, dem Thema ein Ende zu bereiten.

»Aber nicht zuviel, um mir nicht ein großer Trost zu sein, es wird dich gewiß freuen, das zu hören«, sagte Karen.

»Ein Trost?« fragte ich.

»O ja, ganz entschieden.« Sie öffnete ihren Mund und rieb einen Backenzahn. Dabei sah ich, daß viele ihrer Zähne schwarz und verfault waren. Und gleichzeitig nahm ich (hoffentlich beleidige ich nicht das Feingefühl des Lesers mit diesen Ausführungen) einen schrecklichen Geruch wahr, der ihrem Mund entströmte. »Abends hat er mich stets aufs anregendste unterhalten«, fuhr sie fort. »Weißt du, daß wir im letzten Jahr über die Osterfeiertage mit der Eisenbahn nach Kristiania gefahren sind? Es war unglaublich aufregend, Maren. Evan hat mich ins Theater geführt und dann zum Abendessen, und wir haben in einem Hotel gewohnt. Und an einem Nachmittag war er an der Universität und hat mit einigen Professoren dort ganz ernsthaft darüber gesprochen, ein Studium aufzunehmen.«

»Wirklich?«

»O ja. Seine Geschäfte gehen sehr gut, und er hat etwas Geld auf die Seite legen können. Und ich denke, jetzt, da ich fort bin, wird er wenigstens für ein Semester nach Kristiania gehen, um zu sehen, wie er zurechtkommt. Und zweifellos wird er dort eine junge Frau kennenlernen, die ihm den Kopf verdreht. Es ist Zeit, daß er eine Familie gründet, unser Evan. Meinst du nicht auch, Maren?«

Ich versuchte, meine Hände zu beruhigen, indem ich die Suppe rührte, die auf dem Herd stand. »Du glaubst nicht, daß auch Evan nach Amerika kommen wird?« fragte ich so beiläufig, wie es mir möglich war.

»Amerika!« rief Karen. »Weshalb sollte er? Ein Mann, der in seinem Heimatland so erfolgreich ist wie er und keinen Anlaß zur Flucht hat, wird niemals auch nur daran denken, in ein anderes Land auszuwandern. Nein, Maren, ich glaube nicht, daß er nach Amerika kommen wird. Es ist mir natürlich schwergefallen, ihn zurückzulassen...«

»Warum bist du eigentlich fortgegangen?« fragte ich, mich ihr mit Schärfe zuwendend. Ich war inzwischen ziemlich ärgerlich auf Karen.

»Darüber können wir ein andermal sprechen.«

Karen wandte sich ab und schien erneut das Haus zu mustern. »Du kannst die Fenster nicht reinhalten?«

»Der Gischt vom Meer«, sagte ich. »Er hört niemals auf.«

»Zu Hause nehme ich da gern Essig.«

»Ich möchte wissen, was dich hierhergeführt hat«, sagte ich, sie unterbrechend. »Du bist natürlich herzlich willkommen, ganz gleich, welche deine Gründe sind, aber ich denke doch, John und ich haben ein Recht darauf, sie zu erfahren. Ich hoffe, es ist nicht eine schlimme Krankheit.«

»Nein, nichts dergleichen.«

Karen stand auf und ging zum Fenster. Sie kreuzte ihre Arme über der Brust und schien eine ganze Weile in den Ausblick nach Nordwesten vertieft zu sein. Dann begann sie mit einem Seufzer der Resignation, glaube ich, ihre Geschichte zu erzählen. Ein Mann namens Knut Eng, der in Laurvig lebte, ein Witwer von vierundfünfzig Jahren, hatte Karen, wie sie berichtete, sieben Monate lang den Hof gemacht, mit dem stillschweigenden Versprechen einer Verlobung in nicht allzu ferner Zukunft, da sie beide nicht mehr jung waren. Doch nach einem besonders lächerlichen Streit zwischen ihnen hatte er plötzlich die Beziehung abgebrochen, und es war nie mehr von Heirat die Rede gewesen. Dieser Bruch war so abrupt erfolgt und so beschämend gewesen, der Klatsch, der mit ihm einherging, so weitverbreitet, daß Karen das Gefühl gehabt hatte, nicht länger erhobenen Hauptes ins Dorf gehen oder den Gottesdienst in der Kirche besuchen zu können.

Und so bekam der Gedanke, nach Amerika zu reisen und sich mit mir und John zusammenzutun, plötzlich etwas sehr Verlockendes für sie.

Ich bedauerte ihren Verlust, obwohl ich mich des Gedankens nicht erwehren konnte, daß Karen wahrscheinlich das Ihrige dazu getan hatte, ihren Freier zu veranlassen, sich von ihr abzuwenden. Es war nicht unbedingt schmeichelhaft zu hören, daß meine Schwester nur zu uns gekommen war, weil es ihr peinlich war, verschmäht worden zu sein. Doch da es bei uns Sitte war, alle Gäste freundlich aufzunehmen und besonders jene, die zur Familie gehörten, bemühte ich mich, es ihr angenehm zu machen, und führte sie nach oben in ihr Zimmer, um ihr Gelegenheit zu geben, für sich zu sein. Sie fand das Zimmer unfreundlich und hatte auch noch die Ungezogenheit, es zu sagen. Die Sternendecke schien sie überhaupt nicht zu bemerken. Doch ich verzieh ihr, da sie infolge der langen Seefahrt ja noch gereizt und müde war.

»Worum ging es denn bei dem Streit?« fragte ich, nachdem sie sich eingerichtet und auf das Bett gesetzt hatte.

»Mir war aufgefallen, daß er im Verlauf der Monate immer korpulenter wurde«, sagte sie, »und eines Nachmittags habe ich ihm das gesagt.«

»Oh«, sagte ich. Ich gestehe, daß ich ein Lächeln unterdrücken mußte, und ich wandte mich von meiner Schwester ab, um sie davon nichts merken zu lassen. »Es tut mir leid, daß dir das passiert ist«, sagte ich. »Ich hoffe, du wirst jetzt, da du in einer neuen Welt bist, alle Traurigkeit hinter dir lassen können.«

»Und denkst du denn«, fragte sie, »daß es auf dieser grauenvollen Insel überhaupt ein Leben für Karen Christensen gibt?«

»Aber gewiß doch«, versicherte ich.

»Dann besitzt du einen Optimismus, Maren, den ich nicht teilen kann.«

Darauf machte sie mit einer Hand eine Flatterbewegung, die ich nur zu gut kannte, mit der sie mich aus ihrem Zimmer wies.

Eine Zeitlang leistete Karen mir in den Tagen, wenn John auf See war, im Haus Gesellschaft, wenn ich auch nicht behaupten kann, daß der Umgang mit ihr leicht oder angenehm war, da sie eine Neigung entwickelt hatte, sich selbst zu bemitleiden, und infolgedessen recht langweilig und fade geworden war. Sie saß an ihrem Spinnrad und sang die traurigsten Lieder, während ich meinen häuslichen Arbeiten nachging. Ich wollte sie nicht ständig nach Neuigkeiten über Evan fragen, da sie mich, wenn ich es tat, auf so merkwürdige Art anzusehen pflegte, daß mir jedesmal das Blut ins Gesicht schoß, und darum mußte ich manchmal Stunden in ihrer Gesellschaft zubringen, um nur ein beiläufiges Wort über meinen Bruder, von dem sie höchst selten sprach, aufzuschnappen. Manchmal hatte ich den Eindruck, daß sie absichtlich mit Nachrichten über Evan zurückhielt, und zu anderen Zeiten wieder konnte ich sehen, daß es ihr Vergnügen bereitete, mir von Vertraulichkeiten zu berichten, die mein Bruder nicht mit mir geteilt hatte. Es ist hart, so etwas über die eigene Schwester zu sagen, aber ich bin überzeugt, es ist wahr. Als ich es eines Abends nicht länger aushalten konnte und damit herausplatzte, daß ich tief im Innersten glaubte, Evan würde früher oder später zu John und mir nach Amerika kommen, lachte sie lange und sagte, Evan hätte in den drei Jahren meiner Abwesenheit kaum je meinen Namen erwähnt, und sie sei der Meinung, daß er, auch wenn man einem Familienmitglied natürlich immer verbunden bleibe, mich ganz vergessen habe.

Ich war so außer mir über diese Bemerkung, die mich, wie sie wohl wußte, tief verletzte, daß ich mich in mein Zimmer zurückzog und weder an diesem noch am nächsten Tag herauskam, bis schließlich John mich überredete, in die Küche zu kommen, da er, wie er erklärte, nicht bereit sei, Zwietracht in seinem Haus zu dulden, und meine Schwester und ich daher Frieden schließen müßten. In Wahrheit war mir die ganze Angelegenheit peinlich, und mir lag viel daran, den Zwischenfall, der mich nicht gerade im besten Licht gezeigt hatte, hinter mir zu lassen.

Es kam jedoch nicht zu vielen derartigen Differenzen zwischen Karen und mir, da sie Smutty Nose noch innerhalb des Monats verließ. Es zeigte sich nämlich bald, daß meine Schwester Geld brauchte, um ihre Zähne behandeln zu lassen, und da es auf Smutty Nose keine Arbeit gab und ich im Grunde keine Hilfe im Haushalt brauchte, da wir auch kein Geld für Karen ausgeben konnten, ruderte John sie nach Appledore hinüber, wo sie bei Eliza Laighton eine Anstellung als Hausmädchen fand. Für den Sommer wurde sie in einer Mansarde des Hotels untergebracht, das die Familie Laighton betrieb und bewohnte. Im Winter bediente sie Eliza persönlich.

In den folgenden zwei Jahren sahen wir Karen regelmäßig, meistens sonntags, wenn John sie an ihren freien Nachmittagen mit dem Dory abholte, damit sie bei uns essen konnte. Mir fiel nicht auf, daß sich durch die feste Anstellung im Hotel an ihrer Gemütslage etwas änderte. Ja, ich würde sagen, daß sie im Lauf der Monate noch tiefer in Schwermut zu versinken schien, und ich wunderte mich, wie sie es schaffte, ihre Anstellung überhaupt zu behalten.

Trotz Karens Umzug sollten John und ich bald nie mehr allein auf der Insel sein. Kurz nachdem Karen die Stellung angenommen hatte, kam nämlich Johns Bruder Matthew zu uns. Er war still und anspruchslos und zog in die Nordostwohnung. Er war John auf dem Boot eine große Hilfe. Und am 12. April 1872 brachte John einen Mann mit nach Hause, der in Kost bei uns logieren wollte, da mein Mann ein zusätzliches Einkommen brauchte, um das

Geld für ein neues Fischerboot sparen zu können. Dieser Mann hieß Louis Wagner.

Heute, in der Rückschau, glaube ich, daß mir vor allem Louis Wagners Augen auffielen, die von einem metallischen Blau waren und etwas sehr Durchtriebenes hatten. Es war schwer, diese Augen zu ignorieren oder sich von ihnen abzuwenden, geschweige denn, sich unter ihrem Blick wohl zu fühlen. Wagner, ein Einwanderer aus Preußen mit der in meinen Augen typischen Arroganz des Preußen, war groß und kräftig. Er hatte borstiges Haar von der Art, die unter dem Einfluß der Elemente heller wird, so daß manchmal schwer zu sagen war, ob er blond oder braunhaarig war; sein Bart jedoch war zu jeder Zeit von einem auffallenden lebhaften Kupferrot, und in der Sonne glänzte er auch wie Kupfer. Louis' Haut war außergewöhnlich hell, was mich bei einem Seemann überraschte, und sein Englisch war schlecht. Aber ich muß gestehen, daß er ein äußerst ansteckendes Lächeln besaß und ausgezeichnete Zähne, und wenn er guter Stimmung war und am Tisch saß und seine Geschichten zum besten gab, zeigte er einen Charme, der manchmal eine willkommene Abwechslung zum Schweigen Matthews und Johns war.

Louis wohnte mit Matthew zusammen in der Nordostwohnung. Anfangs, als Louis Gehilfe auf Johns Boot war, bekam ich unseren neuen Logiergast kaum zu sehen, da er seine Mahlzeiten gewöhnlich in aller Eile verzehrte und sich dann, müde von den langen Stunden der Arbeit, beinahe unverzüglich zu Bett begab. Doch schon bald nach seiner Ankunft bekam Louis Rheumatismus, der ihn, wie er sagte, fast sein ganzes Erwachsenenleben lang chronisch geplagt hatte, und dieses Leiden behinderte ihn in solchem Maß, daß er an Land bleiben und sich zu Bett legen mußte, und so kam es, daß ich Louis weit besser kennenlernte, als das sonst vielleicht der Fall gewesen wäre.

Ich hatte keinerlei Erfahrung in der Krankenpflege und

empfand diese Pflichten zu Beginn als peinlich und unangenehm. Da Louis sich anfangs nicht ohne starke Schmerzen von seinem Bett erheben konnte, mußte ich ihm seine Mahlzeiten bringen und das Tablett wieder holen, wenn er fertig war, und regelmäßig sein Zimmer säubern.

Eines Morgens, nachdem Louis mehrere Wochen ans Bett gefesselt war, überraschte mich in meiner Wohnstube ein Klopfen an der Haustür. Als ich öffnete, stand Louis auf der Vortreppe, recht nachlässig gekleidet, mit heraushängenden Hemdzipfeln und ohne Kragen, doch es war seit vielen Tagen das erstemal, daß er wieder auf den Beinen stand, und es freute mich, das zu sehen. Ich bat ihn, hereinzukommen und sich an den Tisch zu setzen, während ich ihm heißen Kaffee machte.

Schwerfällig hinkend schleppte er sich zum Stuhl und ließ sich mit einem tiefen Seufzer darauf nieder. Als er noch gesund war, hatte ich beobachtet, wie er das Dory aus dem Wasser gehoben hatte, als wäre es ein Spielzeug; jetzt schien er kaum fähig, seinen Arm vom Tisch zu heben. Er hatte beträchtlich an Gewicht verloren, und sein Haar war wirr und verlangte nach einer gründlichen Wäsche. Trotz seines Aussehens schien er jedoch an diesem Tag mit sich und der Welt zufrieden zu sein, und er lächelte, als ich ihm die Schale mit dem Kaffee brachte.

»Ich bin Ihnen für Ihre Freundlichkeit tief verpflichtet«, sagte er, nachdem er einen Schluck getrunken hatte.

»Das ist doch eine Kleinigkeit.« Ich sprach wie stets englisch mit ihm, da keiner von uns die Sprache des anderen beherrschte. »Wir hoffen nur, daß Sie wieder gesund werden.«

»Das werde ich bald sein, wenn ich in Ihrer Pflege bleibe.«

»Wir sind alle um Ihr Wohlbefinden besorgt«, sagte ich. »Auch mein Mann und sein Bruder.«

»Aber Sie sind die Pflegerin. Ich bin Ihnen eine große Last.«

»Aber nein«, entgegnete ich und beeilte mich, ihm zu versichern, daß ich es gern täte.

Aber er schüttelte den Kopf. »In diesem Land bin ich allen immer nur eine Last gewesen. Ich habe kein Glück gehabt und es zu nichts gebracht. Überall schulde ich Geld und habe keine Aussicht auf Arbeit.«

»Sie haben Arbeit bei meinem Mann«, sagte ich.

»Aber ich arbeite ja nicht! Ich bin krank. Ich kann Ihnen nicht einmal die Miete bezahlen.«

»Daran sollten Sie jetzt nicht denken«, sagte ich. »Denken Sie lieber daran, schnell wieder gesund zu werden.«

»Ja?« sagte er, und sein Gesicht hellte sich plötzlich auf. »Wollen Sie mich wieder gesund machen, Mrs. Hontvedt?«

»Ich will es versuchen«, antwortete ich etwas verlegen. »Aber Sie sind hungrig. Lassen Sie mich Ihnen zu essen geben.

»Ja, Mrs. Hontvedt. Geben Sie mir zu essen.«

Ich wandte mich ihm zu, als er das sagte, und er lächelte, und einen Moment lang glaubte ich, er verspotte mich, ließ diesen Verdacht dann jedoch fallen. Als er geklopft hatte, wartete ich gerade darauf, daß die Suppe kochen würde, und jetzt rührte ich sie um und goß etwas davon in eine Schale. Dazu hatte ich Fladenbrot, das ich am Morgen gebacken hatte. Die Suppe war eine Fischsuppe und hatte, wenn ich das einmal sagen darf, ein wunderbares Aroma, so appetitanregend, daß ich nicht umhin konnte, mir selbst ein Schälchen einzugießen.

Louis trank mit wenig feinem Schmatzen aus seiner Schale, und ich dachte bei mir, daß gute Manieren wahrscheinlich nie seine Stärke waren. Ich merkte, während er trank, daß sein kupferroter Bart dringend gestutzt werden mußte und daß sein Hemd, obwohl ich mich gewissenhaft um seine Wäsche gekümmert hatte, von den langen Stunden der Bettlägerigkeit um den Hals und unter den Armen fleckig war. Ich dachte, daß ich ihm vielleicht während seiner Genesung, wenn ich einen geeigneten Stoff finden könnte, ein neues Hemd schneidern würde.

»Sie sind eine gute Köchin«, bemerkte er, von der Suppe aufblickend.

»Danke«, sagte ich, »aber Fischsuppe ist einfach, nicht wahr?«

»Ich kann nicht kochen«, sagte er. Er legte seinen Löffel nieder. »Sind Sie nicht einsam hier?«

Zu meiner Überraschung errötete ich. Es kam so selten vor, daß mir jemand eine persönliche Frage stellte.

»Nein«, antwortete ich. »Ich habe ja meinen Hund. Ringe.«

»Ihren Hund«, sagte er, mich nicht aus dem Augen lassend. »Ist er Ihnen denn genug?«

»Nun, ich habe meinen Mann ...«

»Aber der ist den ganzen Tag fort.«

»Und ich habe Arbeit. Hier gibt es immer eine Menge zu tun. Das haben Sie ja selbst gesehen.«

»Zuviel Arbeit macht das Leben langweilig«, sagte er, und wieder lächelte er und zeigte dabei seine Zähne. Er fuhr sich mit den Fingern durch sein Haar, das lang geworden war und etwas fettig und ihm in die Stirn fiel. »Haben Sie eine Pfeife?« fragte er.

Im ersten Moment verwirrte mich diese Frage. Ich wußte nicht, ob es John recht wäre, wenn ich unserem Logiergast von seinem Tabak gäbe, aber ich wußte auch nicht, wie ich Louis Wagner seine Bitte abschlagen sollte.

»Mein Mann raucht abends manchmal«, sagte ich.

Louis legte den Kopf schief und sah mich an. »Aber tagsüber ist er ja nicht da, nicht wahr?«

»Wir haben Pfeifen«, sagte ich unsicher.

Louis lächelte mich nur an und wartete.

Nach einiger Zeit, in der mir unter seinem beobachtenden Blick immer unbehaglicher wurde, ging ich zu dem Kasten, in dem John seine Pfeifen aufbewahrte, reichte Louis eine von ihnen und sah zu, wie er sie mit Tabak stopfte. Draußen war ein schöner Tag mit ruhiger See. In der Sonne glitzerte das Salz an den Fensterscheiben, so daß es wie Kristall aussah.

Ich hatte nie ohne meinen Mann geraucht und niemals zu so früher Stunde, aber ich gestehe, während ich dort saß und Louis zusah, spürte ich ein wachsendes Verlangen nach einer Pfeife, so daß ich schließlich aufstand, meine eigene Pfeife herausholte und sie, wie Louis das eben mit seiner getan hatte, mit Tabak stopfte. Ich glaube, ich war die ganze Zeit ziemlich nervös, denn der erste tiefe Zug aus der Pfeife schmeckte köstlich und machte meine Hände ruhig.

Louis schien belustigt darüber, daß ich mit ihm rauchte. »In Preußen«, sagte er, »rauchen die Frauen nicht.«

»Ich bin eine verheiratete Frau«, erwiderte ich. »Mein Mann hat mich das Rauchen gelehrt.«

»Und was hat Ihr Mann Sie noch gelehrt?« fragte Louis schnell mit einem Lächeln.

Ich will gleich sagen, daß mir diese Erwiderung gar nicht gefiel, und darum antwortete ich auch nicht, doch Louis schien entschlossen, mich mit Neckereien aus meiner Ernsthaftigkeit zu locken, und sagte: »Sie sehen zu jung aus, um verheiratet zu sein.«

»Dann haben Sie noch nicht viele verheiratete Frauen gesehen«, entgegnete ich.

»Ich habe nicht genug Geld für eine ordentliche Frau.«

Ich lief rot an, als ich die mögliche Bedeutung dieser Bemerkung begriff, und wandte meinen Kopf ab.

»John Hontvedt kann sich sehr glücklich preisen, eine so schöne Frau zu haben«, fuhr er fort, ohne von seinem ungehörigen Spiel abzulassen.

»Seien Sie nicht albern«, sagte ich. »Ich werde mir solches Gerede nicht anhören.«

»Aber es ist wahr«, versetzte er. »Ich sehe mir die Frauen in diesem Land seit elf Jahren an, und keine ist so schön wie Sie.«

Selbst heute noch, nach so langer Zeit, schäme ich mich, eingestehen zu müssen, daß ich mich zumindest teilweise geschmeichelt fühlte von diesen Reden. Ich wußte, daß Louis Wagner mit mir flirtete und daß sich das nicht schickte, aber obwohl es mir leichtfiel, ihn zurechtzuweisen, brachte ich es nicht über mich, ihm meine Wohnung zu verbieten. Schließlich, sagte ich mir, wollte er ja nichts Böses. Und um ganz ehrlich zu sein, nie hatte mich bisher ein Mann schön genannt. Ich glaube, mein Mann hat niemals etwas dergleichen zu mir gesagt. Er hat mich nie auch nur hübsch genannt. Es kam mir zu diesem Zeitpunkt nicht in den Sinn, daß diese Aufmerksamkeiten in irgendeiner Weise gefährlich sein könnten.

»Ich habe einen *konfektkake* gebacken«, sagte ich, um das Thema zu wechseln. »Darf ich Ihnen ein Stück geben?«

»Was ist *konfektkake*?« fragte er.

»Ein norwegischer Kuchen«, antwortete ich. »Ich denke, er wird Ihnen schmecken.«

Ich stellte ihm einen Teller mit Schokoladenkuchen hin. Louis löschte seine Pfeife und legte sie auf den Tisch. Gleich nachdem er den ersten Bissen von dem Kuchen probiert hatte, sah ich, daß er ihn köstlich fand, und er aß ohne Unterlaß, bis fast nichts mehr da war. Ich dachte bei mir, es sei vielleicht besser, wenn ich selbst die beiden letzten Stücke äße, da ich meinem Mann, wenn er am Abend heimkehrte, nicht würde erklären können, was aus dem Rest des Kuchens geworden war, und das tat ich auch. Louis wischte sich den Zuckerguß mit seinem Hemdsärmel von den Lippen.

»Ich glaube, Sie wollen mich mit dem guten Tabak und dem *konfektkake* verführen«, sagte er lachend und mit schlechter Aussprache des norwegischen Ausdrucks.

Ich war entsetzt über seine Worte. Ich stand auf. »Sie müssen jetzt gehen«, sagte ich rasch.

»Aber Mrs. Hontvedt, Sie werden mich doch jetzt nicht fortschicken. Wir haben uns so gut unterhalten. Und ich necke Sie doch nur. Ich sehe, daß Sie in letzter Zeit nicht viel geneckt worden sind. Habe ich recht?«

»Bitte gehen Sie jetzt«, wiederholte ich.

Langsam stand er von seinem Stuhl auf, stellte sich aber dabei so, daß er mir noch näher war als vorher. Ich wollte nicht vor ihm zurückweichen, und es wäre mir auch gar nicht möglich gewesen, da ich mich dann an den Ofen hätte drücken müssen und mich verbrannt hätte, und so geschah es, daß er die Hand hob und seine Finger sehr behutsam auf meine Wange legte und mir, ich werde mich dessen ewig schämen, plötzlich ungewollt Tränen in die Augen sprangen, und dies in solcher Menge, daß ich sie nicht verbergen konnte.

»Mrs. Hontvedt!« sagte er überrascht.

Ich wischte seine Hand von meiner Wange. Ich hätte ihm keine Antwort geben können, die auch nur ich selbst verstanden hätte, und da ich glaubte, er würde das Zimmer nicht verlassen, riß ich meinen Umhang vom Haken und rannte aus dem Haus.

Einmal hervorgebrochen, wollten die Tränen nicht aufhören zu fließen, und so lief ich fast blind zum Ende der Insel und schüttelte zornig meine Fäuste gegen das Meer.

Ich erzählte meinem Mann nichts von Louis Wagners Besuch bei mir, da es ja in Wahrheit nicht viel zu erzählen gab, doch John bemerkte bald selbst, daß sein Pensionsgast wieder zu Kräften kam. Ich lud Wagner nach jenem Morgen nie wieder in meine Wohnung ein, wenn ich allein war, aber ich sah ihn häufig genug, da ich ihn weiterhin pflegte, und später jeden Morgen und jeden Abend, wenn er seine Mahlzeiten mit uns einnahm. Ja, nachdem Wagner wieder ganz genesen war, gewöhnte er es sich an, abends am Ofen zu sitzen, so daß wir nun zu viert waren, Wagner, ich, John und Matthew, und manchmal sprachen die Männer miteinander, aber meistens rauchten sie nur schweigend ihre Pfeifen. Ich bin froh, berichten zu können, daß ich Wagner gegenüber nie wieder die Fassung verlor, obwohl ich sagen muß, daß er fortfuhr, mich zu beobachten, und wenn er es auch nicht mehr wagte, mich mit Worten zu necken, so hatte ich doch ab und zu den Eindruck, daß er mich mit Blicken verspottete.

Es gab nur noch einen anderen Anlaß, bei dem mir Louis Wagners Absichten, ja, sein Geisteszustand, ernsthaft zu denken gaben. An einem Nachmittag im Spätsommer, als Louis noch nicht wieder ganz gesund war, hörte ich durch die Wand, die unsere Wohnung von seinem Zimmer trennte, das schrecklichste Poltern und Lallen und bekam plötzlich große Angst.

»Louis?« rief ich und dann noch einmal: »Louis?«

Aber ich erhielt keine Antwort, während der Tumult im Nachbarzimmer unvermindert anhielt. Höchst besorgt lief ich aus dem Haus und spähte durch das Zimmerfenster unseres Logiergasts, das ich, es beschämt mich, es sagen zu müssen, noch nicht mit Vorhängen versehen hatte. Dabei bot sich mir ein bestürzender Anblick. In einem heftigen Anfall ungewöhnlichen inneren Aufruhrs tobte Louis Wagner wild um sich schlagend durch das Zimmer, fegte Gegenstände vom Wandbord, warf das Bettzeug durcheinander und gab dabei seiner Rage mit schrecklichen Grimassen und einer Folge unverständlicher Laute Ausdruck. Ich wagte nicht, ihn anzurufen, da ich fürchtete, seine Wut würde sich dann gegen mich richten; gleichzeitig aber fürchtete ich auch um sein Wohlergehen. Aber da, so plötzlich, wie er allem Anschein nach gekommen war, legte sich der Aufruhr, Louis warf sich aufs Bett und brach in jene Art hysterischen Gelächters aus, das von Tränen begleitet ist, bis er nach einer Weile seine Augen mit den Armen bedeckte und offenbar einschlief. Beruhigt, daß der Anfall, was auch immer die Ursache gewesen sein mochte, nun vorüber war, kehrte ich in meine Küche zurück und machte mir meine Gedanken über diesen ungewöhnlichen und unnatürlichen Ausbruch.

Allmählich gewann, wie ich bereits sagte, Louis Wagner seine Gesundheit wieder und konnte die Arbeit bei John erneut aufnehmen. Mehrmals segelte John, nachdem Louis wieder auf den Beinen war, nach Appledore, um Karen zu holen, und bei diesen Besuchen meiner Schwester, immer am Sonntag nachmittag, pflegte Louis sich in seinem besten Hemd zu zeigen, und ich muß sagen, mit frisch gewaschenem und sauber gekämmtem Haar war er eine recht passable Erscheinung. Karen, die in Louis vielleicht einen möglichen Freier sah, war zu ihm weit herzlicher als zu mir, und ich hatte den Eindruck, daß ihre Schwermütigkeit gänzlich verschwand. Sie bemühte sich, ihrem Gesicht ein gefälliges Aussehen zu verleihen, doch diese Bemühungen waren so erfolglos wie der Versuch, einem bereits modellierten Stück Gummi eine neue Gestalt zu geben, da ja Gummi dank seiner Elastizität augenblicklich wieder seine ursprüngliche Form annimmt. Einmal sagte Karen tatsächlich zu mir, sie finde, Louis Wagner sei ein gutaussehender Mann, und er scheine ihr besondere Aufmerksamkeit entgegenzubringen, aber da ich stets dabeigewesen war, wenn die beiden zusammengetroffen waren, und Wagners Verhalten meiner Schwester gegenüber, das zwar freundlich war, aber auch nicht mehr, beobachtet hatte, dachte ich mir insgeheim, Karen müsse wohl ein Opfer dieser seltsamen Phantasien sein, denen alte Jungfern in ihrer Verzweiflung anheimfallen.

An einem solchen Sonntag nachmittag, wie von mir erwähnt, kam nun Karen mit John in unser Haus. Es war, glaube ich, Anfang September, und das Wetter war mild, wenn auch recht trübe, da die Sonne seit Tagen nicht mehr hinter den Wolken hervorgekommen war. Die ganze Insel war an diesem Tag von einem Sprühnebel eingehüllt, und ich bildete mir ein, auch auf Johns Haar die feinen Tröpfchen zu sehen, als er meine Schwester ins Haus brachte.

Vor allem aber wurde meine Aufmerksamkeit von Karens Miene gefesselt, die mir eine Mischung aus Geheimnistuerei und Freude auszudrücken schien und so ausschließlich mir galt, daß ich mich nicht abwenden konnte. Lächelnd kam sie direkt auf mich zu, und ich war ratlos, da ich nicht wußte, was sie mir mitteilen wollte. Als ich sie rundheraus fragte, worüber sie sich denn so sehr freue, antwortete sie nur, ich müsse Geduld haben, zu gegebener Zeit würde ich es vielleicht erfahren. Es ärgerte mich, daß sie mich so auf die Folter spannte, und ich nahm mir vor, mir alle Gedanken an meine Schwester und ihre Hinterhältigkeiten aus dem Kopf zu schlagen, Karen jedoch legte es so sehr darauf an, meine Neugier zu reizen, daß es mir beinahe unmöglich war, ihr den Rücken zu kehren oder ihrem Blick auszuweichen. Dann riß sie bei Tisch sogleich auf ihre ziemlich törichte Art das Gespräch an sich, indem sie von den hochgestellten Persönlichkeiten erzählte, die Celia Thaxter besucht hatten, Eliza Laightons Schwester, eine recht angesehene Dichterin, von den Arbeiten am Jacob-Poor-Hotel und von einer kleinen Auseinandersetzung, die sie selbst mit ihrer Arbeitgeberin gehabt hatte, kurz, indem sie über alles mögliche sprach, nur nicht über das, was sie mir dauernd andeutete.

Sie hatte offensichtlich die Absicht, mich noch eine weitere Woche schmoren zu lassen, denn sie schwieg sich den ganzen Nachmittag aus, doch da ich nicht gerade mit Geduld begabt bin, konnte ich es mir am Ende ihres

Besuchs, als sie in ihren Umhang schlüpfte, nicht länger verkneifen, nochmals nachzufragen.

»Verrat mir dein Geheimnis, Karen, sonst sterbe ich noch vor Neugier«, sagte ich, obwohl ich wußte, daß dieses Betteln genau das war, was meine Schwester von mir hören wollte.

»Ach, es ist nichts Besonderes, Maren«, erwiderte sie obenhin. »Nur daß ich einen Brief von Evan bekommen habe.«

»Von Evan!« Einen Moment stockte mir der Atem. »Hast du den Brief mitgebracht?«

»Es tut mir wirklich leid, Maren, aber ich habe ihn vergessen. Ich habe ihn in meinem Zimmer liegen lassen.«

»Dann erzähl mir wenigstens, was Evan geschrieben hat.«

Sie sah mich an und lächelte auf eine gönnerhafte Art. »Nur daß er im Oktober kommt.«

»Evan kommt hierher?«

»Sein Schiff läuft in zwei Wochen aus und wird Mitte des Monats hier eintreffen. Er schreibt, er würde gern fürs erste, bis er sich akklimatisiert hat, hier bei dir und John auf Smutty Nose wohnen.«

Evan wollte nach Amerika kommen! In meiner Aufregung packte ich John beim Arm. »Hast du gehört, was Karen gesagt hat?« fragte ich. »Evan kommt. Schon in einem Monat.« Ich bückte mich und nahm meinen Hund Ringe hoch, der, da er wohl die freudige Erregung im Raum spürte, wie wild umhersprang.

Ich kann in aller Aufrichtigkeit sagen, daß die nächsten Wochen die schönsten meines Lebens auf Smutty Nose waren. Selbst Karen konnte ich mit einer gewissen Gelassenheit ertragen, obwohl sie ärgerlicherweise eine Woche um die andere vergaß, mir Evans Brief mitzubringen. Ich glaube, ich war nie in meinem Leben so fleißig wie in diesen frühen Herbsttagen, da ich oben das Zimmer schrubbte und putzte, Vorhänge und einen Bettvorleger nähte und, als der Tag von Evans Ankunft näherrückte, viele der Leckerbissen backte, von denen ich wußte, wie sehr er sie mochte und auf die er wahrscheinlich nun für immer verzichten zu müssen glaubte: *rommegot* und *krumkake* und *skillingsbolle*. John war, denke ich, recht froh, mich so heiter und zielstrebig beschäftigt zu sehen, und ich glaube, es störte ihn überhaupt nicht, daß wir bald noch einen Hausgenossen würden mit durchfüttern müssen. Wenn die Ankunft meines Bruders mir solche Freude bereitete, eine Freude, die ansteckte und sich auf alle anderen übertrug, so daß in Smutty Nose eine Stimmung größter Heiterkeit und froher Erwartung herrschte, dann war er bereit, die Ursache dafür mit Freuden zu akzeptieren. Selbst das Wetter schien Anteil zu nehmen und bescherte uns eine Reihe klarer Tage mit lebhafter, aber beherrschter See, so daß schon ein Schritt ins Freie hinaus, um die Luft zu atmen, etwas beinahe Berauschendes hatte.

Da ich mir so viel vorgenommen und so wenig Zeit dafür hatte, alles durchzuführen, war ich am letzten Tag in großer Hetze und dachte nur daran, den Bettvorleger für das Zimmer, das wir Evan eingerichtet hatten, fertigzubekommen, so daß ich, anstatt den ganzen Tag am Fenster zu stehen, um einen ersten Blick auf Evan auf dem Schoner oder dem Dory zu erhaschen, wie ich das sonst vielleicht gemacht hätte, im oberen Zimmer auf den Knien lag. So kam es, daß ich von der Ankunft meines Bruders erst Notiz nahm, als ich meinen Mann vom Strand rufen hörte.

Es war ein ziemlich häßlicher Tag, mit Stürmen, die aus Nordosten über die Insel fegten, so daß man tief gebückt gehen mußte, um überhaupt vorwärtszukommen. Dennoch rannte ich aus dem Haus zum Strand hinunter. Ich sah eine Gruppe Menschen – und in dieser Gruppe den Schimmer silberblonden Haars.

»Evan!« rief ich laut und lief ihm entgegen, um ihn zu begrüßen. Ich rannte direkt auf ihn zu, sein Gesicht klar und deutlich vor einem verwischten Hintergrund von Menschen und Landschaft, und warf ihm die Arme um den Hals. Ich drückte seinen Kopf zu mir herunter und preßte sein Gesicht an das meine. Evan hob einen Arm und rief schallend: »Hallo, Amerika!«, und alle um uns herum lachten. Ich sah, daß John, der unmittelbar hinter Evan stand, ein breites Lachen auf dem Gesicht hatte, da er mich, wie ich glaube, wahrhaft liebte und sich mit mir freute.

Mitten im Taumel dieser ersten überschwenglichen Begrüßung, meine Arme noch um meinen Bruder geschlungen, drehte ich langsam den Kopf, bis mein Blick an einem unbekannten Gesicht hängenblieb. Es war das Gesicht einer Frau, einer schönen jungen Frau mit klarem Teint und grünen Augen. Ihr Haar war dick, nicht silberblond wie das meines Bruders, sondern von einer Farbe, die von der Sonne durchglüht schien, und ich weiß noch, daß ich dachte, wie merkwürdig es sei, daß sie es nicht hochgesteckt trug, zumal es bei diesem Wind wie wild um sie herumflatterte, so daß sie es von Zeit zu Zeit einfangen und festhalten mußte, um überhaupt etwas sehen zu können. Ihr Gesicht war liebreizend, und ihre Haut hatte selbst im trüben Licht des bewölkten Tages Glanz. Langsam löste sich mein Bruder aus meiner Umarmung und machte mich mit der Frau bekannt.

»Das ist Anethe«, sagte er. »Das ist meine Frau Anethe.«

Ich sitze unvernünftig lange innerhalb der Grenzen des Hauses und vergeude die kostbaren Minuten, die mir noch bleiben, um meine Arbeit abzuschließen. Als ich aufstehe, sind meine Beine steif, und ich zittere immer noch vor Kälte. Ich kann mein Sweatshirt nicht ausziehen, da ich keine anderen Sachen bei mir habe, und ich glaube, es liegen auch keine im Zodiac. Ich nehme meine Kameraausrüstung und beginne, im stumpfen Licht Detailaufnahmen zu schießen, wie ich sie Rich beschrieben habe. Systematisch wandere ich über die Insel, gegen den Wind gekrümmt, wenn ich nicht gerade fotografiere. Ich mache Bilder von den Gräbern der spanischen Seeleute, von dem Stück Land, auf dem einst das *Mid-Ocean*-Hotel stand, von der Tür des Haley-Hauses. Ich verbrauche sechs Rollen Velvia 220. Ich arbeite mit einem Stativ und einem Makroobjektiv. Ich weiß nicht genau, wieviel Zeit vergeht, aber ich rechne mit Richs Ungeduld, als ich die Insel umrunde und zum Strand zurückkehre. Daher bin ich überrascht, daß er nicht da ist.

Ich setze mich in den Sand und versuche, meine Beine mit meinen Armen zu schützen. Als sich das als unbefriedigend erweist, lege ich mich auf den Bauch. Der Sand, spüre ich, hat die Wärme der Sonne gespeichert. Sie tut meinen nackten Beinen gut, dringt selbst durch das Baumwollgewebe meiner Shorts und meines Sweatshirts. Ich nehme meine Brille ab und lege sie weg. Wie ein kleines Meerestier versuche ich, mich tiefer in den Sand zu wühlen, und schirme mein Gesicht mit den Händen ab. Ich stelle fest, daß ich, so liegend und regelmäßig atmend, das Zittern beinahe beherrschen kann.

Ich höre Rich nicht kommen. Das erste Zeichen, daß er in meiner Nähe ist, ist ein dünnes Rieseln von Sand, wie aus einer Sanduhr, von meiner Ferse zu meinem Knie hinauf und weiter über meinen Oberschenkel. Erst auf einem Bein, dann auf dem anderen.

Als ich mich nicht herumdrehe oder irgendwie reagiere, fühle ich den leichten Druck von Fingern auf meinem Rücken. Er kniet im Sand neben mir nieder.

»Geht's dir gut?«

»Nein.«

»Du bist völlig durchnäßt.«

Ich antworte nicht.

»Was ist los?« fragt er.

Ich habe Sand auf der Stirn. Ich drehe meinen Kopf ein wenig, weg von ihm. Ich kann die ölige Nässe auf den kleinen dunklen Felsen des Strands sehen, einen Krebs, der auf Augenhöhe über die rauhe Oberfläche huscht und in einem Loch verschwindet. Im Hintergrund ist das ständige Rauschen des Windes, schwächer hier unten auf dem Boden, aber unablässig. Ich denke bei mir, daß der Wind mich wahnsinnig machen würde, wenn ich auf der Insel leben müßte.

Rich beginnt meinen Rücken zu reiben, um mich zu wärmen, damit ich zu zittern aufhöre. »Komm, ich bring dich ins Dingi. Und zum Boot raus. Du brauchst eine heiße Dusche.«

»Ich kann mich nicht bewegen.«

»Ich helfe dir.«

»Ich will mich nicht bewegen.«

Das ist wahr, denke ich. Ich möchte mich nie wieder bewegen. Ich möchte nicht aufs Boot zurück, Thomas und Adaline in die Gesichter sehen, mich fragen, was sie getan oder nicht getan haben, was zwischen ihnen gesprochen wurde. Welche Gedichtzeilen vielleicht zitiert wurden. Oder auch nicht. Ich weiß, daß Billie auf dem Boot ist, und ihretwegen werde ich zurückkehren müssen, werde ich binnen kurzem zurückkehren wollen. Ich werde mitsegeln müssen nach Portsmouth oder Annisquam oder einen Weg finden müssen, um eine weitere Nacht im Hafen zu überstehen. Mir ist klar, daß ich an diesem Segelausflug teilnehmen muß – an diesem Segelausflug, den ich angeregt habe. Ich weiß, ich werde die Kameras wieder einpacken, den Bericht fertigstellen, nach Hause fahren, die Filme entwickeln und hoffen, daß ich der Zeitschrift etwas Brauchbares liefern kann. Ich weiß, daß ich in unser Haus in Cambridge zurückkehren werde, daß Thomas und ich unsere Ehe weiterführen werden wie bisher, auf unsere Weise, und daß ich ihn weiter lieben werde.

In diesem Moment scheint es nicht möglich, daß ich zu irgend etwas von alledem fähig sein werde.

Ich möchte mich nur im Sand vergraben, mich im Sand geborgen fühlen, in Ruhe gelassen werden.

»Du weinst ja«, sagt Rich.

»Nein, tu ich nicht.«

Ich setze mich auf und wische mir die Nase mit dem Ärmel meines Sweatshirts. Die ganze Vorderseite meines Körpers ist mit einer dünnen Sandschicht bedeckt. Sand ist in meinen Haaren, auf meiner Oberlippe. Ich schließe meine Arme so fest ich kann um meine angezogenen Beine. Ohne meine Brille kann ich das Boot, die Menschen darauf nicht erkennen. Selbst der Zodiac, gut sechs Meter entfernt, ist nur verschwommenes Orange. Ein Wesen, das ich für eine Möwe halte, stößt zum Strand hinunter und hüpft über die Kieselsteine. Es hat etwas Tröstliches, die Form der Dinge, die Details, nicht sehen zu können.

Ich drücke mein Gesicht in meine Knie. Ich lecke meine Oberlippe mit der Zunge und hole den Sand in meinen Mund. Rich legt mir seine Hand in den Nacken, wie man das bei einem Kind tut, wenn es sich übergeben muß. Seine Hand ist warm.

Ich habe den Eindruck, daß wir übermäßig lang in dieser Haltung bleiben, ohne zu sprechen, ohne uns zu rühren.

Schließlich richte ich mich auf und sehe meinen Schwager an. Ich kann ihn ganz deutlich sehen, aber nicht viel jenseits von ihm. Er wirkt verwirrt, als sei er nicht ganz sicher, was als nächstes geschehen wird.

»Erinnerst du dich an die Hochzeit?« frage ich.

Er nimmt seine Hand von meinem Nacken, und ich spüre etwas wie eine komplexe Mischung aus Bedauern und Erleichterung bei ihm. »Natürlich erinnere ich mich an die Hochzeit.«

»Du warst erst zweiundzwanzig.«

»Du warst erst vierundzwanzig.«

»Du wolltest partout keinen Anzug tragen, und du hattest einen Pferdeschwanz. Nach der Trauung wolltest du mich nicht küssen, und ich dachte, aus Ärger darüber, daß du einen Anzug tragen mußtest.«

»Du hattest ein schwarzes Kleid an. Ich weiß, ich fand es toll, zur eigenen Hochzeit in Schwarz zu kommen. Du hast keinen Schmuck getragen. Er hat dir keinen Ring geschenkt.«

»Er hat von solchen Dingen nie was gehalten«, sage ich.

»Trotzdem.«

»Du und ich, wir waren an dem Morgen schwimmen.«

»Mit Dad. Thomas war zu Hause und hat gearbeitet. An seinem Hochzeitstag.«

»Es ist nun mal seine Art . . .«

»Ich weiß, ich weiß.«

»Ich fand damals, Thomas wäre eine für ihn außergewöhnliche Verpflichtung eingegangen, indem er mich heiratete. Ich dachte, es muß ihm unglaublich schwergefallen sein.«

»Meine Eltern haben sich wahnsinnig gefreut.«

»Wahnsinnig gefreut?«

»Daß er dich bekommen hatte. Du warst so solide.«

»Besten Dank.«

»Nein, ich meine, du warst bodenständig, geerdet. Sie waren ungeheuer erleichtert, daß er dich gefunden hatte.«

»Weil ich ihm keine Schwierigkeiten machen würde.«

»Weil du nicht zulassen würdest, daß er sich selbst in Schwierigkeiten brächte.«

»Das kann keiner verhindern.«

»Du hast es versucht.«

»Thomas geht es nicht gut«, sage ich.

»Dir geht es nicht gut.«

»Uns geht es nicht gut.«

Ich schüttle den Kopf und strecke die Beine vor mir aus. »Rich, ich schwör's dir, ich finde, die Ehe ist die mysteriöseste Verbindung der Welt. Ich bin überzeugt, es gibt keine zwei Ehen, die gleich sind. Ach was, mehr noch, ich bin überzeugt, daß keine Ehe an zwei Tagen hintereinander dieselbe ist. Die Zeit ist der bedeutsame Faktor – bedeutsamer noch als die Liebe. Du kannst einen Menschen nicht fragen, wie seine Ehe ist, weil es morgen schon eine andere Ehe sein wird. Wir bewegen uns in Wellen.«

»Du und Thomas.«

»Wir haben Zeiten, da denke ich, es war eine Art Zufall, daß wir überhaupt zusammengekommen sind, daß wir nur infolge einer Kette von Fakten geheiratet haben. Und dann, vielleicht am nächsten Tag oder sogar noch am selben Abend, sind Thomas und ich einander wieder so nah, daß ich mich nicht an die Worte eines Streits erinnern kann, den wir zwei Stunden vorher hatten. Die Tatsache des Streits, jeder Gedanke an Zufall ist verschwunden – erscheint nicht einmal mehr plausibel. Du hast ihn Tom genannt.«

»Vorhin, ja. Ich weiß nicht, warum.«

Ich blicke zum Boot hinüber, das ich nicht sehen kann. Mein Horizont aus Strand, Felsen und Wasser ist ein trübes, verwaschenes Aquarell.

»Was geht da draußen vor? Was meinst du?« frage ich.

Rich wendet sich von mir ab. »Jean, mach das nicht mit dir.«

»Ist es so offensichtlich?«

»Es tut weh, es mitanzusehen.«

Ich stehe abrupt auf und gehe vom Wasser weg. Ich gehe schnell, um Rich abzuschütteln, um sie alle abzuschütteln. Ich suche eine Zuflucht – vor der Kälte, vor der Insel, vor allem vor dem Anblick des Boots im Hafen. Ich gehe in Richtung des Hontvedt-Hauses. Von dem ich gerade erst gekommen bin.

Aber Rich ist dicht hinter mir. Er folgt mir über die Felsen, durch das dichte Gestrüpp. Als ich haltmache, bleibt er neben mir stehen.

»Hier sind die Frauen ermordet worden«, sage ich rasch.

»Jean.«

»Es ist so klein. Sie haben im Winter hier gelebt. Ich weiß nicht, wie sie es ausgehalten haben. Ich sehe mir diese Insel an und versuche, es mir vorzustellen. Dieses Eingeengtsein, die Klaustrophobie. Ich versuche andauernd, mir die Morde vorzustellen.«

»Hör zu . . .«

»Es gibt nicht einmal Bäume hier. Hast du gewußt, daß bis vor kurzem Kinder, die auf der Insel aufgewachsen sind, bis zum Teenageralter nie einen Baum oder ein Auto gesehen haben?«

»Jean, hör auf.«

»Ich liebe Thomas.«

»Das weiß ich.«

»Aber es war schwer.«

»Er bringt dich um deine Ruhe.«

Ich sehe Rich an, überrascht von seiner Klarsicht. »Ja, das stimmt. Er bringt mich um meine Ruhe. Warum hast du dir den Kopf geschoren?«

Er lächelt und reibt über seinen Kopf.

»Liebst du Adaline?« frage ich.

Rich blickt zum Boot hinaus. Ich denke, daß auch er sich seine Gedanken macht.

»Ist es eine sexuelle Geschichte?« frage ich.

Er überlegt, den Kopf zur Seite geneigt. »Sie ist sehr attraktiv«, sagt er. »Aber es ist ein bißchen mehr als das. Sie ist... faszinierend.«

»Und wir sind nicht faszinierend«, sage ich. »Wir sind nur nett.«

»So nett sind wir auch wieder nicht«, sagt er und lächelt. Er hat schöne Zähne.

Ich lege meine Hand auf seinen Arm.

Er erschrickt. Ich spüre es, diesen kleinen Ruck, der seinen Körper durchzuckt. Aber er entzieht sich nicht.

»Jean«, sagt er.

Ich beuge mich vor und drücke meinen Mund auf seinen Arm. Habe ich das Sandgeriesel auf meinen Beinen falsch gedeutet?

Als ich aufblicke, sehe ich, daß Rich verwirrt ist. Mir wird bewußt, daß ich ihn zum erstenmal außer Fassung sehe.

»Warum?« fragt er.

Ich mustere ihn. Ich schüttle den Kopf. Ganz bewußt, könnte ich sagen. Oder: Um es zu tun, bevor Thomas es mir antut. Oder: Bevor ich den unumstößlichen Beweis habe, daß er es mir angetan hat. Oder einfach: Weil ich es will und es falsch ist.

Ohne mich mit seinen Händen zu berühren, neigt er sich herunter, um mich zu küssen. Der Kuß ist erschrekkend – fremd und vertraut zugleich.

Ich ziehe das Sweatshirt über meinen Kopf. Merkwürdigerweise ist mir nicht mehr kalt, und ich habe lange aufgehört zu zittern.

Ich kann sein Atmen hören, kontrolliert, als wäre er schnell gelaufen.

Ich streiche über seinen Kopf, diese glatte Landkarte.

Er küßt meinen Hals. Um uns herum kreisen die Möwen, verwirrt, aufgescheucht durch diese Störung der natürlichen Ordnung der Dinge. Ich schmecke seine Schulter. Ich drücke leicht meine Zähne in die Stelle.

Er hält mich an der Taille, und ich spüre das Zittern seiner Hände.

»Ich kann es nicht«, sagt er neben meinem Kopf. »Ich möchte es.« Er zeichnet einen Kreis auf meinem Rücken. »Ich möchte es«, wiederholt er, »aber ich kann nicht.«

Und so plötzlich, wie sie sich geöffnet hat, fällt die Tür zu. Für immer. Ich lehne meinen Kopf an seine Brust und seufze.

»Ich weiß nicht, was über mich gekommen ist«, sage ich.

Er hält mich fest an sich. »Schsch«, sagt er.

Wir bleiben in dieser Haltung stehen, während über uns die Wolken schnell dahintreiben. Es gibt, denke ich, eine intime Nähe zwischen uns, wie ich sie nie wieder erfahren werde. Eine vollkommene, schreckliche Nähe – ohne Schuld, ohne Sorge, ohne Zukunft.

Calvin L. Hayes, einer der Geschworenen bei der amtlichen Untersuchung der Todesursache von Anethe Christensen und Karen Christensen, wurde als Zeuge der Anklage aufgerufen und berichtete in einiger Ausführlichkeit, was er beobachtet hatte.

»Wir kamen abends zwischen acht und halb neun zur Insel. Nachdem wir angelegt hatten, gingen wir zu dem Haus, in dem früher John C. Hontvedt gewohnt hat. Wenn man das Haus betritt, gelangt man zuerst in einen kleinen Flur, von dem die Küche abgeht. Als wir in die Küche kamen, sahen wir, daß die Möbel umgestoßen waren, und die Uhr lag mit dem Zifferblatt nach unten auf dem Diwan; die Uhr ging nicht mehr. Ich habe mir das Zifferblatt der Uhr nicht angesehen; sie war offenbar von einem kleinen Haken direkt über dem Diwan in der Ecke heruntergefallen. Die Leiche von Anethe Christensen lag in der Mitte der Küche auf dem Boden, mit dem Kopf zu der Tür, durch die wir eintraten. Um ihren Hals war ein Tuch oder ein Schal gebunden, irgend etwas Farbiges aus Wolle, und über den Körper war lose irgendein Kleidungsstück geworfen. Der Kopf war, könnte man sagen, in Stücke geschlagen, über und über voller Wunden, in der Nähe des rechten Ohrs hatten zwei oder drei Schläge den Schädel zertrümmert, und man konnte sehen, wie die Gehirnmasse aus den Wunden herausquoll. Von der Küche aus war ein Durchgang in ein Schlafzimmer; in diesem standen ein Bett und eine Truhe, die Truhe war offen, ihr Inhalt auf dem Boden verstreut. Die Leiche von Anethe Christensen wurde auf ein Brett auf einem Tisch gelegt und von den Ärzten, die mitgekommen waren, untersucht. Danach gingen wir weiter zum anderen Teil des Hauses. Die Anordnung der Zimmer am anderen Ende des Hauses war der ähnlich, die wir zuerst gesehen hatten. Wir kamen in einen kleinen Flur und gingen von dort in einen Raum, der der Küche entsprach und von dem ein Durchgang in ein weiteres Zimmer führte. In diesem Zimmer fanden wir die Leiche von Karen Christensen. Sie lag auf dem Bauch. Das Fensterbrett in dem ersten Schlafzimmer, von dem ich gesprochen habe, war abgebrochen. Das war das Fenster am Südwestende des Hauses. Karen

Christensen hatte ein weißes Taschentuch um den Hals, fest geknotet, hinten, im Nacken, so fest, daß die Zunge aus dem Mund hing. Auf dem inneren Fensterbrett des Fensters auf der Südwestseite des Hauses war ein Abdruck wie von einem Axtstiel, und auf dem äußeren Sims, dem Stück, das abgebrochen war, war ebenfalls ein Abdruck, wie von einem runden Gegenstand, einem Axtstiel. Der Kopf von Karen Christensen war voller Verletzungen, aber sie waren nicht so schlimm wie bei der ersten Leiche. Ich glaube, nur ein Schlag hatte den Schädel durchdrungen. Dort fand ich eine Axt.«

Hayes legte die Mordwaffe vor.

Er fuhr fort: »Ich habe die Axt von der Insel mitgenommen. Sie war seitdem in meinem Gewahrsam. Ich habe die Axt neben der ersten Tür, durch die wir eintraten, gefunden. Dort lag sie. Sie ist jetzt nicht mehr in dem gleichen Zustand wie damals; sie war mit Blut beschmiert und über und über voller Gehirnmasse. Auf der Rückfahrt von der Insel hatten wir sehr schwere See, und der Gischt hat fast das ganze Blut abgewaschen.«

Nachdem Calvin Hayes ausgesagt hatte, wurde Dr. John W. Parsons, der Arzt, der die Autopsie an Anethe Christensen vorgenommen hatte, in den Zeugenstand gerufen.

»Die Untersuchung wurde am 8. März durchgeführt«, begann er, »in der Stadt Portsmouth, in den Räumlichkeiten des Bestattungsunternehmens Gerrish und Adams. Ich fand bei der Untersuchung eine Fleischwunde auf der rechten Stirnseite im oberen Teil. Das linke Ohr war fast durchschnitten und vom Kopf abgetrennt, und diese Wunde reichte hinter dem Ohr etwa drei bis vier Zentimeter abwärts; lediglich eine Fleischwunde. Eine weitere Fleischwunde war auf der linken Kopfseite, gleich oberhalb und etwas vor dem Ohr, unter dem sich eine komplizierte Schädelfraktur feststellen ließ. Eine weitere Fleischwunde befand sich vor dem rechten Ohr, und eine weitere trennte beinahe das rechte Ohr vom Kopf und zog sich hinter dem Ohr weit nach unten. Auch auf dem oberen Teil der rechten Kopfseite waren zwei Fleischwunden, und eine kleinere Fleischwunde befand sich auf der linken Kopfseite, oberhalb der großen Verletzung, die schon erwähnt wurde. Es waren weitere kleinere Verletzungen der Kopfhaut vorhanden, aber sie sind nicht der Rede wert.«

Dr. Parsons erklärte dann, daß seiner Meinung nach die Schläge mit einem sehr schweren Gegenstand geführt worden seien; ja, es könne eine Axt gewesen sein.

Rich reicht mir mein Sweatshirt, und nachdem ich es angezogen habe, geht er mit mir zurück zum Strand. Ich bemerke, daß er genau an der Stelle, an der das Boot in Sicht kommen muß, meine Hand losläßt. Wir suchen im Sand nach meiner Brille, und ich säubere sie. Ich hole meine Kameratasche und schiebe mir den Riemen über die Schulter. Der Himmel hat sich verdunkelt und verbreitet ein beklemmendes Licht.

»Ich bin nie untreu gewesen«, sage ich.

Rich blickt mir forschend ins Gesicht. »Das Gegenteil hätte mich überrascht.«

»Danke dir, daß du ...«

»Nicht«, sagt er scharf. »Ich bin nicht sicher, daß du es verstehst. Vorhin, da wollte ich es. Glaube mir, ich wollte es. Ich bin schon lange wütend auf Thomas. Wütend über seine Achtlosigkeit. Wütend über seine Art, dich so als selbstverständlich zu nehmen. Aber es ist mehr als das. Ich«, er sucht nach dem Wort, »bewundere dich, seit wir uns zum erstenmal begegnet sind.«

»Bewundern?« frage ich lächelnd.

»Ich wage es nicht, andere Worte zu gebrauchen«, sagt er. »Jetzt nicht.«

»Schon in Ordnung«, sage ich mit einem kleinen Lachen. »Tu dir keinen Zwang an. Ich kann's aushalten.«

Rich verschränkt die Arme auf der Brust und blickt über die öde Insel hin. Ich glaube, in seinem Profil etwas von Thomas zu erkennen. Der lange Abstand zwischen Oberlippe und Nase. Die Wölbung der Stirn.

»Rich«, sage ich und berühre leicht seinen Arm. »Ich mach nur Spaß.«

Sein Gesicht, als er es mir wieder zuwendet, wirkt einen Moment lang niedergeschlagen. Traurig.

»Ich finde dich schön«, sagt er.

Die ersten dicken Regentropfen fallen und bilden Flekken wie Untertassen im Sand. Rich sieht zu seinen Füßen hinunter, dann wischt er sich über den Kopf.

»Es fängt an zu regnen«, sagt er. »Fahren wir lieber.«

Ziemlich zu Beginn des Prozesses machte Maren Hontvedt, die einzige Augenzeugin der Morde, ihre Aussage. Sie nannte sich Mary S. Hontvet, mit dem Namen, den sie in Amerika angenommen hatte. Sie sagte aus, sie sei die Ehefrau des John C. Hontvet und die Schwester der Karen Christensen. Evan Christensen sei ihr Bruder, erklärte sie.

Yeaton begann, sie zu verhören.

»Wie lange lebten Sie vor dieser Sache auf Smutty Nose schon auf der Insel?« fragte er.

»Fünf Jahre«, antwortete Maren. »Ich war am Tag vor dem Mord zu Hause.«

»War Ihr Mann an diesem Tag auch da?«

»Er ist morgens, etwa bei Tagesanbruch, mit meinem Bruder und seinem Bruder rausgefahren. Evan ist der Mann von Anethe.«

»Wann haben Sie Ihren Mann das nächstemal gesehen, nachdem er an diesem Morgen aufgebrochen war?«

»Ich habe ihn am Morgen danach gesehen, ich kann es nicht genau sagen, aber ungefähr um zehn Uhr.«

»Wer war an dem Abend um neun im Haus, bevor Sie zu Bett gingen?«

»Ich, Karen und Anethe. Es war zu dieser Zeit kein Mensch außer uns auf der Insel.«

»Um welche Zeit sind Sie zu Bett gegangen?«

»Um zehn Uhr. Ich habe im Westteil des Hauses im Schlafzimmer geschlafen. Ich und Anethe haben in dieser Nacht zusammen geschlafen.«

»Gegen zehn Uhr sind Sie also zu Bett gegangen.«

»Gegen zehn Uhr. Karen ist über Nacht geblieben; sie hat auf einem Diwan in der Küche geschlafen. Der Diwan, auf dem Karen geschlafen hat, war in der Ostecke der Küche, die Ecke war da, und mein Schlafzimmer war da.« Maren zeigte es dem Gericht mit Gesten ihrer Hände.

Yeaton fragte sie, ob die Tür zwischen der Küche und dem Schlafzimmer in jener Nacht offen oder geschlossen gewesen sei.

»Offen«, antwortete Maren.

»Wie war es mit den Vorhängen an den Fenstern?«

»Ich habe sie nicht zugezogen, es war ein schöner Abend, darum habe ich sie offengelassen.«

»Ich spreche jetzt von den Vorhängen in der Küche.«

»Ja.«

»Wie war es mit der Tür zu diesem Teil des Hauses? War sie abgeschlossen oder nicht?«

»Nein, Sir, sie war nicht abgeschlossen. Das Schloß war schon seit einiger Zeit kaputt, es ist im letzten Sommer kaputtgegangen, und wir haben es nicht repariert. Sie war nicht abgeschlossen. Karen war ausgekleidet, das Bett gemacht; wir haben ein Bett gerichtet.«

»Befand sich in dem Raum eine Uhr?«

»Ja, gleich über dem Diwan in der Ecke war die Uhr.«

»Wenn Sie in dieser Nacht aufgestört oder geweckt wurden, sagen Sie mir jetzt, was Sie als erstes geweckt hat, soweit Sie das wissen, und was vorging.«

Hier erhob Tapley, der Verteidiger, Einspruch, und es folgte eine Beratung zwischen den Anwälten und dem Gericht. Schließlich wurde Maren gestattet, die Frage zu beantworten.

»›John macht mir angst, John macht mir angst‹, ruft sie.«

»Können Sie irgendwie bestimmen, um welche Zeit in der Nacht das war?«

»Wir sind aufgewacht. Ich weiß, daß er sie mit einem Stuhl geschlagen hat.«

»Wie spät war es ungefähr?«

»Die Uhr ist von der Wand gefallen, um sieben Minuten nach ein Uhr ist sie stehengeblieben.«

»Was geschah, nachdem Sie Karen hatten rufen hören, ›John macht mir angst‹?«

»›John tötet mich, John tötet mich‹, hat sie immer wieder geschrien. Als er angefangen hat, sie mit einem Stuhl zu schlagen, hat sie geschrien ›John tötet mich, John tötet mich‹.«

»Was haben Sie getan?«

»Gleich als ich sie rufen hörte ›John tötet mich‹, bin ich aus dem Bett gesprungen und wollte die Schlafzimmertür aufmachen. Ich habe versucht, sie aufzumachen, aber es ging nicht, sie war verriegelt.«

»Und dann?«

»Er hat sie immer weiter geschlagen, und ich habe versucht, die Tür aufzukriegen, aber ich konnte es nicht, die Tür war verriegelt. Sie ist auf den Boden unter den Tisch gestürzt, und dann war die Tür auf einmal offen, und ich konnte reingehen.«

»Was geschah dann?«

»Als die Tür offen war, habe ich rausgeschaut und einen Mann gesehen, der gleich neben dem Fenster stand. Ich habe gesehen, daß es ein kräftiger und großer Mann war. Er hatte einen Stuhl mit zwei Händen gepackt, einen

Stuhl, der neben ihm gestanden hatte. Ich bin zu Karen gelaufen, meiner Schwester, weil ich sie holen wollte. Mit einer Hand hab ich die Tür gehalten, und mit dem anderen Arm hab ich sie aufgehoben und so schnell ich konnte reingetragen. Wie ich da gestanden habe, hat er mich zweimal geschlagen, und ich habe die Tür festgehalten. Ich habe meiner Schwester Karen gesagt, sie soll die Tür halten, und ich habe das Fenster aufgemacht, und wir wollten versuchen rauszuklettern.«

»Was für ein Fenster war das?«

»Mein Schlafzimmerfenster. Und sie hat gesagt, nein, das schaffe ich nicht, ich bin zu müde. Sie hat auf den Knien auf dem Boden gelegen und die Arme über das Bett gehängt. Ich hab Anethe gesagt, sie soll herkommen und das Fenster aufmachen und rauslaufen und sich was anziehen. Sie soll weglaufen und sich verstecken.«

»Wo war Anethe, als Sie ihr das sagten?«

»In meinem Schlafzimmer.«

»Gut.«

»Sie hat das Fenster aufgemacht.«

»Wer hat das Fenster aufgemacht?«

»Anethe hat das Fenster aufgemacht, und sie hat das Fenster offengelassen und ist rausgelaufen. Ich hab ihr gesagt, sie soll rauslaufen.«

»Wo ist sie hinausgelaufen?«

»Aus dem Fenster. Sie ist aus dem Fenster gesprungen.«

»Weiter.«

»Ich hab ihr gesagt, sie soll laufen, und sie hat gesagt, ich kann nicht laufen. Ich habe gesagt: ›Schrei, vielleicht hört dich jemand auf den anderen Inseln.‹ Sie hat gesagt: ›Ich kann nicht schreien.‹ Als ich an der Tür gestanden habe, hat er dreimal versucht reinzukommen, hat dreimal an die Tür geschlagen, als ich dort stand.«

»An welche Tür?«

»Von meinem Schlafzimmer. Als er gemerkt hat, daß er

auf diesem Weg nicht reinkommt, ist er rausgerannt, und Anethe hat ihn an der Hausecke gesehen. Sie hat geschrien, ›Louis, Louis, Louis‹ hat sie mehrmals geschrien, und ich bin zum Fenster gelaufen und habe rausgeschaut, und als er ein bißchen weiter gegangen war, habe ich ihn vom Fenster aus gesehen, und er ist einen Moment da draußen stehengeblieben.«

»Wie weit war er vom Fenster entfernt, als er stehenblieb?«

»Er war nicht weit vom Fenster entfernt; er hätte seinen Ellbogen auf das Fenster legen können.« Maren zeigte es dem Gericht mit einer entsprechenden Geste.

Yeaton fragte: »Wer war der Mann?«

»Louis Wagner.«

»Weiter. Was geschah dann?«

»Er hat sich wieder umgedreht, und als Anethe ihn von der Hausecke kommen sah, wieder zurück, mit einer großen Axt, hat sie wieder ›Louis, Louis‹ geschrien, viele Male hat sie ›Louis‹ geschrien, bis er zugeschlagen hat. Er hat sie mit der großen Axt niedergeschlagen.«

»Haben Sie gesehen, wo der Schlag sie getroffen hat?«

»Er hat sie auf den Kopf geschlagen. Er hat nur einmal zugeschlagen, und sie ist umgefallen. Als sie umgefallen war, hat er zweimal zugeschlagen.«

»Gut.«

»Und dann ist er wieder zur Ecke gerannt, und ich bin rausgesprungen und hab meiner Schwester gesagt, sie soll kommen, aber sie sagte: ›Ich bin so müde, ich kann nicht laufen.‹«

»Welche Schwester war das?«

»Karen. Ich habe Karen gesagt, sie soll kommen; sie sagte: ›Ich bin so müde, ich kann nicht.‹«

»Wo sind Sie hinausgesprungen?«

»Aus meinem Schlafzimmerfenster, und dann bin ich zum Hühnerhaus gerannt, wo meine Hennen waren, und hab die Tür aufgemacht und wollte mich im Keller verstecken. Da hab ich den kleinen Hund kommen sehen und habe Angst gehabt, mich da zu verstecken, weil ich dachte, er würde da suchen, und ich hatte Angst, der Hund würde bellen, und da bin ich wieder rausgelaufen. Ich wollte zur Anlegestelle runterlaufen und nachsehen, ob er ein Dory dort hatte, und dann wollte ich das Boot nehmen und zu einer Insel rudern. Ich habe unten am Steg nachgeschaut, aber ich habe kein Boot gefunden, darum bin ich zurückgelaufen. Als ich wieder in die Nähe vom Haus gekommen bin, habe ich gesehen, daß er Licht gemacht hatte.«

»Weiter, berichten Sie, was Sie gesehen und gehört haben.«

»Er hatte die Küchenvorhänge zugezogen. Ich hab sie nicht zugezogen, aber er hatte sie zugezogen, bevor ich in die Küche kam. Ich habe vorhin vergessen, das zu sagen. Ich bin die Insel runtergelaufen, ein kleines Stück, und da habe ich meine Schwester wieder schreien hören. Ich habe sie so deutlich gehört, daß ich geglaubt habe, sie wäre draußen im Freien. Ich bin gelaufen und habe mir Felsen gesucht, unter denen ich mich versteckt habe.«

»Wie lange sind Sie dort unter den Felsen geblieben?«

»Der Mond war schon fast untergegangen, und ich bin bis nach Sonnenaufgang geblieben, bis ungefähr eine halbe Stunde nach Sonnenaufgang.«

»In welcher Beziehung standen Sie zu Anethe und Karen?«

»Anethe war mit meinem Bruder verheiratet, und Karen war meine Schwester.

Jenseits des Hafens färbt sich der Himmel schwarz und steht wie eine Wand. Die Sonne, die noch im Südosten hängt, erleuchtet die Boote im Hafen und die Gebäude auf Star mit einem Licht, das sich vor diesem Hintergrund atemberaubend ausnimmt. Wir können tatsächlich sehen, wie die Front näher rückt.

Der Regen schlägt Rich ins Gesicht und rinnt über seine Stirn, seine Augen, seinen Mund. Tropfen hängen an seiner Nasenspitze und laufen dann in Bächen sein Kinn hinunter. Er hat die Augen zu Schlitzen zusammengezogen, und ich frage mich, ob er da am Ruder überhaupt etwas sehen kann. Sein T-Shirt, das erst vor kurzem getrocknet war, hängt wasserschwer an seiner Brust herab.

Ich halte mit meinen Füßen den Poncho über den Kameras fest. Ich habe meine Brille abgenommen und versuche, meine Augen mit den Händen abzuschirmen. Plötzlich erhebt sich vor uns eine grüne Wand, der Rumpf des Boots. Rich berührt mein Knie. Ich schüttle den Kopf.

Eine Gestalt taucht über uns auf, eine Hand greift herunter.

»Gib mir zuerst die Kameras«, ruft Thomas. »Ich bring sie rein.«

23. September 1899

Als ich dort unten am Strand endlich begriff, daß Evan eine Ehefrau mit nach Amerika gebracht hatte, verschlug es mir die Sprache, und ich war unfähig, irgend etwas zu sagen. Erst einige Zeit später fand ich die Kraft zu einer schicklichen Begrüßung der jungen Frau, die, ich muß es sagen, so erstaunlich schön war, daß es einem schwerfiel, den Blick von ihr zu wenden. Ihre Schönheit lag vor allem in ihrer sprühenden Jugend und einem ungemein ansprechenden Äußeren, und selbst in diesen ersten Augenblikken konnte ich nicht umhin zu bemerken, daß mein Bruder ganz vernarrt war in seine junge Frau und, abgesehen vielleicht von drei oder vier Gelegenheiten in seiner Kindheit, ausgelassener, als ich ihn je erlebt hatte. Er trug an diesem Tag ein ledernes Wams mit einer ebensolchen Kappe und darüber seine gelbe Öljacke, und er stand mit aufgespanntem Schirm dicht an der Seite der jungen Frau, wie ein ergebener Diener, der seine Herrin vor jedem Regentröpfchen bewahren möchte, mit dem Unterschied natürlich, daß Evan der Ehemann dieser Herrin war und es sich weder dort draußen am Strand noch später in meiner Küche versagen konnte, sie bei jeder Gelegenheit auf die eine oder andere Weise zu berühren. Ich hatte den Eindruck, Evan fürchtete, wenn er nicht ständig an der Seite seiner Frau blieb, würde sie sich plötzlich in Luft auflösen.

Anethe war groß für eine Frau, vielleicht nur eine

Handlänge kleiner als unser Evan, und nachdem sie in unserem Vestibül ihren Umhang abgelegt hatte, sah ich, daß sie eine Figur besaß, die man nur bewundern konnte, das heißt, sie war schlank um die Taille, aber nicht flachbrüstig, und ihre Körperformen wurden höchst vorteilhaft zur Geltung gebracht durch eine hübsche hochgeschlossene Spitzenbluse. Sie hatte schöne nordische Gesichtszüge (hohe Wangenknochen, eine reine Haut und dunkle graugrüne Augen mit hellen Wimpern), insgesamt ein offenes und unschuldsvolles Gesicht, das beinahe immer einen gewinnenden Ausdruck zeigte. Ja, ich glaube nicht, daß ich je jemanden gekannt habe, der so viel lächelte wie diese junge Frau, so viel, daß ich mich zu fragen begann, ob ihr nicht der Mund weh täte von der Anstrengung, und ich kann mich nicht erinnern, Anethes Gesicht je in Ruhe erlebt zu haben, außer bei den wenigen Malen, als ich sie im Schlaf sah. Und wenn ihrer Schönheit das Rätselhafte und Geheimnisvolle fehlte, das meiner Meinung nach wahre klassische Schönheit ausmacht, so hatte sie dafür etwas ungewöhnlich Strahlendes, und, mehr noch, ein sonniges Naturell, wie ich es nur bei ganz jungen Mädchen kenne. Natürlich war Anethe längst kein Mädchen mehr, als sie zu uns kam, da sie schon vierundzwanzig Jahre alt war, aber sie wirkte unschuldig, wenn nicht gar naiv. Sie war die jüngste Tochter eines Schiffsbauers in Laurvig, streng behütet von ihrem Vater, der sie, wie mir berichtet wurde, nur widerwillig ziehen ließ, obwohl sie bereits in einem Alter war, in dem junge Frauen ernstlich in Gefahr geraten, alte Jungfern zu werden, wenn sie bis dahin keinen Mann gefunden haben. Ich hatte zudem den Eindruck, daß Anethes Vater seiner Tochter ein leidenschaftliches Verlangen zu gefallen eingeflößt haben mußte, da ihr ganzes Wesen, ihr Gesicht, ihr Gebaren, ihre Worte diesem Bemühen gewidmet zu sein schienen.

Die Frau meines Bruders hatte, das muß ich hier noch

anfügen, wunderschönes Haar, und ich kann bezeugen, daß es, wenn sie die Kämme herausnahm und ihre Zöpfe löste, bis zu ihren Waden hinunterreichte.

Evan dicht an ihrer Seite und immerzu lächelnd erzählte uns Anethe (während ich für unseren Pensionsgast ins Englische übersetzte, so daß mir diese Geschichten, doppelt erzählt, etwas langweilig wurden) Einzelheiten von ihrer Trauung, von der Hochzeitsreise nach Kristiania und der Überfahrt, die das jungverheiratete Paar bestens überstanden zu haben schien. Ja, ihre Begeisterung über diese abenteuerliche Reise nach Amerika war so groß – wobei ich allerdings überzeugt bin, daß jeder Aufenthaltsort ihnen gefallen hätte, wenn sie dort nur hätten zusammensein können –, daß sie sich gegenseitig häufig unterbrachen oder gleichzeitig sprachen oder einer den Satz des anderen vollendete, was mich im Lauf des Nachmittags auf gleiche Weise zu ermüden begann, wie einen das übermäßige Herausstreichen und die häufig wiederholte Vorführung irgendeiner herzigen Eigenschaft eines kleinen Kindes reizen kann. Es ist wohl unnötig zu sagen, daß ich zudem höchst verärgert war über meine allerdings an diesem Nachmittag nicht anwesende Schwester Karen, die mir absichtlich wichtige Nachrichten vorenthalten hatte, aus was für Gründen, weiß ich nicht, ich konnte mir nur vorstellen, daß sie es darauf abgesehen hatte, mich zu demütigen. Während ich da in meiner Wohnstube am Ofen saß und Evan und Anethe, Louis Wagner, John und Matthew von den Süßigkeiten anbot, die ich eigens für diesen Anlaß zubereitet hatte, weil ich glaubte, mit Lekkerbissen aus unserer Heimat meinen Bruder erfreuen zu können, der, wie ich leider sagen muß, an diesem Tag fast gar nichts zu sich nahm und Louis Wagner beobachtete – der aus der Entfernung, die er, vermute ich, flugs überwunden hätte, wenn er sich auch nur die geringste Chance ausgerechnet hätte, praktisch ebenso hingerissen war von

Anethes melodischer Stimme und ihrer schimmernden Haut wie ihr Ehemann –, packte mich manchmal ein so heftiger Zorn auf meine Schwester, daß ich bis ins Innerste erzitterte und Gott bitten mußte, mir die häßlichen Gedanken über sie, die in meiner Seele umgingen, zu verzeihen. Ich wußte, daß sie uns bald wieder besuchen würde, wie sie das ja fast jeden Sonntag tat und gewiß auch an diesem kommenden tun würde, um zum erstenmal mit Evan und seiner jungen Frau in Amerika zusammenzutreffen, und ich nahm mir vor, in aller Strenge mit ihr über das üble Spiel, das sie mit mir getrieben hatte, und seine Konsequenzen zu sprechen. Wäre es mir möglich gewesen, ohne meine innersten Gefühle zu entdecken und mich selbst in ein schlechtes Licht zu stellen, ich hätte Karen ganz aus Smutty Nose verbannt oder zumindest bis zu dem Tag, an dem sie ihre gemeinen Intrigen eingestanden hätte.

Kurz, es war ein Nachmittag voll gemischter Gefühle, und es wurde noch schlimmer, als Evan und Anethe sich in ihr Zimmer über der Wohnstube zurückzogen. Sie gingen nach oben, um ihre Koffer hinaufzubringen und ihre Kleider zu wechseln und, angeblich, um etwas zu ruhen, aber die Geräusche, die aus dem Zimmer direkt über mir herunterdrangen, machten auf peinliche Weise deutlich, daß Ruhen das letzte war, was sie im Sinn hatten, und es war so unerträglich für mich, dort unten zu sitzen und ihrem Treiben zuzuhören, während mein Mann, sein Bruder und unser Pensionsgast so taten, als hörten sie nichts, und größtes Interesse an dem Kuchen vorgaben, den ich aufgeschnitten und ihnen serviert hatte, daß ich, obwohl es ein so unfreundlicher Tag war, meinen Umhang anlegte und das Haus verließ, und hätte ich einen Ort auf Erden gewußt, an den ich mich hätte zurückziehen können, ich schwöre, ich hätte es getan.

Am Sonntag, als Karen zu uns kam, verlor ich kein

Wort wegen meiner Überraschung über Evans Heirat, da ich meiner Schwester nicht die Genugtuung geben wollte, mich genau in dem Zustand der Gefühle zu sehen, den hervorzurufen sie sich offensichtlich solche Mühe gegeben hatte. Nein, ich war bei diesem besonderen Sonntagsessen die Freundlichkeit selbst, und ich schmeichle mir, unsere Karen gründlich verwirrt zu haben, indem ich vorbehaltlose Freude über Anethes Ankunft auf unserer Insel äußerte und Karen auf die Schönheit und die hausfraulichen Fertigkeiten der jungen Frau aufmerksam machte, und wenn auch Karen mich mit seltsamen Blikken fixierte und mehrmals versuchte, mich in meiner eigenen Falle zu fangen, indem sie Anethe oder Evan drängte, von gewissen Augenblicken zu erzählen, die sie während ihrer Verlobungszeit in Norwegen geteilt hatten, so bin ich doch sicher, daß eine gewisse schadenfrohe Befriedigung, mit der Karen an diesem Tag unser Haus betreten hatte, im Verlauf des Nachmittags allmählich verblaßte und verschwand. Natürlich mußte ich einige Unwahrheiten erzählen, da Anethe in Wirklichkeit weder handarbeiten noch nähen konnte und überhaupt von der Haushaltsführung kaum eine Ahnung hatte. Ich denke, es ist nicht unrichtig zu sagen, daß junge Frauen, die mit Schönheit begabt sind, selten gute Hausfrauen sind, da sie das oft gar nicht nötig haben, um einen annehmbaren Mann zu bekommen. Ich frage mich, wie viele von diesen Männern im zweiten oder dritten Monat ihres Ehelebens angesichts ständiger häuslicher Unordnung und schlecht zubereiteter Mahlzeiten beginnen, sich über die Klugheit ihrer Wahl Gedanken zu machen. Unserem Evan blieb diese Ernüchterung natürlich erspart, da weiterhin ich den Haushalt führte und die Mahlzeiten kochte und Anethe lediglich als unzulängliche Helferin duldete, die mehr Unterweisung brauchte, als sie Lob verdiente.

Fünf Monate lang lebte ich auf dieser Insel mit Evan und

Anethe, meinem Mann und seinem Bruder und, einen Teil der Zeit, auch mit Louis Wagner unter einem Dach. Im Oktober und in den frühen Novembertagen kam Anethe, nachdem die Männer zu ihrer Tagesarbeit aufgebrochen waren, in ihrem Nachtgewand zum Ofen herunter, und erst wenn sie ihre Schale Kaffee getrunken hatte, kleidete sie sich an und half mir bei der Arbeit, aber merkwürdigerweise fühlte ich mich mit ihr einsamer als vorher ohne sie, und es gab viele Tage, an denen ich wünschte, sie wäre fort oder nie gekommen, und das tat mir leid, da nichts an Anethes Wesen oder Person unangenehm war, jedenfalls nicht in dem Maß, daß es einen solchen Wunsch gerechtfertigt hätte. Sie hatte eine ausgeprägte Neigung, Geschichten zu erzählen und manchmal auch zu necken, und während wir spannen und nähten oder kochten, konnte sie stundenlang von Evan sprechen und mir lachend und scherzend die intimen kleinen Geheimnisse anvertrauen, die Frauen einander manchmal mitteilen, obwohl ich dieses Bedürfnis nie gehabt habe. Viele Male hörte ich, und ich könnte sie Ihnen jetzt noch berichten, alle Einzelheiten über die Zeit ihrer jungen Liebe, ihre Heirat und die langen Spaziergänge, die sie mit Evan auf der Küstenstraße oder im Wald unternommen hatte. Ab und zu versuchte Anethe, mir Anekdoten aus meiner gemeinsamen Zeit mit Evan zu entlocken, aber ich war nicht so freigebig und hatte nichts zu teilen, da diese vergangenen Geschichten immer noch in meinem Herzen verschlossen waren, und außerdem hätte meinen armseligen Erzählungen der Glanz gefehlt, denn wie hätte, da selbstverständlich Anethe jetzt den ersten Platz in Evans Leben innehatte, irgend etwas, was ich zu berichten hatte, mehr sein können als zweite Wahl?

Wenn die Männer am späten Nachmittag heimkehrten, lief Anethe zur Bucht hinunter, um Evan abzuholen, und auf dem Weg zum Haus herauf tollten und spielten die beiden miteinander wie die Kinder. Selbst im Schnee taten sie das.

Erst in der vierten Woche nach der Ankunft Evans und Anethes kam es dazu, daß ich einmal mit meinem Bruder allein war. John, Matthew und Louis Wagner waren nach Portsmouth gefahren, um einzukaufen, Evan jedoch war zurückgeblieben, um Netze zu flicken. Er sprach kein Englisch, und ich vermute, er wollte die Stadt meiden, um sich dort nicht unbehaglich fühlen zu müssen. Anethe war, wie ich mich erinnere, noch oben in ihrem Zimmer. Sie war keine Frühaufsteherin und brauchte es auch nicht zu sein, außer um ihrem Mann morgens Lebewohl zu sagen, da im allgemeinen ich diejenige war, die vor Tagesanbruch aufstand und Feuer machte und den Männern das Frühstück bereitete und ihnen die Kleider reichte, die sie brauchten. An diesem besonderen Morgen jedoch war auch Evan spät aufgestanden und hatte noch nicht gefrühstückt. Es war mir eine Freude, ihm sein Frühstück zu bereiten, obwohl er protestierte und sagte, das verdiene er nicht, da er unverzeihlich faul gewesen sei. Er bemerkte dies in freundlich gutmütigem Ton, und es war klar, daß er scherzte. Das war, wie Sie sich vorstellen können, eine ganz neue Seite meines Bruders, die ich da sah, denn früher war er fast immer nachdenklich und ernst gewesen. Ich hatte den Eindruck, daß die Ehe sein ganzes Wesen verändert oder aber Freude und Hoffnung aus einem Winkel hervorgelockt hatte, in dem sie all die Jahre in seinem Inneren begraben waren.

Evan zog seine Jacke aus, er hatte die Männer zuvor zur Bucht hinunterbegleitet, und setzte sich an den Tisch. Er trug ein blaues Baumwollhemd ohne Kragen und hatte an diesem Tag seine Arbeitshose mit einer wollenen Hose mit Trägern vertauscht. In den vergangenen Jahren hatte sein Körper an Umfang gewonnen, und ich war sehr beeindruckt von seinem breiten Rücken, der mir stark und kräftig schien. Auch sein Gesicht, das zuvor Ansätze der Hohlwangigkeit gezeigt hatte, zweifellos ein Familienmerkmal, wenn nicht gar ein Merkmal unseres Volkes, war voller geworden. Diese Veränderungen vermittelten in ihrem Zusammenwirken ein Bild von Zufriedenheit, den Eindruck eines Menschen, der heute träumte, statt wie früher zu grübeln. Sein Haar, bemerkte ich, war hinten lang geworden, und ich überlegte, ob ich ihm anbieten sollte, es zu schneiden, oder ob es jetzt Anethes Aufgabe sei. Es war in der Tat schwierig, genau zu bestimmen, welcher Art, abgesehen von unserer gemeinsamen Geschichte, die Bindung zwischen Evan und mir war, und obwohl ich den Wunsch hatte, irgendwie indirekt über diese Frage zu sprechen, begnügte ich mich für den Augenblick damit, meinen Bruder einfach zu bedienen.

Ich stellte ihm einen Teller mit Brot und *geitost* hin und setzte mich zu ihm.

»Glaubst du, daß John lange in Portsmouth bleiben wird?« fragte ich.

»Die Strömung ist günstig und der Wind auch. Sie müssen Köder einkaufen und die Netze auslegen und die Besorgungen machen, die du ihnen aufgetragen hast, aber ich denke, sie werden vor Einbruch der Dunkelheit zurück sein. Außerdem haben wir ja heute abend Mondschein, also ist da nichts zu fürchten.«

»Warum bist du nicht mit ihnen gefahren? Ist Portsmouth nicht weit interessanter als diese armselige Insel?«

Er lachte. »Auf dieser armseligen Insel ist alles, was ich brauche und mir je gewünscht habe«, antwortete er. »Meine Frau ist hier.« Er biß ein Stück Brot ab. »Und meine Schwester«, fügte er mit einem Nicken hinzu. »Im Moment brauche ich die Zerstreuung der Stadt nicht. Ich bin es zufrieden, hier zu sitzen und die Netze zu flicken und mich an meinem Glück zu freuen.«

»Ihr habt euch also gut eingewöhnt, du und Anethe?«

»Ja, Maren, das siehst du ja selbst.«

»Sie ist sehr angenehm«, sagte ich. »Und sie ist hübsch anzusehen. Aber im Haushalt muß sie noch viel lernen. Nun, ich denke, hier wird sie es schon lernen.«

»Bei so einer guten Lehrerin ist das gar nicht anders möglich«, sagte Evan und stach mit seinem Löffel nach mir. Ich zuckte innerlich zusammen, denn auf mich wirkte seine neue Ausgelassenheit manchmal plump, und ich fand, sie paßte gar nicht zu ihm, mochte er auch noch so glücklich sein.

»Maren, du hast dich zu einer erstklassigen Köchin entwickelt«, sagte er. »Wenn ich nicht Obacht gebe, werde ich von deinen Kochkünsten dick und rund werden.«

»Du bist ja schon dick und rund vor lauter Glück«, entgegnete ich.

Er lachte auf eine Art, als beglückwünschte er sich selbst. »Gegen die Art von Übergewicht habe ich nichts einzuwenden«, meinte er, »aber du bist auch rundlicher geworden, und mit Glück wirst du noch rundlicher werden.« Ich hatte den Eindruck, mein Bruder zwinkerte mir tatsächlich zu.

Ich stand sofort auf und ging zum Herd.

»Ich meine, daß du uns alle hier eines Tages mit einer freudigen Nachricht überraschen wirst«, fügte er liebenswürdig hinzu.

Ich sagte immer noch nichts.

»Maren, was ist?« fragte er. »Habe ich was Falsches gesagt?«

Ich kämpfte einen Moment mit meinen Bedenken, ob es klug sei, meinem Bruder zu antworten, aber ich hatte schon so lange darauf gewartet, mit ihm sprechen zu können, und ich fürchtete, daß sich so leicht keine andere Gelegenheit dazu finden würde.

»Ich kann kein Kind bekommen«, sagte ich, mich umdrehend und ihn unverwandt ansehend.

Er blickte weg, zum Südfenster hinüber, durch das man über den Hafen hinweg zur Insel Star sehen konnte. Ich wußte nicht, ob er einfach erschrocken war oder ob er sich Vorwürfe machte, ein schmerzliches Thema so unbedacht zur Sprache gebracht zu haben. Ich sah, als er den Kopf drehte, daß das silberblonde Haar sich am Scheitel zu lichten begann. Er blickte auf. »Bist du da ganz sicher, Maren? Warst du bei einem Arzt?«

»Ich brauche keinen Arzt. Vier Jahre sind Beweis genug. Und in Wahrheit wundert es mich nicht einmal. Ich habe so etwas mein Leben lang vermutet, oder zumindest seit . . .«

Ich zögerte.

»Seit dem Tod unserer Mutter«, vollendete ich leise.

Evan legte seinen Löffel nieder und hob seine Hand zu seinem Gesicht.

»Du erinnerst dich doch«, sagte ich.

Er antwortete nicht.

»Du erinnerst dich doch«, wiederholte ich etwas schärfer.

»Ich erinnere mich«, antwortete er.

»Ich denke mir«, sagte ich schnell, »daß meine Krankheit danach und meine gleichzeitige Reifung zur Frau . . .«

Er begann die Unterseite seines Kinns mit dem Zeigefinger zu reiben.

»Ich meine, das Einsetzen meines monatlichen Unwohlseins . . .«

Er nahm plötzlich die Serviette von seinem Schoß und legte sie auf den Tisch. »Über solche Dinge sollten wir nicht sprechen, Maren«, sagte er, mich unterbrechend. »Es tut mir leid, daß ich ein so intimes Thema angesprochen habe. Es ist einzig meine Schuld. Aber ich möchte dir doch sagen, daß es unmöglich eine ursächliche Verbindung geben kann zwischen den Ereignissen von damals und dem Befinden deines«, er zögerte vor dem Wort, »Schoßes. Das ist eine Sache der Ärzte und mindestens deines Mannes. Außerdem denke ich, daß solche Schwierigkeiten ebensogut durch bestimmte Seelenzustände hervorgerufen werden können wie durch körperliches Befinden.«

»Willst du damit sagen, daß ich unfruchtbar bin, weil ich es so wünsche?« fragte ich scharf, denn ich war ziemlich verärgert über seine flinken Worte über Dinge, über die er nun wahrhaftig kaum etwas wissen konnte.

»Nein, nein, Maren«, erwiderte er hastig. »Nein, nein, es steht mir überhaupt nicht zu, so etwas zu behaupten. Es ist nur, daß ich . . .« Er machte eine Pause. »Deine Ehe mit John ist glücklich?«

»Wir kommen zurecht«, antwortete ich.

»Ich meine«, sagte er mit einer kleinen, unbeholfenen Handbewegung, »was die Frage eines Kindes betrifft . . .«

»Du meinst, ob mein Mann regelmäßig seinen Samen in mich abgibt?« fragte ich und schockierte ihn sichtlich damit, denn er wurde augenblicklich dunkelrot.

Verwirrt stand er auf, und sofort bereute ich meine Worte und nahm es mir heftig übel, ihm solche Ungelegenheiten bereitet zu haben. Ich ging zu ihm und legte meine Arme um seinen Hals. Er löste meine Hände in seinem Nacken und hielt mich bei den Handgelenken, und ich lehnte mich an seine Brust.

Meine Augen füllten sich mit Tränen. Vielleicht war es die Nähe seines vertrauten Körpers, sein Geruch, der es mir erlaubte zu weinen. »Du bist weitergegangen«, sagte ich weinend. »Du bist weitergegangen, aber ich – ich kann nicht weitergehen, und manchmal glaube ich, ich werde verrückt.«

Sein Geruch hing im Stoff seines Hemdes. Ich drückte mein Gesicht in den Stoff und atmete tief ein. Es war ein wunderbarer Geruch, der Geruch nach gebügelter Baumwolle und männlichem Schweiß.

Er zog meine Handgelenke abwärts, so daß meine Arme nun an meinen Seiten lagen. Anethe kam ins Zimmer. Evan ließ mich los. Sie war noch in ihrem Nachtgewand, und ihr Haar war zu einem dicken Zopf geflochten, der ihr den Rücken hinabhing. Sie war noch verschlafen, und ihre Augen waren halb geschlossen. »Guten Morgen, Maren«, sagte sie freundlich, allem Anschein nach ohne die Haltung ihres Mannes oder die Tränen auf meinen Wangen zu bemerken, und ich dachte nicht zum erstenmal, daß Anethe kurzsichtig sein müsse, und ich erinnerte mich plötzlich verschiedener Gelegenheiten in den vergangenen Wochen, da ich sie hatte blinzeln sehen.

Anethe ging zu ihrem Mann und schmiegte sich in seine Arme, und Evan, der mich wohl nicht länger ansehen wollte, neigte sein Gesicht in ihr Haar.

Ich konnte keinen Ton hervorbringen und mich einen Moment lang auch nicht rühren. Ich fühlte mich wund bis ins Innerste, als wäre mein Fleisch aufgerissen, als hätte ein tollwütiger Hund mich gepackt und seine Zähne in mich geschlagen und gezogen und gezerrt, bis alles Fleisch und aller Knorpel sich von den Knochen gelöst hatten.

»Ich muß gehen«, sagte Evan schnell zu Anethe und drückte sie noch einmal an sich. »Ich muß die Netze holen.«

Ohne einen Blick in meine Richtung nahm er seine Jacke vom Stuhl und eilte aus dem Zimmer. In diesem Moment wußte ich, daß Evan peinlich darauf achten würde, nie wieder mit mir allein zu sein.

Ich wandte mich ab und preßte die Fäuste auf meine Brust. Ich drückte meine Augen zu und bemühte mich, das Toben und die bittere Sehnsucht in mir zu bewahren, damit kein Laut mir ungewollt über die Lippen schlüpfen würde. Ich hörte, wie Anethe mit ihrem Mann zur Tür ging. Evan würde die Netze, das wußte ich, in Louis Wagners Zimmer bringen, um sie dort zu flicken, obwohl es dort kälter war. Als ich Anethe zurückkommen hörte, zwang ich mich, die Augen zu öffnen, und stützte mich mit den Händen auf die Lehne eines Stuhls. Ich zitterte.

»Maren«, sagte Anethe hinter mir und schob mit einer Hand eine Haarsträhne, die sich aus meinem Nackenknoten gelöst hatte, wieder an ihren Platz. Bei der Berührung überlief mich ein Schauder vom Rücken bis zu den Füßen hinunter. »Es ist schrecklich ungezogen von mir, so lange zu schlafen, aber glaubst du, du kannst mir noch einmal verzeihen und mir etwas von der Wurst und dem Käse von gestern abend zum Frühstück geben?«

Ich trat von ihr weg und ging mit mechanischen Bewegungen, lang geübt und oft wiederholt, zum Herd, wo ich langsam den Kessel hob und ihn ebenso langsam wieder auf das Feuer stellte.

In der Zeit, in der Evan und Anethe bei John und mir lebten, wohnte sechs Wochen lang auch noch Louis Wagner bei uns, und die meiste Zeit war er gesund und arbeitete auf der *Clara Bella*. Eines Tages jedoch, als die Männer noch zum Fang hinausfuhren, blieb Louis zu Hause. Sein Rheumatismus sei plötzlich zurückgekehrt, sagte er. Heute weiß ich natürlich, daß das eine List war, und ich bedaure, an dieser Stelle sagen zu müssen, daß die ungehörige Begierde, die Louis Anethe entgegenbrachte, mit der Zeit nicht nachgelassen hatte, sondern ganz im Gegenteil stärker geworden war. Und das lag zum Teil daran, daß Anethe, die Louis wegen seiner Armut und Einsamkeit und seiner Unfähigkeit, sich eine Frau zu nehmen, bedauerte, sich seiner erbarmt und ihm ein gewisses freundliches Entgegenkommen gezeigt hatte, ganz nach der Art von Menschen, die mit ihrem Schicksal so zufrieden sind, daß sie es sich leisten können, andere an ihrem Glück teilhaben zu lassen. Ich glaube, daß Louis, dem solche Zuwendung nie zuteil geworden war, und ganz gewiß nicht von einer jungen Dame wie Anethe, ihre Güte mit Liebäugelei verwechselte und entschlossen war, seinen Vorteil zu nutzen.

So kam es, daß er mich an dem Tag, an dem er Krankheit vortäuschte und ich zu ihm hinaufging, um zu sehen, ob er etwas Haferbrei essen würde, bat, ihm Anethe zu schicken, damit sie ihm ein wenig vorlesen und so seine Aufmerksamkeit von seinen »schmerzenden Gelenken« abwenden würde. Ich sah die Spur eines Zögerns in Anethes Gesicht, als ich ihr Louis' Bitte ausrichtete, sie hatte ja nie einem anderen Mann als ihrem eigenen Ehemann in der Intimität eines Schlafzimmers Gesellschaft geleistet und nie zuvor einen Kranken gepflegt, aber ich vermute, sie sagte sich, wenn ich mir nichts dabei dächte, mit Louis allein zu sein, könne wohl nichts Schlimmes daran sein. Sie nahm ein Buch aus der Küche mit in die Wohnung, in der Louis zu Bett lag.

Ich bezweifle, daß sie länger als zehn Minuten in seinem Zimmer war, als ich einen kleinen Ausruf hörte, es klang wie ein Ausruf der Überraschung, und gleich darauf einen gedämpften, aber dennoch deutlichen Schreckensschrei. Da von Louis nichts zu hören war, glaubte ich im ersten Moment, der Mann wäre aus seinem Bett gefallen. Ich hatte mit dem Schäufelchen auf dem Boden gekniet und die Asche vom Ofen aufgefegt und war halbwegs auf den Füßen, als ein lauter Schlag ertönte, als wäre jemand mit der Schulter gegen die Wand geprallt, die Louis' Wohnung von unserer Küche trennte. Dann ein zweiter Schlag und ein weiteres unverständliches Wort. Ich stellte die Schaufel auf den Tisch, wischte meine Hände an einem Tuch und rief durch die Wand nach Anethe. Ehe ich mich jedoch noch darüber wundern konnte, daß sie nicht antwortete, hörte ich, wie die Tür von Louis' Wohnung geöffnet wurde, und gleich darauf stürzte Anethe in die Küche.

Ein Zopf hatte sich aus ihrem Haarknoten gelöst und hing ihr in einer langen Affenschaukel auf die Schulter. Auf ihrer weißen Bluse mit den schmalen gesmokten Ärmeln hatte sie vorn einen Schmutzfleck, als hätte dort eine Hand nach ihr gegriffen, und der oberste Knopf ihres Kragens war abgerissen. Sie war außer Atem und drückte eine Hand in ihre Taille. »Louis«, stieß sie hervor und stützte sich mit der anderen Hand an die Wand.

Alle Farbe war aus ihrem Gesicht gewichen, und ich sah, daß die Schönheit ihrer Züge in der Tat in deren Frische und Lebendigkeit lag, jetzt nämlich, da beides fehlte, wirkte es hager und anämisch. Ich muß gestehen, ich war wie gebannt von dem Kontrast dieses schmutzigen Flecks auf dem Weiß ihrer Bluse, und ich vermute, da ich kein Mensch bin, der zu Gefühlsäußerungen neigt, fiel es mir schwer, ihr etwas Tröstendes zu sagen. Es war, als würde jedes Wort, das ich sagen konnte, falsch klingen und daher schlimmer sein als Schweigen, und aus irgendeinem Grund, den ich heute nicht fassen kann, befand ich mich in einem seltsamen Zustand der Gelähmtheit. Ich schäme mich zutiefst, aber ich muß gestehen, ich glaube, ich begann tatsächlich zu lächeln, so schrecklich unangemessen zu lächeln, wie man das tut, wenn man eine schlechte Nachricht hört, die einen tief erschüttert, und das Lächeln einem ganz von selbst, ohne daß man es will, auf die Lippen tritt. Ich mache mir natürlich wegen dieses Verhaltens heute noch schwere Vorwürfe und denke daran, wie leicht es für mich gewesen wäre, zu meiner Schwägerin zu gehen, sie in den Arm zu nehmen und zu trösten oder ihr zumindest zu helfen, die absurden und beinahe lachhaften Zudringlichkeiten dieses Mannes zu vergessen, aber, wie ich schon sagte, ich stand wie erstarrt und konnte nichts weiter hervorbringen als ihren Namen.

»Anethe«, sagte ich.

Worauf ihr Gesicht noch bleicher wurde und sie auf eine wundersame Weise zu Boden sank, die ich, das muß ich leider sagen, einigermaßen komisch fand, da dabei plötzlich ihre Knie zu schlottern begannen und ihre Arme sich mit flatternder Bewegung seitlich spreizten, als wollte sie fliegen, und erst als sie auf dem Boden lag, konnte ich mich aus meiner Lähmung befreien und zu ihr gehen und ihren Kopf anheben und ihr so ins Bewußtsein zurückhelfen.

Nachdem ich sie zu Bett gebracht und sie ihre Farbe beinahe wiedergewonnen hatte, sprachen wir endlich über Louis und den fürchterlichen Zorn, den dieser Zwischenfall zweifellos bei Evan hervorrufen würde, und einigten uns kurz entschlossen, daß ich meinem Bruder nichts davon sagen würde, sondern meinem Mann einreden würde, mir sei das Verschwinden von Bier und Honig und Kerzen aus meinen Haushaltsvorräten aufgefallen, für das ich keine Erklärung hätte, und ich hielte es für klug, das Mietverhältnis mit unserem Pensionsgast ohne großes Aufheben zu beenden.

Unglücklicherweise jedoch war ich nicht dabei, als Louis Wagner seine Kündigung bekam, und so hielt sich John nicht an meinen Rat, oder er vergaß ihn vielleicht auch, und sagte zu Louis, da mir das Verschwinden verschiedener Haushaltsdinge aufgefallen sei, wäre es wohl besser, wenn Louis sich anderswo nach einer Unterkunft umsähe. Louis bestritt diese Vorwürfe aufs energischste und verlangte, mich zu sprechen, aber John, der natürlich seiner Frau glaubte und nicht seinem Mieter, blieb hart und sagte, Louis müsse schon am nächsten Tag gehen.

Am folgenden Morgen, als Louis sich bereitmachte, sich von Emil Ingerbretson auf dessen Schoner nach Portsmouth übersetzen zu lassen, blieb ich in der Küche, da ich einer unangenehmen Konfrontation aus dem Weg gehen wollte, doch unmittelbar vor seinem Aufbruch kam Louis noch einmal aus der Bucht herauf und suchte mich auf. Ich hörte ein Geräusch, und als ich mich umdrehte, sah ich ihn an der offenen Tür stehen. Er sagte kein Wort, sondern sah mich nur mit einem so starren und wissenden Blick an, daß mir ganz heiß und unbehaglich wurde. »Louis«, begann ich, aber ich konnte nicht fortfahren, obwohl seine Miene mich zum Sprechen herauszufordern schien. Mir fiel nichts ein, was ich hätte sagen können, ohne die Situation noch zu verschlimmern. Da verzog er den Mund zu einem trägen Lächeln und schloß die Tür.

So kam es, daß Louis Wagner Smutty Nose verließ.

Ich denke über das Gewicht des Wassers nach, über seine physikalischen und chemischen Eigenschaften. Ein Kubikmeter Wasser wiegt 1000 Kilogramm. Meerwasser ist um 3,5 % schwerer als Süßwasser; das heißt, von jeweils 1000 Kilogramm Wasser sind 35 Salz. Das Gewicht von Wasser bewirkt, daß der Druck sich mit zunehmender Tiefe vergrößert. In einer Meerestiefe von einem Kilometer beträgt der Druck 100 Kilopond pro Quadratzentimeter.

Welcher war der Moment, den ich hätte ändern können? Welcher der Zeitpunkt, zu dem ich mich für den einen Weg hätte entscheiden können statt für den anderen, für den einen Gedanken statt für den anderen? Wenn ich daran denke, was auf dem Boot geschah, und die Zeit war so kurz – wie lang? vier Minuten? acht? sicherlich nicht einmal zehn –, dann laufen die Ereignisse mit qualvoller Langsamkeit ab. Anfangs muß ich die Szene immer wieder sehen. Ich forsche nach Details, die ich vorher nicht beachtet habe, koste winzige Nuancen aus. Ich möchte in einem dunklen Zimmer allein gelassen und nicht gestört werden. Aber nach einer Weile kann ich das Band nicht mehr anhalten. Und jedesmal, wenn das Band von selbst abläuft, sehe ich, daß ich eine Chance habe, eine Wahl.

Thomas zieht mich an den Armen auf Deck. Er versucht, mir mit seinem Ärmel den Regen aus den Augen zu wischen. »Wo warst du?« fragt er.

»Wo ist Billie?«

»Unten.«

»Es war die letzte Möglichkeit, Aufnahmen zu machen.«

»Herrgott noch mal!«

»Wir sind sofort zurückgefahren, als es zu regnen anfing.« Meine Stimme klingt dünn und angestrengt, selbst in meinen eigenen Ohren.

»Der Wind ist schon vor einer halben Stunde aufgekommen«, sagt Thomas anklagend. »Das andere Boot ist bereits abgefahren. Ich weiß nicht, was eigentlich los ist.«

»Ist Billie in Ordnung?«

Thomas kämmt sich mit den Fingern beider Hände das Haar aus der Stirn. »Ich kann sie nicht dazu bewegen, ihre Schwimmweste anzuziehen.«

»Und Adaline?« frage ich.

Er reibt sich den Nasenrücken. »Sie hat sich hingelegt.«

Rich zieht sich aus dem Beiboot an Deck. Mir fällt auf, daß Thomas seinem Bruder nicht die Hand reicht. Rich zieht die Dingileine zum Heck.

»Tom«, ruft er, wiederum den Spitznamen aus der Kindheit gebrauchend. »Nimm mal die Leine.«

Thomas geht nach hinten und nimmt Rich die Leine ab, und da bemerke ich, daß Thomas zittert. Rich sieht es auch.

»Geh rein«, sagt er ruhig zu Thomas. »Zieh dir trokkene Sachen an und einen Pullover. Das Schlechtwetterzeug liegt unter den Betten in der vorderen Kabine. Du auch«, fügt er hinzu, sieht mich schnell an und gleich wieder weg. Er belegt das Seil in seiner Hand an einer Klampe. »Ich geh runter und hör mir an, was NOAA zu melden hat. Wann ist das andere Boot abgefahren?«

»Vor einer Viertelstunde«, antwortet Thomas.

»Hat sie gesagt, wohin sie wollte?«

»Little Harbor.«

Wie in Antwort auf Richs Bedenken erzittert das Boot tief unten im Rumpf vom harten Stoß einer Welle. Ich fühle, wie das Heck seitwärts im Wasser schlingert, wie ein Auto auf Eis. Der Regen ist dunkel, und ich kann kaum die Konturen der Inseln um uns herum ausmachen. Das Meer ist bleigrau, schwer, aber stürmisch.

Ich gehe nach unten und finde Billie zusammengerollt in ihrer Koje. Sie hat ihr Gesicht abgewandt. Ich berühre sie an der Schulter, und sie wirft den Kopf herum, als hätte sie überall Schmerzen.

Ich lege mich neben sie. Behutsam reibe ich ihre Schultern und ihren Arm. »Daddy hat recht«, sage ich leise. »Du mußt deine Schwimmweste anziehen. Das ist Vorschrift, Billie, daran können wir nichts ändern.«

Auf elterliche Ohnmacht angesichts höherer Autoritäten hinzuweisen, das wirkt bei Billie normalerweise, wie zum Beispiel wenn ich ihr erkläre, daß die Polizei mich anhalten wird, wenn sie sich im Auto nicht anschnallt. Die Tür zur vorderen Kabine ist geschlossen. Thomas klopft und tritt sofort ein, ein Verhalten, bei dem es mir den Atem verschlägt. Ich kann eine schlanke Gestalt auf der linken Seite der Koje liegen sehen. Ein Kopf hebt sich. Thomas schließt die Tür.

Meine Tennisschuhe machen Schmatzgeräusche auf dem Teakholzboden. Ich schleudere sie von den Füßen, und sie knallen an einen Kombüsenschrank. Ich ziehe mein Sweatshirt, die Shorts und die Unterwäsche aus und hole aus meinem Matchsack eine Jeans und einen Baumwollpulli. Als Billie das unerwartete Poltern der Tennisschuhe hört, dreht sie sich in ihrer Koje herum und sieht zu ihrer nackten, zitternden Mutter hinauf.

»Darf ich eine orange Schwimmweste anziehen?« fragt sie.

»Nein, die sind für die Erwachsenen. Dir paßt nur deine eigene.«

Ich blicke auf die Schwimmweste mit dem Sesam-Straßen-Motiv hinunter, die auf dem Tisch liegt.

Thomas macht die Tür der vorderen Kabine auf. Ich kämpfe ungeschickt mit Jeans auf nasser Haut. Rich kommt vom Deck herunter. Instinktiv drehe ich ihm den Rücken zu.

Thomas wirft ein Bündel marineblauer und gelber Sachen auf den Teakholztisch. »Hier ist was Kleines«, sagt er und hält es hoch. »Ich glaube, das paßt Billie.«

»Oh, Daddy, kann ich's haben?« fragt Billie und streckt die Arme aus.

Ich schlüpfe in meinen Pullover. Ich bücke mich zu Thomas' Matchsack hinunter und nehme ein trockenes Hemd, einen Pullover und eine Khakihose heraus. Ich halte ihm die Sachen hin. Ich sehe Thomas ins Gesicht, das blaß geworden ist und alt aussieht.

Beim Prozeß fragte Yeaton, der Ankläger, »Mary S. Hontvet«, wie lange sie Louis Wagner gekannt habe. Sie antwortete, er habe im vergangenen Jahr vom Frühling an sieben Monate bei ihr in Pension gewohnt.

»Wann ist er wieder ausgezogen?« fragte Yeaton.

»Er ist ungefähr im November nach Portsmouth gegangen«, antwortete Maren.

»Welches Zimmer hat er in Ihrem Haus bewohnt?«

»Er hat im Ostteil des Hauses gewohnt, er hatte dort ein großes Zimmer.«

»Wo hatte er seine Kleider?«

»Er hatte seine Kleider in einer Kammer aufgehängt. Sein Ölzeug hat er immer in meinem Vestibül aufgehängt, wenn er beim Fischen draußen war. Er hat sein Ölzeug dann ausgezogen und im Vestibül aufgehängt, in dem Vestibül vor der Küche.«

»Dem Vestibül in Ihrem Teil des Hauses?«

»Ja.«

Dann fragte Yeaton, was für Gegenstände sich in Louis Wagners Zimmer befunden hätten.

Maren antwortete: »Er hatte sein Bett dort und einen großen Schiffskoffer, der meiner Schwester Karen gehörte.«

»Wissen Sie, was der Schiffskoffer enthielt?«

»Sie hatte Kleider drin, manche hat sie nur im Winter getragen, und die hat sie im Sommer in den Schiffskoffer gelegt, und die Sommerkleider, die sie nicht getragen hat, die hat sie auch in den Schiffskoffer gelegt, und dann war da noch ein Federbett drin, das sie mithatte, als sie mit dem Dampfer rübergekommen ist.«

»Und das war in dem Schiffskoffer?«

»Ja, das Bett war in dem Schiffskoffer, in der großen Truhe.«

»Während Louis Wagner bei Ihnen in Pension lebte, gehörte Karen da zur Familie?«

»Sie hat mich manchmal besucht.«

»Hat sie im Haus geschlafen?«

»Nein, Sir.«

Darauf fragte Yeaton Maren, ob sie wisse, ob Karen ein silbernes Geldstück besessen habe. Maren antwortete, ja, sie habe das silberne Geldstück im Oktober oder November gesehen, und Karen habe ihr erzählt, sie hätte das Geld von Hotelgästen in Appledore bekommen und sie bewahre es in ihrer Börse auf.

Tapley fragte dann, ob sie wisse, ob Karen noch etwas anderes in dieser Börse aufbewahrt habe oder ob Maren gesehen habe, daß Karen am Tag der Morde etwas in die Börse gesteckt hatte.

»Ja«, antwortete Maren.

»Was war das?«

»Ein Knopf, ein weißer Knopf.«

»Haben Sie Kleidungsstücke mit ähnlichen Knöpfen?«

»Ja.«

»Wissen Sie, woher der Knopf stammte?«

»Aus meinem Nähkorb.«

»Berichten Sie, was mit dem Knopf geschah, wie er in den Nähkorb kam.«

»Sie hat den Nähkorb genommen und einen Knopf gesucht und hat den Knopf da genommen und ihn Karen gegeben.«

»Wer hat ihn aus dem Korb genommen?«

»Anethe, und sie hat ihn Karen gegeben, und Karen hat ihn in ihre Börse gesteckt.«

»Haben Sie Knöpfe, die diesem Knopf ähnlich sind?«

»Ja, ich habe sie bei mir.«

Maren zeigte die Knöpfe.

»Woher haben Sie diese Knöpfe?« fragte Yeaton.

»Aus meinem Nähkorb. Einen hab ich im Korb gefunden, und zwei waren in meinem Kästchen, das ich immer im Nähkorb habe. Ich habe ein Nachtgewand mit ähnlichen Knöpfen dran.«

Maren zeigte das Nachthemd, und der Richter sagte zu Yeaton, er sähe nicht, inwiefern die Knöpfe und das Nachthemd von Bedeutung seien.

»Wir werden später die Verbindung herstellen und die Dinge erneut vorlegen«, antwortete Yeaton.

Rich steht am Kartentisch, ein Mikrofon in der Hand. Störungsgeräusche – die ruhige, gleichmütige Stimme eines Mannes – dringen aus dem Radio nach achtern in der Koje, aber ich kann nicht verstehen, was der Mann sagt. Rich jedoch scheint es zu verstehen, und ich sehe zu, wie er sich tiefer über die Karten beugt, eine wegfegt, auf den Boden, und eine andere studiert. Ich suche nach einem Pullover für Billie.

Rich steckt das Mikrofon in den Halter und zeichnet mit Lineal und Bleistift Markierungen auf einer Karte ein. »Die Front kommt schneller rein, als sie gedacht haben«, sagt er mit dem Rücken zu Thomas und mir. »Sie melden Sturmböen mit einer Geschwindigkeit bis zu fünfzig Meilen die Stunde. Außerdem Gewitter und Blitzschlag.« Eine Welle prallt von der Seite ans Boot und überflutet das Deck. Salzwasser spritzt durch den offenen Niedergang in die Kabine. Rich greift mit einer Hand nach oben und klappt den Lukendeckel zu.

»Der Wind allein könnte uns auf die Felsen treiben«, sagt er. »Ich werd versuchen, mit Motorkraft nach Little Harbor zu kommen, wie das andere Boot, aber selbst wenn es uns draußen auf offener See erwischt, sind wir da besser dran als hier. Hier sind wir zu eingeengt.« Er dreht den Kopf und blickt von Thomas zu mir und wieder zurück zu Thomas und scheint im Geist Listen aufzustellen. Er hat immer noch seine nassen Sachen an, doch dies ist ein anderer Rich als der, den ich vorher gesehen habe, überlegt und bestimmt. Beunruhigt, aber nicht in Panik.

»Thomas, du mußt das Großsegel sichern. Jean, mach du etwas Suppe heiß und koch Kaffee und füll beides in Thermosflaschen. Und pack trockene Streichhölzer, Brot, Toilettenpapier, Socken und so weiter – ich überlasse die Entscheidung dir – in Ziploc-Beutel. Wir müssen in der Kabine alles festmachen – Schubladen, deine Kameras, den Feldstecher, alles in der Kombüse, was ins Rutschen geraten kann. In der Schublade da drüben sind Riemen, wenn du welche brauchst. Sag Adaline, sie soll dir helfen. Alle Luken müssen fest geschlossen sein.« Rich dreht sich zum Kartentisch. »Und ihr werdet die Dinger hier brauchen.«

Er klappt die schräge Tischplatte hoch und nimmt ein Fläschchen Tabletten heraus, das er Thomas zuwirft. »Gegen Seekrankheit«, erklärt er. »Nehmt jeder eine – du auch, Thomas –, und gebt Billie eine halbe. Es könnte heute ein bißchen ungemütlich werden. Und, Thomas, unter den Polstern im Cockpit sind Taucherbrillen. Die sind bei Regen manchmal ganz nützlich für die Sicht. Wo ist eigentlich Adaline?«

Thomas zeigt zur vorderen Kabine.

»Sie ist seekrank?«

Thomas nickt.

Ich sehe meine Tochter an, die mit einer Öljacke kämpft. Ich öffne eine Schublade, um die Plastikbeutel herauszuholen. Der Herd neben der Schublade schwankt. Ich erkenne, daß nicht der Herd schwankt, sondern das ganze Boot. Als ich das bemerke, spüre ich zum erstenmal und beinahe augenblicklich einen Anflug von Übelkeit. Ist Seekrankheit etwas Mentales? frage ich mich. Oder war ich nur vorher zu beschäftigt, um etwas zu merken?

Rich geht zur vorderen Kabine und läßt die Tür offen. Adaline liegt immer noch regungslos auf der Koje; sie hat einen Arm über die Augen gelegt. Ich sehe, wie Rich seine nassen Sachen auszieht. Wie ungeniert wir mit unserer Nacktheit umgehen, denke ich.

Rich schlüpft schnell in Jeans und ein Sweatshirt. Ich höre seine Stimme, als er murmelnd mit Adaline spricht, aber die Worte verstehe ich nicht genau. Ich möchte den genauen Wortlaut wissen. Er kommt heraus, zieht eine Überhose und eine Öljacke an. Er schiebt seine Füße wieder in seine nassen Segelschuhe. Ich sehe ihm an, daß er immer noch an den Sturm denkt, im Geist Listen macht, aber als er an mir vorbeikommt, um an Deck hinaufzugehen, macht er am Fuß der Leiter halt und sieht mich an.

Es ist merkwürdig genug, daß ich nur eine halbe Stunde zuvor bereit war, mit meinem Schwager zu schlafen – nein, versucht habe, mit ihm zu schlafen. Aber es erscheint fast unglaublich angesichts meiner Tochter dort in der Koje und meines Mannes dort am Waschbecken. Ich empfinde eine seltsame Dissonanz, ein Vibrieren, als wäre ich mit dem Fuß auf ein loses Brett getreten, hätte etwas losgetreten.

Genau in diesem Moment dreht Thomas sich vom

Waschbecken, wo er Wasser in einen Pappbecher hat laufen lassen, nach mir um. In der einen Hand hält er den Becher; in der anderen eine Tablette. Ich glaube, er ist im Begriff, zu mir zu sagen: »Trink das«, als er das Gesicht seines Bruders sieht und dann, ehe ich mich abwenden kann, das meine.

Thomas' Blick fliegt von Richs Gesicht zu meinem. Rich sieht weg, zum Radio hinüber. Ich erkenne, wie sich in Thomas' Kopf Bilder formen. Er hält noch immer den Becher Wasser in der Hand. Die andere Hand mit der Tablette schwebt vor mir.

»Was?« fragt er, beinahe unhörbar, als könnte er keine ganze Frage bilden. Ich nehme die Tablette und den Becher Wasser. Ich schüttle rasch den Kopf, hin und her, kleine Bewegungen.

Ich reiche Thomas den Becher. Rich geht sofort zum Cockpit hinauf. Billie ruft: »Mami, hilf mir bitte. Ich krieg die Drücker nicht zu.«

Mit Ausnahme der Aussage Maren Hontvedts als Augenzeugin der Morde war die Beweisführung der Anklage auf Indizien und der Tatsache, daß der Verdächtige kein Alibi hatte, aufgebaut. Es war ein blutiger Mord, und Blut wurde auf Kleidungsstücken gefunden (die im Außenabort hinter dem Haus seiner Wirtin lagen), die Louis Wagner gehörten. Mrs. Johnson, die besagte Wirtin, identifizierte das Hemd anhand eines Knopflochs, das sie einst ausgebessert hatte: Es gehörte Wagner. Geld war aus dem Haus der Hontvedts gestohlen worden, und am Morgen nach den Morden hatte Wagner genug Geld, um nach Boston reisen und sich einen Anzug kaufen zu können. Eine Ruderfahrt nach Smuttynose und zurück hätte ein Dory stark hergenommen; die nagelneuen Dollen an James Burkes Dory waren ausgeleiert. Wagner hatte mit John Hontvedt gesprochen und wußte, daß die Frauen allein auf Smuttynose sein würden. In den Wochen vor den Morden hatte Wagner wiederholt erklärt, er würde zu Geld kommen, und wenn er dafür morden müßte. Wagner konnte nicht einen einzigen Zeugen beibringen, der ihn in der Nacht der Morde zwischen neunzehn Uhr und sieben Uhr morgens in der Stadt Portsmouth gesehen hatte. Seine Wirtin sagte aus, daß er in dieser Nacht nicht in seinem Zimmer geschlafen habe.

Das wichtigste Beweisstück der Anklage jedoch war der weiße Knopf, den man in Wagners Tasche fand, als er festgenommen wurde. Dieser Knopf, behauptete die Anklage, war neben mehreren Geldstücken in der Mordnacht aus einer Geldbörse gestohlen worden, die Karen Christensen gehört hatte. Der Knopf paßte zu den Knöpfen an Mary S. Hontvets Nachthemd – jenem, das sie vor Gericht gezeigt hatte.

Ich schiebe Maren Hontvedts Bericht und die Übersetzung in einen Plastikbeutel und verschließe ihn. In anderen Plastikbeuteln verstaue ich meine Filme und Kameras, meine Aufzeichnungen, Thomas' Schreibhefte, Bücher und die Dinge, die Rich aufgezählt hat. Rich und Thomas sind oben; Billie ist an meiner Seite. Ich halte sie fest an mich gedrückt und schiebe meinen Arm vor oder hinter sie wie eine Schranke, sobald ich spüre, daß das Boot krängt oder von einer Bö erfaßt wird. Rich und Thomas haben das Boot losgemacht und den Motor angelassen. Ich kann das Husten und Spucken der Maschine hören, und dann ein beruhigendes Brummen. Wir verlassen die Isles of Shoals und nehmen Kurs aufs offene Meer.

»Mami, zieht Adaline zu uns?«

Billie und ich sind dabei, die Karten zu falten und in Plastikbeuteln zu verwahren. Es macht Billie Spaß, mit dem Finger die Naht entlangzustreichen und zu fühlen, wie sie sich schließt.

Ich kauere vor ihr nieder und hocke mich auf die Fersen.

»Sie zieht nicht zu uns«, sage ich. Es soll eigentlich eine Antwort sein, aber es klingt wie eine Frage.

»Oh«, sagt Billie. Sie blickt zum Boden hinunter. Ich sehe, daß Wasser über die Beplankung schwappt.

»Warum fragst du?« Ich schiebe meinen Finger unter ihr Kinn und hebe es ein klein wenig an. In meiner Stimme liegt ein Ton, der nicht ganz elterlich ist, und ich denke, sie hört ihn. Sie schiebt ihre Zunge durch die Zahnlücke und starrt zur Decke hinauf.

»Ich weiß nicht mehr«, sagt sie.

»Billie!«

»Hm.« Sie streckt ihre Arme hoch über den Kopf. Ihre Zehen sind einwärts gedreht. »Na ja...«, sagt sie gedehnt. »Ich glaub, Daddy hat's gesagt.«

»Hat was gesagt?«

Sie rudert mit den Armen. »Weiß ich doch nicht.«

Erschreckend für mich, beginnt sie zu weinen.

»Billie, was ist denn?« Ich ziehe sie an mich und halte sie fest. Ich fühle die Ölhaut, ihre feuchten Locken, ihre weichen, runden Beinchen.

»Warum wackelt das Boot so?« fragt sie. »Das ist scheußlich.«

Louis Wagners Verteidigung bestand in erster Linie in dem Versuch, die Fragen der Anklage zu beantworten, um die Geschworenen zu überzeugen, daß es an seiner Schuld begründete Zweifel gäbe. Warum seine Hände am Tag nach den Morden voller Blasen und die Knöchel aufgeschlagen gewesen seien? Er habe einem Mann geholfen, Fischkisten auf einen Karren zu schichten. Wo er die ganze Nacht gewesen sei? Er habe ein Glas Ale getrunken, dann für einen Fischer, dessen Namen er nicht kannte und der zum Prozeß nicht geladen werden konnte, neunhundert Haken mit Ködern bestückt. Danach habe er nochmals zwei Krüge Ale getrunken und sich dann ziemlich übel gefühlt. Er habe sich auf der Straße übergeben und sei bei einer Pumpe gestürzt. Um drei Uhr sei er zu den Johnsons zurückgegangen, um sich schlafen zu legen, aber er sei von hinten statt von vorn ins Haus gekommen und nicht zu seinem Bett hinaufgegangen, sondern habe im Aufenthaltsraum geschlafen. Später am Morgen habe er beschlossen, sich seinen Bart abrasieren zu lassen, dann habe er das Pfeifen der Eisenbahn gehört und die Idee gehabt, nach Boston zu fahren. Dort habe er einen neuen Anzug gekauft und sei dann zu seinem alten Zimmerwirt in der North Street gegangen, bei dem er schon früher mehrmals gewohnt habe. Wie das Blut an die Kleidungsstücke gekommen sei, die er in der Mordnacht getragen habe? Das sei Fischblut, antwortete er, und außerdem habe er sich ein paar Tage vorher beim Netzeflicken mit einer Nadel gestochen. Wie er an das Geld gekommen sei, um nach Boston fahren und sich einen Anzug kaufen zu können? Er habe früher in der Woche zwölf Dollar verdient, als er einem Fischer, an dessen Namen er sich nicht erinnere, geholfen habe, seine Netze mit Ködern zu bestücken, und in der Mordnacht habe er noch einmal einen Dollar verdient.

Wagner wurde von seinem Verteidiger in den Zeugenstand gerufen. Tapley, der Verteidiger, fragte ihn, was ihm zugestoßen sei, als man ihn in Boston verhaftet hatte.

»Als ich an der Tür von der Pension gestanden habe, wo ich fünf Jahre gewohnt habe«, antwortete Wagner, »ist der Wirt gekommen und hat mir die Hand geschüttelt und gesagt, hallo, wo kommst du denn her. Ehe ich ihm Antwort geben konnte, ist ein Polizeibeamter an die Tür gekommen. Er hat mich am Arm genommen. Ich hab gefragt, was sie wollen. Sie haben gesagt, sie suchen mich. Ich hab gefragt, warum. Ich hab gesagt, lassen Sie mich raufgehen und meine Stiefel anziehen. Sie haben geantwortet, die Hausschuhe täten es auch. Dann haben sie mich die Straße entlanggezogen und gefragt, wie lang ich in Boston wäre. Ich war so erschrocken, daß ich gedacht hab, sie hätten mich gefragt, wie lange ich im ganzen in Boston gewesen wäre. Ich hab gesagt fünf Tage, aus Versehen, statt fünf Jahre.«

»Sie wollten eigentlich fünf Jahre sagen?«

»Ja, Sir. Dann haben sie mich gefragt, ob ich englische Zeitungen lesen könnte. Nein, hab ich gesagt. Na schön, sagt er, wenn Sie's könnten, hätten Sie gesehen, was drin steht. Dann wären Sie jetzt schon in New York gewesen.«

»Dann wären Sie was?«

»Ich wäre schon in New York gewesen, wenn ich gewußt hätte, was in den Zeitungen steht. Ich hab ihn gefragt, was denn drin steht. Er hat mich gefragt, ob ich nicht auf den Isles of Shoals gewesen wäre und zwei Frauen getötet hätte; ich hab geantwortet, ich hätte nichts dergleichen getan. Er hat mich ins Polizeirevier Nummer eins gebracht. Dort hab ich einen Mann namens Johnson getroffen, den Polizeidirektor von Portsmouth.«

Tapley fragte ihn, wie es gewesen war, als man ihn zum Revier gebracht hatte.

Wagner antwortete, Johnson habe ihn gefragt, wo der hohe Hut geblieben sei, den er in der Nacht zuvor angeblich auf den Isles of Shoals getragen hatte.

Wagner fuhr fort: »Ich hab ihm gesagt, daß ich nicht auf den Isles of Shoals war; daß ich mein Leben lang nie einen hohen Hut getragen habe. Er sagt, die Frau auf den Isles of Shoals hat Sie aber in der Nacht mit einem hohen Hut gesehen. Ich hab gefragt, welche Frau. Mrs. Hontvet, hat er gesagt. Und er hat gesagt, er hätte den Bart, der mir abrasiert worden ist, in seiner Tasche, daß er in Portsmouth von dem und dem Barbier abrasiert worden wäre. Ich hab gesagt, er soll mir den Bart zeigen. Er hat gesagt, er hätte den Bäcker gefunden, bei dem ich an dem Abend war und Brot gekauft habe, und ich hätte dem Bäcker erzählt, daß ich in dieser Nacht auf die Isles of Shoals fahren wollte. Ich hab ihm gesagt, er soll mir den Bäcker zeigen, der das gesagt hat. Er hat geantwortet, ich würde ihn noch bald genug zu sehen kriegen. Als sie mir meine neuen Kleider ausgezogen hatten, bin ich in ein anderes Zimmer gebracht worden. Der Polizeidirektor Johnson hat mich nackt ausgezogen; er hat gefragt, wo ich meine Unterkleider gewechselt hätte. Ich hab ihm gesagt, daß ich diese Unterkleider fast acht Tage auf dem Leib hätte. Er sagt, Sie haben sie heute morgen gewechselt, als Sie nach Boston gefahren sind; er sagt, in der ganzen Stadt Boston gibt es keinen Mann, der acht Tage lang so saubere Unterkleider auf dem Leib haben könnte. Ich hab ihm gesagt, ich bin zwar arm, aber ich bin ein Gentleman, und ich kann saubere Unterwäsche genausogut tragen wie jeder Gentleman in der Stadt Boston. Nachdem sie meine Untersachen überprüft hatten, hab ich sie wieder angezogen, und dann bin ich in eine Zelle gebracht worden; da bin ich geblieben bis zum nächsten Morgen, als mich wieder zwei Polizisten rausgeholt und durch die Straßen geschleppt haben.«

»Sie meinen, zwei Männer?«

»Sie haben mich durch die Straße geführt.«

»Was meinen Sie mit ›geschleppt‹?«

»Sie haben mich an den Händen gezogen; und in irgendein Haus gebracht; ich weiß nicht, was es war. Da mußte ich mich hinsetzen; ungefähr zehn Minuten bleiben; alle Leute mußten mich anschauen; dann haben sie mich wieder weggebracht aus diesem Haus, in dem sie mich fotografiert haben, und haben mich wieder aufs Revier gebracht.«

»Was geschah danach?«

»Danach bin ich wieder eingesperrt worden. Nach einer Weile haben sie mich rausgeholt und zum Bahnhof gebracht. Wie sie mich zum Bahnhof gebracht haben, hab ich sie gefragt, wohin sie mich bringen wollen. Sie haben gesagt, sie würden mich nach Portsmouth zurückschikken, und haben gefragt, ob mir das nicht gefallen würde. Doch, hab ich gesagt,«

»Wer hat Sie das gefragt?«

»Der Polizist, der mich dahin gebracht hat.«

»Wissen Sie seinen Namen?«

»Ja, einer, der hier war.«

»Fahren Sie fort.«

»Also, Sie haben mich nach Portsmouth gebracht. Wie ich in Portsmouth angekommen bin, waren die Straßen voll von Menschen, die haben geschrien: ›Schlagt ihn tot! Schlagt ihn tot!‹ Sie haben mich aufs Revier gebracht. Ich war ungefähr eine Dreiviertelstunde eingesperrt, dann ist Mr. Hontvet gekommen ... Mr. Hontvet ist an die Seitentür gekommen und hat gerufen: Oh, gottverdammt, du Mörder. Ich hab gesagt, Johnny, du täuschst dich. Er sagt, Gott verdamm dich, du hast die Schwester meiner Frau getötet und die Frau ihres Bruders. Ich hab zu John gesagt, ich hoffe, ihr findet den Mann, der das wirklich getan hat. Er sagt, den haben wir schon. Er sagt, Hängen ist zu gut für dich, und die Hölle ist auch noch zu gut für dich. Er sagt, man soll mich in Stücke schneiden und den Fischen vorwerfen. Ich hab zu ihm gesagt, daß er vielleicht selbst in das Netz fällt, das er für mich ausgelegt hat. Er sagt, wo ist der hohe Hut, den du in der Nacht aufgehabt hast, als du auf den Shoals warst. Ich hab ihm gesagt, daß ich keinen hohen Hut habe. Er sagt, was hast du mit den Fischen getan, die du gestern abend vom Schoner gekauft hast oder kaufen wolltest. Ich hab ihm gesagt, daß ich keine Fische gekauft habe und auch nicht außerhalb von Portsmouth war in der Nacht. Er hat gesagt, daß jemand das Dory in der Nacht zwischen zwölf und zwei Uhr gesehen hat, wie es bei einem Boot angelegt hat, das bei der Insel Smutty Nose vor Anker war.«

»Was meinen Sie mit Dory?«

»Das Dory ist zu dem Schoner hingerudert, und jemand hat gefragt, ob der Skipper Fische zu verkaufen hat.«

»Hat er gesagt, wo der Schoner sich befand?«

»Ja, er hat gesagt, daß er bei der Insel Smutty Nose vor Anker gelegen hat. Er hat gesagt, dieses Dory ist gesehen worden, wie es zur Westseite der Insel gefahren ist und dort ein anderes Boot angerufen hat. Da hab ich zu ihm gesagt, Johnny, hab ich gesagt, such lieber den Mann, der in der Nacht das Dory gerudert hat. Darauf haben er und sein Schwager geantwortet, daß ich der Mann bin. Der Schwager sagte zu Mr. Hontvet, er soll mich fragen, ob ich mir das Geld nicht hätte holen können, ohne die Frauen zu töten.«

»Wen meinen Sie mit Schwager?«

»Evan Christensen. Ich hab ihm gesagt, daß ich nie versucht habe, Geld zu stehlen, aber wenn ich wirklich ein Dieb wäre, dann würde ich auch wissen, wie ich an Geld kommen kann, ohne andere umzubringen. Er sagt, du hast dreizehn Dollar gestohlen. Er sagt, du hast einen Zehndollarschein aus der Börse gestohlen.«

»Wer hat das gesagt?«

»Mr. Hontvet. Sein Bruder, Matthew Hontvet, hat mir noch eine andere Börse gezeigt und hat gesagt, daraus hätte ich fünf Dollar gestohlen. Ich hab ihm gesagt, daß er sich irrt. Dann ist er gegangen, und andere Leute sind zu mir gekommen.«

Bei dem Prozeß wurde das Blut als Beweismittel gewertet. Horace Chase, ein Arzt mit Wohnsitz in der Newbury Street 22 in Boston, sagte aus, er habe die Analyse von Blut studiert und habe das Blut, das man auf Louis Wagners Kleidungsstücken gefunden hatte, untersucht. Er erklärte, daß sich die roten Blutkörperchen von Fischblut in der Form von jenen von Menschen- oder Säugetierblut unterscheiden. Außerdem, sagte er, sei es möglich, Menschenblut aufgrund der Größe der Blutkörperchen von

Pferdeblut zu unterscheiden. »Im Durchschnitt mißt das Blutkörperchen des Menschen ein Dreitausendzweihundertstel Zoll; das heißt, legte man dreitausendzweihundert Blutkörperchen in einer Reihe hintereinander, so würden sie eine Seite eines Quadratzolls bedecken; vom Pferd würde man dazu ungefähr viertausendsechshundert Blutkörperchen brauchen. Der Unterschied ist deutlich erkennbar«, sagte er.

Mr. Yeaton, der Ankläger, hatte Dr. Chase verschiedene Kleidungsstücke zur Blutanalyse nach Boston gebracht – eine Arbeitshose, eine Jacke und ein Hemd. Dr. Chase sagte aus, er habe an der Arbeitshose und an dem Hemd menschliches Blut gefunden, an der Jacke nur Säugetierblut. Im Kreuzverhör erklärte Dr. Chase, er habe bisher nicht mehr als »zwei oder drei« Blutuntersuchungen in Verbindung mit Straftaten vorgenommen.

Die Verteidigung präsentierte ihren eigenen Blutspezialisten. James F. Babcock, Professor der Chemie am Massachusetts College of Pharmacy in Boston, sagte aus, es sei nicht möglich, Menschenblut mit absoluter Sicherheit vom Blut anderer Säugetiere zu unterscheiden. Ebensowenig sei es möglich, bei einem bereits eingetrockneten Blutfleck zu sagen, wie alt er sei und ob er vor oder nach einem anderen Fleck entstanden sei. Es gebe ferner keine Möglichkeiten festzustellen, ob das Blut von einem männlichen oder weiblichen Menschen oder Tier stamme. Mr. Babcock sagte aus, er habe in Verbindung mit »mehreren« Kapitalverbrechen Blutuntersuchungen durchgeführt.

Danach rief die Verteidigung Asa Bourne in den Zeugenstand, einen Fischer, der aussagte, er und seine Söhne seien in der Mordnacht auf Fischfang gewesen, und der Wind sei so stark gewesen, daß sie überhaupt nicht gegen ihn angekommen seien. Seiner Meinung nach, sagte Bourne, könne Wagner unmöglich zu den Inseln und wieder zurück gerudert sein.

Dr. John D. Parsons, der Arzt, der die Leiche Anethe Christensens im Bestattungsunternehmen Gerrish und Adams untersucht hatte, wurde von der Verteidigung noch einmal aufgerufen. Man fragte ihn, ob es in Anbetracht der Art der Verletzungen an Anethes Körper nicht begründeten Anlaß zu der Vermutung gebe, daß sie von einer nicht sehr kräftigen Person verursacht worden seien. Er antwortete: »Ich denke, die Fleischwunden könnten von einer Person verursacht worden sein, die nicht über große körperliche Kräfte verfügte.«

Schließlich machte die Verteidigung einen Versuch, das ganze Verfahren einstellen zu lassen. Im Staat Maine konnte damals niemand wegen vorsätzlichen Mordes verurteilt werden, wenn nicht das Opfer bei seinem richtigen Namen genannt und dieser Name in der Anklageschrift richtig geschrieben war. Bei seiner ersten Aussage erklärte Evan Christensen: »Anethe Christensen war meine Frau.« In der Anklageschrift jedoch wird das Opfer als Anethe M. Christenson geführt, mit einer Mittelinitiale also und einer etwas anderen Schreibweise des Nachnamens. Evan Christensen wurde noch einmal in den Zeugenstand gerufen, und Tapley befragte ihn.

»Zu welcher Tageszeit, sagten Sie, gingen Sie zu dem Haus, in dem Ihre tote Frau lag?«

Keine Antwort.

»Welche Uhrzeit war es?«

Keine Antwort.

»Verstehen Sie mich?«

Keine Antwort.

»Welche Uhrzeit war es, als Sie, nachdem Sie vom Tod Ihrer Frau gehört hatten, an dem ersten Morgen nach dem Mord zum erstenmal das Haus betraten?«

Keine Antwort.

»Sind Sie hineingegangen?«

»Ja, Sir.«

»Sind Sie in die verschiedenen Zimmer gegangen?«

»Ich bin in andere Zimmer gegangen.«

»Haben Sie in diesen Zimmern nicht eine Menge Blut gesehen?«

»Ja, Sir.«

»Auf dem Fußboden?«

»Ja, Sir.«

»Hat man Sie, seitdem Sie vorgestern hier waren, nach dem Namen Ihrer Frau gefragt?«

Keine Antwort.

»Hat jemand Sie heute morgen, bevor Sie hier hereinkamen, nach dem Namen Ihrer Frau gefragt? Hat nicht jemand Sie danach gefragt?«

Keine Antwort.

»Wann hat seit vorgestern jemand etwas über den Namen Ihrer Frau zu Ihnen gesagt? Verstehen Sie mich?«

Keine Antwort.

»Sie sind Norweger?«

Keine Antwort.

»Sie verstehen mich nicht, nicht wahr?«

»Nein, Sir.«

»Haben Sie mit jemandem über Ihre Frau gesprochen?«

Keine Antwort.

»Haben Sie jemandem den Namen Ihrer Frau gesagt, bevor Sie heute morgen hierhergekommen sind?«

Keine Antwort.

»Wie heißt Karen mit vollem Namen?«

»Karen Alma Christensen.«

»War der Name Ihrer Frau Matea Annette?«

»Anethe Matea Christensen.«

»Wurde sie nicht manchmal Matea Annette genannt?«

Keine Antwort.

»Verstehen Sie meine Frage?«

Keine Antwort.

»Wann haben Sie geheiratet?«

Keine Antwort.

»Wann haben Sie Ihre Frau geheiratet?«

Keine Antwort.

Tapley gab dieses merkwürdige Bemühen schließlich auf, und das Gericht verkündete, Anethe M. Christenson, wie geschrieben, sei in diesem Fall das Opfer.

Billie krümmt sich, als würde sie sich gleich übergeben. Sie hustet mehrmals. Ihre Haut ist bleichgrau, und auf ihrer Stirn ist Schweiß. Sie weint. Sie versteht nicht, was mit ihr geschieht. »Mama«, sagt sie. »Mama.«

Ein Windstoß erfaßt das Boot, und es ist, als wären wir mit einem Zug zusammengestoßen. Wir legen uns auf die Seite, und ich schlage mir den Kopf am Kartentisch an. Ich höre das Klirren des Geschirrs in den Schränken. Eine Thermosflasche auf der Anrichte rutscht die lange Resopalplatte hinunter und stürzt um. Ich knie auf dem Teakboden und halte Billie, so gut ich kann. Ich kämpfe gegen Panik.

»Rich!« rufe ich die Leiter hinauf. Ich warte auf Antwort. Ich rufe noch einmal. »Hier unten ist Wasser«, rufe ich laut.

Seine Antwort ist kaum zu hören. Vor dem Sturm waren die Geräusche des Wassers einschläfernd. Das sanfte Plätschern der Wellen am Bootsrumpf. Jetzt aber ist da eine Art brodelndes Rauschen, das nicht nur vom Motor kommt. Es ist, als wäre es schwieriger geworden, das Wasser zu durchschneiden, als böte die See Widerstand. Durch das Getöse höre ich Rich Thomas etwas zurufen, aber ich kann die Worte nicht verstehen.

Thomas kommt die Leiter herunter. Er ist durchnäßt trotz des Ölmantels. Er scheint die Metallschnallen nicht richtig zugemacht zu haben. Er sieht mich mit Billie, Billie zusammengekrümmt und weinend. »Was ist los?« fragt er.

»Ich glaube, sie ist seekrank.«

Er hockt neben uns nieder.

»Sie hat Angst«, sage ich. »Sie versteht nicht, was los ist.«

»Hast du ihr die halbe Tablette gegeben?«

»Ja. Aber es war wahrscheinlich schon zu spät.«

Thomas greift nach einem Geschirrtuch und wischt Billie damit die Stirn. Dann tupft er sein eigenes Gesicht ab. Er atmet schwer, und auf einer Seite hat er am Wangenknochen eine rote Schwellung.

»Was ist das?« frage ich, auf die Beule deutend.

»Es tobt da draußen«, antwortet er. Er klappt seine Kapuze herunter und wischt sich den Kopf. Sein Haar ist zusammengedrückt zu einer Art grotesker Skulptur, über die Billie lachen würde, wenn es ihr besserginge.

Er stützt sich mit der Hand auf den Boden, um nicht das Gleichgewicht zu verlieren. Er atmet immer noch schwer. Versucht, zu Atem zu kommen. Unsere Gesichter sind keine dreißig Zentimeter voneinander entfernt. Ich denke, während ich ihn ansehe, daß er auch Angst hat.

Thomas schreit die Kajütentreppe hinauf. »Hier unten ist Wasser, Rich. Ich kann nicht sagen, wieviel.«

Wir hören Richs Stimme, aber wieder kann ich die Worte nicht verstehen. Thomas steht auf und lehnt sich an die Leiter. »Okay«, ruft er in Antwort auf irgend etwas, was Rich gesagt hat.

Ich sehe zu, wie Thomas ein Werkzeug aus einer Schublade in der Kombüse nimmt und ein Polster aus der Eßecke entfernt. Im Schott ist eine Muffe. Thomas steckt das Metallwerkzeug in die Muffe und beginnt, es vor- und zurückzuhebeln. Er hockt unbequem gekrümmt auf der Bank, und der Tisch ist ihm im Weg. Ich habe Thomas kaum je bei einer handwerklichen Arbeit gesehen.

»Es ist die Bilge«, erklärt er mir. »Rich sagt, daß der Strom weg ist.«

Thomas arbeitet angestrengt, schweigend, als wollte er seine Kräfte erschöpfen.

Da höre ich ein anderes Geräusch oder vielmehr das Wegfallen eines Geräuschs.

»Scheiße!« höre ich Rich laut sagen.

Er kommt die Leiter herunter. Er nimmt die Taucherbrille ab, und ich sehe die 8, die der Gummi auf seinem Gesicht eingedrückt hat. Die Haut rund um die 8 ist rot und wund. »Die Maschine ist hinüber«, sagt er kurz. Sein Blick fällt auf Billie. »Was ist los?« fragt er.

»Sie ist seekrank«, antworte ich.

Er seufzt schwer und reibt sich das linke Auge mit dem Finger. »Kannst du einen Moment das Rad übernehmen?« fragt er mich. »Ich muß in den Maschinenraum.«

Ich sehe Billie an, die in die Isolation ihres Elends eingekapselt ist. Sie hat die Hände auf dem Bauch gefaltet. »Ich könnte sie zu Adaline reinlegen«, sage ich. Rich würde nicht um Hilfe bitten, wenn er sie nicht wirklich brauchte.

»Leg sie hin«, sagt er, »und komm dann rauf. Ich zeig dir, was du tun mußt. Je schneller, desto besser.«

Ich trage Billie zur vorderen Kabine und öffne die Tür. Die Kojen sind wie ein auf dem Kopf stehendes V angeordnet, das in der Mitte zusammenläuft, so daß ein Stück Doppelbett entsteht. Unter den Kojen sind große Schubfächer, und am Ende jedes Schenkels des V ist ein Spind. Adaline liegt seitlich in der Koje zu meiner Linken. Sie hält eine Hand auf ihre Stirn gedrückt. Sie blickt auf, als ich eintrete, und hebt ein klein wenig den Kopf.

Ich trage Billie auf meiner Hüfte. Ich möchte meine Tochter nicht hergeben. Ich möchte sie nicht bei Adaline lassen. Billie würgt wieder.

»Sie hat sich noch nicht übergeben«, sage ich, »aber sie fühlt sich gar nicht wohl. Rich braucht mich einen Moment oben am Steuer. Thomas ist hier, wenn Sie ihn brauchen.«

»Tut mir leid, Jean«, sagt sie.

Ich sehe Billie an. »Ich muß Onkel Rich mal kurz helfen«, sage ich. »Adaline kümmert sich um dich. Es wird alles wieder gut.« Billie hat zu weinen aufgehört, als ginge es ihr zu schlecht, um selbst die Anstrengung des Weinens auszuhalten.

»Seekrankheit ist furchtbar«, sage ich zu Adaline. »Rich und Thomas sind stolz darauf, daß sie nie seekrank werden. Angeblich liegt es an den Genen. Billie scheint sie nicht mitbekommen zu haben.«

»Das war mit das erste, was er mir über sich erzählt hat, als wir uns kennengelernt haben«, sagt Adaline.

»Rich«, sage ich, während ich Billie den Schweiß von der Stirn wische.

»Nein, Thomas.«

Da fühle ich es. Einen Kollaps der verfügbaren Luft.

»Wann haben Sie Thomas denn kennengelernt?« frage ich so beiläufig, wie ich kann.

Es gibt Momente im Leben, da weißt du, daß der nächste Satz dein Leben auf immer verändern wird, obwohl dir, noch während du diesen Satz erwartest, klar ist, daß dein Leben sich bereits verändert hat. Sich vor einiger Zeit schon verändert hat, und du selbst hast es nur nicht gemerkt.

Ich kann flüchtig Verwirrung in Adalines Gesicht erkennen.

»Vor fünf Monaten?« sagt sie, um Unbefangenheit bemüht. »Thomas hat mich überhaupt erst mit Rich bekannt gemacht.«

Ein lauter Ruf schallt vom Cockpit in die Kabine.

»Jean!« brüllt Rich. »Ich brauch dich!«

»Legen Sie Billie hier zu mir«, sagt Adaline schnell. »Ich kümmere mich um sie.«

Ich denke an Thomas' Vorschlag, mit Richs Boot zu fahren.

Ich lege Billie neben Adaline, zwischen Adaline und das Schott, und in dem Moment krängt das Boot wieder. Billie schlägt mit dem Kopf an die Wand. »Aua!« sagt sie.

Ich denke, ich möchte nur, daß das alles vorbei ist.

Ich habe nicht voraussehen können, wie es oben an Deck zugeht, wie geschützt wir unten waren. Ich wußte nicht, daß ein Sturm so finster sein kann, daß Wasser so schwarz erscheinen kann.

Die Sicht ist praktisch gleich null. Rich nimmt mich beim Arm und dreht mich herum, mit dem Gesicht zum Heck. »Es ist ganz einfach«, brüllt er mir in die Kapuze. »Sieh zu, daß die Wellen immer hinter dir sind. So wie jetzt. Ganz gleich, was du tun mußt. Ich fahre mit einem Segel, aber kümmre dich jetzt nicht darum. Die Hauptsache ist, daß uns die Wellen nicht von der Seite erwischen. Okay?«

»Rich, wann hast du Adaline kennengelernt?«

»Was?« Er neigt sich näher zu mir.

»Wann hast du Adaline kennengelernt?« schreie ich.

Er schüttelt den Kopf.

Ich wende mich von ihm ab. »Wie hoch sind die Wellen da?« frage ich, mit dem Arm zeigend.

»Hoch«, sagt er. »Das ist nicht so wichtig. Also, übernimm jetzt das Rad.«

Ich drehe mich herum und lege meine Hände bei zehn und zwei Uhr auf die Holzspeichen. Sofort entreißt sich das Rad, an meinen Handflächen entlangratternd, meiner Kontrolle.

»Du mußt es festhalten, Jean.«

»Ich kann das nicht«, sage ich.

»Doch, du kannst.«

Ich greife wieder in das Rad und stemme die Füße in den Cockpitboden. Der Regen peitscht meine Wangen und Augenlider.

»Hier, setz das auf«, sagt er.

Er beugt sich mit einer Taucherbrille zu mir herüber, und ich merke, daß wir in dem kleinen Schutzraum unserer Kapuzen nicht schreien müssen. »Rich, wo hast du Adaline kennengelernt?« frage ich.

Er macht ein verdattertes Gesicht. »Bei dem ›Dichtung- und Prosaabend‹«, sagt er. »Ich dachte, das wüßtest du. Thomas war dort. Du konntest nicht.«

»Ich kriegte keinen Babysitter. Warum war Adaline dort?«

»Die Bank of Boston war einer der Sponsoren. Sie kam als Vertreterin der Bank.«

Rich schiebt mir die Kapuze vom Haar, und ich denke, es muß diese Geste sein, die eigenartige Zärtlichkeit dieser Geste, oder vielleicht ist es auch das Aufsetzen der Brille, wie bei einem Kind, jedenfalls beugt er sich über mich und küßt meinen nassen Mund. Einmal, ganz schnell. Ich spüre in mir einen plötzlichen drückenden Schmerz.

Er schiebt die Brille über mein Gesicht. Als ich sie zurechtgezogen habe und die Augen aufmache, hat er mir schon den Rücken gekehrt und ist auf dem Weg zur Kabine hinunter.

Ich glaube nicht, daß ich es schaffe, worum Rich mich gebeten hat. Ich kann das Rad nicht halten, ohne beide Hände zu benutzen, und muß deshalb beim Steuern den Kopf verdrehen, um nach hinten zum Heck sehen zu können. Das Boot saust in ein Wellental, und ich fürchte, die Wasserwand wird auf mich herabstürzen und das Boot überfluten. Die Dünungswelle bricht sich oben, stößt dann das Boot mit Schwung vorwärts. Das Boot schlingert unter meinen unerfahrenen Händen. Mehrmals ziehe ich das Rad in die falsche Richtung und korrigiere dann zu stark. Mir ist schleierhaft, wie ich die Wellen hinter mir halten soll. Meine Hände werden steif von Nässe und Kälte. Das Rad schüttelt, und ich drücke mit meinem ganzen Gewicht, um zu verhindern, daß es durchdreht.

Vor nicht einmal einer Stunde war ich noch am Strand von Smuttynose.

Eine Welle bricht links von mir über die Reling. Das Wasser schießt ins Cockpit, steigt bis zu meinen Fußknöcheln und versickert rasch. Es trifft meine Haut schockartig wie Eis. Das Boot, sehe ich, dreht sich in der Dünung. Ich kämpfe mit dem Rad, und dann ist plötzlich überhaupt kein Widerstand da, es dreht wie im Leerlauf. Rechts von mir zuckt ein Blitz aus dem Wasser. Wir stürzen in das nächste Wellental, und ich kämpfe erneut mit dem Steuer. Rich ist erst ein, zwei Minuten weg. Wieder leuchtet ein Blitz, näher diesmal, und mich packen neue Ängste.

Der Klüver vorn beim Bug flattert knallend. Er fällt zusammen und flattert wieder. Ich drehe das Rad, um an den Wind zu kommen. Der Klüver strafft sich und bleibt so.

Adaline taucht aus der vorderen Luke auf.

Ich reibe die Oberfläche der Taucherbrille mit dem Ärmel ab. Das Rad fängt an durchzudrehen, und ich packe wieder fest zu. Ich bin mir nicht sicher, was ich da sehe. Wie ein rauchig verschwommener Schatten hebt sich die Plexiglasklappe der Luke. Ich nehme die Taucherbrille ab und suche in der Tasche meines Ölmantels nach meiner Brille. In der Tasche steht das Wasser gut einen Zentimeter hoch. Ich setze die Brille auf, und es ist, als blickte ich durch ein Prisma. Gegenstände neigen sich in schwankender Bewegung.

Adaline sitzt auf dem Rand der Luke, das Gesicht zum Himmel erhoben, als wäre sie unter der Dusche. Der Regen macht ihr Haar sofort dunkel und platt. Sie steigt ganz aus der Luke heraus und schließt sie. Sie rutscht vom Kabinendach aufs Deck. Sie hält sich mit einer Hand an einem Stag aufrecht. Sie geht zur Reling und schaut aufs Meer hinaus. Ich rufe sie.

Sie hat eine weiße Bluse und einen langen dunklen Rock

an, beides augenblicklich durchnäßt. Ihr Gesicht kann ich nicht sehen, aber ich erkenne die Konturen ihrer Brüste und ihrer Beine. Ich rufe wieder. Sie hat keine Schwimmweste an.

Ich brülle zu Rich hinunter, aber er hört mich nicht. Nicht einmal Thomas kann mich bei dem Getöse hören.

Was tut sie hier draußen? Ist sie verrückt?

Ich bin plötzlich zornig, in blinder Wut über ihren Leichtsinn, diesen dramatischen Auftritt. Ich wollte, diese Frau wäre nicht in unser Leben getreten, hätte Thomas und Billie nicht berührt, an sich gezogen, abgelenkt. Ich wollte, diese Frau wäre nicht oben an Deck. Ich wollte, ich müßte nicht zu ihr gehen. Statt dessen möchte ich sie schütteln vor Zorn über ihre Dummheit, ihre theatralische Gebärde, dieses goldene Kreuz.

Ich lasse das Rad los, beuge mich von der Hüfte aus nach vorn und grapsche nach einem Stag. Der Wind preßt mir den Ölmantel an den Körper. Ich greife nach einer Winsch, nach den Streben der Teakreling. Ich ziehe mich vorwärts. Sie ist vielleicht viereinhalb Meter von mir entfernt. Der Wind reißt mir die Kapuze vom Kopf.

Adaline beugt sich über die Reling. Ihr Haar fällt in Strähnen herab, wird dann über ihrem Kopf in die Höhe geblasen. Da erst sehe ich, daß sie sich übergibt.

Ich bin vielleicht einen Meter von ihr entfernt. Ich rufe ihren Namen.

Das Boot dreht sich in die Wellen und legt sich auf die Seite. Adaline richtet sich auf und sieht mich mit einem Ausdruck der Überraschung im Gesicht an. Der Klüver schwingt abrupt herum, und es knallt wie von einem Schuß. Sie streckt ihre Hand aus. Die Hand scheint in der Luft zu schweben, zwischen uns beiden aufgehängt.

Ich habe seither sehr viel über einen Moment nachgedacht, als ich eine Autotür zumachte, ihr einen Stoß versetzte und in dem Bruchteil der Sekunde, bevor sie zufiel, sah, daß Billies Finger sich in der Öffnung befanden, und mir schien, ich hätte in dieser winzigen Zeitspanne, die die Tür brauchte, um ihren Schwung zu vollenden, die Bewegung vielleicht aufhalten können; ich hätte eine Chance gehabt, eine Wahl.

In Alfred, Maine, brauchten die Geschworenen nicht einmal eine Stunde, um auf vorsätzlichen Mord zu erkennen. Wagner wurde zum Tod durch den Strang verurteilt. Danach wurde er ins staatliche Zuchthaus in Thomaston gebracht, um dort auf seine Hinrichtung zu warten.

Die Hinrichtung in Thomaston war eine besonders grausige Angelegenheit, der fast allein die Abschaffung der Todesstrafe in Maine zu danken sein soll. Eine Stunde bevor Wagner und ein zweiter Mörder, ein Mann namens True Gordon, der drei Angehörige der Familie seines Bruders mit einer Axt getötet hatte, gehängt werden sollten, machte Gordon einen Selbstmordversuch, indem er sich die Schenkelschlagader durchschnitt und sich dann mit einem Schustermesser in die Brust stach. Gordon war bewußtlos und im Begriff zu verbluten, und der Gefängnisdirektor von Thomaston sah sich vor eine schreckliche Entscheidung gestellt: Sollten sie einen Mann hängen, der sowieso sterben würde, bevor der Nachmittag um war? Das Gerichtsurteil blieb gültig, und Wagner und Gordon wurden zu einem verlassenen Kalksteinbruch gebracht, wo die Galgen errichtet worden waren. Gordon mußte aufrecht gehalten werden, damit man ihm die Schlinge umlegen konnte. Wagner stand allein und beteuerte seine Unschuld. Er rief: »Gott ist gut. Er darf einen Unschuldigen nicht leiden lassen.«

Louis Wagner und True Gordon wurden am 25. Juni 1873 um zwölf Uhr mittags gehängt.

Adaline geht über Bord wie ein junges Mädchen, das überraschend von einem jungen Grobian angeschubst und vom Sprungbrett gestoßen worden ist. Arme und Beine beginnen zu rudern, ehe sie auf dem Wasser aufschlägt.

Das Meer schließt sich elegant über ihrem Kopf. Ich versuche, mit den Augen die Stelle festzuhalten, an der sie untergegangen ist, aber die Wasseroberfläche – ihre Landschaft, ihre Geographie – verändert sich ständig, und das, was eben noch da war, ist einen Moment später verschwunden.

Die See wogt hoch auf und stürzt in sich zusammen und drückt das Boot seitlich in ein Wellental hinunter. Wasser strömt in Kaskaden über das Deck und preßt meine Beine an die Reling. Adaline taucht zwanzig Meter von der Stelle entfernt, wo ich sie erwartet habe, aus dem Wasser auf. Ich schreie ihren Namen. Ich kann sehen, daß sie kämpft. Rich kommt nach hinten, um zu sehen, was mit dem Boot los ist. Er nimmt sofort das Rad.

»Jean!« schreit er. »Geh weg da von der Reling. Was ist denn los?«

»Adaline ist über Bord«, schreie ich zurück, aber der Wind ist gegen mich, und Rich nimmt nichts wahr als die lautlose Bewegung meiner Lippen.

»Was?«

»Adaline!« schreie ich, so laut ich kann, und zeige ins Wasser.

In diesem Moment kommt Thomas nach oben. Er hat eine schwarze Wollmütze aufgesetzt, aber sein Ölzeug nicht an. Rich ruft Thomas das Wort »Adaline« zu und zeigt auf den Rettungsring. Thomas packt den Rettungsring und hangelt sich zu mir herüber.

Dann ertönten donnernde Stimmen, ein Seil wird abgespult, ein Rettungsring verfehlt, er tanzt in einem Wellental. Etwas Weißes blitzt auf, wie ein Taschentuch, das jemand ins Wasser geworfen hat. Hektische, scharfe

Kommandos werden gegeben, und Thomas geht ins Wasser. Rich steht am Rad, halb geduckt wie ein Ringer vor Anstrengung, das Boot geradezuhalten.

In diesem Moment denke ich: Hätte ich meine Hand ausgestreckt, hätte Adaline sie dann vielleicht ergriffen? Habe ich die Hand ausgestreckt, frage ich mich, oder hat eine Sekunde des Zorns, der Selbstgerechtigkeit meine Hand an meiner Seite festgehalten?

Und ich denke noch etwas: Wenn ich nicht genau in diesem Moment Adaline zugerufen hätte, dann hätte sie sich nicht aufgerichtet, und das Segel wäre über sie hinweggesaust.

Als Rich Adaline über das Heck heraufzieht, hat sie ihren Rock und ihre Unterwäsche verloren. Was er da heraufbringt, scheint kein Mensch zu sein, den wir gekannt haben, sondern eher ein Leichnam, den wir untersuchen können. Rich beugt sich über Adaline und hämmert auf ihre Brust. Dann drückt er seinen Mund auf den ihren, immer wieder. In der Ecke des Hecks, an die Reling gelehnt, steht Thomas, gekrümmt von der Anstrengung, Adaline zu retten und sich wieder aufs Boot zu ziehen. Er keucht und hustet um Atem ringend.

Und nicht ich bin es, nicht einmal ich bin es, sondern Rich – zornig, frustriert, erschöpft, atemlos –, der den Kopf von Adalines Brust hebt und ruft: »Wo ist Billie?«

25. September 1899

Ich stehe jetzt vor der schwierigsten Aufgabe von allen, nämlich der, den Ereignissen vom 5. März 1873 ins Auge zu sehen und sie zu Papier zu bringen, in diesem Schriftstück zu erfassen, das als wahrer Bericht einer Augenzeugin gelten soll, die dabei war, die alles gesehen hat und überlebte, um Zeugnis abzulegen. Manchmal rufe ich weinend, hier, in der Stille meines Häuschens, wo nur Kerzen meine Hand und die Tinte und das Papier beleuchten, daß ich über diesen Tag nicht schreiben kann, es einfach nicht kann. Nicht daß ich mich der Einzelheiten der Vorgänge nicht erinnerte, ich erinnere mich nur allzu lebhaft, an Farben, die grell und stechend sind, Geräusche, die überlaut und schmerzhaft sind wie in einem Traum, einem schrecklichen Traum, der einen immer wieder und immer wieder heimsucht und dem man nicht entkommen kann, ganz gleich, wie alt man wird oder wie viele Jahre vergehen.

Es war ein Tag mit blauem Himmel und heller Sonne und blendendem Glanz von Schnee und Meer und den Eiskristallen auf den Felsen, ein Glanz, der den Augen weh tat, wenn der Blick durch die Fensterscheiben schweifte oder wenn ich nach draußen ging, zum Brunnen oder zum Hühnerhaus. Es war ein Tag mit trockenen, unfreundlichen Winden, die einem das Haar ins Gesicht schlugen und die Haut so spröde machten wie Papier. Die Männer waren am frühen Morgen aufgebrochen, um ihre Netze einzuholen, die sie am Tag zuvor ausgelegt hatten, und John sagte vor der Abfahrt zu mir, sie würden spätestens gegen Mittag zurück sein, um Karen abzuholen und etwas zu essen zu kaufen, ehe sie nach Portsmouth segelten, um den Fang feilzubieten und Köder zu besorgen. Ich hatte verschiedene Aufträge für ihn, und darüber sprach ich mit ihm, und es ist möglich, daß ich ihm an diesem Tag eine Liste mitgab, ich kann mich jetzt nicht mehr erinnern. Evan stolperte unrasiert und mit zerzaustem Haar die Treppe herunter und nahm sich als Frühstück ein Brötchen vom Tisch. Ich drängte ihn, einen Moment zu bleiben und etwas Kaffee zu trinken, da es auf dem Boot rauh und kalt sein würde, aber er wollte nichts davon wissen und holte sich seine Jacke und sein Ölzeug aus dem Vestibül. Matthew war schon unten am Boot, um es startklar zu machen, wie er das beinahe jeden Morgen tat. Eigentlich bekam ich Matthew kaum je zu Gesicht, da seine Uhr anders zu gehen schien als unsere und er jeden Morgen mindestens eine Stunde vor mir aufstand; er ging zu Bett, sobald es dunkel war. Karen, erinnere ich mich, war an jenem Morgen in der Stube, und sie sagte zu John, sie würde fertig angezogen und bereit sein, um nach dem Mittagessen mit ihm zu fahren, und John nickte ihr zu, und ich konnte sie kaum ansehen, da man ihr alle Zähne gezogen hatte und ihr Gesicht so schrecklich eingefallen war, wie man es manchmal bei Toten sieht.

Karen, die seit Ende Januar bei uns gelebt hatte, war aus ihrer Stellung bei den Laightons entlassen worden, als sie eines Tages erklärt hatte, sie würde in einem bestimmten Zimmer, das von vier männlichen Gästen bewohnt wurde, nicht fegen und auch keine Betten machen. Ich vermute, Eliza Laighton hätte Karen schon eine ganze Weile gern hinausgesetzt, da Karen mittlerweile ein rudimentäres Englisch sprechen und daher ihre Beschwerden und Ansichten äußern konnte, wozu sie anfangs nicht in der Lage war. Wie Sie sich vorstellen können, stand ich Karens Aufenthalt bei uns etwas zwiespältig gegenüber. Seit Evans Ankunft waren wir einander nicht gerade besonders herzlich begegnet, und hinzu kam, daß wir so viele unter diesem Dach waren, unter diesem halben Dach, sollte ich sagen, da wir alle in der Südwestwohnung lebten, um während des langen Winters der Wärmequelle näher zu sein.

In der Tat, ich kann kaum über diesen grauenvollen Winter schreiben, in dem wir alle im Januar und Februar über so viele Wochen zusammengepfercht waren. Den größten Teil des Tages hielten wir uns in der Küche auf, ich selbst und John, Evan und Anethe, Matthew natürlich und dann auch noch Karen, und konnten tagelang das Haus nicht verlassen oder ein richtiges Bad nehmen, so daß ständig ein schaler und ekelhafter Geruch in diesem Raum hing, ein Geruch, der sich zusammensetzte aus der Ausdünstung eingeschlossener Menschen und dem Fischgestank, der auf dem Ölzeug und selbst in den Bodendielen haftete und den ich niemals wegbekam, ganz gleich, wie kräftig ich mit der Bürste schrubbte. Mir fiel auf, daß selbst Anethe in den letzten Februarwochen ihre Frische zu verlieren begann, und ich bemerkte, daß ihr Haar, das so viele Tage ungewaschen blieb, dunkler und fettiger wurde und daß auch ihre Gesichtsfarbe im Lauf des Winters verblaßt war.

Es war eine harte Probe, in dieser stinkenden Atmosphäre nicht die Selbstbeherrschung zu verlieren. Evan allein schien seinem Schicksal etwas Gutes abgewinnen zu können, zufrieden damit, einfach in Anethes Nähe zu sein, obwohl ich an Anethe selbst Anzeichen von Gereiztheit bemerkte, und wenn je irgendwo eine Ehe auf die Probe gestellt wurde, dann auf dieser Insel, in diesen Wintern, da schon kleine Eigenheiten oder Angewohnheiten fast unerträglich werden konnten und man fast sicher sein mußte, daß eines jeden schlechteste Seiten zum Vorschein kommen würden. John nutzte die Stunden, um Netze zu flikken, und Matthew half ihm bei dieser Arbeit. Matthew pflegte häufig Lieder aus Norwegen zu summen oder zu singen, und ich erinnere mich dessen als einer angenehmen Abwechslung. Evan hatte sich vorgenommen, einen Schrank für Anethe zu zimmern, und so war die Stube nicht nur voller Haken und Netze, bei denen man achtgeben mußte, daß man sich nicht in ihnen verhedderte, sondern es lagen auch überall Holzspäne und Sägemehl und Nägel und verschiedene scharfe Werkzeuge herum, mit denen Evan arbeitete. Ich flüchtete mich in die tägliche Gewohnheit, und ich möchte an dieser Stelle sagen, daß die alltägliche, sich regelmäßig wiederholende Arbeit in meinem Leben mehr als einmal meine Rettung war. Von uns sechs Personen ging ich am häufigsten ins Freie hinaus, um Wasser oder Holz oder Eier aus dem Hühnerstall zu holen. Es verstand sich von selbst, daß ich das Haus in Ordnung hielt, und ich habe beobachtet, daß zwar Fischer sich jahreszeitlich bedingte Ruhepausen von ihrer schweren Arbeit gönnen, daß ihre Frauen das jedoch nicht tun, nicht einmal dann, wenn die Männer im Alter zu schwach sind, um noch Netze zu schleppen, und die Arbeit ganz niederlegen müssen. Eine alte Hausfrau kann ihre Arbeit niemals niederlegen, denn wenn sie es täte, wie würde dann die Familie, oder das, was von ihr übrig ist, essen?

Karen widmete sich in dieser Zeit dem Spinnen und der Näharbeit, und ich war froh, sie nicht ständig am Hals zu haben. Zu Beginn von Karens Aufenthalt bei uns bemühte sich Anethe, dieser Schwester Evans zu gefallen, sie wikkelte die Wolle, die Karen gesponnen hatte, heuchelte Interesse an der Stickerei und erbot sich, Karens Haar zu flechten, aber es dauerte nicht lange, da bemerkte ich, daß selbst Anethe, die bis dahin über schier unerschöpfliche Reserven an Selbstlosigkeit zu verfügen schien, des ständigen nörgelnden Gejammers von Karen müde wurde und einzusehen begann, daß es ein eitles Unterfangen war, es Karen recht machen zu wollen. Es gibt Menschen, denen kann man es einfach nicht recht machen. Nach einer Weile fiel mir auf, daß Anethe mich immer häufiger um Aufträge anging, die sie selbständig erledigen konnte. Ich hatte mehr Arbeit als genug und erbarmte mich ihrer, da erzwungener Müßiggang in so bedrückender Enge beinahe mit Sicherheit früher oder später die Freude, wenn nicht gar den ganzen Charakter untergräbt.

Was mich angeht, so lag alle Freude mir fern, und manchmal meinte ich sogar, mein Charakter, ja, meine Seele seien in Gefahr. Seit dem Tag nämlich, an dem Evan in der Küche so barsch mit mir gesprochen hatte, konnte ich nicht mehr beten, denn es gab ja für mich nichts mehr, wofür zu beten sich lohnte. Nicht sein Kommen, nicht seine Liebe, nicht einmal seine Güte oder Anwesenheit. Obwohl er all die Tage in einem Raum mit mir war, obwohl wir selten mehr als ein paar Schritte voneinander entfernt waren, hätten wir uns ebensogut auf verschiedenen Kontinenten befinden können. Er beachtete mich nicht, sprach nicht mit mir, wenn es nicht absolut unumgänglich war, und selbst dann wünschte ich, es hätte keine Notwendigkeit für ihn bestanden, mit mir zu sprechen, denn die Gleichgültigkeit seines Tons tropfte wie Eis in mein Blut und machte mir noch kälter, als mir vorher gewesen war. Es war ein Ton, dem jegliche Wärme oder Vergebung fehlte, ein Ton, der nur eines will, nämlich den anderen in Schach halten, auf Abstand. Einmal fragte mich John abends im Bett, wie es käme, daß Evan und ich anscheinend nicht mehr das gleiche Gefallen an der Gesellschaft des anderen fanden wie früher, und ich antwortete ihm, es stecke nichts weiter dahinter, Evan sei einfach mit seinen eigenen Angelegenheiten beschäftigt und blind für jeden außer Anethe.

Seit dem ersten Märztag waren die Männer wieder auf Fang gefahren, und es war dies eine Erleichterung, nicht nur, weil wir alle die zermürbenden Wochen des harten Winters überstanden hatten, sondern auch, weil nun endlich jeder wieder Luft zum Atmen hatte. Die Männer im besonderen heiterte die Arbeit auf, und ich denke, ich war etwas gelöster, da ich jetzt nicht mehr so viele Menschen um mich herum hatte. Meine Arbeit jedoch schien nicht wesentlich leichter zu werden, da immer noch dieselbe Anzahl Mahlzeiten zubereitet werden mußte und da es jetzt, weil die Männer nachmittags nach Fisch stinkend heimkehrten, um so mehr zu waschen gab.

Ich erinnere mich, daß Karen sich am Morgen des 5. März mit größter Sorgfalt stadtfein machte und in ihrem Staat, einem silbergrauen Kleid mit pfauenblauem Besatz und passender Haube, auf einem geradlehnigen Stuhl saß, die Hände im Schoß gefaltet, und sich stundenlang kaum von der Stelle rührte. Sie war wohl der Meinung, so fein gekleidet sei ihr Hausarbeit nicht zuzumuten, nicht einmal so etwas Leichtes und Reinliches wie Näharbeit. Mir war es ein großer Verdruß, sie an diesem Tag zu beobachten, so steif und verbissen mit ihrem eingefallenen Mund, erstarrt in einem Zustand der Erwartung, und ich weiß, daß es mir mindestens einmal nicht gelang, mit meiner Gereiztheit hinter dem Berg zu halten, und ich zu ihr sagte, es sei lächerlich, mit der Haube auf dem Kopf in meiner Küche herumzusitzen, wenn doch bis zur Rückkehr der Männer noch Stunden vergehen würden, aber sie antwortete mir gar nicht und kniff ihren Mund nur noch fester zusammen. Anethe schien im Gegensatz dazu an diesem Morgen besonders ausgelassen, und es war, als führten wir beide, Anethe und ich, eine Art verrückten Tanz rund um einen unbeweglichen Gegenstand auf. Anethe hatte eine bestimmte Art, mit den Handrücken an den Seiten ihres Halses und ihres Gesichts aufwärtszustreichen, sie über dem Kopf zusammenzuführen und dann ihre Arme weit auszubreiten, eine eigentlich sehr schöne, sinnliche Bewegung, die sie an jenem Tag mehrmals ausführte, und ich dachte bei mir, dahinter könne nicht nur die Freude darüber stecken, daß die Männer die Küche geräumt hatten, denn in Wahrheit, denke ich, stand sie der Trennung von Evan zwiespältig gegenüber, und deshalb fragte ich sie, mehr im Scherz eigentlich, ob sie mir verraten wolle, warum sie an diesem Tag so glücklich sei. Ihre Antwort traf mich wie ein Donnerschlag. »Oh, Maren«, rief sie aus, »ich wollte es eigentlich niemandem sagen. Ich habe es noch nicht einmal meinem Mann gesagt.«

Natürlich wußte ich sofort, was sie meinte, und es traf mich mit solcher Wucht, daß ich mich setzen mußte, als hätte mich jemand gestoßen.

Anethe schlug sich mit der Hand auf den Mund. »Maren, du siehst ganz erschrocken aus. Ich hätte nicht sagen sollen ...«

Ich wedelte mit der Hand. »Nein, nein ...«

»Oh, Maren, freust du dich nicht?«

»Wie kannst du sicher sein?« fragte ich.

»Ich bin zwei Monate verspätet. Januar und Februar.«

»Vielleicht ist es die Kälte«, sagte ich. Es war eine absurde Bemerkung. Ich bekam meine Gedanken nicht zusammen, und mir schwamm der Kopf.

»Meinst du, ich sollte es ihm heute abend sagen? Oh, Maren, ich bin ganz erstaunt über mich selbst, daß ich es ihm so lange verheimlicht habe. Weißt du, es wundert mich, daß er es nicht von selbst bemerkt hat, obwohl natürlich Männer, glaube ich ...«

»Nein, sag ihm nichts«, unterbrach ich sie. »Es ist noch zu früh. Es bringt Unglück, so zeitig darüber zu sprechen. Es gibt so viele Frauen, die ihr Kind in den ersten drei Monaten verlieren. Nein, nein, ich bin ganz sicher. Wir behalten das vorläufig für uns.« Und dann faßte ich mich ein wenig. »Aber, meine Liebe, ich freue mich für dich. Unsere kleine Familie wird wachsen, wie sich das gehört.«

Und da sagte Karen, die am Tisch saß: »Wo willst du es denn unterbringen«, und Anethe, die, glaube ich, etwas schockiert war, daß Karen »es« gesagt hatte und nicht »das Kind«, faßte sich sogleich und sah Karen mit festem Blick an. »Unser Kind wird bei mir und Evan in unserem Zimmer leben«, sagte sie.

Darauf sagte Karen nichts mehr.

»Deshalb siehst du in letzter Zeit so blaß aus«, meinte ich, plötzlich begreifend, daß Anethe die Wahrheit gesagt hatte. Als ich sie jetzt betrachtete, hatte ich keinen Zweifel mehr daran, daß sie guter Hoffnung war.

»Ich fühle mich manchmal ein wenig flau«, sagte sie, »und manchmal habe ich einen unangenehmen Geschmack im Mund, einen metallischen Geschmack, als hätte ich an einem Nagel gelutscht.«

»Dazu kann ich nichts sagen«, erklärte ich. Ich stand auf und strich mit beiden Händen meine Schürze glatt. »Ich habe das nie erlebt.«

Diese Worte brachten Anethe zum Schweigen. Sie ergriff den Besen und begann, den Fußboden zu fegen.

Der Leichenbeschauer übersah die Tatsache von Anethes Schwangerschaft bei der Untersuchung ihres Leichnams, und ich sagte Evan nichts davon, weil ich mir dachte, das würde seinen Schmerz nur um so unerträglicher machen.

Gegen zwei Uhr an diesem Nachmittag hörte ich laute Rufe vom Wasser her, und als ich aus dem Fenster blickte, sah ich Emil Ingerbretson an der Mündung zur Bucht; er winkte mir von seinem Schoner aus zu, und ich lief deshalb schnell hinaus, ich glaubte, es wäre vielleicht ein Unglück geschehen, und verstand, obwohl der Wind immer wieder einzelne Wörter davontrug, daß John beschlossen hatte, direkt nach Portsmouth zu segeln, da er gegen den Wind nicht ankommen konnte. Als ich die Nachricht empfangen hatte, winkte ich Emil zu, und er fuhr in seinem Boot davon. Wieder im Haus, sagte ich den beiden anderen Frauen Bescheid, und Anethe machte sogleich ein sehr enttäuschtes Gesicht, und ich erkannte, daß sie trotz meiner Ermahnung vorgehabt hatte, Evan noch an diesem Tag ihre Neuigkeit mitzuteilen. Karen war sehr verärgert und tat dies auch deutlich kund und fragte, was sie denn nun tun solle, so herausgeputzt in ihren Kleidern für die Stadt, worauf ich erwiderte, genau das hätte ich mich den ganzen Vormittag schon gefragt. Mit einem theatralischen Seufzen ging sie zu einem Stuhl, der an der Küchenwand stand, setzte sich und lehnte den Kopf zurück.

»Sie sind heute abend wieder hier«, sagte ich zu Anethe. »Komm, essen wir jetzt etwas von dem Eintopf, ich bin hungrig, und du hast regelmäßige Mahlzeiten nötig. Den größeren Teil heben wir den Männern für heute abend auf. Ich habe ihnen keinen Proviant mitgegeben, wenn sie sich also nicht in Portsmouth etwas zu essen besorgen, werden sie bei ihrer Rückkehr ganz ausgehungert sein.«

Ich fragte Karen, ob sie mit uns zu Mittag essen wolle, worauf sie entgegnete, wie sie denn ohne Zähne Eintopf essen solle, und ich mit einer gewissen Gereiztheit, da wir diesen Disput beinahe jeden Tag gehabt hatten, seit ihr die Zähne gezogen worden waren, versetzte, daß sie ja die Brühe trinken und das Brot im Mund aufweichen könne, aber sie erklärte in leidendem Ton, daß sie später essen würde, und drehte ihren Kopf zur Seite. Als ich aufblickte, bemerkte ich, daß Anethe mich mit keineswegs unfreundlicher Miene ansah, und ich bin sicher, sie war der Klagen meiner Schwester ebenso müde wie ich.

Wir nahmen unsere Mahlzeit ein, dann holte ich aus

dem Vestibül ein Paar Gummistiefel, zog sie über und lief zum Brunnen und sah, daß das Wasser gefroren war, deshalb ging ich zum Hühnerhaus, um die Axt zu suchen, und fand sie neben einem Bottich und nahm sie mit zum Brunnen und schwang sie mit aller Kraft in die Höhe und brach das Eis mit einem einzigen gewaltigen Schlag. Diese Arbeit war für mich nichts Neues, da das Wasser auf der Insel infolge des Windes häufig gefror, auch wenn die Lufttemperatur nicht auf dem Gefrierpunkt war. Ich holte drei Eimer Wasser herauf und trug sie nacheinander ins Haus und goß das Wasser in Wannen, und als ich fertig war, brachte ich die Axt mit zum Haus hinauf und legte sie vor die Haustür, um nicht am nächsten Morgen wieder erst ins Hühnerhaus laufen zu müssen, wenn ich sie brauchte.

Der Abend kam früh, da die Tagundnachtgleiche noch vor uns lag, und als es richtig dunkel geworden war und mir auffiel, so wie einem plötzlich das Verstummen murmelnder Stimmen auffällt, die man vorher gar nicht wahrgenommen hat, daß der Wind sich gelegt hatte, wandte ich mich Anethe zu und sagte: »Nun ja, jetzt ist es klar. Die Männer werden heute abend nicht mehr zurückkommen.«

Sie sah mich erstaunt an. »Wie kannst du das mit Sicherheit sagen?« fragte sie.

»Der Wind hat sich gelegt«, antwortete ich. »Wenn sie nicht schon unmittelbar an der Einfahrt zum Hafen sind, werden ihre Segel keinen Wind mehr bekommen, und wenn sie noch nicht aus Portsmouth ausgelaufen sind, wird John gar nicht erst absegeln.«

»Aber wir waren noch nie über Nacht allein«, wandte Anethe ein.

»Warten wir noch eine halbe Stunde zur Sicherheit«, sagte ich.

Der Mond ging am Himmel auf, und sein Licht, das mit

herrlichem Effekt auf dem Schnee und dem Wasser des Hafens lag, umriß mit plastischer Schärfe das Haley-Haus und das *Mid-Ocean*-Hotel, die zu dieser Zeit beide leerstanden. Ich ging durch die Stube und zündete Kerzen und die Petroleumlampe an. Als eine halbe Stunde verstrichen war, sagte ich zu Anethe: »Was kann uns auf dieser Insel Böses widerfahren? Wer auf den Nachbarinseln würde uns etwas antun wollen? Und so schlimm ist es doch gar nicht, daß die Männer nicht heimgekehrt sind. Ohne sie gibt es für uns weniger zu tun.«

Anethe ging zum Fenster und lauschte, in der Hoffnung, Ruderschläge zu hören. Karen stand von ihrem Stuhl auf, trat zum Herd und begann, Brühe und weichgekochte Kartoffeln in eine tiefe Schale zu löffeln. Ich nahm mein Tuch ab und streckte meine Arme.

Anethe machte sich laut Gedanken darüber, wo die Männer zur Nacht essen würden. Karen meinte, wahrscheinlich würden sie in ein Hotel gehen und sich einen angenehmen Abend machen. Ich widersprach und sagte, meiner Meinung nach würden sie zu Ira Thaxter in der Broad Street gehen, denn sie würden sich von einem Freund eine Mahlzeit erbitten müssen, solange sie den Fang nicht veräußert hatten, dessen Erlös zum Einkauf von Vorräten gedacht war. Karen machte mich darauf aufmerksam, daß Ringe noch nicht gefüttert war, und ich stand vom Tisch auf und füllte etwas Eintopf in den Hundenapf. Eigentlich wunderte es mich, daß Karen überhaupt nicht darüber gemurrt hatte, daß die Männer nicht gekommen waren, um sie abzuholen und nach Portsmouth mitzunehmen, aber vielleicht, dachte ich mir, konnte sogar Karen selbst ihrer Klagen müde werden.

Während Anethe das Geschirr und die Töpfe spülte und sich dabei beinahe die Hände mit dem Wasser aus dem Kessel verbrühte, schleppten Karen und ich mit viel Mühe eine Matratze herunter, um sie ihr in der Küche auf den

Diwan zu legen. Anethe fragte, ob sie bei mir im Bett schlafen dürfe, um es wärmer zu haben und sich nicht ganz so einsam zu fühlen ohne Evan, und wenn mir auch der Gedanke, eine Frau bei mir im Bett zu haben, gelinde Verlegenheit bereitete, sagte ich mir doch, daß ihr Körper, wie sonst der von John, etwas Wärme spenden würde, und im übrigen wollte ich eine so persönliche Bitte nicht abschlagen.

Nachdem ich der Wärme wegen das Feuer noch einmal geschürt hatte, legten wir drei, glaube ich, unsere Oberkleider ab und zogen unsere Nachtgewänder über, auch Karen, die ursprünglich in ihrem Stadtkostüm hatte bleiben wollen, um sich am Morgen nicht erst wieder ankleiden zu müssen, sich am Ende aber überreden ließ, es abzulegen, um es nicht über Gebühr zu zerknittern. Und dann, gerade als ich die Lichter löschen wollte, holte Karen Brot, Milch und weichen Käse aus der Speisekammer und erklärte, sie sei noch hungrig. Ich werde den geschätzten Leser jetzt nicht mit einem Bericht über den törichten Streit ermüden, der darauf folgte, obwohl ich wahrhaftig allen Grund hatte, auf meine Schwester ärgerlich zu sein, da wir ja eben erst die Küche aufgeräumt hatten, und schließlich sagte ich zu Karen, wenn sie um diese Zeit noch essen wolle, könne sie danach selbst saubermachen, und sie solle dann bitte auch die Lichter löschen.

Manchmal fühle ich mich mit meiner ganzen Person in jene Nacht zurückversetzt und spüre, als läge ich wieder in diesem Bett, die sanfte Nachgiebigkeit der Federmatratze und das schwere Gewicht der vielen wattierten Decken, unter denen Anethe und ich lagen. Es war immer wieder verblüffend, mit der zunehmenden Kälte im Schlafraum den Kontrast zwischen der Temperatur des eigenen Gesichts, das der eisigen Luft ausgesetzt war, und der des Körpers, der in Gänsedaunen eingehüllt war, wahrzunehmen. Wir lagen beide schon eine ganze Weile schweigend nebeneinander, und ich hatte durch die Ritze unter der Verbindungstür gesehen, daß das Licht erloschen war, Karen also endlich auch zu Bett gegangen war. Ich hatte mich auf dem Rücken ausgestreckt, die Arme zu meinen Seiten, und blickte zur Zimmerdecke hinauf, die ich im Mondlicht nur undeutlich erkennen konnte. Anethe lag klein zusammengerollt mit dem Gesicht zu mir und hielt die Decken an ihr Kinn gedrückt. Ich hatte eine Nachthaube aufgesetzt, Anethe jedoch nicht, vermutlich weil die Fülle ihres Haars ihr Schutz genug war. Ich hatte geglaubt, sie schliefe schon, aber als ich ihr kurz mein Gesicht zuwandte, um es sogleich wieder abzuwenden, sah ich, daß sie mich anstarrte, und ich spürte, wie mein ganzer Körper sich mit einem Ruck anspannte, zweifellos in einer Reaktion auf die Peinlichkeit, mit einer Frau in meinem Bett zu liegen, und gar mit der Frau meines Bruders.

»Maren«, flüsterte sie, »bist du noch wach?«

Sie wußte, daß ich noch wach war. Ich flüsterte: »Ja.«

»Ich bin so unruhig und kann nicht schlafen«, sagte sie, »obwohl ich den ganzen Tag das Gefühl hatte, ich würde gleich im Stehen einschlafen.«

»Du bist nicht du selbst«, sagte ich.

»Ja, wahrscheinlich.« Sie bewegte sich neben mir und schob ihr Gesicht etwas näher an meines heran.

»Glaubst du, den Männern geht es gut? Du glaubst doch nicht, daß ihnen etwas zugestoßen sein könnte?«

Ich hatte ein-, zweimal daran gedacht, nur flüchtig, weil ich bei einem solchen Gedanken nicht verweilen wollte, daß John oder Evan auf der Fahrt nach Portsmouth ein Unfall zugestoßen sein könnte, obwohl ich das für unwahrscheinlich hielt; auch waren ja Stunden vergangen, seit Emil uns Bescheid gegeben hatte, so daß wir, wenn den Männern etwas Schlimmes widerfahren wäre, es meiner Meinung nach längst gehört hätten.

»Ich bin sicher, sie sind gesund und wohlbehalten in Portsmouth. Vielleicht sitzen sie jetzt gerade, während wir hier von ihnen sprechen, irgendwo in einer Taverne«, sagte ich, »und lassen es sich gutgehen.«

»O nein«, widersprach sie rasch, »meinem Evan geht es sicher nicht gut. Er schläft nicht gern ohne mich.«

Mein Evan.

Sie zog eine Hand unter den Decken hervor und begann, mit ihren Fingern meine Wange zu streicheln. »Ach, Maren«, sagte sie, »du paßt so gut auf uns alle auf.«

Ich wußte nicht, was sie damit meinte. Mir wurde die Brust plötzlich eng bei der Berührung ihrer Finger. Am liebsten hätte ich ihre Hand weggefegt und ihr den Rücken zugewandt, aber ich war wie erstarrt vor peinlicher Verlegenheit. Ich war froh, daß es finster war, denn ich wußte, daß ich hochrot sein mußte im Gesicht. Um die Wahrheit zu sagen, ihre Berührung war zwar wie die einer Mutter, die ihr Kind streichelt, aber ich konnte diese Zärtlichkeit in diesem Moment nicht würdigen. Anethe begann, glättend über meine Stirn zu streichen, schob ihre Finger unter meiner Haube in mein Haar.

»Anethe«, flüsterte ich in der Absicht, ihr zu sagen, sie solle aufhören.

Sie rückte näher an mich heran, schloß ihre Hände um meinen Arm und legte ihre Stirn an meine Schulter.

»Du und John, tut ihr das?« fragte sie mit gedämpfter Stimme. »Ist es das gleiche?«

»Ist was das gleiche?« fragte ich.

»Fehlt er dir jetzt, in diesem Augenblick? Fehlen dir die Liebkosungen?«

»Die Liebkosungen«, wiederholte ich.

Sie sah zu mir hinauf. »Manchmal fällt es mir so schwer, still in der Küche zu sitzen, bis es sich schickt, zu Bett zu gehen. Kennst du das?« Und sie rückte noch näher an mich heran, bis ihr ganzer Körper der Länge nach an meinem lag. »Oh«, sagte sie, »deine Füße sind ja eiskalt. Warte, ich wärme sie dir«, und sie begann mit ihrer weichen, glatten Fußsohle den Spann meines Fußes zu massieren. »Weißt du«, fuhr sie fort, »ich habe es nie jemandem erzählt, und ich hoffe, du wirst nicht schockiert sein, aber Evan und ich, wir waren schon zusammen, bevor wir geheiratet haben. Meinst du, das war eine große Sünde? Wie war es bei John und dir?«

Ich wußte nicht, was ich ihr sagen, welche ihrer Fragen ich zuerst beantworten sollte, zumal mich die Bewegungen ihres Fußes, der jetzt mein rechtes Schienbein hinauf- und hinunterwanderte, ganz durcheinanderbrachten.

»Ich weiß nicht mehr, was Sünde ist und was nicht«, sagte ich.

Ihr Körper war viel wärmer als mein eigener, und diese Wärme war nicht unangenehm, doch ich verharrte in starrem Unbehagen, da ich außer Evan und meinem Mann nie einem anderen Menschen körperlich nahe gewesen war. Und ganz gewiß hatte ich niemals die körperliche Nähe einer Frau gespürt. Es war ein sehr befremdliches Gefühl. Aber so wie es einem Kind geschieht, das Trost braucht und sich in der fortdauernden Umarmung der Mutter allmählich entspannt, so begann auch ich, ruhig zu werden und diesen Frieden als angenehm zu empfinden, und gestattete mir für ein Weilchen, etwas leichter zu atmen. Ich kann dies dem Leser nicht erklären. Es ist, denke ich, eine Entscheidung, die der Körper noch vor dem Herzen oder dem Kopf trifft, eine Entscheidung, wie ich sie im Zusammensein mit John erlebt habe, wenn mein Körper ganz ohne meine innere Anteilnahme auf seine Annäherungen anzusprechen schien. Aufrichtig gesagt, als Anethe ihren Kopf auf meine Brust legte und meinen Hals zu streicheln begann, verspürte ich den Wunsch, mich der Frau meines Bruders zuzuwenden und meinen Arm um sie zu legen und vielleicht auf diese Weise etwas von der Wärme und Zärtlichkeit an sie zurückzugeben, die sie mir zeigte.

»Tut ihr es jede Nacht?« fragte sie, und ich hörte etwas wie schulmädchenhafte Verlegenheit in ihrer Stimme.

»Ja«, antwortete ich und war schockiert über dieses Bekenntnis. Ich wollte hinzufügen, daß es nicht auf meine Veranlassung geschehe, niemals auf meine Veranlassung, aber da kicherte sie, jetzt ganz wie ein junges Mädchen, und sagte zu meiner Überraschung: »Dreh dich um.«

Ich zögerte, doch sie schob mit sachtem Stoß meine Schulter an und gab nicht nach in diesem Drängen, bis ich schließlich tat, wie sie mich geheißen hatte, und ihr den Rücken zuwandte, ohne zu begreifen, was das sollte. Sie stemmte sich, auf einen Ellbogen gestützt, in die Höhe und sagte dicht an meinem Ohr: »Zieh dein Nachtgewand hoch.«

Ich konnte mich nicht rühren.

»Ich möchte dir den Rücken reiben«, erklärte sie, »und durch den Stoff hindurch geht das nicht richtig.« Sie schob die Decken hinunter, begann, mit einer Hand leicht an meinem Nachtgewand zu ziehen, und trotz einer unbestimmten Furcht vor den Konsequenzen begann nun auch ich, an meinem Nachtgewand zu zerren, und ich zog den Saum bis zu meinen Schultern hinauf. Ich drückte mir den zusammengeknüllten Stoff an die Brust, wie schon einmal beim Arzt in Portsmouth, als ich die Pleuritis hatte. Doch binnen kurzem durchströmte mich die Wärme freundlicher Berührung, und ich gab mich dieser Berührung hin.

Anethe begann, meinen Rücken mit einer köstlichen Leichtigkeit und Zartheit zu streicheln, vom Nacken zur Taille hinunter, von einer Seite zur anderen, rundherum in wunderbar wohltuenden Schwüngen und Wirbeln, so daß ich augenblicklich und ohne alle Vorbehalte in einen Zustand der Verzückung fiel, der so allumfassend war, daß ich mir in diesem Moment um nichts in der Welt diese

Berührung hätte versagen können. Es war ein Empfinden, wie ich es seit vielen Jahren nicht mehr erlebt hatte. In der Tat, ich kann mich nicht erinnern, in meinem ganzen Erwachsenenleben je solcher Wonne teilhaftig geworden zu sein, und wenn Anethe aufgehört hätte, bevor ich gesättigt gewesen wäre, so hätte ich sie darum angebettelt fortzufahren, hätte ihr alles versprochen, nur um sie dazu zu bewegen, von neuem meine Haut mit ihren seidenweichen Fingern zu berühren. Aber sie hörte noch eine ganze Weile nicht auf, und ich erinnere mich, daß ich in diesen Minuten dachte, sie müsse eine sehr großzügige Geliebte sein, und dann, als ich selbst in einen traumähnlichen Zustand hinübergeglitten war, merkte, daß ihre Hand still geworden und sie selbst eingeschlafen war, denn sie begann sachte zu schnarchen. Da ich sie aus ihrem Schlaf nicht wecken und die Trance, in die ich gesunken war, nicht unterbrechen wollte, machte ich keine Bewegung und deckte mich auch nicht zu, sondern fiel wohl, während draußen langsam der Mond unterging, in einen tiefen Schlaf und war gewiß deshalb verwirrt und ohne Begreifen, als ich plötzlich durch die Wand das Bellen meines Hundes Ringe hörte.

Was für ein Erwachen, wenn man aus dem wohligen Bad eines sinnlichen Traums zur realen Welt emportaucht, aus einem Traum, den man um keinen Preis loslassen möchte, in den eisigen Schrecken einer fassungslosen Stimme in der Dunkelheit gestoßen wird. Ringe bellte in lauten, abgerissenen Tönen. Ich hob meine Arme vom Bett, noch ehe ich ganz wach war. Ich glaubte, Karen stolpere auf dem Weg zum Abort durch die Dunkelheit und habe Ringe, der normalerweise bei mir schlief, geweckt. Ich wollte ihr gerade verärgert zurufen, sie solle still sein und wieder zu Bett gehen und mir meinen Hund ins Schlafzimmer schicken, als ich sie mit glasklarer Stimme sagen hörte: »Mein Gott, was hast du getan?«

Es war alles so viel einfacher, so viel einfacher, als ich gesagt habe.

Ich setzte mich in meinem Bett auf und sah, daß meine Schwester an der offenen Tür zur Schlafstube stand und daß zu meiner abgrundtiefen Verlegenheit das ganze Bettzeug noch unten am Fuß des Bettes lag und mein nackter Körper fast ganz zu sehen war. Hastig zog ich mein Nachtgewand bis zu meinen Füßen hinunter.

Ich erinnere mich noch heute der schauderhaften Überraschung in Karens Gesicht, erinnere mich noch heute ihres entsetzlich anzusehenden eingefallenen Mundes, aus dem die Worte mit einer Stimme hervorquollen, die im Lauf der Jahre noch metallischer und schärfer geworden war, erinnere mich noch heute, wie die Worte aus diesem schwarzen Loch hervorsprudelten.

»Erst unser Evan und jetzt Anethe!« schrie sie. »Wie konntest du das tun? Wie konntest du das einer so liebenswerten und unschuldigen Frau antun?«

»Nein, Karen . . .«, begann ich.

Aber das Entsetzen meiner Schwester war binnen eines Augenblicks moralischer Entrüstung gewichen. »Du bist schamlos und bist es immer gewesen«, rief sie mit dieser schrecklichen Stimme, »und ich werde unserem Evan alles sagen, und auch John, wenn sie zurückkommen, und du wirst aus diesem Haus verbannt werden, wie ich dich schon vor vielen Jahren hätte verbannen sollen, denn ich wußte von Anfang an, daß du ein unnatürliches Geschöpf bist.«

»Karen! Hör auf!« rief ich. »Du weißt ja nicht, was du da sagst.«

»O doch, ich weiß genau, was ich sage! Seit deiner Kindheit verfolgst du unseren Bruder mit einer unnatürlichen Liebe, und er hat darum gekämpft, sich von dir zu befreien, und nun, da er verheiratet ist, willst du dich seiner bemächtigen, indem du dich seiner Frau bemächtigst, und ich habe dich bei der scheußlichsten aller Sünden ertappt, Maren, bei der scheußlichsten aller Sünden.«

Neben mir fuhr Anethe aus dem Schlaf. Auf einen Ellbogen gestützt, richtete sie sich auf und blickte von mir zu Karen. »Was ist denn?« fragte sie schlaftrunken.

Karen schüttelte wie rasend den Kopf, hin und her, hin und her. »Ich habe dich nie geliebt, Maren, ich habe dich nicht einmal gemocht, und das ist die Wahrheit. Und genauso wahr ist, glaube ich, daß unser Evan dich selbstsüchtig fand und theatralisch, wenn es um deine eigenen Belange ging, und daß er deiner so müde wurde, daß er froh war, als du fortgegangen bist. Und jetzt bist du alt geworden, Maren, alt und fett, und ich sehe, daß dein eigener Mann dich im Grund nicht liebt und dir nicht vertraut, denn du bist zu allem fähig, um zu erreichen, was du willst, und jetzt hast du, da du zurückgewiesen wurdest, die schwerste Sünde überhaupt begangen, eine Sünde tiefer Verderbtheit, und hast dich dazu verstiegen, deinem Bruder die Frau zu stehlen und sie auf die schandbarste Weise zu verführen.«

Niemand, der nicht etwas Derartiges durchgemacht hat, kann mit Sicherheit sagen, wie er reagieren wird, wenn blinde Wut Körper und Geist überwältigt. Die Wut kommt so schnell und allesdurchdringend, ein Angriff auf alle Sinne, einem plötzlichen Biß in die Hand ähnlich, daß es mich nicht wundert, daß erwachsene Männer unter ihrem Einfluß Taten begehen, die sie später auf ewig bereuen. Ich saß in versteinerter Haltung auf dem Bett, sekundenlang unfähig, mich zu bewegen, während ich mir diese unerhörten Vorwürfe anhörte und wußte, daß auch Anethe sie anhörte, und mein Herz hämmerte mit solcher Gewalt gegen mein Brustbein, daß ich wußte, wenn ich Karen jetzt nicht zum Schweigen brächte, würde ich sterben.

Ich sprang vom Bett auf, und Karen, die mich beobachtete, wich, Feigling, der sie war und immer schon gewesen ist, vor mir zurück und rannte in die Küche. Im ersten Moment drückte sie eine Hand auf ihren Mund, als hätte sie tatsächlich Angst vor mir, dann aber zog sie ihre Hand weg und begann, mich aufs verächtlichste zu verhöhnen.

»Sieh dich doch an in deinem törichten Nachthemd«, rief sie, »fett und häßlich geworden. Glaubst du etwa, du kannst mir angst machen?« Sie kehrte mir den Rücken, vielleicht um mir dadurch noch deutlicher ihre Verachtung zu zeigen. Sie beugte sich über ihre Truhe und öffnete sie und holte eine große Armladung voll Weißwäsche heraus. Oder vielleicht suchte sie auch etwas. Ich werde es nie erfahren.

Ich packte die Rückenlehne eines Stuhls und umklammerte sie so fest, daß meine Fingerknöchel weiß hervortraten.

Karen torkelte ein oder zwei Schritte vorwärts unter den Schlägen mit dem Stuhl, dann drehte sie sich herum, drehte sich mir zu, streckte ihre Arme aus und ließ das Wäschebündel zu Boden fallen. Ich weiß nicht, ob sie mit dieser Bewegung um Gnade flehte oder ob sie sich schützen wollte. Ein kleiner Schrei entrang sich mir, als ich dort mit dem Stuhl in meinen Händen stand.

Karen rannte stolpernd in mein Schlafzimmer und stürzte zu Boden, wo sie mit schwachen Kriechbewegungen wie ein seltsames, groteskes Insekt an dem gestrichenen Holz kratzte. Es ist möglich, daß Anethe aus dem Bett gesprungen war und einen Schritt nach rückwärts gegangen war, zur Wand. Wenn sie etwas sagte, so weiß ich nicht mehr, was es war. Der schwere hölzerne Stuhl entkam im Schwung meinen Händen und fiel auf das Bett. Ich packte Karen bei den Beinen und begann, sie in die Küche zurückzuzerren, da ich Anethe nicht von diesem schmutzigen Streit besudelt sehen wollte. Karens Nachtgewand rutschte bis zu ihrer Taille in die Höhe, und ich weiß noch, daß ich ganz entsetzt war über die weiße Haut ihrer mageren Beine.

Ich schreibe jetzt von einem Moment, der der Vergangenheit nicht entrissen werden kann, der mich an einen Ort führte, von dem es nie eine Rückkehr geben konnte. Es schien damals alles sehr schnell zu geschehen, im Augenblick einer weißglühenden Wut in meinem Kopf. Von diesen Ereignissen jetzt zu berichten ist für mich über die Maßen schmerzhaft, und zweifellos werde ich den Leser in Entsetzen stürzen, aber da es mein Wunsch ist, mein Gewissen zu erleichtern und Vergebung zu suchen, bevor ich sterbe, muß ich, fürchte ich, den Leser noch etwas um Geduld bitten.

Als ich Karen ganz über die Schwelle gezogen hatte, lief ich zur Tür, machte sie zu und schob einen Span durch das Schloß, um mit meiner Schwester allein in der Küche zu sein. Es ist möglich, daß Karen versuchte aufzustehen und dann stürzte oder gegen die Tür taumelte, denn das Holz erzitterte ein wenig, und es muß dieser Moment gewesen sein, als Anethe, auf der anderen Seite der Tür, unser Bett dagegen schob. Ich hörte Karen meinen Namen rufen.

Ich hätte Anethe nichts angetan. Ich hätte ihr nichts getan. Aber ich hörte durch die Wand, wie das Fenster geöffnet wurde. Anethe wäre zum Strand hinuntergelaufen. Anethe hätte um Hilfe gerufen, jemanden auf Appledore oder Star aufmerksam gemacht, und diese Person wäre zur Insel gerudert und zum Haus heraufgekommen und hätte mich und Karen entdeckt. Und was hätte ich dann tun sollen? Wohin hätte ich mich wenden sollen? Denn Karen lag ja vielleicht schon im Sterben.

In Wahrheit war die Axt für Karen bestimmt.

Aber als ich die Axt von der Treppenstufe vor dem Haus aufhob, wurde mir bewußt, daß ich Anethes wegen zunehmend beunruhigt war. Ich kehrte darum nicht gleich in die Küche zurück, sondern ging ins Vestibül, zog die Gummistiefel über und lief wieder hinaus, um das Haus herum zum Fenster. Ich erinnere mich, daß Ringe zu meinen Füßen laut bellte, und ich glaube, Karen weinte. Anethe, glaube ich, sagte kein einziges Wort.

Sie stand direkt vor dem Fenster, mit den Füßen bis zum Saum ihres Nachtgewands im Schnee. Ich weiß, daß ich dachte, ihre Füße müßten eiskalt sein. Ihr Mund war geöffnet, und sie sah mich an, und sie gab, wie ich schon sagte, keinen Laut von sich. Sie streckte mir eine Hand entgegen, als versuchte sie, über eine weite Kluft hinwegzureichen, als wollte sie mich bitten, doch auch meinen Arm über diesen gähnenden Abgrund zu spannen und ihr zu helfen, in Sicherheit zu kommen. Und während ich dort stand und ihre Finger anblickte, den geängstigten Ausdruck im Gesicht der Frau meines Bruders sah, erinnerte ich mich ihrer zarten Berührung vor erst wenigen Stunden und streckte ihr in der Tat meine Hand entgegen, aber ich erreichte sie nicht. Sie rührte sich nicht, und auch ich konnte es nicht.

Lange habe ich versucht, dieses Bild zu löschen, das Bild der Axt, die durch die Luft sauste. Und ebenso das Bild des Bluts, das Nachtgewand und Schnee durchtränkte.

Mehr als einmal habe ich auf den Sonnenaufgang gewartet. Der Himmel wird um eine kleine Nuance heller, Verheißung eines leichten Übergangs in den Morgen, aber dann wartet man endlos auf die ersten wahren Schatten, das erste wahre Licht.

Ich hatte die Stiefel im Haus zurücklassen müssen, in Übereinstimmung mit dem ersten nebelhaften Entwurf einer Geschichte, und hatte mir infolgedessen die Füße am Eis aufgeschnitten. Doch ich konnte sie gar nicht mehr fühlen, da sie im Lauf der Nacht völlig taub geworden waren. Ich hielt meinen Hund Ringe im Arm, um mich warmzuhalten, und ich glaube, wenn ich das nicht getan hätte, wäre ich erfroren.

In diesen grauenvollen Stunden in der Höhle am Meer weinte und schrie ich und schlug meinen Kopf gegen die Felsen, bis er blutete. Ich biß mich in Hände und Arme. Ich hockte zusammengekauert in meinem Versteck und wünschte, die Flut möge in die Höhle eindringen und mich ins Meer hinausspülen. Jeden einzelnen Augenblick der Greuel, die sich in dieser Nacht zugetragen hatten, durchlebte ich noch einmal, auch die schlimmsten Momente von allen, jene nämlich des kalten und berechnenden Planens und Ordnens von Fakten zu der Geschichte, die ich würde erzählen müssen. Ich konnte den Anblick von Karens Leichnam nicht ertragen, darum schleppte ich sie in die Nordostwohnung und ließ sie dort in ihrem Zimmer liegen. Und ebenso gewahrte ich, unmittelbar bevor ich aus dem Haus floh, daß ich nicht daran denken wollte, wie Anethe dort im kalten Schnee lag, und darum schleppte ich sie ins Haus.

Ich habe in meinem Leben festgestellt, daß es uns nicht immer gegeben ist, die Natur Gottes zu erkennen, oder warum er in einer einzigen Nacht Freude und Tod und wilde Raserei und Zärtlichkeit beschert, alles durcheinandergemengt, so daß man kaum das eine vom anderen unterscheiden und nur verzweifelt versuchen kann, sich seinen Verstand zu bewahren. Ich glaube, daß Gott in der dunkelsten Stunde den Glauben wiederherstellen und Erlösung schenken kann. In jener Felsenhöhle, als der Morgen graute, begann ich zum erstenmal, seit Evan mich so barsch zurückgewiesen hatte, wieder zu beten. Es waren Gebete, die den Tränen entsprangen, die ich im finstersten Moment meines Elends vergoß. Ich betete für die Seelen Karens und Anethes, und ich betete für Evan, der in wenigen Stunden den Weg zum Haus heraufkommen und sich wundern würde, daß seine junge Frau ihn nicht begrüßte, und nochmals für Evan, der voll Verwirrung die Gruppe Männer erblicken würde, die vor dem Haus wartete, und nochmals für Evan, der geschlagen aus diesem Haus torkeln und die Insel fliehen würde, um niemals zurückzukehren.

Und ich betete auch für mich selbst, die Evan schon an seinen unerschöpflichen Schmerz verloren hatte. Für mich selbst, die unerklärlicherweise am Leben sein würde, wenn John die toten Körper Karens und Anethes sehen würde. Für mich selbst, die die Bilder nicht verstand, die Gott ihr eingegeben hatte.

Als die Sonne aufging, kroch ich so steif, daß ich mich kaum bewegen konnte, aus der Felshöhle hervor. Die Zimmerleute auf Star, die am Hotel arbeiteten, beachteten mich nicht, als ich mit meinem Rock winkte. Auf erfrorenen Füßen hinkte ich am Strand umher, bis ich drüben auf Malaga die Ingerbretson-Kinder beim Spiel sah. Die Kinder hörten meine lauten Rufe und liefen davon, um ihren Vater zu holen. Einen Augenblick später rannte Emil zu seinem Dory und paddelte herüber zum Strand von Smutty Nose, wo ich wartete. Meine Augen waren geschwollen, meine Füße blutig, mein Nachtgewand war zerrissen, mein Haar war wirr, und so fiel ich Emil weinend in die Arme.

Bei den Ingerbretsons legte man mich auf ein Bett. Ein erster Bericht brach hervor, in Fetzen und Bruchstücken, nicht immer in der richtigen Reihenfolge, eine Geschichte, so zerrissen wie meine Seele. Und erst später an diesem Tag, als ich hörte, wie die Geschichte weitererzählt wurde, begriff ich zum erstenmal alles, was ich gesagt hatte, und von diesem Moment an hielt ich unverrückbar an dieser Geschichte fest.

An diesem Tag und am folgenden und während des ganzen Prozesses hielt ich an meiner schaurigen Geschichte fest, doch es gab an diesem ersten Morgen, als ich im Haus der Ingerbretsons zu Bett lag und mit John sprach, einen Moment, da mein Mann, der bis dahin in tiefer Qual sein Gesicht in seine Hände vergraben hatte, den Kopf hob, die Hände von seinem Gesicht nahm und mich ansah. Und da wußte ich, daß er die ersten Zweifel hatte.

Und was soll ich über mein Zusammentreffen mit Evan sagen, der, kurz nachdem John gegangen war, in das Zimmer taumelte, niedergeschmettert von dem, was er auf Smutty Nose gesehen hatte, und der mich nur einmal anblickte, ohne mich überhaupt wahrzunehmen, ohne überhaupt zu registrieren, daß ich mit ihm in diesem Zimmer war, und sich dann herumdrehte und mit dem Arm so heftig an die Wand schlug, daß er sich die Knochen brach, und dabei so jammervoll heulte, wie ich das nie von einem Menschen gehört habe?

Der weiße Knopf, den man in Louis Wagners Tasche fand, war ein ganz gewöhnlicher kleiner Knopf, nichts Besonderes, und außer Louis wußte nur ich, daß der Knopf an dem Tag, an dem er sich krank gestellt hatte und in seinem Schlafzimmer Anethe gegenüber zudringlich geworden war, von Anethes Bluse abgerissen war; aber wie hätte er erklären können, wie er zu dem Knopf gekommen war, ohne damit zu zeigen, daß er fähig war, eine Frau tätlich anzugreifen, und so selbst zu seiner Verurteilung beizutragen. Nach der Entdeckung des Knopfes, über die allenthalben berichtet wurde, trennte ich die restlichen Knöpfe von der Bluse, die ich danach vernichtete, und nähte sie an mein Nachtgewand.

Ich denke oft an meine ungewöhnliche Liebe zu meinem Bruder und daran, wie mein Leben von dieser tiefen Zuneigung bestimmt wurde, und ich denke auch an Johns Geduld und seine Abkehr von mir und an die Schönheit und Zärtlichkeit der Frau meines Bruders. Und ebensooft denke ich an das Netz, das Evan einst ins Wasser warf, wie er es in die Tiefe sinken ließ und wieder hochzog und es uns das hell Schimmernde und das Dunkle zeigte, das Leuchtende und das Groteske.

Gestern nacht, als ich vor Schmerzen wachlag, konnte ich nichts zu mir nehmen außer Wasser, und ich weiß, daß dies ein Zeichen des nahen Endes ist, und habe, um die Wahrheit zu sagen, nichts dagegen, da der Schmerz größer ist als die Wirkung der Medizin, die mir das Mädchen, das mich betreut, zur Linderung verabreicht. Die Krankheit sitzt in meinem Schoß, wie ich das immer schon gewußt habe, schon von dem Tag an gewußt habe, als ich gelähmt darniederlag und zur Frau reifte. Oder vielleicht habe ich es auch schon seit der Nacht gewußt, in der meine Mutter starb, habe gewußt, daß auch ich eines Tages an etwas sterben würde, das mein Schoß gebären würde, habe gewußt, daß eines Tages auch mein Blut die Laken durchtränken würde wie das meiner Mutter in jener lang vergangenen Nacht ihres Todes, als Evan und ich zusammen im Bett lagen, und manchmal gerate ich in Verwirrung und bilde mir ein, ich sei wieder eine junge Frau, und meine Monatsregel habe begonnen, und dann fällt mir jedesmal mit einem Schock, der mir den Atem raubt, wieder ein, daß ich nicht jung bin, sondern alt, und daß ich bald sterben werde.

In wenigen Wochen beginnt ein neues Jahrhundert, aber ich werde nicht mehr hier sein, um es zu erleben.

Ich bin froh, daß ich zum Ende meiner Geschichte gekommen bin, denn meine Hand ist schwach und zittrig, und die Begebenheiten, über die ich schreiben mußte, sind schrecklich und grauenvoll und jenseits aller Möglichkeit der Wiedergutmachung, und ich frage Gott den Herrn jetzt, wie ich das seit vielen Jahren tue: Warum war die Strafe so streng und unerbittlich? Warum war das Leiden so groß?

Das Mädchen kommt am frühen Morgen und öffnet die

Vorhänge, und wieder, wie ich das als Kind jeden Tag getan habe, blicke ich auf die Laurvigbucht hinaus, deren Antlitz sich ständig verändert, so daß jeder Morgen anders ist als der davor, ja, als jeder andere Morgen, der je vorausgegangen ist. Wenn das Mädchen kommt, brauche ich immer schon dringend die Medizin, und nachdem sie sie mir gegeben hat, sehe ich vom Sessel aus zu, wie sie die schmutzigen Laken wechselt und im Häuschen umhergeht, aufräumt, die dünne Suppe bereitet, die ich bis vor kurzem noch trinken konnte, und ab und zu mit mir spricht, nicht glücklich mit ihrem Los, aber auch nicht engherzig. In dieser Hinsicht erinnert sie mich sehr an mich selbst, wie ich damals war, als ich auf dem Johannsen-Hof in Stellung war, sie jedoch wird mich sterben sehen müssen, wird in diesem Zimmer an meiner Seite sitzen und zusehen müssen, wie das Leben mich verläßt, es sei denn, sie hat das Glück, daß ich in der Nacht davongehe, und ich hoffe um ihretwillen, es wird ein leichtes Sterben sein, ohne Dramatik und ohne Kampf.

26. September 1899, Maren Christensen Hontvedt.

Ich sitze in dem kleinen Boot im Hafenbecken und sehe zu, wie das Licht über Smuttynose langsam vergeht. In meiner Hand halte ich die Papiere aus dem Pappkarton.

Vor kurzem habe ich in einem Restaurant in Boston mit Adaline zu Mittag gegessen. Ich bin seit dem vergangenen Sommer nicht mehr in einem Restaurant gewesen und war im ersten Moment verwirrt durch den Raum, der mich umgab – die hohen Decken, die fein geschnitzten Holzarbeiten, die mauvefarbenen Bezüge der Sitze. Auf jedem Tisch stand eine Marmorvase mit Pfingstrosen. Adaline erwartete mich schon, ein Glas Wein neben ihrer rechten Hand. Sie hatte sich das Haar schneiden lassen und trug es flott nach außen schwingend. Ich konnte sie mir jetzt besser als Angestellte der Bank of Boston vorstellen. Sie hatte ein schwarzes Kostüm mit einem grauen Seidentop an, aber sie trug immer noch das Kreuz um den Hals.

Unser Gespräch war schwierig und angestrengt. Sie fragte mich, wie es mir gehe, und ich hatte Mühe, die passenden Worte zu finden, um ihr zu antworten. Sie erzählte kurz von ihrer Arbeit. Sie erzählte mir, sie werde heiraten. Ich fragte, wen, und sie sagte, es sei jemand von der Bank. Ich wünschte ihr alles Gute.

»Haben Sie Thomas mal gesehen?« fragte ich.

»Ja. Ich fahre ab und zu runter – das heißt, jetzt nicht mehr so oft.«

Sie meinte das Haus von Thomas' Eltern in Hull, wo er mit Rich zusammenlebte, der sich um ihn kümmerte.

»Schreibt er?«

»Nein, jedenfalls nicht, soweit wir sehen können. Rich ist viel unterwegs. Aber er sagt, Thomas sitzt nur am Schreibtisch, oder er läuft den Strand entlang.«

Insgeheim war ich fassungslos, daß Thomas den Anblick von Wasser ertragen konnte.

»Er gibt sich die Schuld«, sagte Adaline.

»Ich gebe mir die Schuld.«

»Es war ein Unglücksfall.«

»Nein, das war es nicht.«

»Er trinkt.«

»Das kann ich mir vorstellen.«

»Sie haben ihn nicht mehr gesehen, seit . . .?«

Sie war nicht fähig, die Worte auszusprechen. Das Ereignis näher zu bestimmen.

»Seit dem Unfall«, sagte ich für sie. »Wir waren hinterher zusammen. Es war qualvoll. Ich denke, ich werde mal runterfahren, um ihn zu sehen. Irgendwann.«

»Manchmal finden zwei Menschen nach einem tragischen Geschehen beieinander Trost.«

»Ich glaube nicht, daß das bei mir und Thomas so wäre«, entgegnete ich.

In den Stunden nach der Entdeckung von Billies Verschwinden sagten Thomas und ich einander Worte, die niemals zurückgenommen, niemals vergessen werden können. In der Zeitspanne, die eine Welle braucht, um ein Bootsdeck zu überschwemmen, war ein einst festgeknüpftes Fischernetz ausgefranst und gerissen. Ich konnte mir jetzt nicht mehr vorstellen, die Last von Thomas' Schmerz neben meinem eigenen mitzutragen. Ich hatte einfach nicht die Kraft.

»Und Sie kommen also zurecht?« fragte sie. »In Ihrer Wohnung?«

»In der Wohnung? Ja. So gut man eben zurechtkommen kann.«

»Arbeiten Sie?«

»Gelegentlich.«

»Wissen Sie«, sagte sie, »es hat mich immer bedrückt...« Sie spielte mit dem goldenen Kreuz. »Na ja, es erscheint jetzt nicht mehr wichtig. Aber es hat mich immer bedrückt, daß Sie vielleicht glaubten, Thomas und ich...«

»... hätten ein Verhältnis gehabt. Nein, ich weiß, daß es nicht so war. Thomas hat es mir gesagt.«

»Er hat mich einmal im Cockpit in den Arm genommen, als ich ihm von meiner Tochter erzählte.«

»Ich weiß. Auch das hat er mir gesagt.« Ich nahm einen schweren silbernen Löffel zur Hand und legte ihn wieder nieder. Rundherum saßen angeregt plaudernde Frauen und Männer in Kostümen und Anzügen.

»Und noch etwas«, sagte sie. »Thomas deutete an, daß Sie glaubten... Also, ich denke, Billie hat da wohl eine beiläufige Einladung Thomas' an mich mißverstanden. Aus irgendeinem Grund glaubte sie offenbar, ich würde zu Ihnen ins Haus ziehen.«

Ich nickte. »Sie haben Glück gehabt«, sagte ich. »So ohne Schwimmweste.«

Sie sah weg.

»Warum haben Sie sie allein gelassen?« fragte ich plötzlich, und vielleicht schwang in meiner Stimme ein Unterton von Zorn.

Ich hatte nicht vorgehabt, Adaline das zu fragen. Ich hatte mir fest vorgenommen, es nicht zu tun.

Ihr kamen die Tränen. »Ach, Jean, ich habe tausendmal darüber nachgedacht. Ich wollte mich nicht vor Billie übergeben. Ich wollte an die frische Luft. Ich hatte den ganzen Morgen durch diese Luke gestarrt. Ich habe überhaupt nicht überlegt. Ich habe sie einfach aufgemacht. Ich habe einfach angenommen, sie würde da nicht hinaufkommen.«

»Ich glaube nicht, daß sie durch die Luke hinausgestiegen ist«, sagte ich.

Adaline schneuzte sich. Ich bestellte ein Glas Wein. Aber ich wußte schon, daß ich nicht lange genug bleiben würde, um es zu trinken.

»Sie war ein wunderbares Kind«, sagte ich zu Adaline.

Ich denke oft an das Gewicht des Wassers, an die Sorglosigkeit der Erwachsenen.

Billie wurde nie gefunden. Ihre Schwimmweste mit dem Sesam-Straßen-Motiv wurde in Cape Neddick in Maine angespült. Meine Theorie ist, daß Billie die Schwimmweste anhatte, aber nicht richtig zugemacht hatte. Das wäre Billies Art gewesen, die Weste aufzumachen, um etwas zu verändern, sie auf andere Art zu tragen, mit dem Rücken nach vorn vielleicht, um die Genugtuung zu haben, daß sie sich wenigstens einen Teil ihrer Selbständigkeit bewahrt hatte. Es ist meine Theorie, daß Billie die Kajütentreppe heraufkam, weil sie Adaline oder mich suchte, um sich beim Schließen der Taillenschnalle helfen zu lassen. Ich sage mir, daß meine Tochter von der Welle überrascht wurde. Daß die Welle sie schnell mitriß, ehe Gedanken oder Angst aufkommen konnten. Ich habe mir das fest eingeredet. Aber dann frage ich mich: Hat sie vielleicht »Mama« gerufen, und dann noch einmal, »Mama«? Der Wind war gegen sie, und ich hätte ihren Schrei nicht gehört.

Ich brachte Maren Hontvedts Bericht und die Übersetzung nicht in das Athenaeum zurück. Ich schickte die Aufnahmen, die ich gemacht hatte, nicht ein, und die Zeitschrift verlangte sie nie.

Folgendes habe ich über John Hontvedt und Evan Christensen gelesen: John Hontvedt zog in ein Haus in der Sagamore Street in Portsmouth. Er heiratete wieder und bekam eine Tochter namens Honora. Im Jahr 1877 heiratete Evan Christensen in St. John, New Brunswick, wohin er von Portsmouth aus gegangen war und wo er sich als Zimmermann niedergelassen hatte, eine Valborg Moss. Nach der Eheschließung zog das Paar nach Boston um. Es bekam fünf Kinder, von denen zwei im Säuglingsalter starben.

Ich denke darüber nach, wie Evan Christensen innerlich hat Platz schaffen müssen, um eine andere Frau heiraten zu können. Was hat er mit seinen Erinnerungen getan?

Anethe und Karen Christensen sind Seite an Seite in Portsmouth begraben.

Ich denke manchmal über Maren Hontvedt nach und über die Frage, warum sie ihren Bericht geschrieben hat. Es war Buße, gewiß, aber ich glaube nicht, daß sie Absolution suchte. Ich glaube, es war das drückende Gewicht ihrer Geschichte, das sie dazu trieb – ein Gewicht, das sie nicht länger tragen konnte.

Ich lasse eine Handvoll Papiere ins Wasser gleiten. Ich sehe zu, wie sie auf der bewegten Wasseroberfläche schaukeln und treiben, und ich denke, sie sehen aus wie Müll, der von einem rücksichtslosen Seemann über Bord geworfen wurde. Vor dem Morgen, noch bevor man sie findet, werden die Papiere sich aufgelöst haben, und das Wasser wird die Tinte verwischt haben.

Ich denke über den Schmerz nach, den Geschichten nicht lindern können, auch nicht, wenn man sie tausendmal erzählt.

Danksagung

Ich hätte dieses Buch nicht schreiben können ohne die Hilfe verschiedener Führer von den Isles of Shoals sowie mehrerer veröffentlichter Berichte über die Smuttynose-Morde, insbesondere *Murder at Smuttynose and Other Murders* von Edmund Pearson (1938), *Moonlight Murder at Smuttynose* von Lyman Rutledge (1958), *The Isles of Shoals: A Visual History* von John Bardwell (1989), *The Isles of Shoals in Lore and Legend* von Lyman Rutledge (1976), *A Memorable Murder* von Celia Thaxter (1875), *A Stern and Lovely Scene: A Visual Hisory of the Isles of Shoals* von Art Galleries an der Universität New Hampshire (1978), *Sprays of Salt* von John Downs (1944) und natürlich mein vielbenutztes Exemplar von *Ten Miles Out: Guide Book to the Isles of Shoals* von der Unitarischen Vereinigung der Isles of Shoals (1972). Diesen Autoren und anderen, die über diesen wunderbaren und geheimnisvollen Archipel geschrieben haben, bin ich zu Dank verpflichtet.

Danken möchte ich auch meinem Redakteur, Michael Pietsch, und meiner Agentin, Ginger Barber, für ihre treffenden Kommentare und ihre Beratung.

Schließlich danke ich noch John Osborn für seine gründlichen Recherchen und seine emotionale Einsicht.

PIPER

Anita Shreve

Olympia

Roman. Aus dem Amerikanischen von Mechtild Sandberg.
480 Seiten. Geb.

In ihrem neuen Roman erzählt Anita Shreve die auf authentischen Chroniken beruhende Liebesgeschichte zwischen einem 15jährigen Mädchen und einem 41jährigen verheirateten Arzt zu Beginn des letzten Jahrhunderts.
Fortune's Rocks, 1899: Ein luxuriöses Sommerhaus an der herben Küste Neuenglands ist der Schauplatz dieses Dramas einer besessenen Leidenschaft. Olympia, behütete Tochter eines wohlhabenden Verlegers, ein Mädchen von ungewöhnlicher Intelligenz, Reife und Schönheit, erlebt die Liebe wie ein Naturereignis, als ein Freund ihres Vaters zu Besuch kommt. John Haskell ist nicht nur ein bekannter Arzt und engagierter Kämpfer gegen soziale Mißstände in den nahe gelegenen Textilfabriken – er ist auch verheiratet und Vater dreier Kinder. Doch das Wissen um ihr moralisches Unrecht hindert die beiden nicht daran, in einen Strudel großer Gefühle abzutauchen, deren Folgen unabsehbar werden.

»Niemals zuvor war Anita Shreve so auf der Höhe ihrer Kunst.«
Publishers Weekly

PIPER

Andrea De Carlo

Die Laune eines Augenblicks

Roman. Aus dem Italienischen von Renate Heimbucher.
265 Seiten. Geb.

Ein dramatischer Unfall, die Begegnung mit einer ungewöhnlichen Frau – und von einem Moment zum andern weiß Luca: er muß sein Leben ändern.

»Kennst du jemanden, der glücklich ist? Der pure Freude darüber empfindet, zu genau diesem Zeitpunkt an genau diesem Ort zu sein?« Ob dieser Ort womöglich Albertas chaotische Küche ist, in der der etwas verwirrte Luca eben einen Topf Spaghettiwasser aufsetzt? Alberta jedenfalls war wenige Stunden zuvor Lucas Retterin, die Dea ex machina gewesen, die ihn in ihrem verbeulten roten Kastenwagen vom Straßenrand aufgelesen hatte – nachdem er bei einem Reitunfall dramatisch gestürzt war. Es ist diese lebensgefährliche Situation, die Luca die Augen öffnet, die sein Bewußtsein unwiederbringlich verändert. Was hält ihn eigentlich noch bei seiner langjährigen Freundin Anna, was ist aus seinen Aussteigerträumen geworden? Intuitiv folgt Luca der Eingebung eines Augenblicks…

»Nie sind die Frauenfiguren De Carlo besser geglückt als hier.«
Corriere della Sera

PIPER

Rosetta Loy

Die Pforte des Wassers

Roman. Aus dem Italienischen von Maja Pflug. 160 Seiten. Geb.

Dies ist die Geschichte einer unerwiderten Leidenschaft. Einer großen kindlichen Zuneigung, entgegengebracht jenem blondbezopften Fräulein mit immer frisch gewaschener, rosiger Haut, die das kleine Mädchen auf unerklärliche Distanz hält. Die die langen Sonntagnachmittage mit beängstigenden, gruseligen Geschichten von abgeschnittenen Daumen und lichterloh brennenden Mädchen füllt. Die aber der Leere, die die riesige, düstere Wohnung, der abwesende Vater, die in einer Maske aus Schminke erstarrte Mutter für das Kind bedeuten, keine Wärme und kein Leben einzuhauchen vermag. Trotzdem bricht eine Welt für das Kind zusammen, als es eines Tages Anne Maries Leinenkoffer im Flur stehen sieht und von einem letzten flüchtigen Kuß gestreift wird.

PIPER

Alessandro Baricco

Seide

Roman. Aus dem Italienischen von Karin Krieger.
132 Seiten. Geb.

»Ich wollte eine Geschichte schreiben wie weiße Musik, eine Geschichte, die klingt wie die Stille.«
Alessandro Baricco, in Italien schon seit Jahren gefeierter Literaturstar, präsentiert sich erstmals dem deutschen Publikum mit einer poetisch-zarten Parabel auf die Liebe: Sie ist leicht und elegant wie ein Seidenschal auf den Schultern einer schönen Frau.

»Der Roman Alessandro Bariccos ist gewebt, wie der Stoff, um den es geht: elegant und nahezu gewichtslos. Die Geschichte ist komponiert wie ein Musikstück, jedes Wort scheint mit Bedacht gewählt, jede Ausschmückung, jedes überflüssige Wort ist fortgelassen. Das schmale Buch bekommt durch diese Reduktion seine außergewöhnliche Dichte, seine kühle, in manchen Passagen spöttische, zugleich seltsam melancholische Stimmung.«
Sabine Schmidt, BücherPick

PIPER

Alessandro Baricco
Oceano Mare

Das Märchen vom Wesen des Meeres. Aus dem Italienischen von Erika Cristiani. 279 Seiten. Geb.

Ein einsamer Maler, der mit Meerwasser das Meer täglich neu zu malen beginnt. Ein skurriler Wissenschaftler, der für eine Enzyklopädie die Grenzen des Ozeans festlegen will. Ein junges Mädchen, das zu zart ist, um zu leben, und zu lebendig, um zu sterben. Eine schöne Frau, die in der Abgeschiedenheit des Strandes von der Liebe genesen will. Sie gehören zu der illustren Gästeschar, die Alessandro Baricco in der Pension Almayer irgendwo am Meer, außerhalb jeder Zeit, versammelt hat. Die philosophisch anregenden Gespräche der hier Gestrandeten und die geheimnisvolle Atmosphäre dieses symbolträchtigen Mikrokosmos üben auf den Leser eine einmalige magische Anziehungskraft aus. »Oceano Mare« ist ein Buch voll Poesie und Weisheit. Ein Buch über die Sehnsucht nach Erkenntnis und Wahrheit, Erfüllung und Vollkommenheit. Ein Buch über Genies, Träumer und Sinnsucher.

PIPER

Alessandro Baricco

Novecento

Die Legende vom Ozeanpianisten. Aus dem Italienischen von Erika Cristiani. 83 Seiten. Geb.

Auf dem luxuriösen Ozeandampfer Virginian, der zu Beginn des Jahrhunderts zwischen der Alten und Neuen Welt hin- und herpendelt, wird ein ausgesetztes Baby gefunden, dem die Matrosen den Namen seines Geburtsjahres geben: Novecento, Neunzehnhundert. Noch ahnt keiner, welch seltsames Schicksal dieses Findelkind haben wird. Novecento wird nämlich zeit seines Lebens nicht mehr von Bord gehen: Er wird der sagenhafte Ozeanpianist, ein Vorläufer des Jazz, eine lebende Legende.
Die poetische Sprache von »Seide« und die Phantasie von »Land aus Glas« verbinden sich in dieser wundervollen Geschichte um Musik, Leidenschaft und die Macht der Freundschaft. Der heimatlose Pianist Novecento ist ein Emblem unserer Epoche, sein Schicksal eine Metapher für eine Reise ohne Ende. Der Ozeandampfer zieht durch die Geschichte unseres Jahrhunderts, doch im Hintergrund swingt und summt es dazu im Rhythmus des Jazz, daß es eine Lust ist.

PIPER ORIGINAL

Anita Shreve

Im Herzen des Winters

Roman. Aus dem Amerikanischen von Mechtild Sandberg. 280 Seiten. Klappenbroschur

Dezember 1943: Die junge Widerstandskämpferin Claire versteckt den schwerverletzten amerikanischen Piloten Ted auf dem Dachboden ihres Bauernhauses. Als die Deutschen das kleine belgische Dorf umstellen, muß Claires Mann fliehen. Sie selbst bleibt zurück, um Ted zu pflegen. Völlig isoliert von dem dramatischen Geschehen um sie herum entbrennt zwischen den beiden eine ungekannte Leidenschaft. Doch neugierige Nachbarn, Spitzel der Gestapo und der eifersüchtige Ehemann machen ihre Liebe zu einem gefährlichen Geheimnis. Ein meisterhafter psychologischer Roman über eine Liebe jenseits aller Konventionen.